हिन्द पॉकेट बुक्स

मृदुला गर्ग

की यादगारी कहानियां

मृदुला गर्ग कोलकाता में जन्मी, हिंदी की सबसे लोकप्रिय लेखिकाओं में से एक हैं। उपन्यास, कहानी संग्रह, नाटक तथा निबंध संग्रह सब मिलाकर उन्होंने 20 से अधिक पुस्तकों की रचना की है। 1960 में अर्थशास्त्र में स्नातकोत्तर उपाधि लेने के बाद उन्होंने 3 साल तक दिल्ली विश्वविद्यालय में अध्यापन भी किया है।

उनके उपन्यासों को अपने कथानक की विविधता और नयेपन के कारण समालोचकों की बड़ी स्वीकृति और सराहना मिली। उनके उपन्यास और कहानियों का अनेक भारतीय भाषाओं तथा जर्मन, चेक, जापानी और अँग्रेजी में अनुवाद हुआ है। वे स्तंभकार रही हैं, पर्यावरण के प्रति सजगता प्रकट करती रही हैं तथा महिलाओं तथा बच्चों के हित में समाज सेवा के काम करती रही हैं। उनका उपन्यास *चितकोबरा* नारी-पुरुष के संबंधों में शरीर को मन के समांतर खड़ा करने और इस पर एक नारीवाद या पुरुष-प्रधानता विरोधी दृष्टिकोण रखने के लिए काफी चर्चित और विवादास्पद रहा था।

मृदुला गर्ग

की यादगारी कहानियां

मृदुला गर्ग

हिन्द पॉकेट बुक्स
पेंगुइन रैंडम हाउस इम्प्रिंट

हिन्द पॉकेट बुक्स

यूएसए। कनाडा। यूके। आयरलैंड। ऑस्ट्रेलिया। सिंगापुर
न्यू ज़ीलैंड। भारत। दक्षिण अफ्रीका। चीन

हिन्द पॉकेट बुक्स, पेंगुइन रैंडम हाउस ग्रुप ऑफ़ कम्पनीज़ का हिस्सा है,
जिसका पता www.hindpocketbooks.com पर मिलेगा

पेंगुइन रैंडम हाउस इंडिया प्रा. लि.,
चौथी मंजिल, कैपिटल टावर 1, एमजी रोड,
गुरुग्राम 122002, हरियाणा, भारत

पेंगुइन
रैंडम हाउस
इंडिया

प्रथम संस्करण 2011 में हिन्द पॉकेट बुक्स द्वारा प्रकाशित
यह संस्करण 2019 में प्रकाशित

10 9 8 7 6 5 4 3 2

ISBN 9789353491062

मुद्रकः रेप्रो इंडिया लिमिटेड

www.penguin.co.in

FSC www.fsc.org MIX Paper from responsible sources FSC® C047271

This is a legitimate digitally printed version of the book and therefore might not have certain extra finishing on the cover.

अनुक्रम

हरी बिंदी

आंख खुलते ही आदतन नज़र सबसे पहले कलाई पर बंधी घड़ी पर गयी...सिर्फ़ साढ़े छह बजे थे। उसने फौरन दुबारा कस कर आंखें बंद कर लीं और इन्तज़ार करने लगी कि अब पलंग चरमरायेगा और आवाज़ आयेगी–उठना नहीं है क्या? पर जब कुछ देर चुप्पी बनी रही तो आंखें खोल कर देखा, बिस्तर पर वह अकेली है। अरे हां, रात ही तो राजन दिल्ली गया है। याद ही नहीं रहा। तो अब उठने की कोई जल्दी नहीं है। उसने ढेर सारी हवा गालों में भर कर एक लंबी सांस छोड़ी और पूरे बिस्तर पर लोट लगा गयी। दूसरे सिरे पर जा कर मुंह पर बांह रख कर लेटी तो कानों में घड़ी की टिक-टिक बज उठी। वह मुस्करा दी। उसे कलाई पर घड़ी बांध कर सोने की आदत है। रोज़ राजन चिढ़ कर कहता है, यह क्या, सारी रात कान के पास टिक-टिक होती रहती है। इसे उतारो न। उसने मुंह पर से बांह हटा ली, तकिया खींच कर पेट के नीचे दबा लिया और लम्बे-चौड़े पलंग पर बांहें फैला कर औंधी लेट गयी। ओह, सुबह देर तक सोने में कितना आनंद आता है। राजन होता है तो सुबह छह साढ़े छह से ही खटर-पटर शुरू हो जाती है। चाय-नाश्ते की तैयारी, दोपहर का खाना साथ में और आठ बजे राजन दफ़्तर के लिए रुख़सत। न जाने राजन को जल्दी उठने का क्या मर्ज़ है। ख़ैर, आज वह स्वतन्त्र है। जो चाहे, करे। उसने शरीर को ढीला छोड़ दिया और दोबारा सोने की तैयारी करने लगी।

फिर आंख खुली तो साढ़े आठ बज चुके थे। उसने एक प्याला चाय बनायी और खिड़की का परदा हटा कर झांकने लगी। दूर तक धुंध छायी थी। आज ज़रूर बरसात होगी, उसने सोचा। उसे धुंध बहुत भली लगती है। जब मालूम नहीं पड़ता, वहां कुछ दूर पर क्या है तो अनायास आशा होने लगती है कि कोई अनुपम और मोहक वस्तु होगी। मैं भी ख़ूब हूं, उसने मुस्करा कर सोचा, मुझे

धुंध में खुलापन लगता है और सूर्य के प्रकाश में घुटन! चाय पी कर गरम पानी से देर तक नहाया जाए, उसने सोचा और बाल्टी भरने लगी। फिर ठंडे पानी की फुहार ही ऊपर छोड़ ली और एक ग़ज़ल गुनगुना उठी। बड़े तौलिए से ख़ूब रगड़ कर बदन पोंछा। आज एक अद्भुत स्फूर्ति और उत्साह का अनुभव हो रहा है। नीले रंग का कुर्ता और चूड़ीदार पाजामा पहना तो नीले रंग की बिंदी माथे पर लगाने को हाथ बढ़ गया। फिर न जाने क्या सोच कर उसे छोड़ दिया और बड़ी सी हरी बिंदी लगा ली। राजन होता तो कहता, नीले पर हरा? क्या तुक है? उसने दर्पण में दिख रही अपनी प्रतिच्छाया को ज़बान निकाल कर चिढ़ा दिया, कहा, 'तुक की क्या तुक है?' और खिलखिला कर हंस पड़ी।

दराज खोली तो नज़र चांदी की बाली पर पड़ गयी। उठा कर कानों में लटका लीं। विवाह के बाद से पहननी छोड़ दी थीं। नक़ली हैं न। और ज़रूरत से ज़्यादा बड़ी, राजन कहता है। एक पुराना बैग हाथ में ले, झपट कर बाहर निकल आयी। बरामदे में मुंडू बैठा आराम से सिगरेट फूंक रहा था, राजन की। उसे देखते ही हथेली में छिपा, बड़ी संजीदगी से बोला, "खाना क्या बनाऊं?"

"कुछ नहीं," उसने कहा, "नहीं खाएंगे। तुम्हारी छुट्टी।"

मुंडू की घबरायी सूरत देख वह हंस पड़ी और बोली, "मेरा मतलब, जो तुम्हें अच्छा लगे बना लो। तुम्हें ही खाना है, चाहे खाओ चाहे छुट्टी मनाओ।"

बिना यह चिंता किए कि ठीक कहां जाएगी या क्या करेगी, वह सड़क पर कुछ दूर चलती चली गयी। बस इतना जानती है कि आज का दिन यों ही नहीं जाने देगी। कुछ तय करने से पहले बारिश शुरू हो गयी। उसने कुछ दूर भाग कर टैक्सी को आवाज़ लगायी और भीतर घुस कर सोचने लगी, जब टैक्सी ली है तो कहीं न कहीं जाने को कहना पड़ेगा। जहांगीर आर्ट गैलरी, उसने जो सबसे पहले मुंह में आया, कह दिया।

गैलरी में किसी आधुनिक चित्रकार की प्रदर्शनी हो रही थी। विशेष कुछ समझ में नहीं आया पर आनंद अवश्य आया। आज कुछ भी करने में आनंद आ रहा है। एक चित्र के आगे वह काफ़ी देर खड़ी रही। देखा, पूरे कैनवास पर रंग-बिरंगी रेखाएं इधर-उधर दौड़ी चली जा रही हैं। अरे, उसने सोचा, यह तो बिलकुल मेरे कुर्ते की तरह है।

वह ज़ोर से हंस पड़ी, इतनी ज़ोर से कि पास खड़ा एक दढ़ियल उसे घूरने लगा। कहीं यही तो चित्रकार नहीं है? बेचारा! ज़रूर चित्र अत्यंत त्रासद रहा होगा।

उसने चेहरा गम्भीर बनाया और दढ़ियल के पास जाकर विनम्रता से कहा, "सॉरी।" और बाहर निकल आयी। बाहर आकर ख़्याल आया, हो सकता है, वह कलाकार न हो, उद्योगपति हो। दो क़िस्म के इंसान ही दाढ़ी रखने का साहस कर सकते हैं, कलाकार और समांत। सामंत अब रहे नहीं, उनका स्थान उद्योगपतियों ने ले लिया है। तब तो दिन भर यही सोचता रहेगा, उसने सॉरी क्यों कहा। उसमें भी नफ़े की गुंजाइश ढूंढता रहेगा। वह दूने वेग से हंस दी।

फिर देखा, बारिश थमी हुई है पर आकाश अब भी काफ़ी गुस्सैल नज़र आ रहा है। पूरा बरसा नहीं, उसने सोचा, और फिर सड़क थाम ली।

सड़क के किनारे रेस्तरां देख याद आया कि काफ़ी ज़ोर से भूख लगी है। भीतर जा कर चटपट आदेश दे दिया, "एक गरमागरम आलू की टिकिया और एक आइसक्रीम, एक साथ।"

"एक साथ?" बैरे ने आश्चर्य दिखाया।

"हां। कोई एतराज़ है?"

"जी नहीं। लाया।"

उसे ठंडा और गरम एक साथ खाना भला लगता है। कहते हैं, दांत ख़राब हो जाते हैं। कितना चटपट काम हो गया आज। राजन रहता है तो बढ़िया जगह बैठ कर आराम से खाने की सूची देखने के बाद, सोच-विचार कर आदेश दिए जाते हैं। खाकर बाहर निकली तो सोचा, पास किसी सिनेमाघर में पिक्चर देख ली जाए। क़िस्मत से अंग्रेज़ी की पुरानी मज़ाक़िया पिक्चर लगी मिल गयी। डैनी के की। राजन कहता है, न जाने तुम्हें डैनी के कैसे पसंद है। मुझे तो उसके बचपने पर हंसी नहीं आती। पर उसे आती है, ख़ूब आती है, फिर हंसी पर हंसी आती है....कभी कभी बे-बात आती है, जैसे आज।

पिक्चर के दौरान वह आज और दिनों से ज़्यादा ठहाके लगा रही थी। पास बैठे आदमी की सूरत अंधेरे में दिख नहीं रही थी, हंसी की आवाज़ ज़रूर सुनायी पड़ रही थी। पता लग रहा था, हंसने में वह उससे दो क़दम आगे है। अदाकार की एक ख़ास बेचारगी की मुद्रा पर वे इतनी ज़ोर से हंसे कि उनके हाथ आपस में टकरा गए। सॉरी कहने के इरादे से एक-दूसरे की तरफ़ मुड़े, पर माफ़ी मांगने के बजाए एक ठहाका और लगा गए।

उसके बाद हर बार यही हुआ। हंसी आने पर वे अनायास एक-दूसरे को देखते और मिल कर हंसते।

खेल खत्म होने पर एक साथ बाहर निकले तो देखा, साढ़े चार बजे ही काफी अन्धेरा हो चला है। आकाश यों तना खड़ा है कि अब बरसा, अब बरसा।

"कितना सुहावना दिन है," उसने अपने पड़ोसी से कहा।

"सुहावना?" उसने कुछ अचरज से कहा, "या बेरंग?"

"हां, कितना सुहावना बेरंग दिन है!"

वह हंस पड़ा, "समझता हूं। सूरज यहां रोज़ निकलता है।"

"पर धुंध कभी-कभी होती है। आठ महीनों में आज पहली बार।"

"अब मानसून शुरू हो जाएगी?"

"हां, आज ख़ूब बरसेगा," उसने कहा। फिर अनायास जोड़ा, "कॉफ़ी पिएंगे?"

"ज़रूर।"

हलकी-हलकी फुहार पड़नी शुरू हो गयी तो दोनों भाग कर सामने वाले

रेस्तरां में जा घुसे। उसने बाल झटक दिये और बोली, "आपका छाता कहां है?"

"छाता?"

"हां, आप लोग हमेशा छाता साथ रखते हैं न?"

वह ठहाका मार कर हंस पड़ा, "इंग्लैंड में," उसने कहा।

कॉफ़ी मंगा कर दोनों सामने, काले पड़ आये, समुद्र को देखते अपने-अपने ख्यालों में खो गए।

सहसा उसकी आवाज़ सुन कर वह चौंकी, "आप क्या सोच रही हैं, यह जानने के लिए पेनी का ख़र्चा करने को तैयार हूं," वह कह रहा था।

"दीजिए," उसने हंस कर कहा।

उसने निहायत संजीदगी से जेब में हाथ डाला और एक पेनी आगे कर दी। उसने उसे हथेली में बंद कर लिया।

"बतलाना सच-सच होगा।"

"मैं सोच रही थी, समुद्र में कूद पडूं तो कितनी दूर तक अकेली तैर सकूंगी। और आप? आप क्या सोच रहे थे? पर पेनी नहीं दूंगी," उसने मुट्ठी कस कर बंद कर ली, जैसे उसमें किसी आत्मीय का दिया उपहार हो।

"बुरा तो नहीं मानेंगी?" उसने पूछा।

"नहीं," उसने कह दिया पर दिल बैठ गया। अब वही घिसी-पिटी आशिक़ाना बातें शुरू हो जायेंगी।

"मैं सोच रहा था, बारिश बढ़ जाने पर यहां से वोरली तक का टैक्सी भाड़ा कितना लगेगा?"

वह ज़ोर से हंस पड़ी, दुर्भावना से नहीं, हर्ष के अतिरेक से।

"मुझे रास्ते में छोड़ते जायेंगे तो आधा," उसने कहा।

"बहुत ख़ूब," उसने यह नहीं पूछा कि वह रहती कहां है।

उसे लगा, जीवन में पहली बार ऐसे इंसान के साथ बैठी है, जो यह नहीं जानना चाहता, उसके पति हैं या नहीं, और हैं तो क्या काम करते हैं।

"समुद्र के जल पर गिरती वर्षा की बूंदें कितनी अच्छी लगती हैं," उसने कहा।

"हां।"

कुछ देर दोनों चुप रहे।

"प्रशांत महासागर पर जब जहाज़ जाता है, तो उसके अग्रभाग से चिरता जल चांदी की तरह चमकने लगता है," अतिथि ने कहा।

"क्यों?"

"शायद फ़ोसफ़ोरेसंस के कारण। आपने कभी नहीं देखा?"

"नहीं।"

"मौका मिले तो देखिएगा।"

"आप बहुत घूमे हैं?" उसने हलकी ईर्ष्या के साथ पूछा।

"बहुत," वह याद करके मुस्करा रहा था।

"सबसे अच्छी जगह कौन सी लगी?"

"जब जहां हुआ," वह हिचकिचाहट के साथ मुस्कराया, पता नहीं वह समझे या न समझे।

वह हामी में सिर हिला कर मुस्करा दी।

उसने देखा, कॉफ़ी ख़त्म हो चली है और बैरा बिल लिए आ रहा है। बाहर वर्षा थमने लगी है, धुंध भी छंट रही है। नहीं, धुआंधार नहीं बरसेगा। वह संकेत झूठा निकला। अब धुंध हट जायेगी और वही तेज़ प्रकाश वाला सूर्य निकल आयेगा।

बिल आने पर उसने उठा लिया, कहा, "न्योता मेरा था।"

अतिथि ने बहस नहीं की। शुक्र है, उसने सोचा, पैसे देने की ज़िद करने लगता तो सब कुछ बिखर जाता।

टैक्सी ले कर चले थे कि घर आ गया। उतरते-उतरते पैसे निकालने लगी तो उसने रोक दिया, "रहने दीजिए।"

"क्यों ?" उसके माथे पर शिकन पड़ गयी।

"आज का दिन मेरे लिए काफ़ी क़ीमती रहा है।"

"कैसे" ?

"मैंने आज के पहले किसी को हरी बिंदी लगाये नहीं देखा," उसने स्निग्ध स्वर में कहा।

वह ज़रा ठिठकी कि टैक्सी चल दी। कुछ दूर जा कर आंखों से ओझल हो गयी।

कितनी क़ैदें

"चलो, नीचे चलें।"

"नीचे जा कर क्या होगा?"

"क्या होगा? नदी के भीतर पचहत्तर फ़ुट पहुंच जायेंगे, और क्या?"

"नहीं, नहीं, सुन कर ही दम घुटता है।"

"कमाल है! पानी के अंदर छलांग लगाने को थोड़ा कह रहा हूं कि दम घुटता है। लिफ़्ट से जायेंगे। वहां जमीन ही तो है।"

"नहीं, मुझे नहीं जाना।"

"चलो न प्लीज़! ज़रा तुम भी देखो मैं कहां काम करता हूं। सच, बड़ा मज़ा आयेगा।"

"अच्छा...पर टार्च ले लें और थर्मस में पानी।"

"अरे भाई, वहां बिजली लगी हुई है, लंबी-चौड़ी गलियां बनी हैं। ख़ैर, तुम्हें लेना है तो ले लो।"

टार्च और थर्मस ले कर मनोज और मीना लिफ़्ट पर पहुंचे और कोई नहीं था। रात के आठ बजने को आए थे। मनोज ने अपना आइडेंटिटी कार्ड और मीना के लिए पास, लिफ़्टमैन को दिखलाया और बोला, "मैं ख़ुद चला लूंगा। तुम यहीं रहो।"

खट से दरवाज़ा बंद हुआ और लोहे का पिंजरा इशारा पाते ही तेज़ी से नीचे जाने लगा। मीना ने सिर हाथों से थाम लिया। हमेशा की तरह, बंद जगह आ कर उसका सिर घूमने लगा था, उबकाई आ रही थी और दिल ज़ोरों से धड़क उठा था। लग रहा था, जीवित उसे कफ़न में बांध कर नीचे फेंक दिया गया है। किसी तरह दरवाज़ा तोड़, बाहर खुली हवा में भाग, ज़ोर-ज़ोर से सांस ले सके। कुछ देर यों ही बंद रहना पड़ा तो उसे उस लोहे के कठघरे की दीवारों पर सिर दे मारेगी।

"पता है, कोयना बांध की नींव सौ फूट से गहरी डली है। नदी के भीतर। बताओ तो, वहां क्या है?" मनोज उत्साह से कह रहा था।

"पता नहीं," मीना ने उबकाई रोक कर कहा।

"ज़मीन और क्या," वह हंस पड़ा, "नदी को चीर कर हम ज़मीन पर जा रहे हैं। पाताल लोक। क्या समझी?"

"...."

"पाताल लोक की स्त्रियां बहुत सुंदर मशहूर हैं न?"

"पता नहीं।"

"तुम बहुत प्यारी लग रही हो, पाताल लोक की सुंदरी।"

लिफ्ट खट से रुक गयी। मनोज की कामुकता के बोझ से लाल आंखें उस पर टिकी हुई थीं। एक बार सायास वे उसके सिर से पैर तक झूमीं। जहां-जहां पड़ीं, उसका शरीर सिकुड़ता चला गया।

"दरवाज़ा खोलो न," उसने संत्रस्त अनुरोध भरे स्वर में कहा।

मनोज उसे देखता रहा। "अगर यहीं प्यार करें तो?" उसने फुसफुसा कर कहा।

"दरवाज़ा खोलो।"

"ज़रा सोचो, ज़मीन के गर्भ में हम दोनों बिलकुल अकेले हैं। बस हम दो। या एक। हमारे कहीं बहुत ऊपर पानी हिलोरें ले रहा है, बहुत-बहुत ऊपर। है न परी देश का समां। तुम हो पाताल लोक की अनिंद्य सुन्दरी राजकुमारी और मैं—मैं पृथ्वी का सौदागर, जिसे मगरमछली निगल गयी थी। अभी-अभी उसका पेट चीर कर बाहर निकला तो तुम दिखलायी दे गयीं। मैं बेकाबू हो उठा...", कहते-कहते मनोज ने उसके कंधे पकड़ लिए और खींच कर उसे बांहों में कस लिया।

"क्यों, है न रोमांटिक बात?" उसने कहा।

"मुझे छोड़ो। छोड़ो न," मीना ने हांफते-हांफते कहा, "मेरा दम घुट रहा है।"

"ओफ़्फ़ोह!"

"दरवाज़ा खोल दो।"

मीना का चेहरा सफ़ेद पड़ गया था। दहशत से कांपते स्वर में उसने कहा, "मुझे सांस तो लेने दो।"

"लो," मारे गुस्से के मनोज ने एक हाथ मार कर दरवाज़ा खोल दिया। मीना बाहर भाग गयी।

"अजीब औरत हो तुम," मनोज ने बाहर आ कर दरवाज़ा धड़ाक से दे मारा, "अब तो नयी दुल्हन भी नहीं रह गयीं।"

"तुम्हें तो हर वक़्त यही सूझता है," मीना अभी तक बदहवास थी।

"हर वक़्त? हुं:, जब से कश्मीर से लौटे हैं, हर वक़्त तुम गर्मी की रट लगाए रहती हो। हर वक़्त ख़ाक!"

"पर अब....यहां....?"

कश्मीर में सोचता था, नयी-नयी बात है। हनीमून पर बहुत सी लड़कियां घबरायी रहती हैं, पूरी तरह एंजॉय नहीं कर पातीं, पर....बात क्या है मीना, तुम्हें प्यार करना अच्छा क्यों नहीं लगता? कितनी रोमांटिक जगह क्यों न हो, तुम पर कोई असर नहीं।"

मीना चुप रही।

"तुम्हारी कोई समस्या है तो मुझे बतलाओ। मैं तुम्हें सुखी करना चाहता हूं। तुम्हारे सुखी होने से ही मैं पूरी तरह सुखी होऊंगा।"

मीना ने मुंह फेर कर चारों ओर देखा। दोनों तरफ़ दूर तक जा रही लंबी संकरी गलियां। बिजली के मद्धिम प्रकाश में कुछ दूर जा कर आपस में मिलती उनकी परछाईंयां। उसकी परछाईं पर पीछे से चढ़ बैठी मनोज की परछाईं। अजगर के गर्भ में दो प्राणी। या एक। उसका सांस फिर घुटने लगा।

"एक बार अपने को बहने दो, सच, बड़ा मज़ा आयेगा," मनोज के स्वर में आग्रह था।

एक नयी थ्रिल! तुम्हारे लिए एक नयी थ्रिल!

उसका शरीर ज़ोर से कांप उठा। नानसेंस, सब ख़ुदग़र्ज़ी है। और उसके लिए घुटन, बस, अंत तक।

"यह भी सीखने से आता है," मनोज गर्व सहित कह रहा था, "बिना प्रैक्टिस आदमी किसी कला या खेल में माहिर नहीं हो सकता....मैं तुम्हें सिखाऊंगा।"

उसके स्वर में वही दम्भ का भाव उभर आया था जो कोयना बांध की गहराई या चौड़ाई बतलाते समय आ जाता था।

"हुं:!" मीना ने हिक़ारत के साथ कहा।

"हुं; के मानी?"

मीना चुप रही।

"इस तरह हुं: करने का मतलब क्या है–बोलतीं क्यों नहीं?" मनोज का चेहरा तमतमा उठा था।

"कुछ नहीं।"

"कुछ नहीं। कुछ नहीं! ऐसे नहीं चलेगा। बतलाती क्यों नहीं?"

"अच्छा, तुम्हें प्यार करना आता है?"

"क्या....?"

"आता है?"

"ज़रूर आता है।"

"तब ठीक है।"

"कहना क्या चाहती हो तुम?" मनोज तिलमिला कर चीखा, "अभी देखना चाहती हो?"

"तुम्हें प्यार करना आता ही नहीं," मीना ने ठंडे स्वर में कहा।

"मुझे नहीं आता या तुम ख़ुद पत्थर हो?"

"तुम्हारे साथ।"

"क्या..."

"तुम्हारे संग मुझे कुछ महसूस नहीं होता। कुछ नहीं," मीना ने तीखेपन से कहा। क्षण भर के लिए मनोज हतबुद्धि रह गया, फिर चिल्ला कर बोला, "तुम क्या जानती हो? कौन सा तुम्हें सौ-पचास ने प्यार किया है।"

मीना हलके से मुस्करायी।

"किया है? कोई और भी...बोलतीं क्यों नहीं?" मनोज ने एक क़दम आगे बढ़कर उसके कंधे कस कर दाब लिए और ज़ोर-ज़ोर से झकझोरने लगा। "बोलो," उसने चाबुक जैसे स्वर में कहा। मीना को लगा उसके हाथ उसकी गर्दन के बहुत क़रीब हैं। क़रीब क्या, गर्दन पर हैं–बस, एक बार दबोचने से...उसने एक नज़र उसके तमतमाए चेहरे को देखा, फिर चारों ओर फैले सन्नाटे को। डर के मारे उसकी ज़बान लड़खड़ा गयी, "न...न....नहीं, मैं तुम्हें खिजा रही थी।"

मनोज के हाथ ढीले पढ़ गए। उसने उसके कंधे हिलाना छोड़ उसके पीले डरे चेहरे पर आंखें गड़ा दीं।

"मैं....मैं बहुत घबरा गयी थी," मीना ने कहा।

"क्यों?"

"तुम जानते हो, बंद जगहों पर मेरा सांस घुटने लगता है," उसका स्वर आंसुओं से भीग गया।

"यह तो बंद जगह नहीं है," आंसू देख कर मनोज का स्वर कुछ कोमल पड़ गया, "इतनी चौड़ी गली है।"

"पता नहीं, मुझे डर लगता है।"

"पर क्यों?"

"अच्छा, अगर यह दीवार टूट जाए तो?"

"टूटेगी क्यों?"

"मुझे लगता है हम चूहों की तरह बिल में बंद हैं। ज़रा कुछ हुआ नहीं कि यहीं दफ़न हो जायेंगे।"

"पर होगा क्या?"

"मुझे नहीं मालूम। मान लो पानी भीतर घुस आए?"

"पानी? पानी यहां कहां आयेगा? पानी तो यहां से साठ-सत्तर फ़ुट ऊपर है।"

"ऊपर! हमारे ऊपर पानी है?"

"हां।"

"यहां से चलो, प्लीज़! प्लीज़!" उसके चेहरे की नसें सिकुड़ गयीं, जिससे मुंह पर बंदर जैसा भाव आ गया। उसकी हालत पर मनोज को हंसी आ गयी। और दया भी।

"तुम भी कमाल हो, खैर, चलो। पर जाने से पहले एक किस तो दे दो।"

उसने एक लंबी सांस लेकर अपने को तैयार किया और मनोज के कठोर, लंबे और श्वासावरोधी चुंबन को किसी तरह सह लिया।

लिफ़्ट में आकर एक लंबी सांस छोड़, वह थर्मस खोल गिलास भर पानी गटागट पी गयी। ऊपर पहुंचने तक घुटन को कुछ देर और सहना था।

"ठीक हो न?" मनोज ने मुस्करा कर कहा।

"हां, लिफ़्ट कुछ धीरे नहीं चल रही?"

"नहीं तो।"

"कहीं अटक गयी तो?"

"अव्वल तो अटकेगी नहीं। और अटक गयी तो इतने मिस्तरी हैं बांध के भीतर, ज़रा देर में ठीक कर लेंगे।"

"बिजली चली गयी तो?"

"तो कुछ देर में आ जायेगी।"

"उतनी देर में मेरा दम घुट जायेगा," उसके स्वर में फिर संत्रास उभर आया।

"पहले जाने तो दो," मनोज हंस दिया, "अब पहुंचने वाले हैं, एक मंज़िल और है।"

उसने कुछ खुल कर सांस छोड़ी थी कि तेज़ धक्का लगने से एकदम मनोज के ऊपर आ गिरी। लिफ़्ट का पिंजरा सीख़चों के बीच बच्चों के हिंडोले की तरह झूल रहा था। मीना की तेज़ चीख के साथ घुप अंधेरा हो गया। लिफ़्ट का कठघरा फिर एक बार झूल कर स्थिर हो गया।

"म-नो-ज़! क्या हुआ?" मीना और ज़ोर से चीखी।

"कुछ नहीं," मनोज ने अपना स्वर संतुलित रखते हुए कहा, "शायद बिजली चली गई। डरने की कोई बात नहीं है।"

"टार्च! टार्च! टार्च जलाओ!" मीना की आवाज़ में हिस्टीरिया के लक्षण थे। फ़ौरन टार्च जल गयी।

"अभी आ जायेगी, इतना परेशान मत हो," मनोज ने उसकी कमर को अपनी बांह से घेर लिया, हलके से, बिना दबाव डाले।

"पानी! पानी भीतर आ रहा है!"

वाक़ई दीवार से पानी के टकराने की आवाज़ आ रही थी।

"दरवाजा खोलो। जल्दी दरवाज़ा खोलो। हम डूब जायेंगे।"

"दरवाज़ा कैसे खुलेगा? लिफ़्ट बीच में अटकी हुई है," मनोज ने एक बार दरवाजा खोलने का निष्फल प्रयत्न करके कहा, "कुछ देर धीरज रखो।"

"नहीं, मुझे बाहर जाना है। मुझे बाहर जाना है। अभी बाहर जाना है।"

मीना ने उसकी क़मीज़ सामने से कस कर पकड़ ली और उसे झकझोर कर ज़ोर से चीखने लगी।

"पागल हो गयी हो? अभी बिजली आ जायेगी। और पानी बांध के बाहर है।"

अब उसकी समझ में आ गया था। लिफ़्ट काफ़ी ऊपर पहुंच गयी है। और बाहर पानी है। दीवारों से टकराते पानी की आवाज़ हमेशा से तेज़ मालूम पड़ रही है। पर वह अंधेरे और सन्नाटे के कारण है। कुछ घबराहट के कारण भी।

"यह क्या है?" सहसा मीना स्थिर खड़ी रह गयी।

मनोज ने भी सुना था। वह पानी की आवाज़ नहीं थी। कगार टूटने की थी, पर उससे उत्कट। बाढ़ आने पर बांध टूटते उसने देखे हैं। सुने भी हैं। यह शोर कुछ कुछ वैसा था। उससे अधिक भीषण। उसकी मूंछों पर पसीना आ गया। फिर भी उसने संयत स्वर में कहा, "कुछ नहीं है। बाहर जो आवाज़ हो रही है, वह मशीनों की होगी।"

फिर वही शोर। मीना एकदम उससे लिपट गयी।

"भूचाल," वह होशोहवास खो कर चिल्लायी, "भूचाल!"

"नहीं, नहीं," मनोज ने कहा।

"हां, अभी छत गिरेगी। तुम देखना। हम घुट-पिस कर मरेंगे।"

"नहीं मीना, कोयना में कभी भूचाल नहीं आता। कभी आता ही नहीं।"

"आता है, जरूर आता है। लिफ़्ट कैसे हिली थी? हिली थी कि नहीं? बोलो।"

"ज़रा शांति से काम लो।"

"तुम्हीं मुझे यहां लाए थे। क्यों लाए तुम मुझे? क्यों? क्यों?"

मीना पूरी तरह हिस्टीरिया की पकड़ में थी। उसकी चीख़ोपुकार बाहर का कुछ सुनने नहीं दे रही थी। मनोज जानना चाहता था, बाहर क्या हो रहा है।

"चुप रहो," उसने कहा, "ज़रा कुछ देर के लिए चुप रहो।"

"दरवाज़ा तोड़ो! दरवाज़ा तोड़ो!"

तब मनोज के सोए दिमाग़ ने हरकत की और उसने मीना के गालों पर तड़-तड़ तमाचे जड़ने शुरू कर दिए। बहुत बार सुन चुका है कि हिस्टीरिया का यहीं इलाज है। पहले एक बार वह ज़ोर से चीख़ी, फिर चीख़ें सिसकियों में बदल गयीं। वह वहीं लिफ़्ट के फर्श पर गिर पड़ी और सुबकियां भरने लगी। मनोज उसके बराबर फर्श पर बैठ गया और शांत पर सख़्त स्वर में बोला, "मीना, अभी सब ठीक हो जायेगा। घबराने की बात नहीं है। यहां काफ़ी जगह है, हम आराम से लेट-बैठ सकते हैं।"

"अब हम नहीं बचेंगे," मीना ने सुबकते-सुबकते कहा।

"नानसेंस। और सुनो, अब मैं टार्च बुझा रहा हूं, यूं बैटरी फूंकने का कोई फ़ायदा नहीं है।"

टार्च के बुझते ही एक झटके के साथ मीना उससे लिपट गयी। उसका पूरा बदन बेहताशा कांप रहा था। सांस यूं फूल रहा था जैसे दस मील की दौड़ लगाकर आयी हो। मनोज का हाथ उसकी छाती के नीचे आ गया। तेज़ धड़कन यूं महसूस करा रही थी जैसी छाती के नीचे न जाकर, ऊपर ही ऊपर उठ रही हो। उसका मन हुआ उसे गोद में लेकर दुलारे, प्यार करे पर यह सोचकर कि कहीं वह और न घबरा जाये, चुप बना रहा। सहसा, उससे सटे-सटे, मीना उठ कर बैठ गयी।

"क्या है?" उसने पूछा।

अंधेरे में लगा जैसे मीना कपड़े उतार कर फेंक रही है। यह कैसे हो सकता

है? बांहें फैला रही होगी या अंगड़ाई ले रही होगी पर....आख़िर वह कर क्या रही है? टार्च का बटन दबा दिया। देखा, मीना सब कपड़े उतार चुकी। टार्च की रोशनी में उसकी खाल सिकुड़ी लगी जैसे आतंक और हिस्टीरिया के कारण चुंट गयी हो। भय से विस्फारित उसकी आंखों में एक अद्‌भुत, विक्षिप्त मदहोशी का भाव है। दांतों के नीचे भिंच का सूज आए होंठ खुल कर फैले हैं, जिससे दांत कुछ बाहर को निकल आए है। भय और वासना के मिश्रण से उसका चेहरा वीभत्स बन गया है।

टार्च जलने पर उसका पूरा शरीर एक बार ज़ोर से थरथराया, फिर वेग सहित मनोज के ऊपर गिर पड़ा। फ़ौरन मनोज ने टार्च बुझा दी। उसका चेहरा वह नहीं देखना चाहता।

मीना के बराबर में लेटते-लेटते मनोज को हंसी आ गयी। कहां गुलमर्ग और पहलगाम और कहां यह। न फूलों से सजी सेज, न डनलोपिलो का मुलायम गद्‌दा, न एयरकंडीशनर लगा ठंडा कमरा। लिफ़्ट का सख़्त, गरम और गंदा फ़र्श। तमाम वक़्त मीना की हरकतें उसे गहरे आश्चर्य से भरती रही थीं। यह सब कहां छिपा रखा था उसने? तो शायद यही सच है। हर स्त्री बलात्कार चाहती है। उसने जो थप्पड़ लगाए थे, उन्हीं के कारण....

अब पहले पहल मनोज को चिंता सताने लगी। बिजली कब आयेगी? कहीं सचमुच भूचाल तो नहीं आया था? बांध की दीवारों में दरारें पड़ने पर पानी भीतर आ गया तो? हे भगवान, क्या वे सचमुच चूहों की तरह दबकर मरेंगे? वह भी अब?

उसने उठ कर दरवाज़े से कान लगा दिए, ध्यान से सुना। लगातार पानी की एकसुर फट-फट आवाज़ आ रही है। भीषण शोर अब नहीं है। क्या पानी भीतर घुस रहा है? या घुस चुका? भीतर बह रहा है लिफ़्ट के दरवाज़े से टकरा कर? दरवाज़े में दरार तक नहीं है, जिससे बाहर देखा जा सके। तब क्या दरवाज़ा तोड़ चले? टार्च जलायी तो पास पड़ी मीना चमक उठी। आश्चर्य, उसके चेहरे पर शांति है या शायद थकावट।

"कुछ देर सो क्यों नहीं लेते?" उसने धीरे से कहा।

आश्चर्य, उसका स्वर संयत है, कम से कम निरुत्तेजित तो है ही।

"ठीक हो?" मनोज ने पूछा।

"हां, आओ, सो जाओ।"

मनोज ने देखा, लोहे के दरवाज़े को तोड़ना आसान काम नहीं है, वह भी बिना किसी औज़ार के। वह बहुत थका है। आंखें नींद से बोझिल हो रही हैं।

मीना ठीक कह रही है, कुछ देर सोया जाये। शायद बिजली आ जाये। बस, कुछ देर और वह टार्च बुझा कर चुपचाप लेट गया।

आंख खुली तो पूरा बदन काठ हो रहा था। नीचे हाथ रखा तो सख़्त फ़र्श, तभी न कमर तख़्ता हो रही है। आदतन बेड-स्विच के लिए हाथ बढ़ाया तो टार्च का बटन दब गया। समझ में आया कि वे अभी तक लिफ़्ट में हैं। माथे पर पसीना आ गया। घड़ी देखी, आठ। साढ़े ग्याहर घंटे से वे लिफ़्ट में हैं। आख़िर हुआ क्या है? मीना की बात ही ठीक है? वह ज़िन्दा क़ब्र में दफ़न हैं। भूख-प्यास से तड़प-तड़प कर मरेंगे। यह कैसे हो सकता है? कुछ न कुछ करना होगा। किसी भी तरह बाहर निकलना होगा।

"कुछ करना होगा," वह बुदबुदाया और दरवाज़े को टटोल-टटोल कर देखने लगा। कहां चोट करने से खुल पायेगा। पता न चला तो लिफ़्ट के दूसरे सिरे तक दौड़ कर कंधा उस पर दे मारा–एक, दो तीन बार।

"यह सब बेकार है," मीना की निष्प्राण शांत आवाज़ आयी।

"क्या?" वह उसकी ओर घूम गया, "दरवाज़ा तोड़ने की कोशिश कर रहा हूं।"

"बेकार है," उसने लेटे-लेटे सपाट स्वर में कहा।

वह समर्पण कर चुकी। उसे और नहीं लड़ना। अब मौत कर इंतज़ार है।

आशा और अनिश्चय की परिधि से बाहर आने पर अद्‌भुत सुख-शांति का अनुभव होता है, वह जानती है। वैसे ही जैसे हिस्टीरिया के बाद बेहोशी आने पर।

"नहीं, बेकार कैसे है? कुछ तो करना है।"

मनोज अभी लड़ना चाहता है। चिंता और आशा के चाबुक खाकर वह जी जान से दरवाज़े से जा भिड़ा। धक्के पर धक्के मारने लगा। पूरा बदन पसीने से तरबतर हो गया। सांस फूल गयी। दरवाज़ा खुलने की आशा जैसे-जैसे कम होती गयी, उसकी संकल्प-शक्ति बढ़ती गयी, धक्के और ज़ोरदार होते गये। आख़िर एक धक्के के झपेट में वह नीचे आ गिरा और हाथों में सिर दे कर बैठ गया।

"पानी पी लो," मीना ने थर्मस से गिलास में पानी डालकर उसकी ओर बढ़ा दिया। उसने चुपचाप पी लिया और दुबारा मीना के बराबर में लेट गया।

"अब तुम्हें डर नहीं लग रहा," उसने तनिक कटुता से कहा और कह कर लज्जित हो गया।

"नहीं," मीना ने शांत स्वर में उत्तर दिया," डर, लज्जा, फ़रेब सभी समाप्त होने को है। मरने से पहले तुमसे कुछ कहना चाहती हूं।"

"क्या?"

"मैं तुम्हें प्यार करने लगी हूं।"

"लगी हो?"

"हां, रात से। इसलिए तुमसे अपनी पूरी बात कहना चाहती हूं। सुनोगे?"

"कहो," मनोज के लिए सुनना, न सुनना बराबर थे।

"मुझसे विवाह करके पिछले दो महीने तुम बहुत असंतुष्ट रहे....।"

"नहीं, नहीं," मनोज ने बीच में कहा।

"कम से कम अब हम सच बोल सकते हैं मनोज! तुम असंतुष्ट थे, होना ही था। पर मेरे पास कोई उपाय नहीं था। तुम्हारे क़रीब आते ही मेरी सांस बंद होने लगती थी। पूरा ज़ोर लगा कर मैं डूबने से बचने का प्रयत्न करती। कहीं दम घुटकर मर न जाऊं, उसके सिवा मुझे कुछ महसूस नहीं होता था–न पुलक, न चाह," मीना चुप हो गयी।

"आई हम सॉरी," मनोज ने कहना शुरू किया," मैं पूरी कोशिश करता था...।"

"नहीं," मीना बीच में बोली पड़ी, "तुम्हारा कसूर नहीं था। उसकी गांठें मेरे भीतर लगी थीं। वही तो कहना चाहती हूं...ठहरो, शुरू से कहती हूं।"

"दो वर्ष हुए जब मैं कॉलेज में पढ़ रही थी, बी.ए. के दूसरे वर्ष में, तब...।"

मीना चुप हो गयी, फिर जरा ठहर कर बोली, "मैंने जब कॉलेज में दाख़िला लिया तो एकदम घरेलू किस्म की लड़की थी। मेरे मां-पिताजी को न फ़ैशन पसंद था, न लड़कों से मेल-जोल। पिताजी मेरा कॉलेज में पढ़ना बेकार समझते थे, पर मां का ख्याल था, बिना बी.ए. किये अच्छा लड़का नहीं मिलता। मेरा विवाह उनके जीवन का एकमात्र लक्ष्य था। अच्छा अमीर घर, ख़ूब कमाऊ लड़का। सिर्फ़ इसी ख्याल से उन्होंने पिताजी को मेरे फ़ैशनेबुल कॉलेज जाने के लिए राज़ी कर लिया था। इसी ख़्याल से वे मुझे फ़ैशनेबुल लड़कियों से मेल-जोल रखने से मना नहीं, बल्कि उत्साहित करती थीं। उनकी योजना थी कि मैं फ़ैशनेबुल, चुस्त और अंग्रेज़ी बोलने में निपुण हो गयी तो बी.ए. में पढ़ते-पढ़ते कोई काम का लड़का फंस जाएगा, यानी उनका लक्ष्य सिद्ध हो जायेगा। नए नए हेयर स्टाइल, तरह-तरह के कपड़े, फर्राटे से अंग्रेज़ी बोलना, पार्टियों में भाग लेना, इन सबसे मां ख़ूब खुश होती थीं। उनके दिमाग में वे सब बातें आ ही नहीं सकती थीं, जो इनके अलावा कॉलेज में चला करती थीं। मैं उन्हें बतलाने वाली थी नहीं। उन्होंने मुझे सख़्त ताक़ीद कर रखी थी कि लड़कों से मेज-जोल न रखूं वरना सब किये-कराये पर पानी फिर जायेगा। इस तरह की घुमक्कड़ लड़कियों को कभी अच्छा लड़का

नहीं मिलता। इसके अलावा अगर उन्हें किसी ऐसी वैसी बात का पता चला तो वे मेरी टांगें तोड़ कर रख देंगी। वैसे उन्हें कोई डर नहीं है, जब मां खराब न हो तो लड़की कैसे हो सकती है। यही दो-तीन बातें वे कहती रहती थीं। यह समझ लो, मां अपनी दुनिया में रहती थीं और मैं अपनी। एक-दूसरे को अपने बारे में समझाना मुश्किल था। शायद समझाना चाहना भी मुमकिन नहीं था।

"फिर भी मां के सिखाये-पढ़ाये का कुछ असर ज़रूर हुआ। शुरू-शुरू में मैं लड़कों से कतराती रही, कॉफ़ी हाउस तक जाने में आनाकानी करती। पर जल्द ही मैंने समझ लिया कि इस तरह मैं फ़ैशनेबुल लड़कियों के गुट में आने से रही। वे मुझे बहन जी, बौड़म, बेचारी यही सब कह कर पुकारती थीं। मेरे पास आने पर उनका हंसना बोलना रुक जाता और वे एक-दूसरे को आंख मार कर धीरे-धीरे मुस्करातीं। मैं तिलमिला जाती। उनमें पूरी तरह मिल जाने के लिए बेक़रार हो उठती। किसी तरह गुट की परिधि रेखाओं पर न मंडराती रह कर उनकी अंतरंग बन पाऊं, यही मेरा लक्ष्य बन गया। धीरे-धीरे मैं उनसे घुली-मिली ही नहीं, आगे भी निकल गयी। हमारे गुट में क़रीब दस-बारह लोग थे। पांच-छह लड़कियां और उतने ही लड़के। कुछ लड़किया हॉस्टल में रहती थीं और बाक़ी हम, जब-तब रात वहीं ठहर जाती। शाम को पूरा गुट मिल कर सैर-सपाटे को निकलता। कभी सिनेमा, कभी नाच-गाना और कभी पिकनिक। पिकनिक होती तो सब मिलकर पॉट लेते, सिगरेट पीते। तंबाखू की नहीं, भांग-चरस की। यूं हॉस्टल में भी लड़कियां लेती थीं पर पिकनिक पर लेने का मज़ा और था। कुछ लड़कों ने भारी क़िस्म के ड्रग, एसिड आदि का भी प्रयोग किया था। पर हम लड़कियां अभी उनसे अछूती थीं। क्यों हम वह लेते थे, उसकी कोई सफ़ाई नहीं है, बस फ़ैशन, नकल, मां पिताजी को धोखा देने का थ्रिल। कुछ भी कह लो। कभी कभी मैं अकेले भी किसी लड़के के साथ डेट पर जाती थी पर अधिकतर हम गुट बना कर घूमते-फिरते थे। यूं पॉट लेने के बाद गुट में होना या अकेले होना, एक ही बात थी।

"एक दिन...

"उस दिन..."

मीना क्षण भर के लिए चुप हो गयी। अब तक मनोज अनमने तौर पर सुन रहा था। उसके दिमाग का बड़ा अंश लिफ़्ट से छुटकारा पाने की समस्या पर विचार कर रहा था। पर मीना का स्वर धीरे-धीरे उत्तेजित होता जा रहा था। अब उसे लगा चरम स्थिति आ गयी। वह उठकर बैठ गया।

“एक दिन...” मीना ने फिर कहना शुरू किया, “हम लोग जुहू तट पर पिकनिक के लिए गए। पॉट की बीड़ी एक से दूसरे के पास घूमने लगी और हम उसमें मस्त हो गये। उस दिन शायद मैं हमेशा से ज़्यादा कश लगा गयी। दिमाग एकदम हल्का हो गया। मन करने लगा, कपड़े उतार फेंकूं, नाचूं, गाऊं, लहरों पर छलांग लगाऊं, बांहें फैला कर चांद तक उड़ जाऊं।

“चलो पानी में कूद पड़े,’ मैंने चिल्ला कर कहा और कुर्ते के बटन खोलने लगी। तभी पास बैठे लड़के ने मेरा हाथ पकड़ लिया और फुसफुसा कर मेरे कान में कहा, ‘असली थ्रिल चाहिए तो चलो, मैं दिखाऊं।’

“ ‘क्या? मैंने पूछा।

“ ‘एकदम नयी चीज़।’

“ ‘दिखाओ।’

“ ‘यहां नहीं। मेरे साथ चलो दूसरी तरफ।’

“ ‘ठीक है, चलो।’

“ उसने इशारे से अपनी साथी को बुलाया और हम तीनों उठ गए। बाक़ी लोग बीड़ी में तल्लीन थे, फिर भी एक ने पूछा, ‘कहां चले भाई, तुम्हारी बारी आने वाली है।’

“ ‘ज़रा घूम कर आते हैं,’ वह लड़का बोला और हम चल दिए।

“कुछ दूर हम चुपचाप चले। चले क्या, कभी चले तो कभी दौड़ पड़े और कभी बालू में लोट गए। तट पर और कोई नहीं था, काफी अंधेरा हो चला था। सहसा वह रुक गया, जेब से एक गोली निकाली और मुझसे बोला, ‘यह देखो। खाओगी तो हवा में उड़ जाओगी।’

“ ‘सच?’

“ ‘बिलकुल।’

“ ‘तो दो।’

“ ‘ऐसे नहीं। पहले अपने कपड़े उतार दो।’

“ ‘क्यों?’

“ ‘पूरा मज़ा लेने के लिए।’

“ ‘गोआ के केलनगूट बीच पर हिपियों की तस्वीरें देखी हैं न?’ दूसरे लड़के ने हंस कर कहा।

“बात मुझे बिलकुल ठीक लगी। मेरा मन पहले ही उत्तेजित था। मैंने कुर्ता और बैल-बाटम और फिर ब्रा उतार फेंकी।

“ ‘लो, पर एक किस देना होगा,’ उसने गोली मेरे हाथ पर रखते हुए कहा।

" 'जरूर, मैंने कहा।

"छोटी सी गोली मैं बिना पानी के आसानी से निगल गयी।

"उसने मुझे बांहों से घेर लिया और अपने होंठ मेरे होंठों पर रख दिए। तभी पीछे से दूसरे लड़के ने आकर मेरे हाथ कस कर पकड़ लिए और खींच कर मुझे पटक दिया। मेरे साथ मेरा मुंह थामे-थामे वह भी नीचे आ गिरा। इससे पहले कि मैं समझ पाऊं, हो क्या रहा है, वह मेरे भीतर प्रविष्ट हो चुका था। मेरी आधी बाहर चीख को उसने मेरे मुंह के भीतर अपना मुंह अड़ा कर रोक दिया। मुझे सांस आनी बंद हो गयी। मैं बंधे हाथ-पांव मार कर उससे छुटकारा पाने और सांस लेने की निष्फल चेष्टा करती रही। आख़िर जब वह उठा तो मैं भी झटके के साथ उठ बैठी और जोर-जोर से सांस लेने लगी।

" 'क्यों, मज़ा आया?' उसने पूछा।

" 'पहली बार क्या आयेगा, अब देखना, 'दूसरे लड़के ने कहा।

"मैं उठ कर खड़ी हो गयी। सिर उड़ा जा रहा था। सब कुछ जैसे कुछ अधिक गहरा, रंग-बिरंगा, चमकदार, अधिक चुभता हुआ लग रहा था। सहसा मुझे लगा पूरा रेतीला तट जंतु की तरह बदन फडफड़ा रहा है। पहले वह फैला, फिर सिकुड़ गया। फिर हर वस्तु तीन नहीं, चार, छह, नौ डाइमेंशंस की हो गयी। जो अभी-अभी ही गुज़रा था, जैसे किसी और के साथ हुआ था। मैं अपने शरीर से बाहर थी और मेरे शरीर का हर रोम, होंठ लिए मुझे चूम रहा था। पूरी देह अपूर्व पुलक से कांप रही थी। मैंने एक बार इधर-उधर नजर दौड़ायी फिर तीव्र हंसी के साथ बांह फैला कर सीधे दौड़ गयी। दूसरे लड़के ने मुझे थाम लिया और खड़े-खड़े बांहों में उठा लिया, जिससे उसके होंठ मेरे वक्ष पर टिके गए। मेरा शरीर हवा में उठ गया, कुछ दूर बहा, गिरा और फिर दूने वेग से हवा में उठ गया। मैं बादल की तरह उड़ रही थी, बिखर रही थी और फिर...सिमट कर उड़ने को तैयार हो रही थी और फिर...फिर यूं ही चलता गया। मैं बक़ाबू बेपर्दा, बेहया अपने आवेग का चीख़-चीख़ कर प्रदर्शन करती रही। एक लड़का मुझे प्यार करता रहा और दूसरा मेरी मदहोश, अतिरंजित प्रतिक्रियाओं पर हंसता रहा। ऐसा तीन-चार बार हुआ। तब तक गुट के एक-दो लड़के हमें ढूंढ़ते हुए वहां आ पहुंचे। आखिर गोली की मादकता पर शरीर की थकावट ने क़ाबू पा लिया और मैं बेहोश हो गयी।"

मनोज मीना की कहानी के अलावा सब कुछ भूल चुका था। उसकी आंखें इतनी तल्लीनता से मीना पर टिकी हुई थी कि अंधेरे में वह उसे स्पष्ट देख रहा

था। कम से कम उसे लग ऐसा ही रहा था। मीना के चुप होने पर उसके सूखे होंठ फड़फड़ाए और शब्द निकला, "आगे?"

जैसे कोई कहानी सुन रहा हो, बस। जो वह कह रही थी इतना काल्पनिक लग रहा था कि सिवा कौतहूल के कोई प्रतिक्रिया नहीं हुई थी।

"तब तक शायद उनका भी नशा उतर चुका होगा," मीना ने कहना शुरू किया।

"मैं नहीं जानती। उसी बेहोशी में वे लोग मुझे कपड़े पहना कर मेरे घर ले गए। मां-पिताजी से यह कह कर कि मैं 'ड्रग' खाकर बेहोश हो गयी थी, मुझे उनके हवाले कर दिया। सुनकर उन पर क्या पहाड़ टूटा होगा, अनुमान लगा सकती हूं। पर असली बिजली तब गिरी, जब डॉक्टर ने आकर बतलाया कि मेरा कौमार्य नष्ट हो चुका है। उनके लिए वह मेरी मौत से ज्यादा दुःखदायी रहा होगा। उससे उनके जीवन–लक्ष्य की मौत हो गयी। एक साथ दो-दो जानें गयी।

"डॉक्टर ने ड्रग छुड़वाने के लिए कई इलाज बतलाए, अस्पताल ले जाने का सुझाव दिया, मनोचिकित्सक को दिखलाने की राय दी। पर जो इलाज उन्होंने किया, वह एकदम सीधा-सादा था। एक बार लात–घूंसों से अच्छी तरह मरम्मत करके मुझे कमरे में बंद कर दिया गया। पंद्रह दिन तक दरवाज़ा सिर्फ़ खाना देने के लिए खुलता था। खाने के साथ मां दो-तीन लातें जमा जाती थीं। वैसे खाना मैं खा नहीं पाती थी। मुंह का स्वाद जाने कैसा मीठा-मीठा रहता। हरदम यही लगता, किसी ने मेरा सिर पानी के नीचे दबा रखा है। नाक-मुंह कहीं से सांस नहीं आ रहा। दम घुट रहा है, दम घुट रहा है, में चिल्लाती रहती। पता नहीं कितने दिन मैं गोली के लिए रोती कलपती रही। उंगलियों से नाखून तक चबा डाले। बस, मां की मार से कुछ राहत मिलती थी। तभी चक्कर आता कमरा स्थिर हो पाता और सिर पर पानी का दबाव कुछ कम मालूम पड़ता। शरीर पर चोट का दर्द, घुटन के अहसास को कुछ देर के लिए भुला देता।

"धीरे-धीरे पॉट या गोली की तमन्ना का जोश कम होने लगा। मैं गहरी नाउम्मीदी में डूब गयी। दरवाज़ा खुल गया। पर बाहर जाने की न अनुमति थी, न इच्छा। मैं निढाल सी वहीं कमरे में पड़ी रहती। कॉलेज छुड़ा दिया गया था। मां हरदम परछाईं की तरह मेरे साथ लगी रहतीं।

"घर पर काम रहने पर खींच-तान कर कभी साथ ले लेतीं, पर घर से बाहर मैं कभी नहीं निकलती, अधिकतर कमरे से ही नहीं।

"दो-तीन महीने ऐसे ही बीते। फिर मेरी शादी की बातचीत शुरू हो गयी।

सब कुछ लौट आया, वहीं का वहीं, बस मैं मर चुकी थी। अब मां ने मुझे मार मार कर खिलाना शुरू किया। पिछले महीनों में मेरी हड्डियां निकल आयी थीं। एक कंकाल से भला कौन शादी करता? मैं बिना इच्छा, बिना स्वाद, बिना भूख खा लेती पर मेरा शरीर जैसे काठ हो गया था। कुछ महसूस नहीं होता था। महसूस होती तो बस घुटन, अनंत घुटन। मां जो जली-कटी सुनातीं, मेरे कान सुन लेते, जो दो चार हाथ मारतीं, मेरा बदन सह लेता। मुझे चोट तक नहीं लगती। फिर एक दिन तुम आए और मुझे पसंद कर लिया," मीना हल्के से हंसी और कहने लगी।

"मां कहती ज़रूर थी, 'चुड़ैल, खाती क्यों नहीं, सारी उमर क्या हमारी छाती पर मूंग दलेगी? इन हड्डियों को लेकर कोई चाटेगा क्या?' पर मैंने सोचा नहीं था कि हड्डियों पर मांस आने पर एक दिन सचमुच विवाह होगा। उस दिन सजा-धजा कर मां ने जब तुम्हारे सामने ला खड़ा किया तब भी नहीं सोचा कि मुझे कोई पसंद कर सकता है। उस रात जब मां ने कहा, चलो इसका बेड़ा पार हो गया तो मैं बहुत घबरा गयी। मां चाहती थीं, जल्द से जल्द विवाह कर दिया जाए। इससे पहले कि तुम्हें कोई अफवाह छू जाए। तुम बम्बई के नहीं थे, लड़की देखने वहां आए थे, इसलिए पता चलने का डर कम था। मां-पिताजी के अलावा एक डॉक्टर ही उस बात को जानता था। जहां तक लड़कों का सवाल था, वे ख़ुद उस पर पर्दा डालने को लालायित रहे होंगे। पर शादी की बात सुन कर मैं हक्की-बक्की रही गयी।

" 'नहीं नहीं, मैं शादी नहीं करूंगी,' मैं चिल्ला दी।

" 'तब क्या हमारा ख़ून पियेगी?' मां चीखीं।

" 'प्लीज़ मां, मैं शादी नहीं कर सकती। मैं कुछ काम कर लूंगी, प्लीज़!'

" 'क्या काम करेगी?'

" 'कुछ भी। प्लीज़ मां, शादी कराके मुझे मत मारो, प्लीज़,' मैंने उनके हाथ पकड़ लिए।

" 'चल हट, मां ने हाथ छुड़ा कर मुझे ज़ोर का धक्का दिया।

" 'मां,' मैं आर्तनाद कर उठी।

" 'मां की बच्ची!'

"मां पागल हो उठीं। मेरे कपड़े नोंच-नोंच कर फाड़ डाले और लात पर लात मारने लगीं। साथ-साथ चीख़ती गयीं, 'ले जाओ इसे, किसी को बेच आओ। वहीं अपनी इज्ज़त बेच कर खायेगी।'

"देह पर पड़ रही लातों ने मेरे सोये शरीर को जगा दिया। मैं चीख़ रही थी, पर उस क्रूरता में मज़ा भी आ रहा था।

" 'इस सबकी क्या जरूरत है,' आख़िर पिताजी का ठंडा स्वर सुनायी दिया, "इसे सामने वाली अलमारी में बंद कर देते हैं। जब तक नहीं मानेगी, वहीं बंद रहेगी।'

" 'चल, मां मुझे खींचने लगीं।

" 'जब दम घुटेगा, अपने आप सीधे रास्ते पर आ जायेगी,' पिताजी कहते गये।

" 'नऽहीं,' मैं चीख पड़ी। घुटन मुझे बर्दाश्त नहीं थी, 'आप जो कहेंगे, मैं करूंगी।'

"और शादी हो गयी।"

कठघरे में एकदम सन्नाटा हो गया। मनोज का दिमाग़ इतनी तरह की बातों में उलझा हुआ था कि कोई बात उसकी ज़बान पर नहीं आयी। मीना कहानी ख़त्म कर चुकी थी, पर उस सन्नाटे को बर्दाश्त न कर पाने के कारण उसने फिर कहना शुरू कर दिया :

"मेरा शरीर जानता ही नहीं था, प्यार क्या होता है। जानता था तो बस चोट, दहशत और घुटन। सबसे ज़्यादा घुटन। वही हरदम मुझे महसूस होती थी।" और सब बातों को ठेल कर एक बात अब मनोज के दिमाग में चीख़ने लगी। फिर रात क्या हुआ था? अभी बीती रात? पर उसने कहा कुछ नहीं।

"कल रात," मीना ने जैसे कही बात का उत्तर दिया, "मौत की दहशत ने मेरा शरीर झिंझोड़ कर रख दिया। मैं सब कुछ भूल गयी। उससे घबरा कर तुम्हारे पास शरण ली। पर तुम्हें पाकर मेरा शरीर ही नहीं जगा, मैं जान गयी, मैं प्यार कर सकती हूं, अभी भी कर सकती हूं।"

"तो यह सच है," मनोज ने धीमे-धीमे कहा, "हर औरत बलात्कार चाहती है?"

"नहीं, हर औरत पर बलात्कार होता जरूर है पर चाहती नहीं। चाहता तो पुरुष भी नहीं। दोनों हृदय की गहराई से प्यार चाहते हैं, पर वह मिलना क्या इतना आसान है? ज़्यादातर लोगों के हिस्से यही आता है जिसे बलात्कार कहना उचित है।"

मनोज अभी भी गड़बड़ाया हुआ था। वह चुप रहा।

"मैं भी यही चाहती हूं," मीना ने फिर कहा, "मरने से पहले एक बार

तुम मुझे प्यार करो। मैं भी करूं, बिना किसी दहशत, जबरदस्ती या डर के। तब मैं कह सकूंगी, मैं प्यार करती हूं।"

मनोज चुप रहा।

"पर," मीना ने लंबी सांस खींच कर कहा, "अब शायद तुम नफ़रत के मारे नहीं कर सकोगे।"

कुछ देर चुप्पी रही। फिर टार्च जला कर मनोज ने उसकी नग्न देह को ध्यान से देखा।

कुछ देर में वे दोनों नष्ट हो जायेंगे। फिर वह न हसेगा, न रोयेगा, न खायेगा-पियेगा, न प्यार करेगा, न नफ़रत। कुछ घंटे और हैं, चाहे नफ़रत में बिताओ, चाहे प्यार में। उसने अपनी नज़र उसके पूरे शरीर पर घुमायी। गर्दन, वक्ष, सपाट फैला पेट, टांगें। एक औरत। प्यार के लिए बनी एक औरत और वह एक पुरुष। बस, एक पुरुष। समय आया और गुज़र गया। शेष हैं वे दोनों। एक वह पुरुष और एक वह औरत। काहे की नफ़रत। मौत से पहले थोड़ी सी जिंदगी। उसे अपना शरीर कसता हुआ मालूम पड़ा और कुछ सोचने से पहले वह उस पर टूट पड़ा।

गहरी परितुष्टि से भर कर उठा था कि कटघरा रोशनी से जगमगा उठा और लिफ़्ट झटके के साथ ऊपर चढ़ने जगी। घबरा का दोनों खड़े हो गये। और जल्दी-जल्दी कपड़े पहनने लगे। फिर एक साथ दोनों ने एक-दूसरे को देखा और हँस पड़े।

ऊपर पहुंच कर लिफ़्ट कर दरवाज़ा खुलते ही खन्ना ने दौड़ कर मनोज को छाती से लगा लिया। पांच छह लोगों ने उन्हें चारों तरफ़ से घेर लिया।

"मुबारक हो! बच गए। मुबारक हो," सबने एक साथ कहा।

"अरे भाई, पानी-वानी पिलवाओ," खन्ना ने पुकारा।

"नहीं, पहले ज़रा...।"

"हां हां, जाओ-जाओ।"

"हुआ क्या था?" बाथरूम से लौट कर मनोज ने पूछा।

फिर तो हरेक के पास कहने को कुछ था, जिसे वह जल्दी-जल्दी सुनाने लगा।

"अरे यार, भूचाल आया था भूचाल," महेश्वरी बोला, "और भूचाल भी कैसा? पूरा शहर तहस-नहस हो गया।"

"बस, यह डैम सुरक्षित बचा है।"

"हम लोग डैम के अन्दर थे, इसलिए बच गए, वरना...." गुप्ता बतलाने लगा, तो शर्मा बीच में बोला, "सहगल के दोनों बच्चे ख़त्म हो गए।"

"और बीवी अस्पताल में पड़ी है।"

"मैं पहुंचा कर आया था, फिर सोचा, डैम का पता कर लूं। सहगल तो पगला उठा है एकदम।"

"भगवान का शुक्र है, मेरे बीवी-बच्चे दिल्ली गए हुए हैं, वरना मैं यहां होता, वहां शहर में उन पर न जाने क्या गुजरती," गुप्ता बोला।

"मीना जी, आप ठीक हैं न?" उन्हें उसका ख्याल आया।

"किसी चीज़ की दरकार तो नहीं," महेश्वरी ने पूछा।

"नहीं, मैं बिल्कुल ठीक हूं," मीना ने दृढ़ स्वर में कहा।

"लिफ़्ट कैसे चली?" मनोज ने पूछा।

"जेनरेटर चलाया, उसी से बिजली ली। रात भर यही सब करते रहे," खन्ना ने कहा।

"तुम किसी को ख़बर करके नहीं गए थे। हो सकता था, पता ही नहीं चलता और हम लिफ़्ट चलाने की कोशिश ही न करते," गुप्ता ने कहा।

"दो बजे तक हम डैम का जायज़ा लेते रहे। फिर जेनरेटर की तरफ़ ध्यान गया," महेश्वरी कहने लगा तो खन्ना बोला, "हम शहर के हालात मालूम करने यहां से चलने वाले थे कि लिफ़्टमैन ने बतलाया, रात तुम लोग नीचे गए थे।"

"मैं सुबह यहां पहुंचा तो देखा, ये सब तुम्हारी फ़िक्र में हैं," शर्मा ने कहा।

"ग़नीमत हो गयी भाई, डैम को नुक़सान नहीं हुआ, वरना बाहर बुरा हाल है। शर्मा से सुना तो रोंगटे खड़े हो गये।"

"पता नहीं कौन-कौन घायल पड़ा होगा। बचाव का काम चल रहा है," शर्मा बोला, "मैं तकदीर से बाहर निकल आया तो देखा, सहगल बेचारा अकेला तीन-तीन को बचाने की कोशिश कर रहा है। उसकी मदद की पर बचा कहां पाए," उसने लंबी सांस खींची।

"डैम के नुकसान का अभी पूरा क्या पता? कुछ ठहर कर पता लगेगा," महेश्वरी ने कहा।

"अधिक नुकसान नहीं हुआ, यह तो लगता है।"

"कहीं-कहीं दरारें आ गयी हैं। पानी भी भीतर आया होगा पर ख़ास नुक़सान हुआ नहीं," गुप्ता ने कहा।

उनकी बातों से मनोज समझ गया कि वे सब शिफ़्ट इंजीनियर छह से दो की ड्यूटी पर डैम के भीतर थे। भूचाल आने के बाद उसकी देखभाल में लगे रहे और दो बजे घर भी नहीं गए। घर क्या गेस्ट हाउस, जिसमें वे सब

शादीशुदा युवक इंजीनियर रहते थे। आजकल मनोज और मीना भी वहीं टिके हुए थे, घर अलॉट होने तक। इन्हीं लोगों की मौजूदगी और मेहनत से वे बच पाये हैं।

"तुम्हीं लोगों की वजह से बच गए हम," उसने कृतज्ञता से कहा।

"हमारी क्या, भगवान की वजह से बच गए तुम। उसी ने मारा और उसी ने बचाया," शर्मा उदास कंठ से बोला। उसे फिर सहगल के बीवी-बच्चे याद आ गये।

"कोयना में पहले कभी भूचाल आया है?" मीना ने पूछा।

"सुना तो नहीं। महाराष्ट्र का यह इलाक़ा सीस्मिक बेल्ट में नहीं है। पता नहीं क्यों ऐसा हुआ," महेश्वरी ने कहा।

"इसी से तो नुक़सान भी ज़्यादा हुआ," शर्मा ने कहा, "बचाव के लिए क्या करें, किसी को मालूम नहीं था।"

बांध से बाहर आने पर मनोज और मीना ने समझा, कया कुछ हो गुज़रा था। लगा, विनाश चंडी ने अपने पैरों के नीचे मसल कर तमाम शहर को चकनाचूर कर दिया था। छोटी सी जगह थी कोयना, बांध से ताल्लुक रखने वाली कुछेक पक्की इमारतें ही उसे नगर का रूप देती थीं। अब वे तहस-नहस हो चुकी थीं। बचा था सिर्फ़ मलबा। सामने छोटी सी पहाड़ी पर वह गेस्ट हाउस था, जिसमें वे भूचाल आने से पहले रह रहे थे। अब वहां रहने लायक़ कुछ नहीं था। छतें ज़मीन चूम रही थीं। खिड़कियों और दरवाज़ों के चौखटें, शीशे के टुकड़े और लोहे की तुड़ी-मुड़ी छड़ें गड्डमड्ड नीचे खड्ड में पड़ी थीं। ऊंची-नीची, ऊबड़-खाबड़ खड़ी कुछ दीवारों के बीच, जहां-तहां एकाध खिड़की, बूढ़े के मुंह में दांत समान हिल रही थी। कुदालें थामें मज़दूर खुदाई में लगे थे। पास ही एंब्युलैंस खड़ी थी, इस मलबे के नीचे माल-असबाव ही नहीं, मृत और जीवित घायल शरीर भी दबे हैं। एक धक्के के साथ मीना ने समझा और यह भी कि अब वह बिलकुल आज़ाद है, कैद से ही नहीं, माल-असबाब से, पुराने साज़ो-सामान से। पुरानी स्मृतियों से हो सके तो नहीं, ज़िंदगी शुरू कर सकती है। एकदम नयी जिंदगी।

उसने कस कर मनोज का हाथ थाम लिया, भावावेश से कांपते स्वर में कहा, "लगता है, लिफ़्ट ही की नहीं, जिंदगी की क़ैद से निकल आयी हूं।"

और मनोज सोच रहा था, यहां तक तो ठीक है, पर अब सवाल मौत नहीं, ज़िंदगी का है। क्या मैं इसकी पिछली ज़िंदगी के शिंकजों से बरी रह सकूंगा? इस औरत के साथ जी सकूंगा?

पोंगल पोली

आइहोले के खंडहर मंदिरों के बीच बने ताल से सोनम्मा पानी भर रही थी कि उसने देखा, वही कल वाले लोग आज फिर आए हैं। वही लंबी काली गाड़ी। देखते ही उसका छोटा भाई फकीरप्पा अपने साथी बेरू और शांतम्मा के साथ गाड़ी को घेर कर खड़ा हो गया। आज फकीरप्पा और बेरू, दोनों में से कोई स्कूल नहीं गया था, शायद इन्हीं लोंगों के आने की आस में।

सोनम्मा सांस रोक कर स्त्री के बाहर निकलने की प्रतीक्षा करने लगी। लकदक सफ़ेद पोशाक पहने एक आदमी कूद कर गाड़ी से उतरा और फुर्ती से पीछे का द्वार खोल खड़ हो गया। वह उतर आयी। वही गले में सोने का भारी हार, हाथों में सोने की ढेर सारी चूड़ियां, टोकरी भरा काले केश सिर पर और....उसकी साड़ी! इतनी महीन जैसे हवा में उड़ता वर्षा ऋतु का पहला बादल। साथ ही पुरुष भी उतर आया, हाथ में वही कल वाला डिब्बा लिए। क्या अजीब कपड़े पहनता है। रंग बिरंगी कमीज और कसी-कसी, वह क्या कहते हैं, पतलून। हंसी आती है।

वे दोनों हंस-हंस कर आपस में बातें कर रहे थे और सोनम्मा थी कि उधर से आंखें नहीं हटा पा रही थी।

कल आए थे तो सब मंदिरों में घूमे थे पर जैसे और यात्री घूमते हैं वैसे नहीं। ये तो हर मूर्ति के आगे सांस रोक कर खड़े हो जाते थे और आदमी डिब्बा आंखों से लगा लेता था। उसका मन हो आया था, वह भी एक बार उसमें से देखे। उसमें सनीमा दिखता है क्या? एक बार मेले में देखा था, कैसे बोलता था दिखलाने वाला–आगरे का ताजमहल देखो। बारह मन की धोबिन देखों। आइयो! कितना मज़ा आया था।

पर फकीरप्पा कहता है, यह सनीमा नहीं, कैमरा है कैमरा। बटन दबाते ही फोटू खिंच जाता है। फ़कीरप्पा स्कूल में क्या पढ़ता है, अपने को विश्वेश्वर का अवतार समझने लगा है। संसार में जैसे कुछ हई नहीं जो ये न जानता हो।

कल सारी सुबह सोनम्मा उनके पीछे फिरती रही थी। और जब सूरज चढ़ने पर उन्होंने दुर्गा मंदिर के अहाते में बैठ कर टोकरी खोली तो, शिव रे, उसके मुंह में इत्ता पानी आया, इत्ता पानी आया कि थूकना कठिन हो गया, क्या-क्या सामान था उसमें! दही भात, इमली भात, पोंगल, पूरी, आलू भाजी और सफ़ेद-सफ़ेद वह जो होती है। उसने बाज़ार में देखी कई बार है पर खायी कभी नहीं। क्या नाम है उसका; बरेड; हां, बरेड। और भी जाने क्या क्या। अच्छा, एक ही दिन, एक ही बेला, कोई इतना खा सकता है! अगर उसे मिले तो? हां, वह खा सकती है, अवश्य खा सकती है। पर मिलेगा कैसे?

खाते-पीते स्त्री ने उसे ताकते देख लिया था और सोनम्मा लजा कर भाग खड़ी हुई थी, सीधी ताल पर। अकेली क्या वही देख रही थी। उन दोनों के पीछे बच्चों का पूरा जमघट सारा दिन पिछलग्गुओं की तरह घूमता रहा था। वह सिर्फ़ बढ़िया-बढ़िया चीजें खा नहीं रही थी, अपने सामान में से बहुत कुछ बच्चों में बांटे दे रही थी। कोई खाली हाथ नहीं रहा था, किसी के हाथ में ब्रेड, किसी के हाथ में केला, नहीं तो पूरी या पोंगल या कुछ और। तभी न सब उसे अम्मां पुकार रहे थे।

आज फिर वही हो रहा है। उसे देखते ही बच्चे उसे घेर कर खड़े हो गए हैं। तभी शांतम्मा भागती हुई सोनम्मा के पास आयी और बोली, "जानती है रे, बेरू को उसने एक फाउंटेन पैन ला दिया है। बेरू भी बड़ा चंट है। स्कूल में पढ़ाता है न। ज़रा लाज नहीं है उसे। झट मांग लिया और आज उसने ला भी दिया।"

सोनम्मा ने उत्साह नहीं दिखलाया तो भी शांतम्मा का जोश कम नहीं हुआ। वैसे ही कहती गयी, "सच रे, जो मांगो वही दे देती है। मैंने पूछा, तुम्हारे गले में क्या असली सोना है, तो बिलकुल पास लाकर दिखला दिया। कैसे चमकता है रे! और वह है भी कितनी सुन्दर!"

सोनम्मा फिर भी कुछ नहीं बोली।

शांतम्मा की समझ में नहीं आ रहा था, आज वह इतनी उदासीन क्यों है। उसे झकझोर कर उसने सीधा वार किया, "तू भी मांग ले न ब्रेड जा कर। रोज़ कहती है, ब्रेड को मन ललचाता है।"

"मुझे नहीं चाहिए ब्रेड फ्रेड, "सोनम्मा सहसा झिड़क कर बोली, "तू जा यहां से।"

शांतम्मा उसे अंगूठा दिखला कर भाग गयी और सोनम्मा का मन और भारी हो आया।

कल तीसरे पहर वे दोनों ताल पर आए थे। तभी से सोनम्मा का मन कैसा-कैसा तो हो गया है।

वह ताल से पानी निकाल चुकी थी कि स्त्री ने पास आकर पूछा था, "तुम लोग क्या यही पानी पीते हो?"

"हां, अम्मां, "सोनम्मा ने उल्लसित स्वर में कहा था, "चाहिए तुम्हें? दूं?"

"नहीं, नहीं," कह कर वह एकदम पीछे हट गयी थी।

कुछ कहा नहीं था पर उसके शरीर से जैसे घृणा बह निकली थी।

कुछ देर वह ताल के किनारे खड़ी इधर-उधर देखती रही थी, फिर हाथ बढ़ाकर किनारे बनी एक मूर्ति को दिखला कर चिल्ला उठी थी, "अरे देखो न, धनकुबेर की मूर्ति, लगता है यह ताल भी आइहोले के मंदिरों के साथ ही बना होगा, पांचवीं छठी शताब्दी में।"

"यानी," पुरुष ने हंस कर कहा था, "डेढ़ हजार साल से यहां के लोग इसी ताल का पानी पीते आए हैं! ज़रा कीच तो देखो। छीः छीः!"

सोनम्मा की समझ में नहीं आया था, इसमें छीः छीः की क्या बात है। पुराने मंदिर के खंडहरो के बीच बस्ती बसा कर जो लोग रह रहे हैं वे सभी तो इस ताल से पानी लेते हैं। आजी कहती है, वो जब छोटी थी तो यहीं से पानी भरती थी। उसी ने बतलाया था, यह मोटे पेट वाली मूर्ति धनकुबेर की है। वो धन की रक्षा करते हैं। धन क्या होता है, उसने पूछा था। यही सोना-चांदी, आजी ने कहा था। पर यहां तो सोना-चांदी है नहीं, उसने कहा था तो आजी बोली थी, अरे, नीर कौन धन से कम है। हां रे, ठीक तो है, यहां बैठे धनकुबेर ताल के नीर की रक्षा कर रहे हैं। जो हो, उसे पसंद बहुत हैं धनकुबेर। गोल गोल मुख, गोल-मटोल पेट और, आइयो रामा, क्या हंसी! देख कर पेट फूल जाये। कितनी बार पानी भरते वह उनके सामने खड़ी होकर हंसती रहती है। हंसते वो भी हैं, अवश्य हंसते हैं पर गुपचुप देवता जो ठहरे।

कल की बात याद करके सहसा उसे एक भयावह विचार आया, उस स्त्री ने इतना ढेर सोना पहन रखा है। कहीं धनकुबेर नीर-ताल छोड़ उसकी रक्षा न करने लगें? उसने घबरा कर मूर्ति की तरफ़ देखा। ना, वे तो वैसे के वैसे हंस रहे हैं। वे कहीं नहीं जायेंगे। फिर भी उसका मन पूरी तरह संतुष्ट नहीं हुआ। बेचैनी बनी रही। तभी फ़कीरप्पा तेज़ी से दौड़ता आया और अंजुली में भर कर गटागट पानी पीने लगा। दूसरे हाथ में ब्रेड पकड़े था।

"लेगी?" गला तर करके उसने ब्रेड वाला हाथ नचा कर पूछा।

"तू ही खा, मुझे नहीं चाहिए," सोनम्मा ने कहा।

"क्यों? सब तो लेते हैं। तू क्यों नहीं मांगती?"

"चल यहां से, बदमाश! नीर भरने दे," वह झिड़क कर बोली।

नीर शब्द कहते ही ताल के आसपास 'छीः छीः' का स्वर गूंज गया, 'तुम लोग क्या यही पानी पीते हो!' स्त्री का वाक्य, फिर 'छीः छीः' का भद्दा शोर।

"बदमाश होगी तू." कह फ़कीरप्पा चल दिया पर थोड़ी दूर जाकर लौट आया। पास आकर बोला, "उसके पास कैमरा है कैमरा, बटन दबाते ही खट से फ़ोटू खिंच जाता है। कहूं उससे, तेरे पोंगल पोली का खींच दे।"

"जाता है या कपाल फोड़ूं," सोनम्मा ज़ोर से चीखी और झुक कर जमीन से ढेला उठा लिया।

फ़कीरप्पा जीभ दिखा कर भाग गया और वह खीज से भरी खड़ी रही। जाने इस मरे फ़कीरप्पा से क्यों पोंगल पोली के बारे में कह डाला था। जब देखो, चिढ़ाता रहता है।

तभी उसने देखा, स्त्री-पुरुष उसके सामने से गुज़र रहे हैं।

'नहीं चाहिए मुझे ब्रेड-फ्रेड,' मन ही मन उसने कहा और जीभ निकाल कर उन्हें दिखला दी।

पर उनका ध्यान उसकी तरफ़ था ही नहीं।

वे ताल के दूसरी तरफ़ बिखरे मंदिरों के खंडहर देख रहे थे।

सहसा, "देखो तो, देखो तो!" कह कर वह आदमी लगभग चीख़ उठा, "वह घर तो देखो। यक्ष-यक्षिणी के कंधों पर।"

सोनम्मा धक् रह गयी। वह तो उसका घर है। वही तो उसके पोंगल-पोली हैं।

स्त्री ठिठक कर खडी हो गयी।

"कितने सुंदर हैं!" उसने गद्‌गद स्वर में कहा और उधर देखती रही। क्षण भर बाद हंस दी। चहकती हुई बोली, "चालुक्यों के यक्ष-यक्षिणी मेरे द्वारपाल बन सकें तो सच, मैं और कुछ न मांगू।"

"सच? पुरुष ने भी हंस कर कहा।

"सच, मज़ाक नहीं," स्त्री गंभीर हो गयी, "ये मुझे मिल जायें तो मैं एकदम सादा सा घर बनाकर रह सकती हूं," उसने आग्रह के साथ कहा।

पुरुष ने उसकी तरफ़ देखा और सोच कर बोला, "शायद मिल भी सकें। जिसका घर है, उससे बात करके देखता हूं।"

सोनम्मा ने सुना और झपट कर वहां जा पहुंची।

"क्या है?" उसने कहा।

"यह घर किसका है?" पुरुष ने पूछा।

"हमारा।"

"हम देख सकते हैं?"

"नहीं।"?

"क्यों? भीतर और भी मूर्तियां हैं?"

"नहीं।"

वह सख़्ती से उन्हें टालने का प्रयत्न कर रही थी कि फ़कीरप्पा वहां आ पहुंचा।

"आओ आओ, मैं दिखलाता हूं," बंदर की तरह उछल कर उसने कहा और उन्हें अंदर ले गया।

'मूर्ख! गधा! बदमाश!' मन ही मन उसे गालियां देती सोनम्मा वहीं खड़ी रही। उसने सुना है, उसके घर के नीचे कभी मंदिर था। अब तो कुछ टूटे-फूटे सतंभ बचे हैं। और बचे है उसके पोंगल पोली। उन्हीं पर मिट्टी पत्थर ढोकर यह कच्चा-पक्का घर खड़ा किया गया है। कितने सुंदर है पोंगल पोली। बचपन में ही उसे इन यक्ष-यक्षिणी से प्यार हो गया था। वह चाहती थी, उन्हें कोई बहुत प्यारा सा नाम दे, जिससे वे सिर्फ़ उसके होकर रहें। पता नहीं क्यों, एक दिन इस मरे फ़कीरप्पा से कह डाला था। फिर भी है वे उसी के। पोंगल पोली नाम उसी ने उन्हें दिए थे। पूर्णिमा के दिन उसकी अम्मा खाने को पोली बनाती है और पर्व के दिन पोंगल। उसकी अम्मा जैसा पोंगल कोई नहीं बना सकता। जाने कितने दिन पहले से आदमी सोच कर प्रसन्न होता रहे। और पोली? जैसे देवता का प्रसाद हो, कितनी कोमल, कितनी मीठी। याद करते ही मुंह में पानी भर आता है। तभी न अपने सबसे प्यारे यक्ष-यक्षिणी को उसने यही नाम दे डाले थे।

कितनी सुंदर है यक्षिणी!

वक्ष भार से झुकी पड़ रही पतली कटि, नन्हें पक्षी समान होंठ, ऊंचे बंधे भणि जैसे केश और ये ढेर सारे ज़ेवर!

कितनी बार उसके बराबर में खड़े होकर उसने अपने को देखा है। क्या वह भी इतनी सुंदर दिखती है?

पर उससे भी सुंदर है यक्ष। क्या चौड़ी छाती है पर पोली जैसी पतली कटि। कितने प्रेम से पोली की कटि को बांह से घेर कर वक्ष पर हाथ रखा हुआ है। वैसा ही प्रेम भरा है उसकी लंबी बड़ी आंखों में। और उसके होंठ। जैसे अब बोले और अब बोले। हाथ से छूकर देखो तो सांस रुक जाए। एक बार तो...

याद करके वह लजा गयी और जोर से बोली, "नहीं, मैं नहीं ले जाने दूंगी, कभी नहीं।"

वे लोग बाहर आ रहे थे। पुरुष ख़ूब हंस रहा था। स्त्री गंभीर थी।

"क्यों, सोचा नहीं था न," पुरुष ने हंस कर कहा, "भीतर दर्जी की दुकान देखने को मिलेगी?"

"हूं," स्त्री ने गंभीर स्वर में कहा, "इसके लिए कुछ करना होगा। इन मूर्तियों को इस हालत में यहां नहीं छोड़ा जा सकता।"

फिर वे दोनों देर तक मंदिरों के बारे में बतियाते रहे, पर सोनम्मा ने ठीक से कुछ सुना-समझा नहीं। उसके कानों में वही वाक्य रह-रह कर बजता रहा।

'अभी कितनी बची है तुम्हारी थीमिस' या ऐसा कुछ, आदमी ने पूछा था और उसने कहा था, 'थोड़ा काम बाक़ी है, अभी पटडकल भी जाना है, वही तो चालुक्यों की राजधानी थी।' पुरुष ने उबासी ली तो वह बोली, 'थक गये, पर सोचो तो सही, यह कितना पुराना है, कितना सुंदर! अरे, यह तो मंदिरों का जन्म-स्थान है।'

'और मेरा भी,' सोनम्मा ने अनायास सोचा।

तभी आदमी ने होंठ सिकोड़ कर कहा, "और अब देखो, क्या हाल बना हुआ है। उफ़ किस क़दर गंदगी है यहां!"

"ग़रीब लोग हैं। इन बेचारों को कला का क्या ज्ञान? मुझे तो सच, बड़ा दुःख होता है इनके लिए," स्त्री ने सहानुभूति से लरजते स्वर में कहा, पर सोनम्मा को लगा, उसने उसके गाल पर कस कर तमाचा मारा है।

"हां, वह तो है," पुरुष ने लापरवाही से कहा, फिर पूछा, "चलें अब?"

"हां, चलो," स्त्री ने कहा और चूड़ी भरा हाथ उठा कर धीरे से अपने केश संवार लिए।

सहसा सोनम्मा ने देखा, वह बिलकुल यक्षिणी के समान है। वही वक्ष भार से झुकी जा रही पतली कटि, वही नन्हे पक्षी समान होंठ, ऊंचे बंधे मणि जैसे केश, और ये ढेर सारे ज़ेवर। यक्ष के बराबर में खड़ी हो तो उसकी प्रिया लगे बिलकुल। उसे लगा, पोंगल पोली को देने के लिए उसके बापू ने भी माने तो कोई लाभ नहीं होगा। पोंगल स्वयं उठ कर अपनी नयी प्रिया के पीछे-पीछे चला जायेगा।

वह धम् धरती पर बैठ गयी और बिछोह के दुःख से आकुल, धाड़ मार कर रोने लगी।

डैफ़ोडिल जल रहे हैं

आमतौर पर हिंदुस्तान में डैफ़ोडिल नहीं होते। अच्छा है। आमतौर पर जो मिल जाए, उसका मिलना क्या मिलना? फिर भी एक जगह है, जहां वे मिलते हैं। हिंदुस्तान की उत्तरी सरहद पर। कश्मीर की घाटी में। घाटी के उत्तरी हिस्से में ऊंचे-ऊंचे पहाड़ हैं। उन पहाड़ों के बीच बसा एक शहर। शहर, नगर, क़स्बा या गांव? पता नहीं। कभी इनमें से एक रहा होगा। दुनिया भर के सैलानियों के धावा बोलने से पहले। अब तो बस गुलमर्ग है। गुलमर्ग यानी फूलों का रास्ता। एक रंगीन सफ़र। या सैलानियों की बंदरगाह। हां, सैलानी भी जहाज़ों की तरह होते हैं।

उस जगह को यह नाम भी किसी सैलानी ने बख़्शा होगा।

बख़्शा था।

वह आया। पहले सर्दी में। पथरीले पहाड़ों पर जमी सफ़ेद बर्फ़ देखी। फिर आया गर्मी में। पिघली बर्फ़ के नीचे से उमगती हरी घास देखी। वहीं ठहर गया। घास फैलने लगी। पथरीले पहाड़ हरी घास के लहलहाते ढलवान बन गए। दूर तक हरा ही हरा। उसे अच्छा लगा और नहीं भी। उसने फूलों की चंद क़िस्मों के अनगिनत बीज ढलानों पर छितरा दिए। और लौट गया। बाक़ी काम मिट्टी-हवा पानी और बर्फ़ के रक्षा कवच ने कर डाला। और यूं कश्मीर घाटी के उत्तरी हिस्से में बसे गुलमर्ग में डैफ़ोडिल खिल उठे। खिलते रहे हर गर्मी में; सर्दी में बर्फ़ के नीचे अपने बीज सुरक्षित रखकर।

डैफ़ोडिल खिले और नर्गिस और आईरिस। गुलमर्ग में आए सैलानियों के लिए ये फूल देखना आम बात हो गयी।

मैंने पहले पहल डैफ़ोडिल वही देखा, गुलमर्ग में। पीले रंग का बड़ा सा फूल। चार पंखुड़ियां और बीच में एक कटोरा सा, सब पीला, मुझे पीला रंग पसंद

नहीं है। मतलब, डैफ़ोडिल देखने से पहले नहीं था। पर डैफ़ोडिल देखकर लगा, कोई हर्ज़ नहीं है। चलेगा, पीला रंग भी चलेगा। वैसे मुझे डैफ़ोडिल देखने, गुलमर्ग जाने या कश्मीर की यात्रा करने का ख़ास शौक नहीं था। बल्कि मैं वहां के बारे में सुन-सुन कर और पढ़-पढ़ कर तंग आ चुकी थी। लगता था जिसके पास भी थोड़ा सा पैसा है, वह शादी कराने के फ़ौरन बाद कश्मीर भाग जाता है और वहां से लौट कर उसे बहिश्त का नाम देता है। जैसे नयी शादी हुए हर जोड़े के लिए वक़्ती बहिश्त का होना ज़रूरी शर्त हो। अंग्रेज़ी में इस वक़्ती बहिश्त को हनीमून कहते हैं। डैफ़ोडिल की तरह हिंदुस्तान में आमतौर पर हनीमून भी नहीं मिलता। अच्छा है, बहुत से लोग एक भुलावे से बचे रहते हैं। वरना, वह वक़्ती बहिश्त ज़मीन पर जहन्नुम के एहसास को कुछ और तीखा बना डालता है।

मुझे भुलावों का शौक़ नहीं है। मुझे बहिश्त का शौक़ नहीं है। मुझे कश्मीर जाने का शौक़ नहीं था। मुझे गुलमर्ग देखने का शौक़ नहीं था।

मेरी शादी सुधाकर से हो चुकी थी। सुधाकर और मैं कॉलेज में साथ पढ़ते थे। हम एक-दूसरे को बुरे नहीं लगते थे। सुधाकर को नौकरी मिली तो उसे लगा, अब शादी कर लेनी चाहिए। मैंने बी.ए पास किया तो मुझे लगा, नौकरी क्या करनी, अब सीधे-सीधे शादी कर लेनी चाहिए। सुधाकर ने सोचा होगा, वीना क्या बुरी है। मैंने भी सोचा, सुधाकर क्या बुरा है। जाना–पहचाना आदमी है। तीन साल साथ रहा, बुरा नहीं लगा। शायद इसी को प्रेम करते हैं। और जो अब तक नहीं लगा, आगे चलकर क्यों लगेगा? लगा भी तो औरों की क्या गारंटी है? यानी बुरा कोई भी किसी वक़्त लग सकता है।

एक दिन पिक्चर देख कर बाहर निकले तो सुधाकर बोला, "वीनू मुझसे शादी करोगी।"

मैंने कहा, "कर लूंगी।"

...हमारी शादी हो गयी।

संयोग कुछ ऐसा था कि सुधाकर और मैं एक ही जाति और प्रदेश के थे। दोनों बनिये और दोनों उत्तर प्रदेश के। लिहाज़ा न उसके मां-बाप ने अड़ंगा लगाया, न मेरे मां-बाप ने। ख़ुशी-ख़ुशी दान-दहेज़ का सामान ख़रीदा मेहमान जुटाये,

बारात चढ़वायी और अग्नि की साक्षी दिलवा कर, पंडित ने हमारे फेरे फिरवा दिये। प्रेम विवाह हुआ भी और अपने शहर से भाग, कहीं परदेश जा कर चोरी-छिपे शादी करने का रोमांच तक नहीं मिल गया।

शादी होते ही सुधाकर बोला, "हनीमून के लिए एक ही जगह है, कश्मीर। वहां के लिए बुकिंग करा ली है।"

"मुझे भी जाना होगा?" मैंने पूछा।

सुधाकर बोला, "तुम्हारा सेंस ऑफ़ ह्यूमर बहुत अच्छा है।"

"ऐसा नहीं हो सकता था, हम शादी से पहले कश्मीर भाग जाते, "मैंने कहा। सोचा, तब होता कोई रोमांच।

"जब हमारी शादी में कोई बाधा नहीं थी तो वहां जाने की क्या ज़रूरत थी?" सुधाकर ने पूछा।

मैंने कहा, "हां, ज़रूरत तो नहीं थी। अब क्यों है?"

"अरे, सारी ज़िंदगी यहां दिल्ली में पड़े-पड़े सड़ना है, कुछ दिन तो जी लें। कश्मीर को सब लोग, पता है, स्वर्ग बतलाते हैं, स्वर्ग।"

तो सारी जिंदगी पड़े-पड़े सड़ने के लिए अपने को अच्छी तरह तैयार करने, हम लोग कश्मीर चले गए।

सुधाकर ने सुन रखा था, पूरा कश्मीर स्वर्ग है। लिहाज़ा उसने क़सम खायी कि उसका कोई निसर्ग देखे बिना नहीं छोड़ेगा और चूंकि हम हनीमून मनाने आये थे, इसलिए ज़रूरी था कि स्वर्ग के इस आस्वादन में मैं सदा साथ रहूं। स्वर्ग की तलहटी श्रीनगर से शुरू होकर हम पहलगाम, चंदनवारी, वापस श्रीनगर, वूलर लेक, बनिहाल, वापस श्रीनगर होते हवाते आख़िर ठीक बहिश्त के कंधों पर चढ़ गये, यानी गुलमर्ग जा पहुंचे।

टनमर्ग के आगे बस नहीं जाती, इसलिए वह सफ़र हमने घोड़ों पर चढ़ कर तय किया। चढ़कर मैं इसलिए कह रही हूं, क्योंकि घोड़े की सवारी करना हम दोनों नहीं जानते थे। रास्ता बेहद ख़ूबसूरत था। दोनों तरफ चीड़ के पेड़ ठंडी हवा वगैरह, सब कुछ। घोड़ों पर बैठकर कुछ दूर चलने के बाद हम दोनों की पीठ में दर्द होने लगता था। इसीलिए थोड़ी-थोड़ी देर बाद उन्हें रोक देना

पड़ता था और नीचे उतर आना पड़ता था। पर हम अपनी यात्रा के इन अवकाशों को बेकार नहीं जाने देते थे। नीचे उतर कर एक-दूसरे को चूमने लगते थे और आलिंगन में बंध कर कुछ दूर चलते चले जाते थे। साथ ही आसपास के ख़ूबसूरत नज़ारों की तारीफ़ भी करते थे। बहिश्त के दरवाज़े पर पांव रखते हुए ये सब करना ज़रूरी होता है, ख़ासकर तब, जब आप हनीमून मनाने आए हों।

यूं घोड़ों पर चढ़ते उतरते हम गुलमर्ग टूरिस्ट रेस्ट हाउस पहुंच गये। यह मंज़िल तय करते-करते मेरी कमर का दर्द कुछ ज़्यादा बढ़ गया। इतना कि लगा, वे महज़ घोड़े की वर्ज़िश के कारण नहीं हो सकता। वैसे अनाड़ियों के साथ होता यही है। वर्ज़िश घोड़ा करता है और बदन सवार का दुखता है। मैंने सुधाकर से कुछ नहीं कहा, अपने दर्द के बारे में। आमतौर पर, घोड़े पर बैठने से सुधाकर की कमर ज्यादा दुखती थी। एकाध बार मुझे दबानी भी पड़ी थी। अपने दर्द का ज़िक्र करके मैं उस वक़्त उसे उसकी कमर की याद दिलाना नहीं चाहती थी। दर्द का माप तौल करने का कोई यंत्र तो हमारे पास था नहीं, इसलिए पूरा अंदेशा था कि अपनी कहते-कहते, कमर मुझे उसी की दबानी पड़े।

अपने-अपने दुखते बदन घसीट कर, हम बिस्तरों तक ले गए और निढाल से उन पर पड़ गये। एक दो जुंबिश देकर, उन्हें, ज़रा सा उठाया और हलकी कराहटों के साथ रज़ाइयां ऊपर खींच कर फ़ौरन सो गए। उस रात खाना-पीना प्रेम करना सब गोल रहा।

सुधाकर के होंठों ने मेरे होंठों को छुआ और तड़प कर अलग हो गए, जैसे दहकता अंगार छू लिया हो।

"तुम तो जल रही हो," उसने कहा।

"सुबह हो गयी?" मैंने पूछा। पर शायद उसने सुना नहीं।

अपना हाथ मेरे माथे पर रख दिया। फिर जल्दी से हटा लिया।

"तुम इतनी गरम क्यों हो?" उसने कहा।

मैं भला इसका क्या जवाब दे सकती थी?

तभी क्या जवाब दे पायी थी जब, कुछ दिन पहले, उसने अपने होंठ मेरे थके बदन पर घुमा कर कहा था, "तुम इतनी ठंडी क्यों हो?"

पहली बार जब उसने यह वाक्य कहा था तो मैंने अपनी थकान से मुंदी जा रही आंखों को बिना खोले, जमुहाई लेकर कहा था, 'कश्मीर ठंडी जगह है।'

तब वह बहुत नाराज़ हो उठा था।

"मजाक़ का कोई वक़्त होता है," उसने कहा था।

"तुम्हारे लिए मेरे जज्बात मख़ौल उड़ाने की चीज़ है?" उसने कहा था।

"तुम हर चीज़ को इतनी उदासीनता से क्यों लेती हो," उसने कहा था।

"मैंने सुना था, कश्मीर आकर मुर्दा से मुर्दा इंसान भी रोमांटिक हो जाता है, पर तुम हो कि तुम्हारा आलस ही ख़त्म होने में नहीं आता," उसने कहा था।

और....और भी बहुत कुछ उसने कहा था।

दिन भर हम कश्मीर के चप्पे-चप्पे को कुरेदते फिरते और रात देर तक प्यार करने के नये-नये तरीक़े आजमाते। दिन भर की थकान से चूर होकर बिस्तर पर अलसाये लेटे रहना और बीच-बीच में जमुहाई ले उठना, मुझे बिलकुल मुनासिब लगता। मैं दावे के साथ कह सकती थी–अगर दावे के साथ कहने के लिए मैं कुछ देर के लिए अपनी थकान और आलस से छुटकारा पा सकती–कि कश्मीर आया हर सैलानी दिन भर घूम लेने के बाद, रात को बिस्तर पर लेट कर ऐसा ही करता होगा। पर हम उस तरह के सैलानी नहीं है। सुधाकर कहता था, हम हनीमून मनाने आये है। प्यार करना हमारी नियति है–यह वह कहता नहीं था–पर मैं समझ जाती थी।

"फिर हम दिन भर इधर-उधर टक्कर मारते क्यों घूमते हैं। आराम और सुकून से प्यार क्यों नहीं करते?" एक बार मैंने इतना जरूर पूछा था, पर वह और भड़क गया था।

"कमाल करती हो," उसने कहा था, "हम कोई लखपति, करोड़पति तो हैं नहीं जो हर साल गर्मियों में कश्मीर दौड़े आयेंगे। ज़िंदगी में एक बार मौक़ा लगा है, इतना पैसा ख़र्च किया है तो पूरा देख कर नहीं जायेगे? लौट कर किसी से कहेंगे तो क्या कि कश्मीर गये भी और डल लेक देखकर लौट आये।"

"तो थोड़ा ठहर कर आते," मैंने कहा था।

"उससे क्या होता?"

"तब शायद प्यार करना ज़रूरी नहीं रहता," मैंने मन में सोचा था पर मुंह से कहा नहीं था, क्योंकि मैं तय नहीं कर पायी थी कि सुधाकर उस बारे

में ठीक क्या सोचता है। हो सकता था, उसका ख़्याल यही होता कि शादी करने के बाद उम्र भर प्यार करते रहना ज़रूरी होता है। इसलिए मैं चुप रही थी।

जब उसने दोबारा कहा, था, "उससे क्या होता, बोलो न।"

तो मैंने कह दिया था, "नहीं, उससे भला क्या होता।"

कोई-कोई दिन ऐसा भी होता था जब हम दिन भर नहीं घूमते थे। सुबह घूम कर, दोपहर को खाना खाने रेस्ट हाउस लौट आते और खाकर प्यार करते। तब भी सुधाकर खुश नहीं हो पाता। प्यार कर चुकने पर, मेरा मन करता कि आराम से सोया जाये, पर चार बजे हमें दोबारा सैर के लिए निकलना होता था और सुधाकर देरी बर्दाश्त नहीं कर पाता था।

तब ख़ूबसूरत से ख़ूबसूरत नज़ारे को नजरअंदाज करके मैं, घूमते हुए, बार बार पलकें झपकाती रहती थी और बीच-बीच में जमुहाई ले उठती थी। सुधाकर खीज कर कहता था, "तुम्हें साथ लेकर बाहर आना तो ऐसा है जैसा किसी छड़ी को साथ लेकर घूमना।"

एक बार मैंने कहा था, "मेरा साथ रहना ज़रूरी है क्या?"

सुधाकर को उसमें कोई सेंस ऑफ़ ह्यूमर नज़र नहीं आया था।

"तुम इतनी ठंडी क्यों हो?" खीज कर उसने कहा था।

तो अब जब उसने कहा–तुम इतनी गरम क्यों हो–मेरी समझ में नहीं आया क्या जबाव दूं। मेरे दिमाग़ में यही आया कि कह दूं, यहां बहुत ठंड है, इसलिए शायद मैंने कहा भी। मेरे होंठ हिले ज़रूर पर पता नहीं उनका कहा सुधाकर तक पहुंचा या नहीं। शायद नहीं पहुंचा, क्योंकि जो अब उसने कहा, उसका उससे कोई ताल्लुक़ नहीं था।

"लगता है, तुम्हें तेज़ बुखार है," उसने कहा

तो यह बात है, मैंने राहत महसूस की। दिमाग लगाने की ज़रूरत नहीं है। कारण मिल गया।

"अरे, कुछ बोलती क्यों नहीं?" उसने घबराए स्वर में कहा और अपना हाथ मेरी छाती पर रख दिया। वह भी ज़्यादा देर नहीं टिक पाया। झटके से हटा कर बोला, "तुम्हारी सांस धौंकनी की तरह चल रही है। क्या हुआ तुम्हें? कुछ बोलो तो सही।"

मैंने पूरा दम लगाकर आंखें खोलने की कोशिश की। पलकों पर रखे भारी पत्थरों को किसी तरह परे सरकाकर एक बार उन्हें उठा लिया पर दूसरे क्षण वे दोबारा मुंद गयीं।

अरे, क्या हुआ तुम्हें? बोलती नहीं, हिलती-डुलती नहीं? हुआ क्या?" सुधाकर ने तेज़ घबराहट से सने स्वर में कहा और मुझे पकड़ कर हिला दिया।

मेरे मुंह से चीख़ निकल गयी।

"क्या हुआ?" वह और घबरा गया।

उसके हिलाने पर मेरी कमर में जो बिजली कौंधती चली गयी थी, उसके लिए मैं शब्द खोजने लगी।

मौत, पहले मैंने सोचा।

हत्या, फिर दिमाग में आया।

बलात्कार, मस्तिष्क ने कहा।

हलाल! हलाल! हलाल! एक शोर सा मेरे सिर के अंदर उठा, पर जुबान तक आते,न जाने कब बुद्धि ने उसे पकड़ कर मोड़ दिया और.....

"दर्द," मैंने कहा।

"दर्द," सुधाकर ने दोहराया, "दर्द और बुख़ार। ठहरो, मैं रेस्ट हाउस के मैनेजर से पूछ कर आता हूं, इधर कोई डॉक्टर है?"

चलो, इतनी ग़नीमत हुई कि मरने के बाद मैं स्वर्ग पहुंच गयी, मैंने सोचा। पूरे कमरे को आलोकित करती सामने जो कांति स्तूप सी स्त्री खड़ी है, अवश्य स्वर्ग की देवदूती होगी। स्वर्ग में देवदूतियां होती हैं या देवदूत? मैंने दिमाग़ पर ज़ोर देने की कोशिश की। उहूं, होगा। वे चाहे जो होते हों, यह और कुछ नहीं हो सकती; स्वर्ग की देवदूती के सिवा। जिसके चेहरे की एक झलक देखकर मैं, मर कर भी इतनी जीवंत ललक महसूस कर रही हूं। कमरे में जिसके आने से एक जगमगाती ज्योति चारों तरफ़ फैल गयी है। उसे जी भर कर देखने के लिए, मैंने कोशिश करके अपनी भारी आंखें एक बार फिर खोल लीं।

मुझे धक्का लगा। नहीं, यह देवदूत नहीं है। देवदूत लाल पैंट नहीं पहनते। मतलब, ऐसा कोई क़ानून नहीं है कि लाल पैंट पहन ही नहीं सकते पर जितना उनके बारे में पढ़ा-सुना है; जिसके भरोसे मन में उनकी जो तस्वीर उभर सकती है; उससे यही विश्वास जगता है कि लाल पैंट वे नहीं पहनते।

यह देवदूत नहीं है तो मैं स्वर्ग में भी नहीं हूं और शायद मरी नहीं, ज़िंदा हूं। अच्छा लगा जानकर कि मैं ज़िंदा हूं। मैंने अपने सूखे होंठों पर ज़बान फेरी और मुस्कराने की कोशिश की, पर तभी सुधाकर ने मेरे मुंह में थर्मामीटर घुसेड़ दिया।

"ये मिसेज़ दस्तूर हैं," उसने कहा, मेरे देवदूत की तरफ़ इशारा करके। "....मैं नीचे मैनेजर से थर्मामीटर मांग रहा था कि ये मिल गयीं। इनके पति डॉक्टर हैं। पास के कमरे में ठहरे हैं। इन्होंने कहा, गुलमर्ग में कोई डॉक्टर मिलेगा नहीं, श्रीनगर से बुलाना पड़ेगा। ज़रूरत हुई तो इनके पति कुछ दवा दे देंगे।"

सुधाकर बोल रहा था। मैं जगे रह कर उसकी बात सुनने की कोशिश कर रही थी, तभी वह आगे बढ़ी और मेरे मुंह से थर्मामीटर निकाल लिया। मैंने जगे रहने की कोशिश छोड़ दी।

"अरे, यह तो 106 डिग्री बुख़ार है! देखिए न मिसेज़ दस्तूर, 106 ही है न!" सुधाकर के त्रस्त स्वर से चौंक कर मैंने आंखें खोल लीं।

वह मेरी तरफ़ देख रही थी। अब धीरे से मुस्करा दी। जैसे कह रही हो, तुम्हें आंखें खोलने की ज़रूरत नहीं है। मैं सब देख लुंगी। मैंने आंखें बंद कर लीं।

"हां," उसने कहा और सुधाकर के हाथ से थर्मामीटर ले लिया।

"कमर में बहुत दर्द है," सुधाकर ने कहा, "क्या करना चाहिए? पता नहीं, इन्हें एकदम हो क्या गया!"

"मैं डॉ. दस्तूर को बुलाती हूं," उसने कहा।

स्वर्ग भी है और देवदूत भी। बस, मौत की कमी है। मेरी आंखें बंद थीं, पर दिमाग़ काम कर रहा था। मुझे उसके सोचने के तरीक़े पर हंसी आ गयी। पर मेरी कमर बग़ावत कर उठी। दर्द से खौफ़ खाकर बोली, मौत पर हंसो मत, मरना उतना आसान नहीं है। लो, मैं तुम्हें बेहोश भी नहीं होने देती। पर मेरा दिमाग़ भी कम नहीं था। बोला, तो मरो और देवदूत की सूरत पर ध्यान जमा, सोने की मुद्रा में पसर गया। पूरी तरह सोने, कमर ने भले न दिया हो, पर पूरी तरह जगाए भी न रख सकी।

"माई गॉड, शी इज डन फ़ॉर!" जज के फ़रमान सा वाक्य कमरे में बजा और मेरे अधसोये दिमाग़ तक को झिंझोड़ गया।

घबरा कर मैंने आंखें खोल दीं। अपने हाथ में मेरा हाथ लिये जो आदमी खड़ा था, वह सुधाकर नहीं था।

"क्या डॉक्टर! क्या कह रहे हैं आप!" सुधाकर यह था।

"इनकी हालत बहुत ख़राब है।"

उन्होंने अपना स्वर इतना धीमा कर लिया कि मेरे लिए सुनना मुश्किल हो गया। फिर भी मेरे कान उधर ही लगे रहे। आश्चर्य, अपनी हालत से ज़्यादा मुझे उनकी बातों में दिलचस्पी हो रही थी।

"बच्चे कितने हैं आपके?" उसी आदमी का स्वर उभरा।

"बच्चे? अभी तो हमारी शादी को पंद्रह दिन हुए हैं," यह सुधाकर था।

"ओह!" सहसा कोई खिलखिला कर हंस पड़ा, "तब तो आपको भी इनके साथ मरना होगा," उसने कहा।

"क्या?" सुधाकर चीख़ सा दिया तो मैं हंस पड़ी, जोर से।

अब पता चलेगा बच्चू...सारा-सारा दिन मुझे साथ लिए घूमते थे न....साथ नहीं रहेंगे तो हनीमून कैसे मनेगा....सुधाकर जी.....हनीमूनर.....अब बचकर कहां जाइएगा....असली हनीमून तो अब मनेगा....मरूंगी तो साथ ले कर.....

"क्या हुआ? डिलीरियस हो गयी? हंसे क्यों जा रही हो?" सुधाकर चीख़ा, पर मेरी हंसी रुकी तब जब एक ठंडे ठोस हाथ ने मेरा हाथ थाम लिया। उसमें कोमलता नहीं थी, न सहानुभूति; था केवल अपनापन।

"इतने बदहवास क्यों हो रहे हो तुम लोग?" मेरे हाथ को अपने हाथ में संभाले रखकर, उसने कहा, "तुम अपना काम करो फ़ीरोज़, इंजैक्शन, दवा, जो देना हो, दो। शादी के पंद्रह दिन बाद भला कोई मरता है। मिस्टर...नाम क्या है आपका?"

"सुधाकर।"

"और तुम्हारा?" उसने पूछा और अपना कान मेरे होंठों के पास झुका लिया।

"वीना," मैंने बुदबुदा कर कहा।

"मिस्टर सुधाकर, वीना क्या आते ही बीमार पड़ गयी थी?"

"जी हां।"

"ओह, तभी! मैं सोच रही थी कमरे में फूल क्यों नहीं हैं। आप जाइए, मिस्टर सुधाकर, बाहर जाकर कुछ फूल ले आइए।"

"पर मैं कैसे जा सकता हूं?"

क्यों, आपकी तबीयत भी खराब है क्या?"

"नहीं, पर इन्हें अकेला छोड़ कर...."

"अकेली कहां हैं?" उसने कहा तो मैंने उसकी मुट्ठी में बंद पड़े अपने जलते हाथ को वहीं फड़फड़ा कर उसकी हथेली पर हलके से दबा दिया।

"अभी तो डॉक्टर साहब दवा-दारू करेंगे। आप जाइए न, फूल लेकर आइए। कमाल है, आदमी के बीमार पड़ने का फ़ायदा क्या जो चंद फूल भी नसीब न हों। जाइए न और तुम भी इंजैक्शन वगैरह जो देना है, देकर अपना रास्ता नापो। इतनी भीड़ के बीच कोई अपनी बीमारी क्या ख़ाक एंजाय करेगा।"

एक बार फिर मैंने उसका हाथ अपने हाथ से दबा दिया।

वह हंस दी। फिर अपना वह हाथ हटा कर, दूसरा मेरे हाथ पर रखती हुई बोली, "लो, अब इसे गरम करो।"

मेरी बांह में सुई चुभी।

एक बार आंखें खोल कर मैंने उसे देखा, फिर शायद मैं सो गयी।

मैं बिस्तर पर औंधी पड़ी थी। दो पुष्ट हाथ मेरी कमर थामे उस पर मालिश कर रहे थे। समुद्री ज्वार भाटे की तरह दर्द की लहरें ऊपर से नीचे उतर रही थीं। पहली बार दर्द की चोटों को कोई थामे ले रहा था। हरेक चोट अपने साथ राहत लिये हुए थी।

एक लंबी सांस खींचकर, मैंने अपनी जलती आंखें खोल दीं। सामने पीले फूलों के गुच्छों पर गुच्छे झूम रहे थे। अगर वे दो पुष्ट हाथ मेरी कमर न थामे होते तो एक बार फिर मुझे भ्रम हो जाता कि मैं मर चुकी हूं और स्वर्ग में हूं।

"डैफ़ोडिल हैं," कमर के ऊपर से आवाज़ आयी।

तो ये हैं डैफ़ोडिल। पीले चार बड़ी-बड़ी पंखुड़ियां और बीच में कटोरा सा। लबालब शराब से भरा, शायद। पर पीला, मुझे पीला रंग पसंद नहीं है। पर डैफ़ोडिल देख कर लगा, कोई हर्ज़ नहीं है। चलेगा, पीला रंग भी चलेगा।

देर तक उनकी तरफ़ देखते रहने के कारण आंखों में पानी आ गया। मैंने आंख बंद कर लीं; तभी कमर पर टिके हाथों ने मुझे थाम कर सीधा कर दिया।

मैंने आंखें बंद रखीं।

"तुम्हारी कमर काफ़ी नाजुक है," उसने कहा, "मज़ा आया मलने में। आंखें खोलो, इधर भी डैफ़ोडिल हैं।"

मैंने आंखें खोल दीं। डैफ़ोडिल के फूलों की पीली पृष्ठभूमि पर खिला उसका चेहरा देखा। पीले कैनवस पर उलीचे रंग जैसे फैले उसके घने भूरे बाल देखे। उनके बीच जड़ी उसकी शरारती भूरी आंखें देखीं, शोख़ मेकअप से रंगा उसका

गोरा मुख देखा। और देखा कि अब उसने लाल नहीं, नीले रंग का पैंट-कोट पहन रखा है। शायद एक दिन गुज़र चुका था।

वाह मेरे देवदूत, काफ़ी आधुनिक हो तुम, मैंने सोचा। फिर मेरी आंखें बाक़ी कमरे पर घूम गयीं।

"सुधाकर दवाई लेने श्रीनगर गया है," उसने कहा।

मैं आश्वस्त हो मुस्करा दी। फिर कुछ ख्याल आया और मैंने अपने पपड़ाये होंठो पर ज़बान फेर कर धीमे से पूछा, "फूल कौन लाया?"

"वही, सुधाकर, कल देखा तुमने, और लोगों को मरने के बाद फूल मिलते हैं, तुम्हें पहले मिल गये।"

"काम कम हो गया," मैंने कहा।

"हां," वह बोली, "जब मरोगी तो और नहीं लाने पड़ेंगे।"

मेरी धीमी आवाज़ सुन पाने के लिए मेरे पास खिसक आयी थी। मुंह मेरे चेहरे के ऊपर झुका लिया था।

"कौन से फूल पसंद करोगी तुम अपने कफ़न पर?" उसने पूछा।

"यही।"

"डैफ़ोडिल?"

"हां।"

"इतनी जल्दबाज़ी न करो," उसने कहा, "अभी तुमने आईरिस और नर्गिस देखे कहां हैं?"

"दिखलाओगी?"

"हां, सुधाकर आ जाये तो लाने भेज देंगे।"

"कब तक आयेगा?"

"रात तक।"

मेरे चेहरे पर मन की बेचैनी दौड़ गयी होगी, क्योंकि उसने कहा, "फ़िक्र मत करो। वह बहुत थका होगा। आते ही सो जायेगा।"

मैं उसे समझाना चाह रही थी। यह बात नहीं है कि मैं सुधाकर का पास होना पसंद नहीं करती। वह मेरा पति है। अच्छा आदमी है। मुझे बुरा नहीं लगता। पर आजकल बीमारी में, मौत के क़रीब, मैं उसे देख कर यह सोचने पर मजबूर नहीं होना चाहती कि मैंने उसका हनीमून बिगाड़ कर रख दिया। ज़िंदगी में सिर्फ़

एक बार कश्मीर आने का मौक़ा मिला। गुलमर्ग का सपना देखते-देखते आख़िर गुलमर्ग पहुंचा तो क्या बीमार बीवी से तीमारदार का रिश्ता जोड़ने...अच्छा हनीमून मना...बेचारा सुधाकर।

ये सब मैं कहना चाह रही थी पर मेरा गला सूखा जा रहा था। आंखें मुंदी जा रही थीं। मेरी समझ नहीं आ रहा था कि वह मैंने कह डाला या सिर्फ़ सोचा। मैंने कसमसा कर उसकी तरफ़ देखा।

"तुम्हारे ठीक हो जाने पर, उसे इस बीमारी के बारे में फूल और बर्फ़ के अलावा कुछ याद नहीं रहेगा," उसने कहा।

मैं समझ गयी, उसे कुछ समझाना ज़रूरी नहीं है।

"कल उसे खिल्लनमर्ग भेज देंगे," वह कहती गयी, "कहेंगे, सबसे बढ़िया आईरिस वहीं खिलते हैं और वहां बर्फ़ है। बर्फ़ ही बर्फ़। दूर-दूर तक। पास भी। ऊपर चढ़ाई तक। नीचे ढलान पर। आईरिस का बड़ा सा गुच्छा हाथ में लेकर, अपने कूल्हे ऊपर बर्फ़ में जमा कर एक बार जो फिसला तो सीधा गुलमर्ग आ पहुंचेगा।"

दृश्य मेरी आंखों के सामने साकार हो गया। मुझे हंसी आने लगी। खिलखिला कर मैं हंसी भी। पर हंसी होंठों से फूटी नहीं। बस भीतर कुलांचे भरती रही।

बांह में कुछ चुभा। मैंने एक आंख खोल कर देखा। वही डॉक्टर बांह में इंजैक्शन दे रहा है।

वह बर्फ़ जिसकी ढलान पर सुधाकर फिसला आ रहा था, धुंधली पड़ने लगी...ढाके की मलमल सी महीन धुंध उठी....एक छोर से दूसरे छोर तक बिछी चादर की झीनी परत...हवा में धीमे से झूलती हुई...एक परत पर दूसरी परत...उसकी पारदर्शिता को आच्छादित करती...बर्फ़ीले नज़ारे से खेलता, उसे घूंघट की ओट लेता धुंधलका...प्रहार को प्रस्तुत, सितार के तारों सी कसी, दर्द से तनी नसों को सहलाता दुलारता, राहत भरा सलेटी अंधेरा....परत दर परत गिरती यवनिका...भ्रांति, निन्द्रा या सुखद छांव...जो हो....आहिस्ता-आहिस्ता बढ़ता सुकून।

सोने और जागने के बीच, दर्द के शिंकजे से बाहर फ़िसल आने के झुटपुटे में मैंने उसकी आवाज़ को कहते सुना, "अगर तुम मर गयीं तो हम तुम्हें वहीं खिल्लनमर्ग ले जाकर बर्फ़ के नीचे दफ़ना देंगे। आईरिस से ढक कर। क्यों ठीक है न?"

हूं..." मैंने कहा।

"पर ऐसे नहीं," दूर होती जा रही उसकी आवाज़ ने कहा, "उससे पहले,

एक बार तुम्हें खिल्लनमर्ग जाकर उसके बारे में पक्की राय क़ायम करनी होगी। ऐसे तो तुम डैफ़ोडिल के लिए भी हां कह देती हो और आईरिस के लिए भी। दोनों के बीच फ़र्क़ करना जरूरी है न।"

"हूं...." दूर से आ रही उसकी आवाज को मैंने एक बार अपने से बांध कर महसूस किया, फिर दूर होते जाने दिया।

"उफ, किस कदर ठंड है," सुधाकर कह रहा था।

ऊपर से नीचे तक बर्फ़ में सना, हाथ में फूलों का बड़ा सा गुच्छा थामे, वह अभी-अभी खिल्लनमर्ग से लौटा था। बिल्कुल वैसा जैसा मेरे देवदूत ने कहा था। पर ये क्या आईरिस हैं? मैंने ध्यान से फूलों को देखने की कोशिश की। पीले फूल। चार बड़ी-बड़ी पंखुड़ियां और बीच में कटोरा सा। लबालब शराब से भरा। शायद, पर पीला, धत्, मैंने सोचा, यहां हर फूल पीला होता है और रूप-आकार में भी एक सा। बस, नाम फ़र्क़ दिए रहते हैं। यह तो सरासर धोखाधड़ी है। मुझे कोफ़्त हो रही थी।

सुधाकर ने फूल सामने कोर्निश पर पटक दिए। गीला कोट उतार कर झाड़ता हुआ बोला, "क्या जगह है खिल्लनमर्ग! बर्फ़ ही बर्फ़! मजा आ गया!"

कोट उसने कुर्सी पर फेंक दिया। पूरी बांहों का स्वेटर उठा कर पहन लिया और बोलता गया, "सर्दियों में लोग खिल्लनमर्ग स्कीइंग करने आते हैं। आजकल टोबोगन चलते हैं। अभी बर्फ़ पिघली नहीं है वहां। आज भी ढेरों लोग थे; पर ज्यादातर अमेरिकन। टोबोगन महंगे क्या कम थे। अरे, पूरी लूट थी लूट। पैसा लुटाओं और बदले में मज़ा लूटो। यही दस्तूर है ज़माने का। पर अपन ने भी तय कर लिया था, मजा लेंगे पूरा पर पैसा ख़र्च नहीं करेंगे। सो अपन तो खिल्लनमर्ग की पहाड़ी पर जमकर बैठे और नीचे फ़िसल पड़े। भगवान ने कूल्हे दिए हैं सो इसीलिए न? अरे, हिंदुस्तानी आदमी के लिए स्की हैं, स्की। सच कहता हूं, टोबोगन पर आने वालों से पहले नीचे मैं पहुंचा और वह ठाठ से कि क्या बतलाऊं।"

वह खुल कर हंस दिया।

मैंने बहुत चाहा, उसकी हंसी में शामिल होऊं। मैं हंसी भी, पर पहले की तरह हंसी होंठों से फूटी नहीं। भीतर-भीतर झनझना कर रह गयी। उस निःशब्द हंसी को सुधाकर कैसे सुनता? नहीं सुना उसने।

सहसा वह संजीदा हो गया। पास आकर बिस्तर पर मेरे बराबर बैठ गया। जैसे कुछ गलत कर गया हो, ऐसे सपाट स्वर में बोला, "कैसी तबीयत है तुम्हारी?

सच, तुम लोगों के कहने से मैं खिल्लनमर्ग चला तो गया, पर अकेले, तुम्हारे बिना, ज़रा मज़ा नहीं आया। तुम साथ रहती तो कितना अच्छा होता। हनीमून पर आकर तुम बीमार पड़ गयीं, पता नहीं क्यों, लगता है इसमें मेरा दोष है।"

मेरी हंसी का दम घुट गया। मैं चुपचाप पड़ी रही, पर भीतर चीख़ पनप उठी–ओ सुधाकर, तुम मुझे पहले कहीं ज़्यादा अपने लग रहे। तब, जब तुम खुश थे, संतुष्ट थे, चंचल थे। हंस रहे थे, बतिया रहे थे, जो महसूस कर रहे थे वही दिखला रहे थे। तुमसे किसने कहा, तुम्हें बहलाना चाहिए बहका कर?

"देखो," सुधाकर उसी तीमारदार स्वर में कह रहा था, "मैं तुम्हारे लिए कितने सारे फूल लाया हूं। वही, जो परसो लाया था। वैसे ऊपर और भी फूल थे। नीले पर मैंने सोचा, तुम्हें ये इतने पसंद आए थे परसो, तो यही ले चलूं।"

ओह...तो ये खिल्लनमर्ग के आईरिस नहीं हैं। अब मेरी समझ में आया, सुधाकर को फूलों की याद, नीचे वापस पहुंच जाने पर आयी होगी और पास में यही फूल दिखलायी दिये होंगे। यानी ये डैफ़ोडिल हैं, आईरिस नहीं। कहीं कोई धोखाधड़ी नहीं है। चलेंगे, मैंने सोचा, डैफ़ोडिल भी चलेंगे। यह जानकर कि ऊपर खिल्लनमर्ग पहुंचने पर, बर्फ़ पर फिसलते सैलानियों को देख कर, सुधाकर इतना उत्तेजित हो उठा था कि मेरी या फूलों की क़तई याद नहीं रही थी, मुझे उस पर प्यार आ गया। मैंने हंस कर उससे कहना चाहा पर शायद कह नहीं पायी। दर्द का कोचवान आज कुछ ज़्यादा बेरहमी से कोड़े बरसा रहा था। फ़ीरोज ने जो इंजैक्शन दिया था, उसके सामने पिटा सा पड़ा था। उसकी बख़्शी ख़ुमारी बस इतना कर पायी थी कि ज़ेहन में आया हर लफ़्ज जुबान पर आने से पहले लड़खड़ा कर गिर जाता था। बाहर नहीं निकल पाता था। कुद कर सुधाकर बिस्तर से उठ खड़ा हुआ। बोला, "क्या जबरदस्त ठंड है। देखूं, मैनेजर से कहूं, कमरे में आग जलवाने का इंतजाम करवा दे। आग तापे बगैर आज ठंड जाती नहीं दिखती।"

जाते-जाते वह रुका, मेरी तरफ़ मुड़ा बोला, "तुम्हें भी आराम रहेगा। अच्छी तरह सेंक लगेगा तो दर्द-वर्द आप कम हो जायेगा," और बाहर चला गया।

मैंने डैफ़ोडिल के गुच्छे को देखने की कोशिश में आंखें खोलीं। दर्द से हटा कर ध्यान फूलों पर केंद्रित किया। शरीर में बसी खुमारी को दिमाग़ पर हावी हो जाने दिया। इस बार जो धुंधलका अंधेरे की परतों में गहराया, पीले रंग का आभास लिए हुए था।

आंख खुलते ही मैंने आग देखी...दोज़ख़ की आग...चट-चट चटखती

लकड़ियां...धू धू धधकती ज्वाला....प्रचंड अग्निशिखाएं....कहीं मासूम नीली लौ का नामोनिशान नहीं....जो लपट उठी लाल....ख़ून से सनी....नारंगी-सिन्दूरी-सुर्ख़... नरक-ज्वाल....रक्तरंजित.... हू हू हुड़कती हड्डियां...तिलमिलाता चिलकता उजारा...धायं धायं धमकती धमनियां...मेरे देवदूत! तुम कहां चले गए...मैं मर कर दोज़ख़ में आ पड़ी...आग की सुर्ख़ लपटों और चकाचौंध के बीच...

छुटकारा पाने के लिए मैंने हाथ-पांव मारे तो पाया, वे मुलायम बिस्तर पर पड़ रहे हैं। तो क्या नरक में गुदगुदे बिस्तर मिलने लगे? नहीं, कुछ ग़लती ज़रूर हैं। मैंने आंखें बंद करके आग की लपटों को परे धकेला और दूसरी तरफ मुंह घुमा कर आंखें खोलीं। वहां आग का आभास तो था, आग नहीं। शायद मैं मरी नहीं। अब मेरी दृष्टि के दायरे में एक चेहरा झिलमिलाया, सुधाकर। नहीं, मैं मरी कदापि नहीं!

"क्यों, बढ़िया जल रही है न आग?" वह बोला।

तो वह जानता है। उसे भी आग दिखलायी दे रही है। मेरी नज़रें फिर घूम गयीं। वही नारंगी, सिन्दूरी, सुर्ख़ लपटें। वही धू धू धधकती लकड़ियां। वही चकाचौंध, वही तपिश और...आग की झुलसती लपटों के ठीक ऊपर कोर्निश पर पड़े डैफ़ोडिल। लाल लौ के नुकीले नाख़ूनों से बिंधे, पीले, निरीह फूल। उनकी पंखुड़ियों के कोर झुलस कर सिकुड़ रहे थे, दियासलाई की लौ दिखलाए ख़त के पन्ने की तरह।

डैफ़ोडिल जल रहे हैं–मेरे भीतर चीख़ उभरी–डैफ़ोडिल जल रहे हैं। पर कमरे में कोई शब्द नहीं हुआ, लकड़ियों के जल कर चटखने के सिवा। मैंने अपनी पूरी ताक़त का इस्तेमाल किया और चीख़ को बाहर उछाल दिया, "डैफ़ोडिल जल रहे हैं।"

सुधाकर ने चौंक कर मेरी तरफ़ देखा, पूछा, "क्या हुआ?"

"डैफ़ोडिल!" मैं चीख़ी।

"डैफ़ोडिल?" उसने दोहराया, "डैफ़ोडिल क्या?"

"डैफ़ोडिल जल रहे हैं," मैंने चीख़ कर कहा, पर आखिरी लफ़्ज तक आते आते मेरी आवाज़ पस्त होकर टूट गयी। मेरी आंखों से आंसू निकल आए और हिचकियां लेते-लेते मैंने फिर कहा, "डैफ़ोडिल...."

"क्या हो गया?" सुधाकर ने बेहद चिंतित स्वर में कहा, "बुखार ज़्यादा बढ़ गया क्या?"

मैं बोल नहीं पायी, रोती रही।

"ठहरो, डॉक्टर को बुलाता हूं," कहता वह कमरे के बाहर दौड़ गया।

आंसुओं के पर्दे के पीछे से मुझे एक पीली आभा का अहसास हुआ।

"क्या चाहिए?" उसने मेरे चेहरे के क़रीब झुक कर कहा तो मैंने जाना, आज वह पीले कपड़ों में है। डैफ़ोडिल की तरह पीले। मैं बेतरह घबरा गयी। कस कर उसका हाथ पकड़ लिया। तभी उसने कहा, "अरे, डैफ़ोडिल जल रहे हैं!" मेरे मुंह से मुंह सटा कर बोली, "तो तुम इसलिए रो रही हो?"

मैंने सिर हिलाने की कोशिश की, उसका हाथ मेरे हाथ से छूट गया।

उसने आगे बढ़कर डैफ़ोडिल उठा लिये और मेरे सिरहाने रख दिए।

"इन फूलों का नाम डैफ़ोडिल है क्या?" सुधाकर ने पूछा।

"हां," उसने कहा।

"और वे आग की गरमी से जलने लगे थे?"

"हां!"

"ओह!" सुधाकर ठठा कर हंस पड़ा, "मैंने सोचा, इन्हें डिलीरियम हो गया या मालूम नहीं क्या मुसीबत आ गयी। वाह साहब वाह, हद हो गई!"

वह देर तक हंसता रहा, इस बात की परवाह किए बिना कि वह उसका साथ नहीं दे रही।

वह आग के पास जा पहुंची थी। उसने कुछ लकड़ियां खींच कर बाहर कर दी। आग का दायरा बढ़ गया पर पहुंच कम हो गयी। कुछ लकड़ियों को फ़र्श पर पटक कर बुझा दिया। आग की तपिश कम हो गयी।

वह आकर मेरे पास बैठ गयी। बोली, "मुझे आग के ऊपर भुट्टे भून कर खाने में बहुत मज़ा आता है। तुम्हें?"

मैंने गर्दन हिलायी, शायद।

"अभी फ़िरोज़ दूसरा इंजैक्शन लेकर आता है। तब तक सोचो, आग की गरमायी कितनी सुकूनदेह है।"

मैंने आंखें बंद कर लीं। वक़्त पर फ़िरोज़ आ जायेगा। मुझे उसका इंतज़ार करने की ज़रूरत नहीं है।

"इसे कहते हैं कमरा," दरवाज़े की चौखट पर खड़ी वह कह रही थी, "एक हमारा कमरा है; भीतर झांको तो पता तक नहीं चलता, अंदर कोई जी रहा है।

वह धीमे से हंसी, "या मर रहा है।"

"अरे, आइए, अंदर आइए," सुधाकर उठ कर खड़ा हो गया।

वह अंदर आ गयी।

"दवा दे दी?" उसने पूछा।

"दवा? वह....मैं ले तो आया हूं श्रीनगर से....पर देने को...मैंने सोचा... डॉक्टर साहब बतलायेंगे तभी..."

आज फिर सुधाकर दवा लाने श्रीनगर गया था। अभी शाम घिरने पर लौटा है।

"लाइए, मुझे दीजिए, मैं दे देती हूं" उसने कहा।

उसने यह नहीं पूछा कि लौट कर तुमने डॉक्टर से पूछ क्यों नहीं लिया। मेरी तरह वह भी जान गयी होगी कि कुछ ही दिनों में सुधाकर अपेक्षा करने लगा है, वही आकर मुझे दवा देगी।

उसके हाथ से गोली लेकर निगलते हुए मैं सहज भाव से मुस्करा दी।

"तो इस वक़्त दर्द कम है?" उसने पूछा।

"हां, कम है," मैंने कहा।

कुछ देर वह अपनी भूरी आंखें मेरे चेहरे पर टिकाए रही, फिर धीरे से बोली,

"लगता है तुम नहीं मरोगी।"

"नहीं!" मैंने कहा।

"आप हमेशा मरने की बात क्यों करती हैं?" सहसा सुधाकर फट पड़ा।

"क्यों, क्या हुआ?" उसने पूछा।

"वीना काफ़ी परेशान है। बीमारी में आदमी को यूं ही बुरे ख्याल आते रहते हैं। हमें इसकी हिम्मत बंधानी चाहिए। अगर हम ही मरने की बात करने लगे तो इसका क्या हाल होगा, सोचिए।"

"आप कभी मरने की बात नहीं करते न?" उसने कहा।

"नहीं, मैं क्यों करूंगा? पर..."

"नहीं, आप क्यों करेंगे? आप कभी मरेंगे थोड़ा," कह कर वह खिलखिला कर हंस दी। इतनी जोर से कि मैं आंखें खोल कर उसका हंसता रूप देखने को मजबूर हो गयी। एक बार देख लेने पर मंत्रमुग्ध देखती रह गयी।

उसका गोरा चेहरा लाल पड़ गया था। गुलाबी नहीं, लाल; जैसे गालों से आग की लपटें निकल रही हों। कटे, भूरे बाल, उनकी तपिश बर्दाश्त न कर पाने के कारण चेहरे से अलग छितर गए थे। हंसी के झटके के साथ उसका सिर पीछे झुक आया था। गोलाकार तेजोमंडल की तरह वे उसके चेहरे के चारों तरफ़ खिले

हुए थे। आज पहली बार मैंने देखा, उसकी भूरी आंखें असल में भूरी नहीं हैं। एक मंद-मंद हरा रंग उनमें झिलमिलाता रहता है, जो भावावेश में तीखी चमक के साथ उभर आता है। उस वक़्त उसकी आंखों में हरी रोशनी की चिंगारियां इस तरह लपलपा रही थीं कि भूरा रंग दिखलाई तक नहीं दे रहा था।

अरे, कहीं सचमुच यह देवदूत तो नहीं? मैं सोचती रह गयी। पहली बार इसे बुख़ार ओर दर्द की ख़ुमारी में देखा था, इसीलिए देवदूत सी लगी होगी। पर आज मैं होशोहवास में हूं। तब इसका यह रूप? भय और पुलक की लहरें, एक के बाद एक, मेरे शरीर को थरथराते हुए निकल गयीं। मेरा मन हुआ वह ऐसे ही हंसती रहे और मैं उसे देखती रहूं। फिर डर से कांप कर मैंने आंखें बंद करने की कोशिश की, पर सफल न हो सकी। भयभीत, सम्मोहित, पुलकित, मैं उसे देखती रही।

"कभी न कभी तो सभी को मरना है," मैंने सुना, सुधाकर कह रहा है।

सुनकर विश्वास नहीं हुआ। सचमुच उसने वह कहा है और इतने क्षुब्ध स्वर में। उसने जो कहा था, उसका जवाब और चाहे जो हो, यह नहीं हो सकता था। उसके रूप ने सुधाकर में कोई रोमांच पैदा नहीं किया? सहसा मुझे सुधाकर पर बेहद दया आने लगी। दया के साथ प्यार। बेचारा, भोला-भाला, सीधा-सादा सुधाकर। जो हो, है तो मेरा अपना।

उसकी हंसी एकदम रुक गयी।

"आप ठीक कहते हैं," उसने गंभीर स्वर में कहा।

फिर मेरी तरफ़ मुड़ कर बोली, "अब जल्दी से ठीक हो जाओ। अगले हफ़्ते हम यहां से चले जायेंगे। उससे पहले तुम्हें मेरे साथ खिल्लनमर्ग जाना है।"

"पता लेकर क्या कीजिएगा? हम दिल्ली तो रहते नहीं," उसका स्वर काफ़ी दृढ़ था, वह सुधाकर विचलित नहीं हुआ।

"वाह, कभी बम्बई आयेंगे तो मिलगे नहीं?" उसने कहा।

नहीं, मैं सोच रही थी, मैं तुम्हें बम्बई में नहीं मिलना चाहती...आग और फूलों के बिना तुम्हारा अस्तित्व क्या है...ज़िंदगी में एक बार तुमसे मिलना जी भर कर सिर्फ़ एक बार–और बात है, मेरे देवदूत। पर बार-बार? बम्बई की घुमस

भरी शामों में, ट्यूब लाइट के चुंधियाते प्रकाश में तुम्हें परखना....नहीं, इतनी ज़्यादती मैं बर्दाश्त नहीं कर सकूंगी।

"बम्बई में।" वह हंस पड़ी, "वहां क्या पता, मैं आपको पहचान ही न पाऊं।"

सुधाकर का मुंह उतर गया।

पर वह उसे नहीं, मुझे देख रही थी। मैं हंस दी। तुम कैसे समझ जाती हो, सब कुछ ?

"ऐसे नहीं कहते, जिना," एक लाड़ भरा उलाहना डॉ. दस्तूर की तरफ़ से आया।

आज पहली बार मैंने डॉ. दस्तूर को देखा है। इंजेक्शन से अलग करके। डॉ. दस्तूर नहीं, फ़ीरोज़। वह उन्हें फ़ीरोज़ कहती है। उनके बाल, भूरी आंखें, त्वचा की चमक, सबमें सुनहलापन है। उनका व्यक्तित्व पिघले सोने की तरह है। ऐसा जो आसानी से गढ़ा जा सकता है। ठोस हो चुकने पर भी कुछ हद कर तोड़ा मरोड़ा जा सकता है। पर मन नहीं होता ऐसा करने को। एक सुखद स्थिरता है उनमें जो, वे जैसे हैं, वैसे ही उन्हें रहने देने पर बाध्य करती है।

आज मैं कुर्सी पर बैठी हूं, अपने कमरे में। वे सब भी हैं। सुधाकर, फ़ीरोज़ और...जिना। आज पहली बार, वह मेरे लिए सिर्फ़ देवदूत नहीं, जिना भी है। परसो सुबह वे दोनों बम्बई वापस जा रहे है। अब मैं ठीक हूं।

"ऐसे नहीं कहते, जिना," फ़ीरोज़ ने कहा था और वे सुधाकर की तरफ़ मुड़ गये थे।

"कभी बम्बई आये तो ज़रूर मिलिएगा। बहुत खुशी होगी हमें। अपना पता मैं आपको दे दूंगा," उन्होंने कहा।

"हम पर आपका इतना एहसान है," सुधाकर ने कृतज्ञ स्वर में कहा, "और हम आपसे मिलें भी नहीं, कैसे हो सकता है ?"

सुनकर, सच, बड़ा गुस्सा आया मुझे।

उस बेचारी ने मेरी जान बचायी है, इसका यह मतलब तो नहीं कि हम उसका जीना मुहाल कर दें। जब भी बेचारी बाहर की ठंडी हवा खाने के लिए घर का दरवाज़ा खोले तो हम चौखट पर नज़र आयें। अपना शुक्रिया साथ लिये।

धत्! यह कोई बात हुई। ज़िंदगी बचाई, ठीक है। ज़िंदगी भर का ठेका तो नहीं लिया।

दयनीयता और हंसी के मिले-जुले भाव से मैंने उसकी तरफ़ देखा। मुझे आश्वस्त करती हुई वह एक बार मुस्करायी, फिर बोली, "ठीक है। आख़िरी दिन ले लीजिएगा।"

कहते-कहते मुझे लगा, वह बहुत गंभीर हो गई है। शायद मेरा भ्रम था। पर मेरे साथ फ़ीरोज़ ने भी चौंक कर उसकी तरफ देखा। उधर देखते-देखते उन्होंने 'हां' भी कहा पर अनमने भाव से, अपने ख़्यालों में खोये-खोये।

"परसो जा रहे हैं न आप?" सुधाकर ने पूछा।

कुछ देर उसका प्रश्न हवा में टंगा रहा, फिर फ़ीरोज़ ने कहा, "हां।"

"कहां?" जिना ने पूछा।

"बंबई," सुधाकर ने कहा।

"वह तो परसो जायेंगें?" उसने कहा, "अभी तो कल बीच में है।"

"कल हम खिल्लनमर्ग जायेंगे। तुम भी," आख़िरी बात उसने मुझसे कही।

"ये अभी बहुत कमज़ोर हैं," सुधाकर ने बाधा दी, "तीन मील चढ़ाई पर चलकर जाना, मैं नहीं समझता, इनके लिए ठीक होगा। क्यों डॉ. दस्तूर, आपकी क्या राय है?"

फ़ीरोज़ अभी तक जिना को देख रहे थे। अब चौंककर उन्होंने कहा, "हूं? हां वीना, तुम्हें कैसा लग रहा है? चल सकोगी तुम?"

"हां," मैंने कहा।

मेरा छोटा उत्तर सुधाकर के शब्दों की बाढ़ के नीचे दब गया।

"अरे, उनसे पूछेंगे तो कह देंगी, हां। पहले भी यही हुआ था। अगर श्रीनगर में कह देती, तबीयत ठीक नहीं है तो हम गुलमर्ग आते क्यों?"

आते ही नहीं, मैंने सोचा, कितना कुछ छूट जाता। जैसे अब खिल्लनमर्ग छूट जायेगा। नहीं, मैं नहीं छोड़ूंगी।

"पैदल नहीं जा सकती तो क्या हुआ," मुझसे पहले जिना कह रही थी, "डांडी में बैठा कर ले चलेंगे। क्यों मिस्टर सुधाकर, उठा सकोगे न?"

"मैं...मैं..." सुधाकर बेचारा हकला गया।

मैं और वह, दोनों, खिलखिला कर हंस पड़े।

"चलिए माफ़ किया," उसने कहा, "गुलमर्ग में डांडी वालों की कमी नहीं, है। किसी को भी तय कर लेंगे।"

"हां," फ़ीरोज़ बोले, "दोनों महिलाएं डांडी में चल सकती हैं।"

"दोनों?" वह हंसी रोक भंवें ऊपर चढ़ा कर बोली, "मैं क्यों?"

"यूं ही, मैंने सोचा, वीना का साथ हो जायेगा?"

वह कुछ देर उनकी तरफ़ देखती रही, फिर बोली, "बर्फ़ पर हाथ में हाथ डाल कर चले नहीं तो खिल्लनमर्ग जाने का फ़ायदा क्या?"

वह उठकर मेरे पास आ गयी। मेरा हाथ अपने हाथ में दबा लिया और कान में फुसफुसा कर बोली, "बीच-बीच में तुम भी डांडी से नीचे फुदक आया करना बर्फ़ पर, हूं?"

"मैं तुम्हारे साथ रहूंगी," मैंने भी फुसफुसा कर कहा।

हम खिल्लनमर्ग पहुंच गए।

सुधाकर के मुंह से मैंने उसके बारे में काफ़ी सुन रखा था। पर ख़ुद वहां आना और बात थी। ख़ुद मेरे पैरों का बर्फ़ के नरम फैलाव में धंस-धंस जाना...खुद मेरे हाथों का बर्फ़ की पिघलती छुअन महसूस करना...ख़ुद मेरी आंखों के सामने बर्फ़ पर पड़ रही सूर्य किरणों का सात रंगों में बंट जाना...और बात थी।

जिना ने आज फिर लाल कोट-पैंट पहन रखा है। उसके ऊपर नाइलोन का मोटा लबादा, जिसके भीतर रुई भरी है। वह भी लाल। सफ़ेद बर्फ़ पर सूरज की रोशनी के नीचे वह अग्नि शिखा सी चमक रही है।

दूर किसी अनजान बिंदु पर टिकी उसकी सपनीली आंखें, रह-रह कर एक वहशी हरी कौंध से चमक उठती हैं। उसकी भूरी आंखों में हरी चिंगारियां जब-तब लहरा जाया करती है, मैं जानती हूं। पर ऐसी हरी लौ पहले कभी नहीं देखी। हो सकता है, वह इसलिए हो, क्योंकि आज पहली बार मैं उसे खुले में सूरज की रोशनी के नीचे देख रही हूं। अब तक जब भी उसे देखा है तो कमरे के भीतर की फीकी रोशनी में।

बर्फ़ पर हंसती दौड़ती वह सहसा होंठ दांतों के नीचे भींच लेती है और गंभीर हो उठती है। पर कुछ देर के लिए। फिर सिर झटक कर बाल हवा में छितरा देती है और भिंचे होंठ छोड़, खुलकर हंस देती है। बार-बार दांतों के नीचे आकर उसके होंठ सूज आए हैं और रोज़ से ज़्यादा मांसल लग रहे हैं। मुझे एक दिलचस्प ख़्याल आया है। ज़रूर, प्यार कर चुकने पर वह ऐसी दिखती होगी।

हवा में बँधी गयी रस्सी पर चलने वाली सर्कस की नटी की तरह उसकी चाल में अजीब चेतन पैनापन है। लग रहा है, उसका लिया हर क़दम कंपकंपाते रोमांच से भरा है, जिसकी विद्युत तरंगें उसके शरीर से फूट कर हमारे शरीर को झनझनाये दे रही हैं।

इतने अभिभूत चैतन्य भाव से आज तक मैंने किसी की मौजूदगी महसूस नहीं की। बार-बार मुझे ख़्याल आता है और अचरज होता है कि हमारे आसपास मंडराते लोग, उसकी मौजूदगी से रोमांचित क्यों नहीं हो रहे।

शायद हम जहां भी जाते हैं अपने साथ एक बंद गोल दायरा ले जाते हैं। जो हमारे साथ उसकी परिधि के भीतर होते हैं, वही हमें महसूस कर सकते हैं, परिधि के बाहर के लोग नहीं। एक बात का मुझे यक़ीन है। मेरी तरह फ़ीरोज़ भी दायरे के अंदर है, बाहर नहीं। मेरी तरह वे भी उसे महसूस कर रहे हैं। तब वह कहीं दूर देख रही होती है तो कई बार मैं देखती हूं वे उसी को देख रहे है और सुधाकर? पर उसका ख़्याल मुझे बहुत बाद में आया था।

हमारे देखते-देखते जिना खिलखिला कर हंस पड़ती है। अपने एक हाथ में मेरा हाथ पकड़ती है दूसरे में फ़ीरोज का और बर्फ़ पर दौड़ पड़ती है। दौड़ते-दौड़ते अचानक रुक जाती है और हम उसे साथ लिए बर्फ़ पर लुढ़क जाते हैं। एक दूसरे का सहारा लेकर उठते-उठते, वह फिर खिलखिला कर हंस पड़ती है और उसकी हंसी हमें मजबूर करती है कि हम भी खिलखिला दें।

होते-होते मैंने पाया, उसकी मौजदूगी मुझ पर इस क़दर हावी हो चुकी है कि मैंने उसका विश्लेषण करना ही नहीं, उसके बारे में सोचना भी बंद कर दिया है। मंत्रमुग्ध मैं वही करती जा रही हूं जो वह कर रही है या जो मुझसे करवाना चाह रही है। मैं...और फीरोज़ भी।

पिछले पांच महीनों से यहां लगातार बर्फ़ पड़ती रही है। एक परत पर दूसरी परत जमकर शीशा बन गयी है। उस ठोस, ठंडे विस्तार पर पिछले दिनों फिर ताजी बर्फ़ पड़ी है, मुलायम और चूरा-चूरा। धक्का खाते ही ठंडा सफ़ेद बुरादा सतह से उछल पड़ता है, हमारे कपड़ों पर छिड़काव करता।

हम हाथों से ताज़ी बर्फ़ खोद रहे हैं। खोदकर फ़व्वारे सी हवा में उछाल रहे हैं। गोले बनाकर एक दूसरे पर फेंक रहे हैं। दूसरों के गोलों से अपने को बचाते बर्फ़ पर दौड़ रहे हैं। अपने गोले फेंकने के लिए दूसरों के पीछे दौड़ रहे

हैं। दौड़ रहे हैं और हंस रहे हैं। निशाना चूक जाने पर और निशाना बैठ जाने पर भी। असल में हम नहीं जानते, हम क्यों हंस रहे हैं। वह हंस रही है तो हम हंस रहे हैं। बात बेबात...उस पर....अपने पर....उसकी अपनी हंसी पर...।

बर्फ़ का सपाट मैदान ख़त्म हो रहा है। जगह-जगह ढलान दिख रहे हैं। कहीं आईरिस की नीलिमा और कहीं डैफ़ोडिल के पीलेपन में डूबते बर्फ़ से ढके ढलान। सैलानी टोबोगन पर जमे ढलानों पर फिसल रहे हैं।

बायीं तरफ़ बर्फ़ का ढलवा मैदान नहीं, खड़ी चढ़ाई है। हम चोटी पर हैं। नीचे खाई है। उधर कोई नहीं जाता। गाइड सबको दायीं तरफ़ भेज देते हैं। नौसिखिये डर रहे हैं। एक्सपर्ट हंस रहे हैं। टोबोगन पर लोग फ़र्राटे से ढलानें के नीचे फिसल रहे हैं; हवा की तेज़ी से।

उनकी दुनिया से अलग कुछ हम जैसे बेफ़िक्रे लोग हैं बिना सहारे छोटे छोटे ढलानों पर फिसल रहे हैं। ऐसे लोग, जिन्हें खेल में दक्षता नहीं, क्षणिक स्फूर्ति चाहिए। बर्फ़ का स्पर्श, हवा की सरसराहट, बदन का खुलना, किसी का साथ और मिल कर हंसने का मौक़ा। काफ़ी है हमारे लिए। एक दूसरे का हाथ पकड़ कर हम बर्फ़ पर बैठ रहे हैं, पैरों को आगे जमाकर धक्का मार रहे हैं और लुढ़क कर नीचे पहुंच रहे हैं। बर्फ़ से सने हम एक दूसरे को थाम बेतहाशा हंस रहे हैं। खड़े होकर कपड़ों से बर्फ़ झाड़ रहे हैं और दोबारा ऊपर दौड़ रहे हैं। हांफते-हांफते ऊपर पहुंच रहे हैं और बर्फ़ पर ढहे जा रहे हैं। लंबी सांसें भर कर सुस्ता रहे हैं, फिर बदन को धकेल कर नीचे फिसल रहे हैं।

एक ढलान से दूसरी ढलान तक। एक चढ़ाई से दूसरी चढ़ाई पर। नशे में धुत्त, अलमस्त, कभी इस तरफ़ कभी उस तरफ़। कब हमारा दिशा ज्ञान हमसे छूट गया, हमें पता नहीं चला। उस एकसार बर्फ़ीले भूदृश्य में दायें-बायें, उत्तर-दक्षिण का फ़र्क़ करना था भी मुश्किल।

"तुम थक गई हो," उसने मुझसे कहा, "अब आराम करो।"

"हां, थक तो गई," मैं वहीं बर्फ़ पर लेट गई।

उसने अपना लबादा उतारा और मुझे उसमें लपेट दिया। मेरी सलवार, क़मीज और उस पर पड़ा कोट गीला हो चुका था। उसके लबादे का निचला हिस्सा, उनकी निस्बत, काफ़ी सूखा था और गरम भी।

वह मेरे पास बैठ गई। अपने दोनों हाथों से मेरा चेहरा थामा और नीचे झुककर मेरी आंखों पर एक एक चुंबन दे दिया।

मेरी पलकें मुंद गयीं। चुंबन लेने को आप से आप मुंद गईं। बाद में भी मैंने उन्हें खोला नहीं। पलकों के नीचे कुछ बनता रहा, फैलता रहा।

"रहो तुम," मैंने सुना।

पलकें मूंदें मूंदें, हाथ बढ़ाकर मैंने उसका हाथ थाम लेना चाहा पर वह हाथ नहीं आया। शायद वह कुछ दूरी पर रही होगी।

उसके लबादे की आरामदेह गरमाई के नीचे मेरे बदन के पोर-पोर में बसी थकान सुकून पाने लगी। मेरी आंखें एक बार भी नहीं खुलीं। बंद की बंद नींद की खुमारी में डूब गयीं...डूबी रहीं....देर तक....

"उधर मत जाइए! उधर खाई है!" मुझे लगा, सुधाकर चीख़ रहा है।

"जिनाऽ!"

मेरी अर्धसुस्त चेतना को झकझोरती एक भयानक चीख़ गूंजी।

मैं उठी और जिस तरफ सुधाकर और फ़ीरोज़ को भागते देखा, उधर दौड़ पड़ी। मेरे साथ बर्फ़ पर खेल रहा सैलानियों का पूरा हुजूम।

फिर हम सब एक साथ रुक गए। सरहद पर आकर। आगे जाना नामुमकिन था। एक क़दम आगे खाई थी। सीधी नीचे जाती गहरी खाई। खाई में नीचे, बहुत नीचे, बेशुमार खिले डैफ़ोडिल के पीले फूल और उनके बीच सूरज की रोशनी में चमकता, एक छोटा सा लाल धब्बा।

...फिर सब गड्डमड्ड हो गया। फ़ीरोज़ की वह खौफ़नाक चीख़ चारों दिशाओं से टकरा कर अब तक सिर धुनती भटक रही थी।

जिनाऽ!! मैंने भी चीख़ने की कोशिश की और घुमेर खाकर वहीं बर्फ़ पर गिर पड़ी।

"मैंने पहले ही कहा था, उधर मत जाइए, खाई है," एक बार फिर सुधाकर कह रहा है।

शाम से वह इस बात को कई बार दोहरा चुका है।

मैं होटल के कमरे में अपने बिस्तर पर पड़ी हूं। पास के कमरे में स्ट्रेचर

पर चादर से ढका जिना का क्षत-विक्षत शव रखा है। कल दोपहर को उसे हवाई जहाज से बम्बई ले जाया जायेगा, अंतिम संस्कार के लिए। कुछ देर पहले सुधाकर ने मुझे बतलाया यह भी कि वह फ़ीरोज़ के साथ बम्बई जायेगा। और मुझे भी जाना चाहिए।

"इतना तो हमें उनके लिए करना ही चाहिए," उसने कहा था।

उस सब पर मैंने ध्यान नहीं दिया था। उसकी बात सुनकर कहा था, "जिना को यहीं खिल्लनमर्ग में बर्फ़ के नीचे दफनाना होगा, आईरिस के फूलों से ढककर।"

"पागल हो गई हो?" सुधाकर बोला था, "डॉ. दस्तूर पारसी है। पारसी लोग, जानती हो, शव को दफ़नाते नहीं। जलाते भी नहीं। एक ऊंचे बुर्ज पर रख देते हैं। गिद्ध उसे खा लेते हैं। उनका कहना है, मरकर भी आदमी को किसी काम आना चाहिए।"

"नहीं!" मैं ज़ोर से चिल्ला पड़ी थी, "मैं जानती हूं, वह बर्फ़ के नीचे रहना चाहती है। डैफ़ोडिल और आईरिस के बीजों के साथ। वरना वह वहां जाकर मरती क्यों? उसे वहीं दफ़नाना होगा।"

"यह कैसे हो सकता है? मैंने कहा न, वे लोग पारसी हैं।"

"कौन वे लोग?"

"जिना और फ़ीरोज़।"

"जिना मर गई।"

"हां, पर थी पारसी।"

"नहीं," मैंने ज़िद करके कहा था," वह जिना थी, बस जिना!" और मन में कहा था, वह देवदूत थी, बस देवदूत, इस बर्फ़ीले प्रदेश की देवदूत।'

"उसे यहीं दफ़नाना होगा। मैं अभी फ़ीरोज़ से कहती हूं।" मैं उठकर खड़ी हो गई थी। बाहर जाने वाली थी कि सुधाकर ने मुझे पकड़ लिया।

"अभी नहीं," उसने कहा था, "सुबह बात करना। अभी चुपचाप चलकर शव के पास बैठो। मैं वहीं बैठने जा रहा हूं। फ़ीरोज़ अकेले है।"

सुधाकर बतलाता रहा था.....उस हादसे के घंटों बाद तक वे गुमसुम बने रहे थे। इधर मैं बेहोश होकर गिरी, उधर वे बेहोशी की देहरी पर। सारी जिम्मेदारी सुधाकर के कंधों पर आ पड़ी। मुझे डांडी वाले के भरोसे छोड़ा। माउंटेनियरिंग क्लब से कुछ जानकार आदमियों को बुलाया। नीचे उतर कर रस्सियों के सहारे, उन्होंने जिना के शव को बाहर निकाला। मेडिकल मदद की तो उस बेचारी को कोई ज़रूरत नहीं थी, फिर भी जो कुछ करना था, फ़ीरोज़ ने ही किया।

वहां डॉक्टर और था कौन? जिना का तुड़ा-मुड़ा शरीर देखकर, उनकी सुन्न चेतना के भीतर से डॉक्टर जाग उठा था। पर उसे मृत घोषित करने के बाद वे फिर निष्क्रिय हो गये थे। सुधाकर न होता तो कोई काम पूरा न हो पाता। न श्रीनगर से बम्बई की बुकिंग, न गुलमर्ग से श्रीनगर तक टैक्सी का इंतजाम, न पुलिस से 'एक्सीडेंट से मौत' का सर्टीफिकेट...और भी जाने क्या-क्या। कल, वही उन्हें साथ लेकर बम्बई जायेगा। आज रात भर उन्हें संभाले रखेगा।

मैंने सुधाकर की बात मान ली। वह वक़्त उनसे बात करने का नहीं था। उसके बहुत कहने पर भी मैं जिना के शव के पास नहीं गया।

"तुम जाओ," मैंने कहा, "कुछ देर बैठों उसके पास।"

जाने से पहले एक बार फिर उसने गहरे विषाद के साथ कहा, "मैंने पहले ही कहा था, उधर मत जाइए, खाई है," और उसकी आंखें नम हो आईं।

अनायास मैंने दोनों हाथों से उसका चेहरा थाम लिया, अपने चेहरे से सटा लिया और देर तक उसकी आंखों की नमी महसूस करती रही।

अगली सुबह मेरे नाम डाक से ख़त आया। जिना का लिखा।

मेरे देवदूत,

चौंको मत। यह कहने का अधिकार सिर्फ़ तुम्हें नहीं औरों को भी हो सकता है और लोग भले ही मेरी मौत को हादसा मानकर अलग कर दें, मैं जानती हूं तुम नहीं कर सकोगी। इसलिए तुम्हें ख़त लिख रही हूं।

आज से दो महीने पहले मैंने तय कर लिया था, अपनी मौत के लिए वक़्त और जगह मैं ख़ुद चुनूंगी। पिछले दो महीनों में हिंदुस्तान में कहां-कहां नहीं घूमे। इससे पहले कोई जगह पसंद नहीं आई या शायद वक़्त मौजूं नहीं था। गुलमर्ग पहुंचने पर खिल्लनमर्ग देखा, फिर तुम मिली। मैंने तय कर लिया, आगे सफ़र नहीं करूंगी।

अच्छा सच बतलाओ (रश्क मत करना, मुक़ाबला तुमसे नहीं है) इतनी ख़ूबसूरत मौत तुमने पहले किसी की देखी है? नहीं न?

हां, तुम यह मत समझ लेना कि मौत ही ख़ूबसूरत होती है या मौत ख़ूबसूरत ही होती है। दरअसल, ख़ूबसूरत सिर्फ ज़िंदगी होती है, पर मौत उसका हिस्सा ज़रूर बन सकती है।

जानती हो, जब कोई आदमी ज़िंदगी से बहुत-बहुत प्यार करता है तो उसके लिए मरना बहुत-बहुत आसान हो जाता है।

हां, तुम अभी नहीं मर सकती। तुम्हें अभी ज़िंदगी से प्यार करना सीखना है, और सुधाकर से भी। प्यार अपने आप नहीं होता। सीखना पड़ता है। एक बार सीख लो तो पता चल जाता है कि बामानी सिर्फ़ प्यार करना होता है। किससे किया जाए यह नहीं। बदले में प्यार पाना तो बिल्कुल नहीं। कुछ लम्हों के लिए देवदूत मिल जाए तो और बात है। देवदूत कुछ लम्हों से ज़्यादा नहीं टिकते।

एक बात और अगर फ़ीरोज़ मेरा अंतिम संस्कार बम्बई जाकर करना चाहे तो तुम मना मत करना। अपने शव से मुझे मोह नहीं है।

एक बात तो मानोगी। जब भी फ़ीरोज़ मेरी मौत को याद करेगा तो उसे बर्फ़ याद आयेगी। ठंडी, मासूम, ख़ुशनुमा और आरामदेह बर्फ और याद आयेगी हम लोगों की हंसी। मेरी और तुम्हारी। सच्ची और खनकदार। मेरे साथ उसे तुम याद आओगी। मौत के बजाए ज़िंदगी याद आयेगी। खुशनुमा, सच्ची और खनकदार ठीक होगा न?

–जिना

फ़ीरोज़ ने हमें बम्बई ले जाने से इन्कार कर दिया। सुधाकर ने ज़िद काफ़ी की, पर वे नहीं माने। अच्छा हुआ, उन्होंने मना कर दिया, मुझे नहीं करना पड़ा। अब मैं कुछ दिन और यहां रहना चाहती हूं।

तुक

अपने बारे में दो बातें आपको पहले ही बतला दूं। पहली यह कि मैं उन बेवक़ूफ़ औरतों में से हूं, जो अपने पति को प्यार करती हैं। यह कहना चाहिए कि मैं ही एक बेवक़ूफ़ औरत हूं, जो अपने पति को प्यार करती है। मेरी शादी को छह महीने हो चुके और इस बीच मैं बहुत सी शादीशुदा औरतों से मिल चुकी हूं। अपने सिवा मुझे कोई औरत नहीं मिली, जो अपने पति को दिल से चाहती हो। मैं जानती हूं दिल से चाहना ऐसा जुमला है, जिसे सुनकर हम आज़िज़ आ चुके हैं। हर बाज़ारू क़िस्से, हर बम्बईया फ़िल्म में इसका बार-बार इस्तेमाल किया जाता है। पर यह इस्तेमाल, चाहे वह कितना झूठा क्यों न हो, जुमले की सच्चाई को ख़त्म नहीं कर सकता। मेरी जान पहचान की हर शादीशुदा औरत औरों को यह विश्वास दिलाते-दिलाते कि वह अपने पति को दिल से चाहती है, ख़ुद उस पर विश्वास भले करने लगी हो, मन से वह जानती है और मैं भी जानती हूं कि ऐसा है नहीं।

पति का होना उनके लिए एक स्थिति है, जिसके भीतर से कुछेक सुखदायक स्थितियां पैदा होती हैं; जैसे बच्चों का होना, घर का होना, घर में ढेरों काम होना और अपनी तरह के जोड़ों के साथ सामाजिक ताल्लुक़ात होना। पति का होना उनके लिए एक तरह का व्यवसाय है, जिसके माध्यम से उन्हें पैसा और व्यस्तता, दोनों मिलते हैं। आम व्यवसायों की तरह इसमें भी छोटी-मोटी उलझनें पैदा होती रहती हैं। कभी बच्चे बीमार हो जाते हैं, कभी चावल में पानी कम हो जाता है, तो सब्ज़ी में नमक ज़्यादा, और कभी अपनी तबीयत बिगड़ जाती है। व्यवसायों की तरह, इसमें भी कभी ये उलझनें भीतर से न होकर बाहर के सामाजिक दबावों के कारण पैदा हो जाती हैं। जैसे तब, जब चीज़ों के दाम तेज़ी से बढ़ने लगते हैं या आम ज़रूरतों की चीज़ें बाज़ार से ग़ायब होने लगती हैं। बॉस से खींचातानी

तो आम बात है ही। कभी पति जल्दी-जल्दी और ज़रूरत से ज़्यादा प्यार करके थका देता है, तो कभी कई-कई दिन (रात) बिना प्यार के गुज़ार, ऊबा देता है।

पर ये उतार–चढ़ाव ऐसे नहीं होते, जिनसे स्थिति के औसत चरित्र में कोई बदलाव आए या व्यवसाय के ठप हो जाने की नौबत आ जाए। यह व्यवसाय वाली बात अभी-अभी मेरी समझ में आई है। उसके साथ मैं यह भी समझ गयी हूं कि पति की खुशी-नाख़ुशी, आकर्षण–विकर्षण या रुचि-उदासीनता जैसे मेरे लिए ज़िंदगी और मौत का सवाल बन जाती है, उनके लिए क्यों नहीं बनती।

एक मैं हूं, जो पति के दफ़्तर से घर लौटने पर, उसके चेहरे से अपनी निगाहें हटा नहीं पाती। एक मैं ही हूं, जो प्याले में केतली से चाय डालते हुए या नमकीन की प्लेटें उसकी तरफ़ बढ़ाते हुए, उसके चेहरे पर आ रहे हर भाव को पढ़ने की कोशिश करती रहती हूं। नतीजा यह होता है कि कभी मैं चाय छलका देती हूं तो कभी नमकीन छिटका देती हूं। इस पर उसके माथे पर शिकन उभर आती है, तो मैं भीतर ही भीतर मर लेती हूं। एक मैं ही हूं। बस, और कोई औरत यह बेवक़ूफ़ी नहीं करती।

दूसरी बात यह है कि मैं ताश नहीं खेल सकती। वाकई नहीं खेल सकती। ताश के पत्तों को सोच-सोच कर मेज़ पर डालना तो दरकिनार, हाथ में पकड़े उन्हें सिलसिलेवार लगाना भी मेरे लिए मुमकिन नहीं है। ताश खेलना मुझे पसंद नहीं है या मुझे उससे नफ़रत है यह कहने लायक़ हालत में भी मैं नहीं हूं। वह तय करने का मौक़ा ही नहीं आ पाता। ताश के पत्ते हाथ में लेते ही मैं जड़ हो जाती हूं। शायद आप लोगों ने पार्किंसन डिज़ीज़ (कंपाने वाले लकवे) का नाम सुना हो। उसका मारा, अपने बदन की हरकतों को क़ाबू में नहीं रख पाता। कुछ हरकतें आपसे आप होती रहती हैं। बीच-बीच में कुछ ऐसे क़हर के लम्हे भी आते हैं, जब वह कोई हरकत नहीं कर पाता। ताश के पत्ते हाथ में लेकर मुझ पर यही क़हर टूट पड़ता है। न मैं कुछ सोच पाती हूं न कर पाती हूं।

मेरा पति, उसका नाम नरेश है, स्टेट बैंक में चीफ़ अकाउंटेंट है। वैसे मेरा नाम मीरा है, पर उसका कोई महत्त्व नहीं है। मेरा पति, नरेश, काफ़ी आकर्षक आदमी है। लम्बा-चौड़ा जिस्म, ख़ूबसूरत चेहरा, सांवला रंग, पैनी काली आंखें, लाल मांसल होंठ और तीखी नाक। अगर उसका चेहरा सिर्फ़ मुझे ख़ूबसूरत लगता तो आप कह सकते थे वह प्यार करने के कारण है। पर वह सचमुच ख़ूबसूरत है सभी कहते हैं।

बस, मुझे उसकी तीखी नाक पंसद नहीं है। कई बार मैं सोचती हूं, अगर उसकी नाक तीखी न होकर चपटी रही होती, तो वह इतना कार्यकुशल अकाउंटेंट नहीं बन पाता और तब वह मुझे उतना ही प्यार करता, जितना अब मैं उसे करती हूं।

आप कहेंगे, यह बिल्कुल बेतुकी बात है। और आप ठीक कहेंगे। तीखी नाक ख़ूबसूरत की पहली शर्त है। किसी से भी पूछ देखिए, वह यही कहेगा। मैं जानती हूं। अगर नरेश की नाक तीखी न होकर चपटी रही होती, तो लोग उसे कम ख़ूबसूरत समझते। हो सकता था, वह ख़ुद भी अपने को कम ख़ूबसूरत मानता। पर मुझे वह और ख़ूबसूरत लगता और शायद तब वह मुझे उतना प्यार कर सकता जितना मैं उसे करती हूं। आप कहेंगे, मैं फिर वही बेतुकी बात दोहरा रहीं हूं।

मैं जानती हूं, यह भी जानती हूं कि मेरी बातें गलत नहीं होतीं। बल्कि कभी-कभी, मेरे न चाहने पर भी, सही निकल जाया करती हैं। ख़ैर, जाने दीजिए।

मैं कह रही थी नरेश स्टेट बैंक में अकाउंटेंट है और बहुत कार्यकुशल है। आमतौर पर उम्मीद की जानी चाहिए, कम से कम, मुझे शादी से पहले यह उम्मीद थी, कि जो आदमी सारा दिन अंकों में सिर खपाता रहता है, वह उनसे छुट्टी पाने पर, शाम को कुछ और चाहेगा। सैर-सपाटा, खुला मैदान, ताज़ी हवा, फूलों के बग़ीचे, प्यार की बातें, इधर-उधर की गप्पें, बाज़ार की रंगीनी, सजी-धजी दुकानें, चहल पहल, खाना-पीना, फ़िल्म-थियेटर। कुछ भी, बस और अंक नहीं। पर ऐसा नहीं है। नरेश के लिए अंकों का आकर्षण कभी नहीं चुकता। वैसे ही जैसे मेरे लिए नरेश का आकर्षण कभी नहीं चुकता।

शाम को दफ़्तर से लौट कर, नहा-धो-खा चुकने पर नरेश को अगर कुछ ललचाता है, तो वह है ताश का खेल। ऐसा-वैसा नहीं। बौद्धिक और तार्किक लोगों का खेल, ब्रिज। ब्रिज के खेल में नरेश को महारत हासिल है। अपने इस छोटे शहर का वह चैंपियन बन चुका। अब डिस्ट्रिक्ट चैंपियन बनने की सुखद योजना दिमाग़ में है। उसके लिए वह कहता है, रोज़ाना नियमित रूप से प्रैक्टिस करने की ज़रूरत है।

क्लब हमारे घर से कुछ दूरी पर है इसलिए रोज़ शाम को हम लोग गाड़ी से वहां जाते हैं। क़रीब पंद्रह मिनट का रास्ता है। इन पंद्रह मिनटों के अलावा, नरेश अपनी व्यस्त दिनचर्या में से और पंद्रह मिनट का समय निकाल कर, पिछले दिनों मुझे गाड़ी चलाना सिखाता रहा है। कम दिनों के आभ्यास के बाद मुझे गाड़ी चलानी आ गई है। यह बहुत अचरज की बात है, नरेश कहता है, क्योंकि

तीन-चार महीनों की कोशिश के बाद भी, मुझे ब्रिज खेलना नहीं आ पाया। नरेश की बहुत इच्छा थी मुझे ब्रिज सिखलाने की। तब, वह कहता था, खेल चुकने पर जब वह अपनी जीत का विश्लेषण मेरे सामने करेगा, तो मैं बेवक़ूफ़ की तरह उसकी तरफ़ ताकते रहने के बजाए, खेल की ख़ूबसूरत बारीकियों में रस ले सकूंगी।

पर वह अब तक नहीं हो पाया है। मैंने नरेश को समझाने की कोशिश की है कि ताश के पत्ते हाथ में लेते ही मैं जड़ हो जाती हूं और चाहने पर भी मेरा दिमाग़ या बदन हरकत नहीं कर पाता। पर वह उसे मेरी ज़िद बतलाता है। उसका ख़्याल है, मैं जानबूझ कर खेल को समझने से इन्कार करती हूं।

"यह कैसे हो सकता है?" महीने भर मेरे साथ झक मारने के बाद उसने कहा था, 'जो औरत दस दिन में गाड़ी चलाना सीख सकती है, वह महीने भर में ब्रिज के नियम तक नहीं समझ सकती?'

"ताश के पत्ते हाथ में लेकर मुझे कुछ हो जाता है," मैंने कहा था।

"कुछ हो जाता है? वाह, क्या ख़ूब वजह बतलायी है। क्या हो जाता है, वह भी तो सुनें," उसने हंस कर कहा था, पर उसकी हंसी उसकी नाक की तरह तीखी थी।

"मैं जड़ हो जाती हूं?" मैंने हकलाते हुए कहा था।

"कैसे?" उसने सवाल किया था, ठीक किसी वकील की तरह और उसकी पैनी आंखों में एक वहशी सी चमक आ गई थी।

"वह...जैसे पार्किंसंस डिज़ीज़ से पीड़ित आदमी का बदन हरकत करने से इन्कार कर देता है...."

मैंने अपनी बात अच्छी तरह समझा कर कही थी, पर सुनकर वह भड़क उठा था।

"इतनी बेतुकी बात मैंने अपनी ज़िंदगी में पहले कभी नहीं सुनी!" उसने तीखे स्वर में कहा था, "तुम्हें तो पार्किंसंस डिज़ीज़ नहीं है!"

"नहीं, है तो नहीं....पर..." समझा न पाने के कारण नहीं, उसे नाराज़ देख कर मेरी आवाज़ रुंध गयी थी और मैं आगे बोल नहीं पाई थी।

"पर क्या?" उसने जिरह जारी रखी थी, "पर क्या? बोलती क्यों नहीं?"

मैं कुछ कह नहीं पायी थी, आंखों में आ गए आंसू भी नहीं रोक पायी थी। वह टपक कर मेरे गालों पर गिरने लगे थे।

"अब रो किसलिए रही हो?" उसने बेहद खीज भरे स्वर में कहा था, "कोई तुक भी हो। जवाब नहीं सूझा तो रोना शुरू कर दिया।"

तब मैं और भी बेतुकी बात कह बैठी थी।

"मैं तुम्हें प्यार करती हूं," घरघर करते गले से मैंने कहा था।

यह सुनकर, जिरह जारी रखने को तैयार उसकी तीखी नाक जैसे हड़बड़ा कर नीचे झुक गयी थी और उसने अपनी सख़्त आवाज़ को नरम बनाकर कहा था, "लो...फिर अच्छा ही तो है।"

इतना ही नहीं, उसने अपना हाथ आगे बढ़ा कर मेरा कंधा भी थपथपा दिया था।

उस दिन के बाद भी नरेश मुझे ब्रिज सिखलाने की कोशिश करता रहा था। मैंने पत्ते हाथ में लेकर अपने सुन्न दिमाग़ में हरकत पैदा करने की ईमानदार कोशिश की थी, पर हम दोनों की कोशिश नाकाम रही थी। धीरे-धीरे, नरेश ने कोशिश छोड़ दी थी।

पर ब्रिज खेलना उसने नहीं छोड़ा और न खेल देखने मुझे अपने साथ ले जाना। मैंने भी उसे प्यार करना नहीं छोड़ा।

खेल सीखने-सिखलाने की कोशिश छूटने के फ़ौरन बाद मेरा हौसला कुछ ज़्यादा ही बुंलद हो गया और मैं प्यार को दांव पर लगा कर और ही खेल खेलने की कोशिश कर उठी।

नरेश जब दफ़्तर से लौटता, मैं प्यार की तमाम अदाओं का इस्तेमाल कर उसे मोहित करने की कोशिश करती। बहला-फुसला कर पहले उसे बाहर घुमा लाने का प्रयास करती, फिर अपने साथ बिस्तर पर ले जाना का।

बतलाने की ज़रूरत नहीं है कि उसे ब्रिज की मेज़ से दूर रखने के लिए मैं रोज़ नए तरीक़े से अपनी अवमानना करती। पारदर्शी नाइटी पहन कर दरवाज़ा खोलना, उसके सामने घुटनों पर गिर कर उसके जूते खोल देना, पैरों से लेकर चेहरे तक चुंबनों की बौछार करना, उसकी गोद में बैठकर अपने हाथों से उसे लजीज़ पकवानों के निवाले खिलाना, आंखों में आंसू भर कर ठंडी हवा में घूम आने की मनुहार करना, उसके सामने अपने जिस्म के हर खूबसूरत कोण का प्रदर्शन कर उसे निमंत्रण देना। सभी कुछ मैं करती थी। हां, मैं यह बतलाना भूल ही गयी थी कि मैं भी काफ़ी सुंदर मानी जाती हूं। ख़ैर, इतना सब करके मैं हफ्ते में दो-तीन दिन उसे क्लब जाने से रोक लेती थी।

पर दो–तीन हफ़्तों में, इस खेल के लिए मेरा उत्साह ठंडा पड़ने लगा। मेरा प्यार भरा आत्म-तिरस्कार उसे इतना उत्तेजित तो अवश्य कर देता कि वह चटपट मुझसे प्यार कर डालता, पर करता निहायत ठंडेपन से। मुझे लगता एहसान

करने की भावना से वह एक ऊंचाई से मेरी तरफ़ झुकता है और मुझे प्यार करके अलग हो जाता है। मेरी असंतुष्ट देह पिटी सी पड़ी रहती है और मैं अगले दिन के अपने अपमान की योजना बनाने लगती हूं।

और एक हफ़्ता गुज़र जाने पर मैंने पाया कि, मुझे प्यार करने के फ़ौरन बाद वह अपनी ग़ैरहाज़िरी में हुए, ब्रिज के खेल के बारे में क़यास लगाने लगा है। कल वह जैसे ही मुझे प्यार करके चुका, कपड़े पहन क्लब चला गया।

कल क्लब जाते हुए पहली बार उसने मुझसे साथ चलने के लिए नहीं कहा। क्लब से लौट कर पहली बार उसने अपने मुंह से कहा कि वह ब्रिज के खेल में हार कर लौटा है। यह कहकर वह भूखे भेड़िए की तरह मुझ पर टूट पड़ा। बिस्तर पर मेरी देह अभी तक वैसी ही नग्न पड़ी थी जैसी वह छोड़ कर गया था। अपनी हार का तमाम गुस्सा उसने उस पर उतारा। उसके नाख़ूनों और दांतों के निशान मेरे होंठों, कंधों, वक्ष और पीठ पर उभर आए। अब तक उसे आकर्षित करने के लिए मैं अपनी देह को स्वयं प्रताड़ित करती रही थी, पर उसमें इतनी तीव्र उत्तेजना नहीं जगा पायी थी, जितनी आज विकर्षण ने पैदा कर दी थी। अब चुंबनों से वह मेरी देह को प्रताड़ित कर रहा था, पर वह विकर्षण तक उसमें मेरा जगाया हुआ नहीं था। वह ब्रिज के खेल से जन्मा था।

ब्रिज के खेल में जीत कर वह मुझे प्यार करता था, मेरी पहल के बिना। कल की तरह तब भी वही पहल करता था। पर तब मेरा शरीर जीत में मिला पुरस्कार होता था।

अपने खेल की ख़ूबियां बतलाते-बतलाते, वह सहसा उत्तेजित होकर एक झटके में, मेरे बदन से कपड़े अलग कर देता और मुझ पर टूट पड़ता। तब उसमें विजेता का दर्प लहरा रहा होता, पराजित की क्रूरता नहीं। ब्रिज के बेहतरीन हाथ की तरह, वह मेरी देह को सहला-सहेज कर अपनी ज़रूरत के मुताबिक इस्तेमाल में लाता। तब उसमें बड़प्पन से पैदा हुआ अनुकंपा का भाव ज़रूर रहता, पर याचक को भीख देने की ठंडी दया नहीं। वह घिनौनी दया, जो पिछले दिनों ब्रिज न खेल पाने पर, उसके प्यार करने में रही थी।

कल की बात बिल्कुल अलग थी। कल वह ब्रिज खेला तो था, पर विजय नहीं पा सका था। कल उसका दर्प चूर चूर हो गया था, बड़प्पन झुठला गया था, वह उग्रता और अनुकंपा, दोनों, छोड़ कर, हिंसा पर उतर आया था। अपनी हार का मुआवज़ा वह मेरे बदन के सिवा, वसूल करता भी कहां? मेरी समझ में आ गया कि उसके लिए ताश का खेल भी बैंक में नौकरी की तरह एक व्यवसाय

है और मैं वह फुटकर कैश, जिसका प्रयोग वह व्यवसाय में हुए नुक़सान को भरने के लिए या लाभ पर खुशी मनाने के लिए करता है।

आज जब वह दफ़्तर से लौटा तो मैंने प्यार का कोई प्रदर्शन नहीं किया। बम्बइया फ़िल्मों की हीरोइननुमा, भारतीय नारी की तरह, मैंने भारी जरीदार सिल्क की साड़ी पहन रखी थी और ढेर सारे ज़ेवर। माथे पर लाल बिंदी और मांग में सिंदूर दपदपा रहा था। नक़ली बालों के सहारे, मैंने अपने छोटे कटे बाल, ढीले-ढाले जूड़े में सहेज रखे थे। मेरे पति नरेश को यह रूप पसंद है। उसे उसमें एक ठोस घरेलूपन दिखलाई देता है, जो उसके स्वामित्व और मेरे पालतूपन पर मुहर लगाता है। अन्य व्यावसायिक ट्रेडमार्कों की तरह वह भी स्थायित्व और स्थिरता प्रदान करता है।

चाय के साथ अपने हाथ से बनाए पकवान मैंने प्लेट में सजाकर उसके सामने रख दिए और बिना उसे छुए या उसके पास आये, उससे अधिक से अधिक खाने की मनुहार करती रही। जब खा-पी कर वह उठा तो मैं भी क्लब जाने के लिए, चुपचाप, उसके पीछे-पीछे गाड़ी में जा बैठी। जब से मैंने गाड़ी चलाना सीखी है, वह मुझसे ही गाड़ी चलवाता है। आज भी मैं उसे क्लब तक ले आई। आज, पहली बार, मैंने अपनी भावनाओं को अलग रखकर, एक कार्य-दक्ष मातहत की तरह, अपने बॉस का तटस्थ भाव से स्वागत-सत्कार किया था। उसके मुख पर आ रहे भावों ने मुझे कितना ही क्यों न झकझोरा हो, ऊपर से मैं तटस्थ बनी रही थी। मुझे उम्मीद होने लगी थी कि ब्रिज का खेल शुरू होने पर भी, मैं अपनी तटस्थता और दक्षता बनाए रख सकूंगी और खेल का ठीक से अनुसरण करके, नरेश को उसकी जीत पर टिप्पणी समेत बधाई दे सकूंगी।

पर ऐसा नहीं हुआ। खेल शुरू होते ही मेरा दिमाग़ सुन्न हो गया। कुछ देर बाद मेरे जड़ शरीर से पृथक् अपना अलग जीवन जीने जगा। बीच-बीच में खिलाड़ियों के टुकड़े-टुकड़े जुमले कानों में पड़कर मुझे कचोटते रहे।

"वन हार्ट," खेल शुरू हुआ।

"नो बिड," दूसरी आवाज़ आई।

"टू हार्ट्स," तीसरी आवाज़ उभरी।

मैं अपने में ग़र्क हो गयी।

टू हार्ट्स। दो दिल मिलते हैं और जुदा हो जाते हैं। जवान दिल प्यार करते हैं और टूट जाते हैं। कितना यातनापूर्ण होता है दिल का टूटना।

आप कहेंगे मेरे मन में उठ रही बातों को सुनकर आपको हंसी आ रही है। इस क़दर घिसे-पिटे हैं ये अल्फ़ाज़, ये जुमले।

मैं जानती हूं। ख़ूब जानती हूं। पर क्या करूं, यही तो मेरी त्रासदी है, कि मेरी त्रासदी बिल्कुल घिसी-पिटी, फ़िल्मी त्रासदी हैं। इन अल्फ़ाज़ में यक़ीन न रखने वाले लोग इनका बार बार इस्तेमाल करते हैं, इसलिए मेरे कहने पर ये झूठे मालूम पड़ते हैं। पर मैं इनमें यक़ीन करती हूं। मेरे साथ वाक़ई यही घट रहा है। "कम ऑन, थ्रो हार्ट," एक आवाज़ ने मुझे चौंकाया।

"तुम्हारी बारी है।"

"तुमने हार्ट क्यों नहीं फेंका," एक गुस्सैल सी आवाज़ आई, शायद नरेश की ठीक तो है। टूटे दिल को फेंक देना चाहिए। पर क्या इतना आसान है? दिल के कोने में कहीं प्यार धड़कता रहता है, फेंक दिए जाने पर भी धड़कता जाता है।

"वन क्लब।"

"वन नो ट्रंप।"

"क्लब।'

"थ्री स्पेड्स।"

अपने बगीचे के लिए भी एक स्पेड ख़रीदना है। पिछली खुरपी बिल्कुल भोथरी हो गयी। तमाम बग़ीचे में मोथा उग आया है। दूब का गला घोंटता मोथा। उखाड़ कर फेंक न दिया तो फूलों की क्यारियों तक जा पहुंचेगा। सब कुछ ख़त्म हो जाएगा।

"मेक गुड विद ए स्पेड।"

"आई हैड थ्री ट्रिक्स।"

"...पता है पास के गांव में दस आदमी भूख से मर गए?"

"होगा। तुम पत्ता चलो।"

"हां हां, चलो। प्ले द गेम।"

हां, खेल खेलते रहो। अंत तक जो हो, होने दो। तुम खेल खेलो। प्ले द गेम। अंत तक। यह भी मैंने कहीं पढ़ा था।

"टू डाइमंड्स।"

"नो बिड।"

"थ्री डाइमंड्स।"

"नो बिड।"

नो बिड। मेरे पास चलने को कुछ नहीं है। बाज़ी मेरी नहीं है। खिलाड़ी मैं नहीं हूं। मैं भला क्या चल सकती हूं? खेल खेला जाना है अंत तक। पर खेल के पत्ते दूसरों के हाथों में हैं।

"टू क्लब्स।"

"क्या रद्दी पत्ते हैं!"

"तुम्हें खेलना नहीं आता।"

"पत्तों को क्यों दोष देते हो?"

"....तुमने ग़लत बिड दी।"

"यही मान्यता है।"

"गोली मारो मान्यता को।"

"....टू हार्ट्स।"

"थ्री क्लब्स ऑन इट। अब बोलो।"

क्लब द हार्ट। क्लब इट। पीस डालो। क्लब इट। मार-मार कर लोंदा बना दो। फिर कभी धड़क न पाए, घोंट दो, पीस दो, कूट डालो।

भारी बोझ के दबाव के नीचे छटपटा कर मैंने अपनी पगलायी नज़रें इधर-उधर दौड़ाई। मेज़ पर पड़े ताश के पत्ते उठे, भिन-भिन करते चारों ओर फैले और एकजुट हो, तेज़ी से मुझ पर झपट पड़े। मानो आंधी आ गयी। धूल-बजरी भरा पीला अन्धेरा मेरी नज़रों के आगे फैल गया। आंखों में गिरकर किरकिर करने लगा। पत्ते भिनभिनाते गए, डंक मारते गए, मेरा अंधापन बढ़ता गया। जलन बर्दाश्त-बाहर हो गयी तो दोनों हाथ, मुंह के आगे फैला कर मैं झटके से कुर्सी पीछे फेंक, उठ खड़ी हुई और चीख़ कर बोली, "मुझे जाने दो।"

मेरे पति ने मेरा हाथ पकड़ कर मुझे वापस कुर्सी में धकेल दिया और गुर्रा कर कहा, "चुप रहो। डिस्टर्ब मत करो।"

"पर मुझे जाना है," मैंने मिमिया कर कहा।

"चुप रहो!" वह दहाड़ उठा।

मैं चुपचाप आंसू बहाती कुर्सी में पड़ी रही। ताश के खिलाड़ियों की आवाज़ें टूट-टूट कर भी मेरे जेहन से टकरानी बंद हो गयीं।

अपने में डूबी, दुःख में निमग्न, जैसे ही मैंने अवसाद के अतिरेक में परितोष अनुभव करना आरंभ किया, नरेश ने अपने हाथ के फौलादी शिकंजे में मेरा हाथ गिरफ़्तार किया और हथौड़े की चोट सा चलो कह, मुझे घसीटता हुआ बाहर गाड़ी

की तरफ़ ले चला। दरवाज़ा ख़ोलकर मुझे भीतर धकेला और खुद चालक की सीट पर बैठ गाड़ी आगे बढ़ा दी।

इतनी तेज रफ़्तार से चलती गाड़ी में मैं पहले कभी नहीं बैठी। नरेश को गाड़ी से बहुत लगाव है। वह हमेशा उसे मध्यम गति पर चलाता है। न तेज़, न धीमे। मुझे भी उसने यही सिखलाया था। "गाड़ी को हमेशा एक रफ़्तार से चलाना चाहिए," वह कहता है, "तभी वह ज़्यादा दिन तक काम देती है। न तेज़, न धीमे।" पर आज गाड़ी चालू ही तीसरे गियर में हुई। छलांग लगाकर आगे बढ़ी कि मेरा सिर आगे डैशबोर्ड से टकरा गया। दूसरे झटके के साथ मैं वापस सीट से जा टिकी। माथे की टीसती चोट पर अभी गोला उभरा भी नहीं था कि मेरा सिर दुबारा डैशबोर्ड से जा टकराया। झन्नाटा खाकर गाड़ी रुक गयी थी, हमारे घर के सामने।

नरेश ने दरवाज़ा खोल कर मुझे बाहर निकाला और बैडरूम में ले जा कर पलंग पर पटक दिया। आतंक और उत्तेजना से कांपती मैं फटी-फटी आंखों से उसे ताकती रही और इंतजार करती रही कि आज भी कल की तरह, वह भूखे भेड़िये की तरह, मुझ पर टूट पड़ेगा। मैं समझ गयी थी, आज वह फिर ब्रिज में हार गया है।

पर वह मेरी तरफ़ नहीं बढ़ा। जरा दूरी पर खड़े रह कर नफ़रत से सने कठोर स्वर में बोला, "अपनी बेतुकी बात कहने को कोई और वक़्त नहीं मिला तुम्हें? ठीक क्राइसिस के वक़्त डिस्टर्ब करना जरूरी था। सारा खेल चौपट करके रख दिया" और वह कमरे से बाहर हो गया।

आज की हार उसकी दूसरी हार थी। दो दिनों के भीतर दूसरी। पहली हार से कहीं ज्यादा हराने वाली। मैं समझ गयी, यह नुक़सान इतना बड़ा है कि मेरी देह उसका मुआवजा अदा नहीं कर सकती।

उसके बहुत देर बाद तक जब वह बिस्तर पर नहीं आया तो मुझसे अकेले वहां पड़ा नहीं रहा गया। उसे ढूंढती हुई बैठक के दरवाज़े पर पहुंची और अंदर झांक कर देखने लगी। मैंने देखा, वह सोफ़े पर बैठा, लैंप की रोशनी में एडवांस्ड ब्रिज किताब पढ़ रहा है। ग़मगीनी में डूबा उसका चेहरा पीला और सुस्त लग रहा है। पैनी काली आंखों में नमी झलक रही है। मांसल लाल होंठ आगे को लटक आए हैं। किताब पढ़ कर तुरंत समझ लेने के प्रयास में माथे पर शिकनें उभर आयी हैं और तीखी नाक पहले से ज़्यादा तीखी लग रही है।

मेरी उपस्थिति से अनजान वह पढ़ने में मग्न था। मैं देर तक दरवाज़े की चौखट पर खड़ी उसे देखती रही। उसका ग़मगीन चेहरा मुझे भीतर तक झिंझोड़ गया। मुझे लगा उसके चेहरे पर ख़ुशी देखने के लिए मैं कुछ भी कर सकती हूं। कुछ भी। ताश खेलना तक सीख सकती हूं।

इतना सोच लेने पर भी मैं कमरे के अंदर नहीं गयी। वहीं खड़ी-खड़ी उसे देखती रही। प्यार के दबाव से मेरा सीना फटने को हो गया।

मैं जान गयी, मुझसे कुछ नहीं होगा। सोचने-समझने के बावजूद मैं चीज़ो को जिस तरह महसूस करती जाती हूं, उसमें कोई तुक नहीं होती। मैं इस युग में मिसफ़िट हूं। मैं जानती हूं, मैं उसे ऐसे ही प्यार करती रहूंगी। उसके होने को कभी व्यवसाय की तरह नहीं ले सकूंगी। उसकी नाराज़गी और ख़ुशी को, उसकी संजीदगी और हंसी को, उसकी दिलचस्पी और रुखाई को, व्यवसायिक जीवन के सामान्य उतार-चढ़ाव मानकर स्वीकार नहीं कर सकूंगी, इसलिए मैं उसे कभी खुश भी नहीं कर सकूंगी। मैं यूं ही दिन में सौ-सौ बार मरती रहूंगी पर उसके साथ तटस्थ होकर जी नहीं सकूंगी। लाख सोच लेने पर भी मैं ताश नहीं खेल सकूंगी।

मैं उन बेवक़ूफ़ औरतों में से एक हूं जो अपने पति को प्यार करती हैं, या यह कहना चाहिए कि मैं ही एक बेवक़ूफ़ औरत हूं जो.......

वितृष्णा

डेढ़ बजने वाला है। दिन का डेढ़। सूरज ठीक सिर पर है। धूप ने सड़क को नंगा कर रखा है। पास कहीं कोई पेड़ भी नहीं कि झीनी चादर की ओट दे दे।

मोटरसाइकिल के हत्थे को हाथ से थामे दिनेश बेमतलब सड़क के किनारे खड़ा है। हेलमेट के नीचे भट्ठी सुलग उठी थी। उतार कर सीट पर रख लिया है। अब आसमान नंगे सिर पर कोड़े बरसा रहा है। सिर, माथे और चेहरे से बहकर पसीना क़मीज के कॉलर के नीचे जमा हो रहा है। गीली क़मीज पीठ पर चिपक रही है। हाथ पांव चिपचिपा रहे हैं। सूरज की तीखी चौंध बेसहारा आंखों के आगे लाल नांरगी गोले नचा रही है।

ऐसे में किसी को भी घर की याद आ सकती है। धूप और बारिश से बचने के लिए ही आदमी घर बनाता है।

यहीं सामने उसका घर है। सड़क के उस पार। मोटरसाइकिल को घसीट कर चार क़दम ले जाना होगा। आंगन पार करके बीसेक सीढ़ियां चढ़ेगा तो दरवाज़ा खोलने की देर होगी। वह घर के अन्दर होगा। कुल मिलाकर दो मिनट भी नहीं लगेंगे।

उसने एक बार फिर कलाई पर बंधी घड़ी देखी। हां, डेढ़ बजा चाहता है। यही ठीक वक़्त है। शालिनी खाना खा रही होगी। और देर की तो वह अपने कमरे में जाकर सो रहेगी। घंटी बजेगी तो आकर दरवाज़ा खोलेगी ज़रूर, पर उस वक़्त उसका चेहरा....दिनेश के लिए बर्दाश्त करना मुश्किल हो जाता है।

वह आयेगी, आहिस्ता, पैरों की आहट से वह पहचान लेगा–उसकी चाल हमेशा यकसां रहती है–वह आयेगी, दरवाजे, की चटखनी नीचे गिरायेगी और

वापस लौट जायेगी। ठेलकर दरवाज़ा दिनेश को ही खोलना पड़ेगा। अन्दर घुसने पर वापस जाती उसकी पीठ की एक झलक देख पायेगा, उसका चेहरा नहीं। फिर खटाक, उसके कमरे का दरवाज़ा बंद हो जायेगा। वह बाहर वाले कमरे में रह जायेगा, जिसे वे बैठक और खाने के कमरे की तरह इस्तेमाल करते हैं। खाने की मेज़ पर करीने से खाना लगा होगा। एक थाली, न ज़्यादा बड़ी, न छोटी। उसमें दो कटोरियां, एक चम्मच, पास रखा एक गिलास, ट्रे में लगे सब्ज़ियों के दो डोंगे, परोसने को दो बड़े चम्मच, कपड़े से ढकी चार रोटियां। दिनेश आराम से हाथ-मुंह धोये, पीछे वॉशबेसिन पर साफ़ तौलिया टंगा होगा। फ्रिज से ठंडे पानी की बोतल और दही निकाले और खाना खा ले। इच्छा हो तो रसोईघर में जाकर खाना गरम भी कर सकता है। गैस के चूल्हे पास दियासलाई रखी होगी और धुली-मंजी कड़ाही भी। शिकायत की गुंज़ाइश नहीं है।

खाना खाकर वह अपने कमरे में आराम कर सकता है। बिस्तर के पास मेज़ पर छोटी डिबिया में सौंफ़–इलायची रखी रहती है। खा ले और सो जाये। न चाहे तो न सोये।

उस पर किसी क़िस्म का दवाब नहीं है। पांच बजे शालिनी उठती है तो चाय बना कर मेज़ पर रख देती है। अपना प्याला लेकर वह अक्सर खिड़की पर चली जाती है और बाहर देखती रहती है। दिनेश जानता है, अगर वह भी अपना प्याला लेकर खिड़की पर गया तो शालिनी बैठक में लौट आयेगी और कोई पत्रिका खोलकर बैठ जाएगी।

अपने ही घर में समय काटना कितना मुश्किल होता है। चार बजे से वह बाहर निकलने की योजना बनाने लगता है। पर पांच बजे से पहले निकलने पर दरवाज़ा बंद कर लेने के लिए शालिनी को पुकारना होगा। फिर वह चाहे कितनी देर इंतज़ार क्यों न करे, दरवाज़े में चटखनी लगाने वह तभी आयेगी जब वह घर से निकल चुका होगा, पहले नहीं। इससे तो....करवट बदलते पांच बज जायें...

डेढ़ बज गया। अब घर पहुंच जाना चाहिए। वह जानता है, शालिनी को दोपहर में खाना खाकर सोने की आदत है। नींद में विघ्न पड़ने से उसके सिर में दर्द हो जाता है। कभी-कभी वह दर्द तीन दिन तक ठीक नहीं होता। वह नहीं चाहता, उसके देर से घर पहुंचने की वजह से उसके सिर में दर्द हो।

अभी घर पहुंच गया तो हो सकता है, वह खाने की मेज पर बैठी मिल जाये। तब घंटी बजाने की ज़रूरत नहीं होगी। दरवाज़ा खाने की मेज के ठीक सामने है और खाते वक़्त वह चटखनी नहीं लगाती, ढुका कर छोड़ देती है। ठेलकर भीतर आया जा सकता है। शालिनी सामने बैठी मिलेगी। उसके सामने मेज़ पर दिनेश के खाने का इंतज़ाम होगा। वही एक थाली, एक गिलास, एक चम्मच, दो कटोरियां, सब्ज़ी के डोंगे, कपड़े से ढकी रोटियां....सलीके से अदा किया ठंडा फ़र्ज़।

दिनेश भीतर घुसता है तो शालिनी मुंह ऊपर उठा कर नहीं देखती। चुपचाप खाती रहती है। वह कैसे समझ जाती है, आने वाला और कोई नहीं, बस दिनेश है? रोज़ वह नये तरीक़े से दरवाज़ा खोलता है। शायद वह चौंक कर सिर ऊपर उठाये और एक भरपूर नज़र उसे देखने पर मजबूर हो जाये। फिर....क्या ऐसा नहीं हो सकता कि बरसों बाद उसे देखकर, वह नये सिरे से उसे पहचान उठे?

'शालिनी,' वह कहना चाहता है, 'शालिनी, मैं रिटायर हो चुका। अब मेरे पास कोई काम नहीं है। तुम्हें याद है, तुम कहती थी मेरे पास कुछ कहने-सुनने का वक़्त नहीं है। दफ़्तर से घर लौटता हूं तो फ़ाइलें साथ लेकर। हर वक़्त काम में डूबा रहता हूं। अब मेरे पास फ़ुर्सत ही फ़ुर्सत है। हम घंटों बैठकर बातें कर सकते हैं। यह तो मैं यूं ही, आदत से लाचार सुबह घर से निकल जाता हूं। तुम कहो तो बिलकुल न जाऊं' और भी बहुत वह कहना चाहता है और उसके लिए सही वक़्त की तलाश करता रहता है।

हाथ-मुंह धोकर वह शालिनी के सामने कुर्सी पर बैठ जाता है। खाना परोसता है तो उसकी तरफ़ देखता रहता है...वह मुंह ऊपर उठाये तो अपनी बात कह डाले। पर उसकी नज़रें थाली पर गड़ी रहती हैं और खाना ख़त्म करते ही वह चुपचाप अपने बर्तन समेट कर उठ जाती है। कभी ऐसा नहीं होता कि कोई जूठा बर्तन मेज़ पर छूट जाये। ऐसा भी नहीं होता कि वह आंख उठाकर देख ले कि दिनेश खा चुका या अभी खा रहा है, मेज़ पर से उठ चुका या वहीं बैठा है। दिनेश सामने रहता है तो शालिनी का चेहरा, चेहरा नहीं रहता, सपाट पीठ बन जाता है। अपनी तरफ़ पीठ किये आदमी से बात करना बहुत हिम्मत का काम है। दिनेश में उतनी हिम्मत नहीं है।

फिर भी एक दिन, खाते-खाते वह पुकार उठा था, "शालिनी!"

शालिनी के जिस्म में हरकत नहीं हुई। कौर तोड़ती उसकी उंगलियां चौंक कर कांपी तक नहीं।

"शालिनी!" उसने और ऊंची आवाज़ में पुकारा।

शालिनी खाना खाती रही।

"मुझे तुमसे कुछ कहना है," हिम्मत करके वह एक खाई फलांग गया।

शालिनी ने मुंह ऊपर नहीं उठाया, न उसका हाथ रुका।

दिनेश ने चुप्पी को सुनने की कोशिश की। शायद वह उसे सुन चुकी हो, और बिना कहे कह रही हो, 'हां, कहिए, मैं सुन रही हूं।' पर नहीं, उस चुप्पी में कोई शब्द नहीं था। बिलकुल बेजान थी वह।

"तुम कुछ बोलती क्यों नहीं?" आख़िर वह चीख़ पड़ा था।

"कहना आपको है मुझे नहीं," शालिनी ने धीमे से कहा था, फिर चुप्पी छा गई थी। गुबार की तरह शब्द उठे थे और चारों तरफ़ छाए सन्नाटे में बिना कोई लहर पैदा किये सो गये थे। शालिनी का चेहरा पहले की तरह भावहीन था, सिर के साथ आंखें भी झुकी हुई थीं। उसके कसे होंठ इतनी कम देर के लिये खुले थे कि दिनेश सोचता रह गया कि वाकई उसने कुछ कहा था या महज़ उसका वहम था। दिनेश की हिम्मत पस्त हो गयी थी। अभी बहुत सारी खाइयां सामने थीं और फलांगने के लिए दूसरी तरफ़ तनिक संबल न था। वरना कहने को उसके पास बहुत कुछ था।

'शालिनी,' वह पूछना चाहता था, "बीस साल पहले तुम्हें इतना कुछ कहना था, उसका क्या हुआ? कहां खो गये वे शब्द? बिना कहे तुम्हारा मन कैसे भर गया? तब मैं कितना व्यस्त था। तुमने मुझसे पूछा था, आपके पास घंटे भर की फ़ुर्सत नहीं है कि बैठकर बात कर सकें तो मैंने कहा था, बात करने की फ़ुरसत उन्हें होती है जिनके पास काम नहीं होता। अगर तुम घर को पूरे सलीक़े से चलाओ तो तुम्हारे पास भी चखचख करने को वक़्त न बचे....तुम समझती क्यों नहीं, शालिनी, तब मेरे पास वक़्त नहीं था। अब है। हालात बदलते रहते हैं। हालात के साथ हमें बदलना पड़ता है। देखो, घर में हम दो ही प्राणी हैं। एक बेटा है सो अमेरिका जा बसा। लौटकर क्या आयेगा। अब जो कुछ कहना है हमें एक-दूसरे के कहना है। इस तरह चुप्पी साधे रहने से ज़िंदगी कैसे चलेगी?'

एक बार फिर कोशिश करूं अपनी बात कहने की, उसने सोचा था। रोज़ सोचता है। रोज़ अपने को समझाता है कि एक बार सन्नाटा टूट जायेगा तो सब ठीक हो जायेगा। आपस में बात करने का उनका अभ्यास जाता रहा है, बस। और कोई बात नहीं है। पर....शालिनी...

कल दोपहर घर लौटा तो दरवाज़े के बाहर, अंदर से आ रही हंसी की आवाज़ सुन ली। वह ठिठक गया। किसी और के घर के आगे तो नहीं जा खड़ा हुआ? दरवाज़े के ऊपर लगी अपने नाम की तख्ती कई बार पढ़ डाली। घर तो उसी का है। तब कौन है अंदर? हंसी एक नहीं दो नारी कंठों से फूट रही है। कौन है? एक तो शालिनी है, दूसरी? दूसरी कोई हो, शालिनी ज़रूर है। बेसब्री से उसने दरवाज़े को धक्का दिया और अंदर जा पहुंचा। सामने सोफ़े पर मंगला बैठी थी, शालिनी की छोटी बहन। बराबर में शालिनी। दोनों ठहाके मार कर हंस रही थीं। इससे पहले कि हंसी सहसा थम जाने के बाद की चुप्पी कानों को ख़टकती, दिनेश बोल पड़ा, "अरे मंगला, तुम! कैसी हो! बड़े दिन बाद आई। बैठो-बैठो और सब कैसा चल रहा है? सुरेश कैसे है? और बच्चे? माधवी के डॉक्टर बनने में कितने साल बाक़ी हैं?

हां...और कोई नयी फ़िल्म देखी?"

वह एक के बाद एक सवाल पूछता चला गया। मंगला बीच-बीच में जवाब देती रही। शालिनी चुपचाप पास बैठी रही, फिर उठकर खड़ी हो गयी। मंगला ने उसे देखा, क्षण भर को झिझकी, फिर वह भी खड़ी हो गयी।

"अरे, कहां चल दीं?" दिनेश ने कहा, "बैठो-बैठो, खाना खाकर जाना। एकदम तैयार है।"

"हमने तो, जीजाजी, खा लिया," मंगला ने सकूचा कर कहा।

"खा लिया! ओह...! अच्छा किया, अच्छा किया?" उसने कहा, "मुझे देर भी तो कितनी हो गयी। पर आओ, मेज़ पर बैठो मेरे साथ। चाय-कॉफ़ी ले लो। क्या लोगी?"

"नहीं, कॉफ़ी भी हम लोग..."

"चलो मंगला, हम उस कमरे में चलें," शालिनी ने कहा और अपने सोने के कमरे की तरफ़ बढ़ गयी। पीछे-पीछे मंगला।

दिनेश वहीं छूट गया, आरामदेह, सुसज्जित बैठक में, जहां मेज़ पर करीने से उसका खाना लगा था, संतुलित, पौष्टिक और स्वादिष्ट।

उसका मन हुआ, सब्जी के डोंगे उठा कर दीवार पर दे मारे; दाल कालीन पर बिखरा दे और चिल्ला कर कहे, सब्ज़ी में बाल है! दाल में कंकड़! शालिनी की इस सुचारू, सुव्यवस्थित, सपाट गृहस्थी का भ्रम टूटना चाहिए। शोर सुनकर वह अपने कमरे से बाहर आयेगी तो वह उछल कर उसके सामने आ खडा होगा

और उसके कंधे दबोच लेगा (जिस्मानी ताक़त उसमें उससे कहीं ज्यादा है) और तब तक उसके बदन को झटके देता रहेगा जब तक वह चीख़ न पड़े।

'बोलो,' वह कहेगा, 'कुछ भी बोलो! चुप रहोगी तो मैं तुम्हें मार डालूंगा!' तब ज़रूर बोलेगी वह।

उसने हाथों में एक-एक सब्ज़ी का डोंगा उठा लिया और वापस मेज़ पर पटक दिया। ज़िंदगी में कभी कोई वहशियाना हरकत की नहीं थी। अब भी न कर सका। बस लगा लगाया खाना मेज पर सूखता छोड़, घर से बाहर निकल गया।

क़मीज की बांह से बार-बार माथे का पसीना पोंछते हुए वह सोच रहा था, अगर कल वह सचमुच कुछ कर गुज़रता तो क्या होता? क्या शालिनी...? उसकी आंखों की वितृष्णा झेल पाता वह? बलगम की तरह उसके पूरे अस्तित्व पर लिसड़ न जाती।

एक दिन उसका ध्यान आकृष्ट करने के लिए खाते-खाते वह कह उठा था, "दाल में कंकड़ हैं।" शालिनी चुपचाप उठी थी, दाल का डोंगा और थाली में परोसी दाल की कटोरी उठा का कूड़ेदान में उलट आयी थी। "फेंक क्यों दी? खायी जाती," वह बरबस कह उठा था। शालिनी ने जवाब नहीं दिया था पर उसके पूरे हाव-भाव से जाहिर था कि दाल में कंकड़ होने का सवाल ही पैदा नहीं होता। कहा उसने कुछ नहीं था, एक बार उसकी तरफ़ देखा भर था, पर वह देखना ऐसा था कि आदमी सब कहना सुनना भूल जाए।

कब तक इस चिलचिलाती धूप में खड़ा रहूं? उसने फिर क़मीज़ की बांह से माथे का पसीना पोंछा और हसरत के साथ अपने घर की तरफ़ देखा। कल दोपहर बाद घर नहीं लौटा। आधी रात क्लब में और आधी पार्क में बैठकर बिता दी। अब जाना चाहिए। इस बार देखा तो लगा उसके घर की खिड़की का पर्दा हिल रहा है। डोरी पर आधी दूर सरकाया गया है, फिर रोक दिया गया है। एक हाथ अब भी वहां टिका हुआ है। शालिनी है पर्दे के पीछे। खिड़की से बाहर देख रही है। ज़रूर। अगर वह दबे पांव भीतर घुसे और पीछे से जा कर उसके कंधे दबोच ले? उसे ज़बरदस्ती अपने से सटा ले? आज उसकी पीठ से ही बात करे? हां, शायद यही ग़लती वह करता रहा है। उसकी आंखों में देखकर अपनी बात कहने की कोशिश की है। उनमें अपनापन ढूंढता रहा है और उसकी जगह फैली वितृष्णा से चोट खाकर मूक रह गया है। आज पहले अपनी बात कहेगा, तब उसका चेहरा अपनी तरफ़ घुमा कर देखेगा। शायद उसकी बात सुन लेने

पर शालिनी.... उसका हृदय एक दबी उत्तेजना से धड़क उठा और वह मुस्तैदी से मोटरसाइकिल आगे घसीटने लगा।

खाना खाकर शालिनी खिड़की पर आ गयी। पर्दा एक तरफ़ खिसक गया है। उसे खींच कर पूरी खिड़की ढक दे तो दरवाज़े में चटखनी लगाकर अपने कमरे में जाकर सो रहे। बाहर तो देखा नहीं जाता। उफ़, किस क़दर धूप है। कितने बरस हो गये, वह धूप में बाहर नहीं निकली। ज़रूरत ही नहीं पड़ती। कोई उससे पूछे, धूप का क्या मतलब होता है तो वह कहेगी–सिरदर्द! पता नहीं लोग कैसे घूम लेते हैं धूप में बेमतलब।

अब वहां, उसके घर के ठीक सामने, तपते सूरज के नीचे एक आदमी हाथ से मोटरसाइकिल थामे खड़ा है, निरुपाय सा। मोटरसाइकिल बिगड़ गई है शायद। बेचारा! ज़्यादा देर इसी तरह धूप में खड़ा रहा तो चक्कर खाकर गिर पड़ेगा। लगता है पसीना ख़ूब आ रहा है। जेब से रूमाल निकालने का भी धैर्य नहीं है। बार-बार क़मीज़ की बांह से माथे का पसीना पोंछे जा रहा है।

इस तरह वहां खड़े रहने से क्या होगा? मोटरसाइकिल घसीट कर ले जानी ही पड़ेगी। तब जाए, गैरेज बहुत पास नहीं तो ख़ास दूर भी नहीं है। ऐसे धूप के नीचे खड़े रहने से तो लू लगने का पूरा अंदेशा रहता है। कॉलेज में पढ़ती थी तो देखा था, सूरज के नीचे चक्कर खाकर एक मज़दूर को गिरते हुए। ज़मीन पर गिरकर कैसे छटपटाया था और पांच मिनट में ख़त्म हो गया था। बाद में लोगों ने कहा था, समय पर पानी मिल जाता तो बच जाता। उस वक़्त किसी की समझ में नहीं आया था कि हो क्या रहा है। यहां भी पास में कहीं पानी नहीं है। क्या पता, प्यास की वजह से ही यह मोटरसाइकिल आगे न बढ़ा पा रहा हो। न हो तो वही एक गिलास पानी उसे दे आए। हर्ज़ क्या है? उसने फ्रिज खोल कर ठंडे पानी की बोतल निकाली और गिलास भर लिया। वापस खिड़की पर आकर एक बार फिर बाहर झांका। वह आदमी उसी तरह वहीं खड़ा है। बार-बार उसी के घर की तरफ़ ताक रहा है। क्यों? कोई जान-पहचान का आदमी तो नहीं हैं? कौन है?.....कौन होगा!

उसने देखा, मोटरसाइकिल घसीटता हुआ वह आदमी धीरे-धीरे उसके घर के आंगन में बढ़ा आ रहा है। तब उसका चेहरा साफ़ दिखायी दे रहा है। अरे यह तो...!

उसकी आंखों के किवाड़ बंद हो गये। शरीर में शिथिलता आ गयी। उदास भाव से उसने खिड़की का पर्दा खींच दिया और दरवाज़े की चटखनी बिना लगाये अपने कमरे की तरफ़ चल दी। जाते-जाते उसने मेज पर पड़ी ठंडे पानी की बोतल उठायी और वापस फ्रिज में रख दी। ज़रूरत होगी तो निकाल लेगा ख़ुद।

बेसब्री से दरवाज़ा ठेल कर दिनेश घर में घुसा। सामने शालिनी की पीठ दिखी। वह अपने कमरे में जा रही थी। फिर खटाक! दरवाज़ा उसकी पीठ पीछे बंद हो गया। दिनेश क़रीने से सजे कमरे में अकेला रह गया।

तीन किलो की छोरी

शारदाबेन ने मुचड़ी धोती टांगों के बीच से निकाली और उठकर खड़ी हो गयी। नंगे गीले बच्चे को फटे कपड़े से लपेटा और तराज़ू की तरफ़ लपकी। आजकल यह उसका रोज़ का नियम था। बच्चा जनवाने पर, उसे नहलाना तो ख़ैर ज़रूरी ठहरा, पर उसके बाद, मां को उसका मुंह दिखलाने से पहले, वह तराज़ू पर उसका तौल करने दौड़ती थी। मालिकों की नजर में बच्चे जनवाने का महत्व कम, तराज़ू में तौलने का ज़्यादा था। सौ रूपया महीना की नौकरी थी उसकी, कोई मज़ाक नहीं।

आज कुछ अलग उछाह था तराज़ू तक की लपक में। गोद में पड़ी छोरी, उसके जने और बालकों से फ़र्क़ थी। बहुत दिनों बाद, बच्चा उठाने पर लगा था, हां, कुछ है गोद में, चिथड़ों की पोटली के अलावा। एक दबाव महसूस हुआ था बांहों में। वह तो भूल ही चली थी,नन्हीं हड्डियों के ढांचे पर चढ़े मांस का वज़न क्या होता है। ,

नई-नहायी बच्ची के बदन पर लिपटा कपड़ा नम हो गया था। उसे उतार अपने कंधे पर डाल दिया। चन्द मिनटों में सूख जायेगा।

फिर जतन से संभाल कर उसने छोरी को तराज़ू में लिया दिया। उसे यही सिखलाया गया था। निपट नंगे बच्चे का तौल करना चाहिए वरना कपड़ों का वज़न जुड़ जाता है आंकड़े में। घिसे-पिटे चिथड़े का वज़न क्या होगा, दस ग्राम भी नहीं, पर शारदाबेन हंसी तक रोके रखती है अपनी। चिथड़ा अलग करती है और नंग मलंग बच्चे को तराज़ू में लिटाती है। तभी न, तमाम ग्रामसेविकाओं में अव्वल ठहरायी जाती है हमेशा। काम के मामले में न हंसी-ठट्ठा, न कोर-कोताही। नंगा तुलना है बच्चा तो नंगा तुलेगा, कपड़े का वज़न देख हंसी छूटे तो रखो पेट में दबा के।

जो सोचा था सही निकला। शारदाबेन ने उचक कर वज़न पढ़ा और ताली पीठ कर चहक उठी, तीन किल्लो। पूरी तीन किल्लो। वाह री छोरी, तू तो औसत से भी जाड़ी निकली।....औसत वज़न ढाई किलो है, अपने गांव-गंवई के बच्चों का, उसे मालूम था। वह छोरी उससे ऊपर होगी, नीचे नहीं, गोद में लेने पर लगा तो था पर उसने अपना अनुमान, नीचे की हद पर खींच रखा था, ऊपर उठने नहीं दिया था। मानुष की अक़्ल आख़िर मानुष की ठहरी। जब तक मशीन ठोंक-बजाकर कह न दे, ट्रेनिंग पायी दाई को धीरज धरे रहना चाहिए, है कि नहीं? वैसे शारदाबेन दाई नहीं, अपने को ग्रामसेविका कहलाना पसंद करती थी। हर लल्लू-पंजू दाई के हाथ में तराज़ू नहीं होता ना। वह भी एकदम नये ढंग का, न बाट न बटखड़ा, ऊपर लगी सुई खटाक से दिखा देगी वज़न का नंबर, घड़ी की सुई की तरह। तीन किलो तो तीन किलो, न एक ग्राम इधर, न एक ग्राम उधर। वैसे शारदाबेन का हिसाब भी कच्चा नहीं था। शायद ही कभी मोटी गड़बड़ी हुई हो, पर आदत कुछ ऐसी बन चुकी थी कि बच्चा गोद में उठाने पर, उसके वज़न में आधे-चौथाई किलो की बढ़त करके ही रहती। हर बार मन में कहती, अरे, कुल जमा डेढ़ किलो वज़न होने से रहा, दो नहीं तो पौने दो किलो तो होगा ही होगा। मां का दूध मिल गया तो जी जायेगा, बेचारा!

फाउंडेशन की मोटीबेन यही बोलती हैं हमेशा, अरे शारदाबेन, (या शांताबेन या हमीदाबीबी, जो रहे सामने) एक बात गांठ बांध लो; मां के दूध जैसी नेमत दूसरी है नहीं। तीन महीने तक भरपेट, टैम से मां का दूध मिले बच्चे को बस और कुछ नहीं चाहिए। अरे, अब तो विलायत-अमेरिका की मेमें भी बच्चों को अपना दूध पिलाने लगीं। जानती है शारदाबेन। उसके इस छोटे से गांव में भी चली आती हैं जब तब मेमें। मोटीबेन हो भेजती हैं। कहती हैं, उसका सेंटर सबसे बढ़िया है उनके गांव में, और शारदोबन ठहरी फिर ख़ूब चटर-पटर बतियाने वाली। एक बात नहीं छोड़ती बिना बतलाये।

यह देखो, दस पैसे की पचहत्तर ग्राम ममरी, मूंग की दाल, चावल और तेल से बनी। पांच साल से कम बच्चो, गर्भवती और दूध पिलाती मांओ के लिए जो चाहे, खुले हाथों ले। किसी को वापस नहीं लौटाते हम। क्या चीज़ है ममरी, खाने मे स्वाद, सेहत के लिए बढ़िया। दस पैसे क्या हैं, पचहत्तर ग्राम के लिए, मुफ़्त बराबर समझो। हमें तो पचास की पड़ती है। दस्सी लेते हैं सो, इसलिए कि भिखारी नहीं ना बनाना हमें गांव वालों को और यह देखो, बालदीपक, कुपोषित बालकों के लिए बढ़िया टॉनिक। कमज़ोर हो बच्चा, तो छठी होते ही, चम्मच

भर रोज़ पिलाना शुरू। क्या बतलाऊं आपको, कैसे पुच-पुच घोट जाते हैं बदमाश। अरे कमज़ोर हुए तो क्या, कमअक़्ल तो नहीं, अपने मतलब की चीज़ ख़ूब पहचानते हैं।

ताली बजा कर वह खिलखिला पड़ती पर मेमें उसका मज़ा ख़राब कर देती। होंठ दबा कर कहतीं, इस सबकी कोई दरकार नहीं है, छोटे बच्चों को मिलना चाहिए मां का दूध, टैम से और भरपेट। उसके लिए मां को भी, कड़क तला, तेल रचा खाना खाने के बजाय, ताक़त की ख़ूराक खानी चाहिए।

शारदाबेन का मन मुंह कसैला हो जाता। ताक़त की ख़ूराक! अन्न का जहां जुगाड़ न हो....

खाने का ख़्याल आया नहीं भेजे में कि पेट ने गुड़गुड़ाना शुरू कर दिया। उसे याद आ गया, अभी रोटला खाया नहीं, काग़ज़ में लिपटा पड़ा है थैली में, वहीं सेंटर पर। अभी क्या टैम हुआ होगा, दो-ढाई और क्या, ऊपर आसपास में तपते सूरज को देख कर उसने सोचा। ना, तब पेट इतनी बेहाली से गुड़गुड़ना करने वाला था। ज़रूर तीन से ऊपर हो रहे होंगे। साले पेट में भी घड़ी की सुई लगी है। बच्चे तौलने वाले तराज़ू के माफ़िक़, ठीक टैम पर गुड़गुड़ाना चालू करता है।

खा लूंगी पापी, सबर कर, उसने अपने पिचके पेट पर चपत लगाकर कहा और खी-खी कर हंस दी। ऐसे न खाने वाली हूं आज, रूखा रोटला-प्याज़, आज तो इस तीन किल्लो की छोरी की मां से सूकड़ी लिए बग़ैर न मानूंगी। अरे, पूरा तीन किल्लो वज़न है छोरी का, कोई मज़ाक है, यह समझ लो जैसे एक के बजाय दो बालक एक साथ जने हों, डेढ़ किल्लो से जाड़ा बच्चा जनमता कहां है इधर।

बस एक अड़चन है। है साली छोरी। छोरा होता तो खुले हाथों देता बापू इसका। सुखी परिवार है, दो भैंसे हैं, किस्तें भी, सुना, चुका ली अब तक। पांच बीघा खेत भी है अपना, चारे-खारे की किल्लत नहीं है। ऊपर से मौसम भी सहारे वाला है, न बाजरे की कटाई का बखत है न रुपाई का। छोरी की मां को आराम मिल जायेगा। वरना क्या, सुखी परिवार हो तब भी, कटाई-रुपाई के बखत औरत घर पर तो बैठ नहीं सकती। पर लल्लीबेन खींच ले जायेगी, पन्द्रह-बीस दिन। घर पर सास भी है न, मनुबेन, भैंसों का चारा-सानी तो कर ही देगी इतने दिन।

"चल मेरी तीन किल्लो की छोरी, सूकड़ी तो खिलवा दे।" अरे, छोरी हुई तो क्या हुआ, कहती नहीं अपनी मोटीबेन, "छोरे-छोरी में अब फ़र्क नहीं रहा। देख न शारदाबेन, मैं भी छोरी हूं, पर पूरा का पूरा फाउंडेशन मेरे दम पर चलता

है कि नहीं?" सच्ची-खरी बात कही थी मोटीबेन ने। यह सारा तामझाम था तो मोटीबेन के कंधों पर। उनकी बात सुन शारदाबेन की छाती इतनी चौड़ी हो गयी थी कि झट घर पहुंच, ज्यों की त्यों जड़ दी थी अपने मरद के माथे पर। उस दिन, सच, मार खाते-खाते बची थी शारदाबेन।

एक बात है उसके मरद की। याद नहीं पड़ता कभी हाथ उठाया हो उस पर। एकाध बार को छोड़ दो, कभी-कभार तो आप जानो, मरद ठहरा, पर कसम है जो एकाध बार से ज़्यादा पिटाई की हो उसकी। अब एकाध झापड़ कभी मार दिया, वह तो ख़ैर मान-मनौवल की बात हुई, पर मन की भड़ास निकालने को उसकी पीठ का इस्तेमाल कभी नहीं करता।....हां, उस दिन ज़रूर मार खाते-खाते बची थी शारदाबेन।

खटिया पर बैठा उसका मरद चाय पी रहा था कि झलल-मलल करती वह भीतर आयी थी और खटाक से जा चढ़ी ऊपर, उसके बराबर में। बोली, ''आज का दिन बड़ा ख़राब बीता, तीनों की तीनों चुड़ैल छोरियां जनी गयीं। किसी ने टुकड़ा भर गुड़ भी न धरा हाथ पर। फिर मोटीबेन से बतलाया तो शीत पड़ा कलेजे में, कहने लगी, 'ले शारदाबेन, सूकड़ी खा। छोरे-छोरी में कोई फ़र्क़ नहीं है। अरे, तू भी छोरी है, है कि नहीं, फिर सौ रुपए कमा रही है कि नहीं, महीने के महीने। सारा गांव तेरी इज़्ज़त...."

बात यहीं तक पहुंची थी कि मरद ने लात मारकर उसे खटिया से नीचे गिरा दिया था। फिर एक घूंट में चाय सटक, उसकी गरदन पर आ सवार हुआ था। पीठ पर धौल जमाकर बोला था, "सौ रुपल्ली का भूत चढ़ गया सिर पर, हरामज़ादी।"

और तो और, छोरा उसका, बालिश्त भर का, बाप की देखा-देखी चढ़ आया था सिर पर और चीख़ कर बोला था, "छोड़ परे साली नौकरी। कल ही जाकर छुट्टी कर। हमें नहीं चाहिए तेरे सौ रुपए।"

छोरे की बात सुनते ही मरद की अक़्ल ठिकाने आ गयी थी। उसे छोड़ छोरे पर झपट लिया था। एक झन्नाटेदार थप्पड़ उसकी कनपटी पर रसीद कर दहाड़ा था, "खाल में रह, हरामज़ादे! बड़ा आया नौकरी छुड़ाने वाला। जाकर पढ़ायी कर अपनी। इस्कूल में नाम क्या फोकट में लिखवाया है?"

रोता-बिसूरता छोरा कोने में सिकुड़ गया था। मरद वापस खटिया पर विराजमान हो गया था। अब की बेर उससे इतना कह कर संतोष कर लिया था, "तेरी इज़्ज़त में फ़र्क़ ना आता हो तो जाकर चा बना ला, कमजात।"

शारदाबेन चाय बनाने चूल्हे पर चली गयी थी और बरबस उसकी हंसी फूट पड़ी थी। बेचारा, उसका भलामानुस मरद, सौ रुपए की मार में ठंडा हो गया। मोटीबेन के मरद का तो राम जाने क्या हाल होता होगा। चाय तैयार होने तक वह खिलखिल हंसती चली गयी थी। पर गिलास में छान मरद को पकड़ायी तो चेहरे पर मुर्दनी ओढ़ ली और धरती पर सिमट सिर घुटनों में दे बैठ गयी थी।

ज़्यादा देर बैठे रहना नहीं पड़ा था। ज़रा देर बाद ही मरद की प्यार भरी घुड़की सुनायी दे गयी' थी, "अपने लिए भी छान ली होती, करमजली, न खायेगी, न पीयेगी, सौ रूपल्ली के लिए परान देगी क्या?" मुंह ऊपर उठाकर वह बेलाग हंस दी थी। मरद ने भी साथ दिया था, "सिललबिल्लो है सिललबिल्लो, एक तू एक तेरी मोटीबेन। अरे, छोरे-छोरी का फ़र्क़ कभी मिट सकता है!"

शारदाबेन क्या जानती नहीं। वह तो मोटीबेन से सुनी सो उसने कह दी। फ़र्क़ है तो हुआ करे, उसकी बला से। उसे तो उस फ़र्क़ से मतलब है, जो उसके कमाए सौ रुपए माहवार से, उसकी अपनी ज़िंदगानी में आया है। छोरे के स्कूल में नाम लिखाने को लेकर कितना फ़साद हुआ करता था घर में। मरद कहता था, "कौन बाबू साहब का छोरा है कि पढ़-लिख कर लाट बनेगा। घसखुद्दा बनना है तेरे छोरे को घसखुद्दा। सो एक जमात पढ़े कि दस, क्या फ़र्क़ पड़ेगा। अरे ओ कमअक्कल किताब क्या मालिक की भैंस को सुनायेगा, जो पीछे पड़ी है उसके!" पर शारदाबेन की नौकरी पक्की हुई नहीं और मोटीबेन ने बुलाकर एक बोल सुनाया नहीं कि मरद, कजरी गऊ सरीखा, छोरे को स्कूल में बिठला आया। बुड़बुड़ तो ख़ैर कम नहीं की पर वह तो आप जानो, कढ़ी का उबाल, ठंडा होते-होते होता है। पर तब से लेकर आज तक, मरद ने न किताबों की ख़रीद में कोर-कसर रखी, न छोरे के खाने-पीने में।

अब उस दिन को लो। जंगल से लकड़ी काट, गट्ठर लाद कर चला तो रास्ते में मटके भर छाछ के बदले बेच कर घर लौटा। छोरा कढ़ी-खिचड़ी खाने को मचल जो रहा था। कहने लगा, "लकड़ी का क्या है, फिर काट लेंगे, हाड़-गोड़ बचे रहें, यहां से काट भी ले गये ठेकेदार तो पांच-दस मील पर तो रहेगा जंगल, मेहनत से नहीं घबराते हम।" लाड़ लड़ाने पर आयेगा मरद तो जादूगर सा तमाम मुश्किलों को फूंक मार उड़ा देगा। वह क्या जानती नहीं, जलावन की कितनी किल्लत हो गयी पिछले पांच-दस बरसों में। जिनके पास डंगर हैं, उनके पास फिर भी गोबर है, जिनके खेत हैं, उन्हें फ़सल काटने पर डंठल मिल जाते हैं जलाने को, पर उसके मरद सरीखों के घरों की तो दुर्गत ही दुर्गत है। छोरी जाती थी

लकड़ी बीनने तो सारा दिन लगा कर, एक ज़रा सी गठरी उठाये लौटती थी। मरद बोला, "मटरगश्ती करती होगी साली, इत्ती लकड़ी बीनने में आठ घंटे लगेंगे क्या।" एक दिन तो धुन कर ही रख दिया था बेचारी को। ताव खाकर खुद चला लकड़ी लाने, फिर कितनी काटी बीनी, सो किसी ने जानी नहीं। क्यों, लौटा तो लकड़ी के बदले छाछ का मटका लेकर। हां, दोबारा छोरी को दुतकारा नहीं। अब वही जाती है सुबह-सकाले। संध्या घिरने पर घर लौटती है। क्या करे मानुष! रहा कहां जंगल जो जलावन मिले। सब काट कूट कर तंबाकू उगा लिया पटेलों ने। ग़रीब-गुरबा का क्या, लो तेंदु का पत्ता और पेलो बीड़ी। क्या मरद, क्या औरत, क्या बूढ़ा, क्या बच्चा। पेलते-पेलते उंगलियों के निशान तक साफ सफाचट हो जाते हैं। बीड़ी हाथ से फिसल-फिसल पड़ती है। जितनी फिसले उतने कटे पैसे। तभी न, नन्हें छोरे-छोरियां, बा-बापू से ज़्यादा कमा लेते हैं। पर कित्ते दिन? इस काम में बुढ़ाते क्या देर लगती है। दिन-रात करके भी एक औरत सौ रुपया महीने की बंधी बंधायी पगार नहीं पा सकती। पूरा परिवार लगता है तब जाकर चार-पांच रुपया रोज़ की आमदनी होती है। अरे कितनी हैं इस गांव में, जो शारदाबेन सरीखी सौ रुपया पगार पाती हैं। छोरे को स्कूल में बिना नागा पढ़ायी करने पठाती हैं। गर्व से उसकी छाती फूल गयी। तभी गोद में पड़ी छोरी, महीन सुर में रो दी।

चौंक कर शारदाबेन ने उसे देखा और अपने गाल पर चपत लगा कर ख़ुद को कोसा। बस, यही एक दोष है तुझमें शारदाबेन, ज़बान की कैंची थमने में नहीं आती। एक बार शुरू हुई तो चले जायेगी कच-कच। सुनने वाला नहीं हुआ तो भेजा ही चालू हो जाएगा, कचर-कचर।

"बस, मेरी तीन किल्लो की छोरी, और ना बोलने की मैं। देख, आ गया तेरा छप्पर। ना रे, छप्पर कहां, अब तो पक्की छत डाल ली तेरे बापू ने। अहा, क्या लीप-पोत कर रखती है लल्लीबेन घर को। भागवान है तू, छोरी, बड़ी भागवान।" छाती से लगाकर उसने बच्ची को प्यार किया और भीतर घुस गयी। लल्लीबेन की कांख में उसे देते हुए बोली, "ले संभाल अपनी जायी को, पूरी तीन किल्लो की है, तीन किल्लो की। माथे पर काला टीका दे दे और कहियो मत किसी से, कौन जाने किसकी नज़र लग जाये।"

"मरने दे हरामज़ादी को," भैंस का दूध दुहती मनुबेन ने हुंकार भरी तो वह सकते में आ गयी। "तीन किल्लो! तीन किल्लो! दूध है जो डीपो पर बेच आए। क्यों जले पर नमक छिड़क रही है शारदाबेन। खा-खा कर मुटाती रही

हरामख़ोर, हमें पता था तीसरी भी छोरी जनेगी कमज़ात। डाल परे कमबख़्त को। मरे तो अपने भाग से, जिए तो अपने भाग से।"

लल्लीबेन हिलक कर रो पड़ी, "मेरी क़िस्मत ही ख़राब है। कितने बरत-उपवास किए, कितनी मन्नत-मनौती मांगी, सब बेकार, भगवान ने एक ना सुनी।"

"चुप चुडैल! छोड़ नौटंकी, उठ और काम पर लग। दूध पहुंचाने कौन जायेगा, तेरा बाप!" मरद ने लताड़ लगायी तो धोती का पल्लू मुंह में ठूंस वह और ज़ोर से रो दी।

"चोप हरामज़ादी!" मरद और ज़ोर से चीख़ा।

"छोड़ उसे, दूध पहुंचा कर आ," मनुबेन ने बीच में टोक दिया, "डीपो वाले बैठे नहीं रहेंगे तेरे लिए।"

शारदाबेन की आंखें बरबस दूध की बाल्टी की तरफ़ खिंच गईं। ज़्यादा नहीं तो चार किल्लो दूध तो होगा। संध्या समय इतना हुआ तो सुबह आठ से कम क्या हुआ होगा। आंख भर देखा नहीं कि पेट फिर गुड़गुड़ाने लगा। हाय, छोरा हुआ होता तो मांग ही लेती छटांक भर। मलाईदार चाय के साथ रोटला खाती। इस मरी छोरी के हुए....

"क्यों इत्ता हलकान हो रहे हो तुम लोग," हिम्मत जुटा कर उसने कहा, "छोरे-छोरी में कोई फ़र्क़ नहीं रहा अब, मोटीबेन कहती हैं कि नहीं।"

"तो दे आ जाकर अपनी मोटीबेन को, वही कर लेगी लगन इसका," कहते-कहते लल्लीबेन के मरद ने दूध की बाल्टी ऐसे उठायी जैसे लल्लीबेन के सिर पर दे मारेगा। पर पास नहीं फटका, धम-धम करता बाहर निकल गया।

दुह लिये जाने पर दोनों भैंसें वापस धरती पर पसर गयी थी और जुगाली कर रही थी। खूंटे से खोल दिये गये पाड़े, पास दुबक कर, बेमतलब, थन पर मुंह मार रहे थे।

अच्छी जाड़ी भैंसे हैं, क्या वज़न होगा, शारदाबेन का भेजा चालू हुआ तो जांघ पर चपत लगाकर उसने फटकारा, "मर साले, हर बखत वज़न क्या तौलता रहता है।" ज़बरदस्ती हटाने पर भी उसकी नजरें बार-बार भैंसों पर जाकर अटकती रहीं। पास पसरी मनुबेन के बदन में भैंसों जैसा ढीलापन था पर उसने बीड़ी सुलगा रखी थी और पूरा दम लगाकर कश भर रही थी। उसके धुंए में वही नफ़रत रेंग रही थी जो उसकी आंखों से फूट रही थी। भैंसें इत्मीनान से जुगाली कर रही थीं। लल्लीबेन अब भी हिलक रही थी। पास पड़ी छोरी के बदन से कपड़ा हट गया था और वह दुनिया से बेख़बर मस्त-मलंग पड़ी थी। भैंसों का मुंह और

मनुबेन का कश बराबर चल रहा था। दिन में बारह किल्लो दूध तो देती ही देती होंगी, चारा अच्छा खिलाता है लल्लीबेन का मरद। कर्ज़े की क़िस्तें भी चुका ली, डेरी से अमूलदान ख़रीद कर भैंसों को खिलाने में कोताही नहीं करता। छोरा होता तो मनुबेन सारा का सारा दूध डीपो बिकने ना भेजती। कुछ ज़रूर बचा कर रख लेती, घी बनाने को। छोरे की मां को, और कुछ नहीं, तो तनिक-मनिक घी तो देना ही हुआ खाने में। कुछ छाछ शारदाबेन के हिस्से भी आ जाता। अब क्या बनायेगी खाक! छोरी को मां का दूध मिल गया तो बहुत समझो। मनुबेन का बस चले तो गला ही घोंट दे छोरी का।

गुस्से के मारे उसका ख़ाली पेट उफन कर कलाबाज़ियां खाने लगा। "क्या रोना-पीटना मचा रखा है," चिल्ला कर उसने कहा, "छोरी को दूध पिलाओ, मेरा हिस्सा मुझे दो, रोटला खाऊं। सुबह से बिना खाये बैठी हूं, तुम अपने तमाशे में लगे हो। कोई मज़ाक है, तीन किल्लो की छोरी है, तीन किल्लो की।"

मनुबेन ने एक जलती नज़र उस पर फेंकी और पहले से भी तेज़ रफ़्तार से धुआं उगलने लगी। रोती लल्लीबेन ने खटिया की बीनाई में से टटोल कर, मुसा-तुसा एक रुपए का नोट निकाला और उसकी तरफ़ बढ़ा दिया।

तभी पास वाले छप्पर से किसी के चीख़ मार कर रोने की आवाज़ आयी। नन्नीबेन! पिछले हफ़्ते बच्चा जना था उसका शारदाबेन ने। पहलौठी का छोरा। नोट छोड़ वह उधर लपक ली।

लल्लीबेन और नन्नीबेन के बीच अधबनी-अधलिपी कच्ची दीवार के अलावा एक भैंस भर थी, जो आठ-दस की कुठरिया के आधे हिस्से में पसरी हुई थी। दुब्बर होने पर भी लगता था वही उस छप्पर की असली मालकिन है। उसके ज़मीन पर पसरते ही बाक़ी जन कोने में सिकुड़ जाते थे।

मिनट भर के अंदर शारदाबेन छप्पर के नीचे थी। पर उतनी देर में रोना थम गया था। ज़मीन पर चिथड़े में लिपटी छोरे की लाश रखी थी और पास में नन्नीबेन और उसका मरद घुटनों में सिर दिये बैठे थे। उसे देख नन्नीबेन एक बार फिर चीख़ मार कर रो पड़ी। उसके मरद ने बिना सिर ऊपर उठाये उदास स्वर में कहा, "सुबह से टट्टियां कर रहा था।"

"मुझसे नहीं कहा!"

"तुम उधर थीं, उनके धोरे।"

"चीनी-नमक का पानी पिलाया था?"

नन्नीबेन ने ना में सिर हिला दिया।

"क्यों, मोटीबेन ने बतलाया नहीं था? मैंने भी।"

"काम से आयी तो दूध लगाया...." कहते-कहते उसकी आवाज़ घुट गयी, "मुंह ही नहीं मारा छोरे ने।"

"काम पर गयी थी, अभी से?"

मुंह से कुछ न कह कर नन्नीबेन ने हाथ हिलाकर जतलाया, क्या करें, भाग हमारा।

तब तक आसपास से और दो-चार जन आकर जमा हो गये थे। संध्या के चार बज रहे थे। ज़्यादातर लोग डीपो पर दूध पहुंचाने गये हुए थे या काम से घर नहीं लौटे थे।

दो दिन ना जाती काम पर। डेढ़ किलो तो वज़न था छोरे का। बखत पर दूध न मिला तो ऐंठ गया होगा बेचारा। "किधर गयी थी, काम पर?" उसने फिर बिना कुछ कहे, हाथ के इशारे से अपनी लाचारी जतायी पर पड़ोस की मनुबेन चिचिया उठी, "वही ट्रक पर खाद के बोरे लादने का काम, और क्या! अरे, छोरा जना था, छोरा, नासपीटी ना जाती दो दिन काम पर। एक हमारी को देखो, छोरी जनी है, वह भी तीसरी, और खा-पीकर खटिया तोड़ रही है।"

"भैंस भी है अब तो तुम्हारे," शारदाबेन ने दो फुटे खूंटों के पीछे बंधी डांगर भैंस पर नज़र डालकर कहा, जो अलग बंधे कटरे को देख करुण स्वर में बिबिया रही थी। "फिर भी गुज़र नहीं होती?"

नन्नीबेन का मरद चौंक कर खड़ा हो गया। "डीपो निकल जायेगी," उसने कहा, "दूध पहुंचा आऊं।"

लोटा लेकर वह भैंस दुहने बैठ गया। काम तो औरत का था पर अभी मरे छोरे की मां से कह न सका कि उठ कर दूध दुह ले।

शारदाबेन ने देखा, लोटा दूध से भरा नहीं। कुल होगा यही कोई तीन पाव। बेच कर मिलेगा क्या, तीनेक रुपए। उसी से छोरे को दफ़न कर पिंड छुड़ाना होगा।

"इतने भारी काम पर जायेगी तो दूध कैसे उतरेगा?" उधर मनुबेन का भाषण चालू था, "कितनी बार कहा, माने तब ना। दो दिन से भूखा कलप रहा था छोरा, भैंस भी बांध ली अब तो घर में...."

"भैंस ही तो खा गयी मेरे लालभाई को," घुटनों से सिर उठा कर नन्नीबेन चीख़ पड़ी, "चार हज़ार का कर्ज़ हुआ ख़रीदने पर। हर महीने किस्त चुकानी होती है। चारे की तलाश में डोलते दिन बीत जाता है। खली खिलाने की औक़ात

नहीं। दूध उतरेगा कैसे? बहुत हुआ तो दो किल्लो, वह भी चार रुपए किल्लो की चिकनाई वाला। क्या करे ग़रीब आदमी? तभी ना हमने कहा, अपनी पियरी भैंस है, तो सब कुछ है। दूध बेचकर जो मिलेगा, इसी को खिलायेंगे। डेरी बेचती है न अमूलदान। खिलायेंगे तभी न दूध उतरेगा, तभी न क़िस्त चुकेगी। सेवा करेंगे तभी न फल मिलेगा। यह दिया फल हमें पियरी ने। खा गयी मेरे लालभाई को।" वह फुग्गा मारकर रो दी।

"चुप कर करमजली, भैंस को क्यों कोस रही है, अपनी क़िस्मत को कोस," उसके मरद ने टोका पर फटकार कर नहीं। लोटा उठाकर वह बाहर चला गया।

"ये तो कल सारा दिन चारा काटते डोले। मैं काम पर गयी तो किल्लो भर बाजरा हुआ घर में । काम पर न जाऊं तो क्या खिलाऊं मरद को और क्या पिलाऊं छोरे को। आकर मुंह में दूध दिया तो..." अब की बार वह रोयी तो रोती ही चली गयी!

शारदाबेन से आगे बढ़कर उसे चुप नहीं कराया गया। गलत हो गया यह तो। भैंस को गाली नहीं देनी चाहिए। छोरे का क्या है, दूसरा जन लेगी।

पर यह सब हो क्या रहा है गांव में, उसका भेजा जाम हो रहा था। उसका अपना भला तो ज़रूर हुआ, कौपरेट डेरी से, पर बाक़ी जन? भैंसें इतनी आ गयी। गांव में, दूध की कौपरेट डेरी चल निकली, फिर भी दुःखी परिवार दुःखी के दुःखी और सुखी परिवार वही दो-चार। इससे तो पहले अच्छे थे और कुछ नहीं तो छाछ ही मिल जाता था बालकों को। बहुतेरे जन घी बनाया करते थे पहले, अब तो सारा का सारा दूध बेच आते हैं डीपो में। सुना है डीपो-डीपो दूध जमा करके डेरी शहर में बेचती है, ऊंचे दामों पर। दूध ही क्यों, और भी जाने क्या-क्या बनाकर खपा देती है शहरों में। मक्खन तो ख़ैर समझ में आता है उसके, पर ऐसा क्या मक्खन, जो न घी निकले, न छाछ? क्या फ़ायदा ऐसे दूध का? मोटीबेन कहती हैं, "शहर में छाछ-घी को कोई नहीं पूछता, वहां के लोग मांगते हैं मक्खन, चीज़ और चॉकलेट, सो वही बना कर बेचती है डेरी और घना मुनाफ़ा कमाती है।" शारदाबेन के पल्ले कुछ नहीं पड़ता पर मोटीबेन कहती हैं तो ठीक ही कहती होंगी। "मुनाफ़ा होता है तो तुम्हीं लोगों में बंटता है न। अरे, कौपरेट डेरी है कि नहीं, तुम्हीं लोग तो मैंबर हो। पैसा मिलेगा तभी न बंटेगा। फिर जो तुम चाहो, खाओ। अरे, घी से नहीं बना करता कसरती बदन। तुम लोगों को तो खाने का रोग है।"

मोटीबेन की बात काटने की शारदाबेन की बिसात नहीं। उन्होंने कहा, उसने सुन लिया पर घी उसने कभी जाना-देखा नहीं, खाने की कौन कहे। न उन भागवानों को उसने कभी देखा, जिनमें डेरी का पैसा बंटा करता है। वह तो बस छाछ को रो सकती है। पूरा परिवार कढ़ी-रोटला खा लेता था छाछ के भरोसे, हारी-बीमारी में बालक पी लिया करते थे। अब क्या है, भैंस हैं, भैंस का चारा-पानी है, दूध की डीपो है, बस। छोरे-छोरियां छूछे के छूछे। घी खाने वाले सुखी परिवारों की उसे क्या ख़बर! चार-पांच भैंसों वाले सुखी पटेल परिवारों में तो उसकी आमद है नहीं। सुना है, सूकड़ी-भाकड़ी सब घी में लोटमलोट खाते हैं वे लोग और बच्चा जनने पर ठठ के ठठ मेथी पाक। पर वह सब सुनी सुनायी बातें हैं। उसकी जानकारी में तो ऐसे ही छोटी जात के घर हैं, क़र्ज़े पर ख़रीदी एक भैंस, सो भी खली-चारे के अभाव में सूखी मरियल, मुश्किल से तीन-चार किल्लो दूध देने वाली। उस पर क़िस्तों की मार, बेजोड़ मेहनत-मज़दूरी और कमज़ोर-काहिल बालक। दो भैंसों वाले सुखी परिवार हैं तो यही दो-चार।

शारदाबेन का मन खट्टा हो गया। क़िस्मत उसकी। तीन किल्लो की हुई भी तो छोरी। वह भी तीसरी। और यह छोरा, पहलौठी का, जनमा डेढ़ किल्लो का, बचना कहां था इसे जो बचता। "पर अपनी तीन किल्लो की छोरी को न सुखाने-दुबलाने दूंगी मैं इन लोगों को। कल ही जाकर शिकायत करती हूं मोटीबेन से। कोई मज़ाक़ है! डेरी के सिकरेटरी से कह देंगी तो लल्लीबेन के मरद को खली मिलनी बंद हो जायेगी, हां, सारी अक़्ल ठिकाने आ जायेगी। मोटीबेन के सामने बोले तो जानूं। अरे करमजली, लगन नहीं करा सकती छोरी का, तो नौकरी तो दिला सकती हैं। कह दें एक बार छाती ठोंक कर, बड़ी होने पर छोरी को ग्रामसेविका लगवा देंगी, तब देखो, सब के सब फिस्स।" बदन से चिपक आयी धोती को फटकार कर शारदाबेन ने मनुबेन को फिस्स होते देखने का आनंद उठाया ही था कि भेजे ने कैंची चला दी, किस किसको ग्रामसेविका बनवायेंगी मोटीबेन? अरे चुप बैठ, वह बुदबुदायी, यही कचर-कचर सुनती रही तो हो लिया, बीसियों काम पड़े हैं करने को। अभी सेंटर पहुंच, बालसेवा वाली बेन के साथ बैठकर ममरी का हिसाब भरना है, चीज़ें साज संभाल कर कमरा बंद करना है और...फिर वह नहीं लौटेगी इधर। निकल जायेगी वनकरों की बस्ती की तरफ। उनका दुःख-दरद दूर करने वाला कौन है, उसके सिवा? वही उनकी डॉक्टर है, वही अस्पताल। सेंटर में जो बुखार दरद की दवा रहती है, उसी के भरोसे इलाज़ चलता है उनकी हारी-बीमारी का। कितनी इज़्ज़त देते हैं शारदाबेन को, जैसे उनमें से एक न होकर ऊंची जात की हो।

पिचके पेट कर धोती का फेंटा कसकर वह सेंटर की तरफ़ निकल पड़ी। रोटला खाने की फुर्सत नहीं थी। सूरज ढलने पर देखा जायेगा।

सेंटर के दरवाजे पर पहुंची थी कि मास्टर भाई के छोरे ने दौड़कर रास्ता रोक लिया। "घर चल बेन," जल्दी मचा कर उसने कहा, "बा का बदन तप रहा है, दरद से सिर पटक रही है, दवाई लेकर चल मेरे साथ।"

"जा, चली जा," सेंटर की बेन ने कहा, "हिसाब मैं देख लूंगी।"

सब कुछ भूल कर शारदाबेन ने झटपट दवाई की पुड़ियां थैली में डाली और उसके साथ हो ली।

उनकी कोठरी पर पहुंच कर देखा, मास्टर भाई की बहू का हाल जो बेहाल। हाथ लगाने की औक़ात उसकी थी नहीं। देखकर ही समझ गयी, बदन ज़रूर आग हो रहा होगा, आंखें जो कनेर के फूल सी लाल हो रही थीं, ऊपर से जूड़ी की कंपकंपी। चादर के नीचे, हड़काई भैंस सी देह छटपटा रही थी।

"पानी पिला बा को, भाई, और साथ में ये गोलियां दे," उसने छोरे से कहा कि अरबरा कर बेन उसकी तरफ़ पलटी और उसका हाथ पकड़ चीख़ उठी, "सिर फट जायेगा बेन, मर जाऊंगी।"

"हैं हैं! क्या करती हो!" संकुचित होकर शारदाबेन हाथ छुड़ाने लगी। उसने कहना चाहा, मैं वनकर हूं। छू लिया तो नहाना पड़ेगा। बीमारी में तुम...पर मास्टर भाई की बहू ने मौक़ा नहीं दिया। कसकर उसके दोनों हाथ थाम, वह उन पर सिर पटकने लगी। गुहार मचा, दवा की मांग करने लगी। उससे हाथ छुडाए नहीं गये। आप से आप, बेटी की उमर की बीमार बेन को थपथपा उठे। तो क्या गांव में ऐसे भी लोग हैं, जो भूल चुके हैं कि शारदाबेन वनकर जात की है, उनके लिए वह सिर्फ़ दवाई वाली बेन है?

छोरा पानी ले आया था। उसने बीमार बेन को सहारा देकर उठाया और गोलियां खिला दी। बेन ने उसके हाथों पर अपनी जकड़ ढीली नहीं की। बरबस शारदाबेन उसके सिरहाने बैठ गयी और उसका माथा सहलाने लगी। जैसे-जैसे उसके हाथों के नीचे बेन का कलपना-कराहना धीमा पड़ा, वह भर-भर आयी। मटकी छाछ के साथ ढेर सारे रोटले डकार कर उठी हो जैसे। बदन की थकान मिट गयी। महीने के सौ रुपए फूल कर पांच सौ हो गये। छुअन की मिठास से बंधे हाथ और सध कर चले और मन में उस तीन किल्लो की छोरी को छोरे माफ़िक पाल पुसवा लेने का हौसला पेंग भरने लगा।

मीरा नाची

धारोंधार बारिश के बाद धूप निकली थी। चटकीली-चमकीली। हवा भी चल रही थी। बरस लेने के बाद की। साफ़। तेज तेज। वैसी नहीं जैसे झड़ी लगने से पहले चली थी। उठती-गिरती सांस की तरह। चलने भर की ख़ातिर। उमस जस की तस। दो-चार लंबी सांस भरो तो भर लो, रह रह कर, जब-जब दुपट्टे का छोर हिले।

अब हवा रो लेने के बाद की तरह धुली और स्वच्छन्द थी। पेड़ों की फुनगियां यूं नाच रही थीं कि जड़ें जमीन में गहरे धंसी न रहतीं तो आसमान में उड़ जातीं।

मैं अपनी छत पर गीले कपड़े फैला रही थी। धूप निकल आने का मेरे लिए यही मतलब था। कपड़े धो लिये, छत पर फैला दो। बारिश में कपड़े भीग गये, अंदर कर लो। सूरज निकल आया, दोबारा बाहर डाल दो। कपड़े सूख गये, उठा लो। चलो, इस बहाने रोज़ दो बार छत पर जाना तो मिलता था। औचक फुहार पड़ जाये तो एक-दो बार और।

कपड़े डालते-उठाते मैं ठिठक कर इधर-उधर देख लिया करती थी। सामने वाले मकान की बरसाती ठीक नज़र की सीध में थी। उसकी खिड़की से एक मेज़ कुर्सी दीखती थी। वहां एक लड़का बैठा हमेशा पढ़ता रहता था। सुबह हो, शाम हो। कभी मैं देर से ऊपर जाती। देर क्या, कभी बादलों की वजह से अंधेरा जल्दी गहरा जाता तो मेज़ पर लैंप जला रहता। तब वह मुंह पर पड़ रही सीधी चमकीली रोशनी में पढ़ता दीखता। अरे, यह क्या हर वक़्त पढ़ता ही रहता है? कुछ और नहीं है करने को इसके पास?

आज मैं कपड़े डाल लेने पर नीचे नहीं उतरी। छत पर पड़ी खाट पर पसर गयी। मां मंदिर गयी हुई थीं न। ढेर सारे काम बतला कर। बर्तन रगड़ कर मांजना, कड़ाही में कलौंछ छोड़ी तो देखना, दाल पका लेना, चावल चुग कर भिगो देना,

सब्ज़ी काट कर रखना, मैं आकर देखूंगी, अभी चढ़ानी है कि शाम को। कपड़े धोकर धूप में डाल देना पहले, पता नहीं कब तक रहे और अचार को धूप दिखा देना, समझी। आज स्कूल में छुट्टी है। कल सालाना जलसा था, उसकी ख़ुशी में। स्कूल की लड़कियां बाहर घूमने जाने की तैयारी में होंगी। मुझे तो मां ने जलसे में भी नहीं जाने दिया था।

सारा काम वैसे ही पड़ा था, बस कपड़े धुले थे। कर लूंगी, पांच मिनट आकाश देख लूं। कैसा खुला नीला आसमान है, उस पर बतख़ों से तैरते हल्के-फुलके सफ़ेद बादल। बरसने वाले नहीं, बरस लेने के बाद वाले। दो-चार बूंद बचा पानी भीतर समेटे, हवा के साथ उछल-कूद मचाते बारिश के बाद भागते हुए आते हैं; शैतान बच्चों की तरह, जो हमेशा देरी से स्कूल पहुंचते हैं। भागते-दौड़ते आने पर भी, प्रार्थना की पंक्तियों तक समय रहते नहीं पहुंचते और रोज़ सजा पाते हैं। पर जाने किस मिट्टी के बने होते हैं कि मस्त रहते हैं। अगले दिन फिर उसी तरह, रास्ते में पड़े कंकर से खेलते आगे बढ़ते हैं और स्कूल देरी से पहुंचते हैं। सब कहते हैं कुछ नहीं बनेगा तुम्हारा, बड़े होकर आवारागर्दी करोगे। आवारागर्दी में क्या मौज है, मैं क्या जानूं। वे जानते होंगे, तभी न करते हैं।

लड़कियों से नहीं कहता कोई। कहते हैं, पढ़-लिख लो वरना कोई ढंग का लड़का नहीं मिलेगा। सारी उम्र हमारी छाती पर मूंग दलोगी। पढ़-पढ़ कर थक जाओ और सुस्ताने को ज़रा बिस्तर पर अधलेटे हो जाओ तो कहेंगे, अहदन हो जाओगी तो कौन पूछेगा ससुराल में। आजकल के लड़के पतली-छरहरी लड़की चाहते हैं, मुटा गयी तो ढंग का लड़का....

ढंग का लड़का। जैसे सामने वाला? हर वक़्त पढ़ता रहता है भौंदू। आवारा बादलों से नज़रें हटा कर मैंने सामने खिड़की पर डालीं। बैठे पढ़ रहे होंगे बेचारे किताबी कीड़े, हमेशा की तरह।

यह क्या। वह तो छत की मुंडेर के पास खड़ा नाच रहा था। बारिश में मोर नाचते हैं, नयी धुली धूप में पागल। हाय बेचारा। पढ़-पढ़ कर पगला गया। कहीं कूद कर मेरी तरफ़ न आ जाये। मैं झपट कर उठ बैठी। ख़्याल आया, ऐसे उसे दिखायी दे जाऊंगी। फिर चित हो गयी। नहीं, कूद कर यहां कैसे आयेगा, दोनों छतों के बीच पूरी गली का फ़ासला है। लेटे-लेटे फैला आसमान दीखता तो बाक़ी दूरियां दिखनी बंद हो जाती थीं।

मैं उठकर बैठ गयी। हाय, क्या नाच था उसका। पेड़ों की डालियां जैसे एक तरफ़ झुकतीं, वह भी झुकता। फुनगियां सिर झटक कर सीधा होतीं, वह

भी होता। हाथ गोल-गोल घुमाता जैसे बलैयां ले रहा हो। फिर आगे फेंक देता, फेंकता ही जाता। पैरों में थिरकन आ जाती।

तत ताताथेई तथेई तथेई। थेई ताताथेई तथेई तथेई।
थेई तातातत ततत ततत। थेई तातातत ततत ततत।
तत ताताथेई तथेई तथेई। थेई ताताथेई तथेई तथेई।
तथेई तथेई थेई तथेई। तथेई थेई तथेई तथेई।

फिर गोल गोल चक्कर।

तिगधाऽऽऽ तिग। धाऽऽऽ थेई तिगधाऽ।

ऽऽतिगधा ऽऽऽ...थेई तत तत। धाऽ तिर किट...कत।

मुझे चक्कर-टुकड़ों का क्या पता। मैंने कौन कथक सीखा है। स्कूल में क्लास लगती थी, पढ़ायी ख़त्म होने पर। मेरे साथ की लड़कियां सीखती थीं। मेरा कितना मन करता है नाचने को। पूछने पर मां ने चोटी खींच कर उखाड़ ही दी थी समझो। नाच सीख कोठे पर बैठेगी करमजली। बाक़ी लड़कियां सीखती थीं तो पांच-दस मिनट रुक कर देख लेती थी। सुनकर कुछ बोल रट गये थे। ये सब झट याद हो जाता है मुझे, पढ़ायी के नाम पर गोल। कल के जलसे में प्रोग्राम था उनका, रोज़ घर पर रियाज़ करती थीं। बस एक दिन देखा था मैंने। मां को मेरा इसके-उसके घर जाना पसंद नहीं था। कल जलसे में भी.....

बादलों में कुलबुलाती छोटी बुंदकियां बाहर छिटक ही आयीं। बालों पर गिरीं तो गिरी, आंखों की कोरों पर भी टिक रहीं। जाने दो।

देखो तो कैसी मस्ती में नाच रहा है सामने वाला पढ़ाकू। एक बात मैं जानती हूं, यह जो कर रहा है, कथक नहीं है। यह तो अपनी मौज में, जैसे मन आये, नाच रहा है।

मैं भी नाचूं? यहां कौन देखेगा? मैं हौले से छत पर उतरी। नहीं, पैरों की धमक कहीं मां ने सुन ली; अपनी धुन में उनके लौटने का पता भी नहीं चलेगा, सिर क़लम कर देंगी। छत पर किसे रिझाने को नाच रही थी रांड!

यह किसे रिझाने को नाच रहा है? मैं ठिठकी खड़ी रह गयी। कहीं इसने मुझे देख तो नहीं लिया। मिश्रा बहन जी कहती थीं, रिमझिम होने पर मोर भी मोरनी को रिझाने को ही नाचता है। मां के सामने मुंह से निकल गया था तो एक करारा झापड़ रसीद किया था मुंह पर। यही सब पढ़ने जाती हो स्कूल।

गांव में थे तो ठीक था। शहर से पिता जी पैसे भेज देते थे। मैं गांव की पाठशाला में पढ़ती थी तो औरों से अव्वल रहती थी, यहां की तरह फिसड्डी

नहीं। फिर पता नहीं क्या हुआ, पैसे आने बंद हो गये थे। मां रोयी कलपी थीं, इस-उससे पिताजी का हाल पता किया था और एक दिन पता दिये बिना, मुझे लेकर शहर चली आयी थीं। दोनों के बीच जो महाभारत हुआ, क्या बतालाऊं। पिता जी ने मां को घर से बाहर धकेल दिया। साथ मुझे भी। घर में ताला डाल कर चले गये। मां मुझे लेकर बरामदे में डटी रहीं, भूखी-प्यासी। मेरे तो प्राण ही निकल गये थे भूख के मारे। पड़ोस में मिश्रा टीचर रहती थीं, मुझे रोते सुना तो अपने घर ले जाकर खिलाया-पिलाया। मां ने नहीं खाया। अनशन किये बैठी रहीं। तीन दिन बाद पिता जी आये तो पड़ोसी थू-थू करते मिले। मां भूख से अधमरी और मैं डर के मारे। सिर पीट उन्होंने दरवाज़ा खोल दिया और हमें अंदर कर लिया। कुछ दिन ऐसे ही चला, रोते-झींकते, गाली-गलौज सहते। फिर ठीक हो गया। या हमें आदत पड़ गयी। मिश्रा टीचर ने मुझे स्कूल में भरती करवा दिया। पिता जी को छोड़ मां मेरी चौकीदारी में लग गयीं। उनका बस चले तो घर में बाहर क़दम न रखने दें। स्कूल तक न जाने दें। पर तब ढंग का लड़का नहीं मिलेगा न।

ओ राम, मरेगा क्या। यह तो नाचते-नाचते पानी की टंकी पर जा चढ़ा। अब और मुस्तैदी से हाथ चला रहा है। सिर उठाकर आसमान में क्या ताक रहा है? अरे नीचे देख नीचे। बित्ते भर की टंकी है, बेख़याली में पांव फिसल गया तो सिर के टुकडे हो जायेंगे। तीन मंज़िल ऊपर है पागल! हाय, कैसे सधे पांव रख रहा है, मरा, मुंडेर तक आता है और पलट लेता है, नाचते-नाचते। मेरा दिल मुंह में आ जाता है। इसे तो घना अभ्यास है रे नाचने का, हर वक़्त तो किताब में सिर घुसेड़े रहता था, रियाज़ कब कर लिया? मैंने तो पहले कभी देखा नहीं इसे नाचते। छह महीने से देख रही हूं बराबर, बरसाती में घुसा पढ़ता रहता है। उससे पहले उसमें एक अधेड़ पति-पत्नी रहते थे। औरत छत पर बैठी कुछ न कुछ चुगती बीनती रहती थी। पता नहीं कपड़े कब में धोकर डाल देती थी, छत पर बंधी चुगती बीनती रहती थी। छत पर बंधी डोर पर लटके फरफराया करते थे, हवा भरे गुब्बारों से। मां मेरा कान पकड़ कर दिखला जाती थीं, देख, कमज़ात, ऐसे फैलाए जाते हैं कपड़े, दोनों सिरों पर चुटकी लगा कर। मैं फैलाती तो कभी डोर कम पड़ जाती कभी चुटकियां। उसके हवा भरे कपड़े मुझे बड़े प्यारे लगते थे, फूंक मारो तो आसमान में उड़ जायें। तेज़ तेज़।

जैसे इसका नाच तेज़ होता जा रहा है हर पल। कूद-कूद कर हाथों को फिरकी जैसे घुमाए चला जा रहा है। ऐसे तो गांव में लड़के पतंग उड़ाया करते

थे। लो, मैं भी एक बुद्धू हूं। पतंग ही तो उड़ा रहा है। मांझा-पतंग दिख नहीं रहे इसी से लगा, हवा में नाच रहा है।

है कहां पतंग? उधर होगी, पश्चिम में। वह उधर ही ताके जा रहा है। पर कहां? किधर? मैंने गर्दन उठाकर ऊपर आसमान में ताका, देर तक, उधर, जिधर वह देख रहा था। कुछ नहीं मिला। मैं आगे बढ़ी। अपनी छत की मुंडेर पर आकर नीचे झुकी, पंजों पर खड़े होकर झांका। सूरज की चौंध से बचाव करने को हाथ की आड़ लेकर घूरा, कहीं कुछ नहीं दिखा।

कहां है पतंग? कैसी है? किन-किन रंगों की? हाय, पतंग उड़ाने में कितना मजा है। हरिया के बापू कहते थे, झींसी में पतंग न उड़ायी तो जन्म अकारथ। पर लड़कियों को कहां मिलती थी उतनी छूट। खुले मैदान में खड़े होकर, उतने ही खुले आकाश में पतंग के साथ ऊपर उठते जाने की। बहुत हुआ तो छींट पड़ती बुंदकियों के नीचे, बंधी-बंधायी पेंग भर कर झूल लो बस। मां मुझे घसीट कर भीतर कर लेती थीं, पर मैं मौक़ा देख भाग जाती थी। पड़ोस के हरिया के साथ, चुपचाप खेतों के पार जाकर पतंग उड़ाती थी। मां को पता ही नहीं चलता था। चल भी जाता तो झिड़क भर देती थीं। तब ऐसे मारा नहीं करती थीं, वहां गांव में, न कोस-कोस कर ताने देती थीं, जैसे यहां देती है। रंडी बनेगी तू भी उसकी तरह, गैर मर्दों को रिझायेगी। किसकी तरह, पूछा था सिर्फ़ एक बार। मां ने वह धुनाई की थी कि पड़ोस की मिश्रा टीचर को आकर बचाना पड़ा था।

क़सम धरा ली थी मां से कि अपनी खीज मुझ पर नहीं उतारेगीं। वैसी भयानक पिटाई फिर उन्होंने नहीं की। पर कभी-कभी लगता है, ज़बान की मार से हाथ की मार भली। उस पर हर वक़्त की चौकीदारी। छत पर अकेले इसलिए जाने देती हैं, क्योंकि उनके पैर गठिया के दर्द से लाचार हैं। पर ज़रा ठहर कर सुस्तायी नहीं कि नीचे से उनकी चीख़-चिल्लाहट आने लगती है, अरे पापिन कहां मर गयी। चुड़ैल खा गयी या जिन्न ले गये।

शुरू-शुरू में लंगड़ाती हुई मां ऊपर पहुंच जाती थीं। जब दूर-दूर तक कोई जवान आदमज़ात न दिखा तो ढीली पड़ गयीं। इसे नाचता देख लेतीं तो...हे राम! मैं कांप गयी। आ तो नहीं गयी। बाहर ताला मारकर चाबी साथ ले गयी हैं। आयेगी तो दरवाज़ा भी नहीं खटखटायेंगी, भुतनी की तरह बेआवाज़ भीतर पहुंच जायेंगी। देख आऊं नीचे जाकर...

अरे, रुक रुक, क्या कर रहा है। टंकी के किनारे क्यों आ लगा। ओह...पलट दिया। वह रही चरखी उसके हाथ में। हाथ आगे फेंक बराबर खोले चला जा

रहा है। सिर को भी और ऊपर उठा दूर आसमान में ताक रहा है। यानी पतंग और दूर, और ऊपर पहुंच चुकी है। उसे दीख रही है तो मैं क्यों नहीं देख पा रही। एक बार फिर मैंने गर्दन और पंजों की कसरत करके उस छोर देखने की कोशिश की। कुछ नहीं मिला। बीच में पेड़ आ रहा था शायद। नीम का। इतना जट्ट लंबा घना क्यों होता है भला। आरपार कुछ दिखायी ही नहीं देता।

नीचे जाकर देखूं। गली में दिख जाये शायद। मैं भागती हुई नीचे उतर गयी। दुपट्टे को कस कर लपेट, दरवाज़े पर हाथ मारा तो याद आया बाहर ताला लगा है। उसी तरह दौड़ती हुई वापस ऊपर जा पहुंची।

वह वैसे ही नाच रहा था। उसे क्या पता, मैं छत पर थी या नहीं। भौंदू। एक बार नज़र पतंग से हटा भी सकता है आदमी। पर नहीं....यही तो बात थी। मेरे गांव के लड़कों जैसा नहीं था इसका पतंग उड़ाना। एक ताल थी उसके पैरों की थिरकन में, एक लय पर झूम रहा था उसका बदन, गीत फूट रहा था उसके हाव-भाव से। मेरा मन हो रहा था, मैं भी गाते-गाते नाच उठूं : पग घुंधरू बांध मीरा नाची! जन्माष्टमी की शाम मंदिर में पुजारी जी नाच उठे थे जैसे गाते-गाते। भजन गाती औरतें भी आत्मविभोर हो ऐसे हिल रही थीं जैसे बैठ-बैठे नाच रही हों। मां की आंखों से आंसू बह रहे थे। कितना अचरज हुआ था मुझे। बिना कोसने दिये उन्हें रोते कभी नहीं देखा था। अपना, मेरा, किसी का ध्यान नहीं था उन्हें। तभी न मैं दीदे फाड़ सब तरफ़ ताक रही थी और कोई टोका-टाकी नहीं। अनचाहे अनजाने, मेरे मन में उनके लिए दया और प्यार उमड़ आया था। अपने में डूबीं, आत्मविभोर मां अच्छी लगी थीं मुझे।

आत्मविभोर। हां, असली बात वही थी, लय-ताल नहीं। छत की टंकी और मुंडेर पर उसका नाच, खेत में पतंग उड़ाते मेरे संगी-साथियों जैसा ही होता, अगर उसके मेरे पांव बराबर-बराबर ज़मीन पर पड़ रहे होते और बीच-बीच में हम गपशप करते या हो हल्ला मचा रहे होते।

पर वह तो पतंग ऐसे उड़ा रहा था जैसे पतंग उड़ाने के सिवा कुछ जानता ही न हो। उसकी नज़र सिर्फ़ उसे देख रही थी। मैं कहीं नहीं थी उसकी आंख के दायरे में, न कुछ और। डोर को ढीला छोड़ते या वापस खींचते उसके हाथ चरखी का हिस्सा बने हुए थे। तभी न इतनी देर तक मुझे चरखी दिखी ही नहीं थी। पांव भी उसके बस उतनी दूर पड़ते थे, जितना हाथों के संचालन के लिए ज़रूरी था।

मेरी सांस अटक ही तो गयी। तब तो उसे मुंडेर भी नहीं दिख रही होगी। ज़रा खटका हुआ, ध्यान तनिक बंटा तो सीधा नीचे आ गिरेगा। मैंने हिलना-डुलना बंद कर दिया और सांस रोक उसे देखती रही।

मेरी समझ में आ रहा था, वह ठीक वैसे पतंग उड़ा रहा था जैसे रोज़ दत्तचित्त पढ़ाई करता था। मुझे स्कूल में पढ़ी अर्जुन की कहानी याद आ गयी। द्रोणाचार्य ने चिड़िया पर निशाना लगवाने से पहले शिष्यों से पूछा, तुम्हें क्या दिखलाई दे रहा है? किसी ने कुछ कहा, किसी ने कुछ। अर्जुन ने कहा उसे केवल चिड़िया की आंख दिख रही थी। अब जाकर कहानी मेरी समझ में आयी। एक मैं हूं। सारी दुनिया दिखलाई देती है, बस चिड़िया की आंख नहीं दीखती। कितनी नकारा हूं। मां इतना डांटती हैं, पढ़ाई में मन नहीं लगा पाती। उनकी छोड़ो, वे कुछ नहीं जानतीं। पर मिश्रा टीचर तो ढंग के लड़के का रोना नहीं रोतीं। वे कहती हैं न, पढ़ाई में ध्यान लगाओ, मन को शांति मिलेगी, मस्तिष्क के द्वार खुलेंगे, जो चाहोगी कर सकोगी। पर मेरे पास ध्यान है ही नहीं, एक मन है जो जाने कहां-कहां भटकता रहता है। मां पर हरदम गुस्सा आता रहता है। पिता जी...कभी आंख उठाकर नहीं देखते मेरी तरफ़। हम गांव छोड़कर क्यों आये। वहां पाठशाला में पढ़ रही थी न, ऐसे डर कर नहीं रहना पड़ता था। लगता है इस घर से निकलूंगी तभी मुक्ति मिलेगी। फिर सोचती हूं। पिता जी जैसा लड़का मिल गया तो? मैं भी मां की तरह....नहीं, वैसी दुखी, निर्दयी, झगड़ालू, बदसलीक़ा औरत नहीं बनना चाहती मैं। पर मेरे चाहने से क्या होता है!

अभी मैं पतंग उड़ाना चाहती हूं, उड़ा सकती हूं क्या? उसका क्या है, लड़का है, चाहे कुर्सी पर बैठकर पढ़े, चाहे छत पर नाच कर पतंग लहराये। अपनी मर्जी का मालिक है। न डांट-फटकार, न ताने-कोसने, न अच्छे लड़के की प्रतीक्षा में जेल की क़ैद। उससे कोई नहीं कहता होगा, पैदा होते ही क्यों न मर गयी, डायन। लड़का हुआ, मर गया और यह चुड़ैल जीती रही।

उस जैसा ही रहा होगा मेरा भाई, जो मर गया। ज़िंदा रहता तो हम मिल कर पतंग उड़ाते। पर....क्या पता, वह उड़ाता और मैं इसी तरह...

हाय, देखो तो कितनी बड़ी पतंग! काली-नीली, सर्र सर्र बढ़ी आ रही है हवा पर तीर सी हमारी तरफ़। पर यह तो उलटी दिशा से आ रही है, पूरब से। पढ़ाकू तो ठीक पश्चिम में देखे जा रहा है। मर गये। यह तो किसी और की है। पीछे वाले मकानों से आयी होगी। उसे तो पता तक नहीं। अरे मुड़ कर देख भौंदू, काट देगी तेरी पतंग को, क्या आसमान में ढूंठ उठाये बढ़ाये लिये जा रहा है ऊपर।

देख-देख, मैं चिल्लाने को हुई, फिर आवाज़ घोंट जड़ रह गयी। मैं चीख़ी, उसका ध्यान बंटा तो कटी पतंग सा आ गिरेगा गली में। हड्डी-पसली बराबर हो जायेगी। मर करमजले, ऐसा भी क्या ध्यान कि दुश्मन तक न दिखे। फर्राये चली आ रही है, काट कर छोड़ेगी हमारी पतंग को। किस रंग की है? कहां है? मरी दीखे भी कहीं। देख न, घूमकर देख तो सही। कटने मत दीजियो अपनी पतंग को। देख देख। मैंने अपना पूरा ध्यान उसकी आंखों में समो दिया।

उसकी गर्दन ज़रा घूमी। चरखी पर हाथ और मुस्तैदी से चलने लगे। मांझे को खींच सीधा किया, तनिक मुड़ा, ढील देने को हाथ ऊपर उठे, मांझा छोड़ा, फिर खींचना शुरू। देख ली। देख ली। काली पतंग पीछे हटी। उसके हाथ छाती पर वापस लौट-लौट आ रहे हैं। अहा हा, काली पतंग और पीछे खिसकी। पर हमारी क्यों नहीं दिखलायी दे रही? मैं मुंडेर से सट कर आगे को लटक आयी। फर्र फर्र उड़ती आती अपनी पतंग देखूंगी। देख कर रहूंगी।

वो काटा! मैं चीख़ पड़ी। हमारी पतंग कितनी सुंदर थी। चटख लाल और हरी। फरफराती हुई आयी और पंजा मार काली पतंग की गर्दन उड़ा दी।

फिर लहराती हुए सामने छत की तरफ़ बढ़ने लगी। दत्तचित वह मांझा समेट रहा था। उसके पैरों की ताल में फ़र्क़ नहीं आया था। न गर्दन की लगन में। बस आसमान में टंगी दृष्टि हट कर सामने चिपक गयी थी। पतंग जो वहां थी। मेरी नज़र भी तो वहीं जमी थी। हाय, कैसी नयी-नकोर चमकीली पतंग थी। वह मांझा खींचता गया। अब पतंग उसकी छत के ऊपर थी, अब उसकी आंख की सीध में, अब उसके हाथ में। अभी वह कटी पतंग लेने दौड़ेगा। गिर रही थी धीरे-धीरे। सीधे नहीं। हवा तेज थी न, बहाये ले जा रही थी थपेड़े दे कर, इधर-उधर। कौन जाने गली में गिरे या अधबीच पेड़ पर अटक करे रह जाए। भगवान करे, नीचे गिरे। वह भागता हुए जायेगा और पतंग लूट लायेगा।

वह बड़ी एहतियात के साथ टंकी से अपनी छत पर उतर गया। मैं ताली बजा उठी। अभी लेकर आया कटी पतंग।

वह नीचे उतरा ही नहीं। अपनी पतंग-चरखी लिये बरसाती में घुस गया।

भौंदू! पागल! तू नहीं लूटता तो मैं लूट लेती हूं। जीती पतंग कोई छोड़ता है भला। नीचे ताला पड़ा है, गली में निकलूंगी कैसे। यहीं लूटनी होगी। झटक-मटक थपेड़े खाती काली-नीली पतंग मेरी छत के क़रीब आ पहुंची थी। मैंने चील की तरह झपट्टा मारा पर वह हाथ छू कर निकल गयी। मैं नीचे को लटकी हाथ

मारती रही पर उसे लपक नहीं पायी। कुछ देर इतरा-इतरा कर यहां वहां डोली, फिर नीम की डाली में फंस कर बैठ गयी। वहां पहुंच पाना मेरो लिए नामुमकिन था। मुझे रोना आने लगा। मन हुआ, चिल्ला कर कहूं, ओ बावले, इधर आकर अपनी पतंग को उतार। ऐसा कौन बड़ा लाटसाब है तू कि जीती चीज़ भी छोड़ सकता है।

मैंने देखा वह कुर्सी पर बैठा पढ़ रहा था।

मेरा रोना निकल गया। खाट पर बैठ सुबकने लगी।

मां के आने का तब पता चला जब उनका घूंसा पीठ पर पड़ा।

"यहां बैठी तिरिया चरित्तर कर रही है कमज़ात, नीचे सारा काम औंधा पड़ा है।"

मैं चीख़ कर रो दी, "हाय, पैर में मोच आ गयी। चल नहीं पाती। हाय हाय।"

मां ने एक घूंसा और जमाया, "मर करमजली। देखकर नहीं चला जाता।' अब उठ, नीचे तो चल। देखूं, मल मला दूं।" उन्होंने पैर पर हाथ लगाया तो मैं चिल्ला उठी।

अब मुझे क्या पता, मोच आने पर कैसे चला जाता है। कितना लंगड़ाऊं कितना नहीं। जमीन पर पांव रखा तो वो फौरन समझ जायेंगी, कोई मोच-वोच नहीं आयी।

"चुप कर, चिल्ला मत। सारा मोहल्ला जमा करना है क्या," मां ने कहा, फिर अनिश्चित सी खड़ी रह गयीं।

मैंने सामने झांका। सुन लिया क्या मोहल्ले ने? कहां! बेवक़ूफ़ तो वैसा का वैसा बैठा पढ़ रहा था।

"एक बार उठकर तो देख," मां ने मेरी बांह खींच कर कहा।

मैं इतनी ज़ोर से चीख़ी कि उनकी पकड़ छूट गयी।

"हड्डी तुड़ा बैठी क्या। हे परमात्मा, नासपीटी मरती भी नहीं। अच्छा बैठ, मिश्रा बहन जी को बुला कर लाती हूं। मेरे तो गोड़े वैसे बेकार पड़े हैं, अब मुझे ढोऊं कि अपने को।"

मिश्रा बहन जी। उन्हें तो छूते ही पता चल जायेगा। क्या करूं? अच्छा, आने दो। अकेले में बात करने को मिली तो समझा लूंगी। और जो हो, मां से चुग़ली नहीं करेंगी,मुझे पूरा भरोसा था। पर होना अकेला पड़ेगा।

"हाय मां," आवाज में मिसरी घोल कर मैं कराहती-कोसती मां से बोली, "कैसे करोगी तुम अकेली। उन्हीं को भेज देना ऊपर। तुम कहां गठिया में ऊपर नीचे फिरोगी।"

पहले तो कभी ऐसे नहीं बोली उनसे। मां ने चकित नज़रों से मुझे देखा। चुप ऐसे हुईं जैसे सांप सूंध गया हो। आंखों में आंसू उमड़ने को हुए। पर बोलीं कुछ नहीं। होंठ भींच असमंजस पी गयीं और पीठ फेर, लंगड़ाती हुई नीचे उतर गयीं।

मिश्रा बहन जी को मैं मना लूंगी। एक ही चीज़ चाहती हैं न मुझसे। कसम खाकर कहूंगी, अब से ध्यान लगाकर कर पढ़ूंगी। एकदम अर्जुन की तरह। बस इस बार मां की मार से बचा लें, बचा लेंगी।

अभी उनके आने में वक़्त था। मैं उठी और छत पर पांव जमा कर ठीक वैसे नाचने लगी, जैसे वह नाचा था। आत्मविभोर। मुझे लग रहा था, मेरे हाथ में चरखी और मांझा है और दूर आसमान में ऊपर, ऊपर उठती लहराती पतंग।

बड़ा सेब काला सेब

मैं ठहरी हिंदुस्तानी। परिचित-दोस्त-रिश्तेदार, सब हिंदुस्तानी। एक दिन कहा, मैं न्यूयॉर्क जा रही हूं। बस बधाइयों, हिदायतों की झड़ी लग गयी।

"बिग एपल, वाऊ! कितनी ख़ुशक़िस्मत हो तुम।"

"नहीं, न्यूयॉर्क।"

"वही रे। हर किसी का चहेता। सफलता का प्रतीक। बिग एपल।"

वाह, क्या नाम है। बड़ा सेब। सारा का सारा शहर, सुर्ख़-तंदुरुस्त। लाल कुप्पा गालों वाले गोरे चेहरे।

"पर कालों से बच कर रहना।"

"सबवे में मत चढ़ना। काले ख़ून ख़राबा करते हैं।"

"क्वींस की तरफ़ मत निकलना। काले भरे रहते हैं।"

"सामान का ध्यान रखना। काले साले सब चोर होते हैं।"

हद है। मेरे मुंह पर मुझे ही गाली। जानती हूं, मैं काली हूं। बचपन से सुन रही हूं। कान पक चुके हैं। भला हो पीटर ब्रुक के महाभारत का, जो काले फ़ैशन में आ गए। यानी कालों का ज़िक्रेख़ैर, फैशन में आ गया। सेक्सी, एक्ज़ॉटिक, एथनिक, जाने क्या-क्या। वरना हाय बेचारी और छुट्टी। बहुत हुआ तो नाक नक्श अच्छे हैं, काश रंग गोरा होता। ये ख़ुद कौन गौरे हैं। हां, मेरी बनिस्बत खिलता हुआ रंग है। गेहुंआ, बादामी, सांवला, अरे फ़र्स्ट क्लास से थर्ड क्लास तक की श्रेणियां हैं, अपने यहां भूरे रंग की। पर मैं स्वीकृत श्रेणियों से बाहर, सीधी सपाट काली हूं। कल्लो, काली कलूटी, बैंगन लूटी।

"कालों से आपका मतलब?" गुस्सा बस आ ही गया।

"नीग्रो। अफ़्रीक़ी और क्या? पर तुम उन्हें नीग्रो मत कहना। वे काला कहलाना पसंद करते हैं। साले कहते हैं, ब्लैक इज़ ब्यूटीफुल।"

"सिड़ी सनकी! गोरे चेहरे पर काला तिल तो सुना था सुंदर। पर पूरा चेहरा काला, वाह! क्या सौंदर्यबोध है।"

हा हा, ही ही, हू हू, चारों तरफ़ हंसी फूट चली।

ब्लैक इज़ ब्यूटीफ़ुल। काला सुंदर? यानी सेब भी काला? बड़ा काला। सफ़ेद बर्फ़ को ज़हर भरा सेब खिलाया था चुड़ैल सौतेली मां ने। क्या काला था वह सेब? होगा। फ़्रांस के दूयोर मोशाय ने बनाया है न ज़हर (पायज़न) नाम से इत्र। बोतल काली, आधे कटे सेब की शक्ल में। कितना लोकप्रिय हुआ वहां और यहां। ज़रूरी तौर पर। जो वहां, सो यहां। ब्लैक इज़ ब्यूटीफुल। है काला सुंदर, नहीं? क्यों नहीं, पुछूं इनसे?

पर मुझसे पहले वे बोले।

"बहुत मंहगा शहर है, ठहरोगी कहां?"

"मेरे भतीजे का पता ले लो। पॉश सबर्ब चपाकुआ में रहता है। ख़ूब कमाता है। वहां ठहर जाना। सुबह बिग एपल जाना, शाम को लौट आना।"

भतीजा गोरा है कि काला, पूछूं? यह कोई पूछने की बात है। हिंदुस्तानी आदमी का भतीजा हिंदुस्तानी ही होगा, नहीं? ज़रूरी नहीं है। छोड़ो। जो हो। ठहरने का बंदोबस्त हुआ न। काफ़ी है।

भतीजे से बात हुई। हिदायत मिली, "न्यूयॉर्क के जे.एफ़.के. हवाई अड्डे पर पूछ लेना, रेलगाड़ी से चपाकुआ स्टेशन आ जाना। वहां से फ़ोन करना। लेने आ जाऊंगा। यहां फ़ोन कभी ख़राब नहीं होते।"

वाह, भाई वाह! क्या ख़ूब!

जे.एफ़.के. हवाई अड्डे पहुंच गई। बिग एपल। बड़ा सेब। सब कुछ बड़ा हवाई अड्डा बड़ा। लाउंज बड़ा। सूटकेस बड़ा। आदमी बड़ा। औरत बड़ी। पूछताछ का बोर्ड बड़ा। ख़ूब बड़ा। दूर से दिखने वाला।

बड़े सूटकेस को घसीटते मैं बड़े लाउंज को पार करके, पूछताछ के बड़े काउंटर पर पहुंच गई। लाल गालों वाली तंदुरुस्त गोरी लड़की के सामने।

"चपाकुआ रेलगाड़ी कब जाती है? और कहां से?"

"पता नहीं।"

"आपके पास टाइम टेबल होगा। टूरिस्ट जानकारी? चपाकुआ के लिए रेलगाड़ी कहां से लूं और कब?"

"ईमानदारी से मुझे पता नहीं।"

"कहां पता लगेगा?"

"ईमानदारी से मुझे पता नहीं।"

"प्लीज़, चपाकुआ पहुंचने के क्या तरीक़े हैं?"

"टैक्सी।"

"टैक्सी के अलावा? रेलगाड़ी जाती है न। मुझसे कहा गया था, आपसे पूछूं।"

"कहा न, ईमानदारी से मुझे पता नहीं।"

"तो बेईमानी से ही बतला दीजिए।"

"आगे बढ़िए। पीछे क़्यू है, दिखता नहीं?"

दिखा क़्यू। क़्यू में लोग। उनसे भी पूछा। अमरी सेब जैसे लाल मर्दों से। डिलिशियस सेब जैसी गुलाबी औरतों से। हर बार एक ही जवाब मिला, "ईमानदारी से मुझे नहीं पता।"

है भगवान, यहां क्या कोई बेईमान नहीं?

रुआंसी हो आयी। चपाकुआ फ़ोन किया। सुझाव मिला। "टैक्सी लेकर आ जाओ। चालीस डॉलर भाड़ा लग जायेगा। पर क्या किया जाये। पुलिस वाले से पूछ कर भाड़ा तय कर लेना।"

मरती क्या न करती। सोचा, होटल का किराया फिर भी बचेगा। टैक्सी स्टैंड की तरफ़ चल दी। टैक्सी दिखी। चार। सबके ड्राइवर गोरे, लाल। आश्वस्त हुई।

एक टैक्सी तक पहुंची। कहा, "चपाकुआ स्टेशन।"

"मीटर से या बग़ैर मीटर?"

याद आया, कहा गया था, पुलिस वाले से पूछ कर भाड़ा तय करना। देखा, सामने चला आ रहा था। पर...काला!

"कालों से बच कर रहना।"

हे राम! अब? रहने दूं? पर यह तो यमदूत की तरह बढ़ा चला आ रहा है मेरी तरफ़।

पूछा, "कोई समस्या?" इतना लंबा, तगड़ा, काला मर्द। सांस रुक गयी। फिर भी मिमियायी, "चपाकुआ तक का भाड़ा?"?

"मीटर चलाओ," उसने ड्राइवर से कहा, और मुझसे, "क़रीब तीस डॉलर बैठेगा, ठीक है?"

"ठीक," फिर मिमियायी।

वह चला गया।

कितनी मधुर आवाज़। मन हुआ रोक लूं। रेलगाड़ी के बारे में पूछ डालूं। शायद यह बेईमान हो। पर...."कालों से सावधान।"

ड्राइवर टैक्सी में बैठ चुका था। खट से पीछे का बूट खुला। बटन दबाया होगा। जैसे-तैसे, खींच-खांच कर, अपने छोटे बदन की पूरी ताक़त लगा, मैंने बड़ा सूटकेस उसमें डाल दिया। हांफती हुई सीट पर लुढ़की कि टैक्सी दौड़ी और ट्रैफ़िक जाम में फंस गयी।

वाह, क्या रफ़्तार है! धक्के से रुक जाना पड़ा तो क्या। चली तो तीर की तरह थी। खड़क खड़ाक। एक मज़ा और। बाहर कड़ाके की ठंड पर भीतर पसीना लाती गर्माहट। मौसम ज़रूरत से ज़्यादा अनुकूल। आंख झपक गयी। खुली तब, जब ड्राइवर की आवाज़ कानों में पड़ी :

"कहां जाना है?"

"चपाकुआ स्टेशन।"

"किधर है?"

"पता नहीं। चपाकुआ में होगा। यानी उससे पहले। ठहरो, नक़्शा देखती हूं।" नक़्शा खोला नहीं कि मीटर दिखा। चालीस डॉलर। बाप रे! यानी चपाकुआ निकल चुका।

"चपाकुआ निकल चुका। उसने कहा था, तीस डॉलर।"

"बकवास। तीस! उसे क्या पता।"

"पुलिस वाला था।"

"तब? काला सुअर। उतर जाओ यहीं।" टैक्सी रुक गयी।

देखा, मार बियाबान। चौड़ी सड़क के एक तरफ़ ताल-तलैया, दूसरी तरफ़ सड़कों का गुंजलक।

"यहां कैसे उतरूं? शहर चल कर पूछो। नक़्शे में देखो। चपाकुआ जाना है।"

"साठ-सत्तर से कम नहीं आयेगा मीटर में, समझ लो।"

"जो हो। पहले कुछ पता तो चले। आगे चलो, बोर्ड पढ़कर पता लगेगा, हम हैं कहां। तभी नक़्शा देखूंगी।"

बात पूरी हुई नहीं कि टैक्सी दौड़ पड़ी। जैसे काले चोर पीछे पड़े हों। बोर्ड आया तो कुछ पढ़ा नहीं गया।

"चपाकुआ? चपाकुआ?" मैं चीख़ी।

"स्ट्रीट? बिल्डिंग नंबर?"

"कुछ नहीं, स्टेशन चलो, स्टेशन।"

"वापस स्टेशन जाऊं, पागल हो?"

"वापस नहीं। चपाकुआ स्टेशन। आगे पीछे जहां हो।"

हे भगवान, वीर हनुमान, सीता-राम, राधा-कृष्ण, भोले शंकर, अल्लाह, जीसस, मदद करो। इसे बतलाओ चपाकुआ स्टेशन कहां है।

भागती टैक्सी धाड़ से दाएं मुड़ी। आंखें फाड़ कर देखा। चपाकुआ का 'सी' तक नज़र नहीं आया। कुछ कहूं कि टैक्सी रुक गयी। ड्राइवर उतर आया, "इधर।"

किधर? चारों तरफ़ सुनसान बियाबान। पास ही क़ब्रिस्तान। एक तरफ लकड़ी की टाल। बिजली की फुर्ती से कटती लकड़ियां। दो मोटे ताज़े ललमुंहा गोरे, मशीनी आरे संभाले।

"यह स्टेशन थोड़ा है।"

"क्यों, है नहीं वह रेल लाइन?"

हां, एक परित्यक्त रेल लाइन जा रही थी पास से।

"रेल लाइन होने से स्टेशन नहीं होता।"

काफ़ी आध्यात्मिक वाक्य लगा अपने कांपते दिलोंदिमाग़ को। उसे नहीं।

"उतरो।"

"नहीं।"

"तो मरो।"

वह टाल में जा घुसा। तीनों कॉफ़ी पी रहे थे और हंस-हंस कर मेरी तरफ़ ताक रहे थे।

सुना, "द ब्लैक बिच (काली कुतिया)।"

कहां? किधर? कौन? कोई नहीं थी वहां। बस मैं। तो क्या मैं? उनका इशारा मेरी तरफ़ था? तीनों अश्लील इशारे करके हंसे। अब? हे करुणानिधान! कर्णधार...पुलिस वाला? टैक्सी का नंबर नोट किया था उसने? हां, किया था।

"याद रखो, पुलिस के पास तुम्हारा नंबर है। स्टेशन चलो," मैं दहाड़ी, अगर बकरी की आवाज़ को आप दहाड़ मानें।

वह हंसा, वे हंसे, खूब हंसे और हंसते-हंसते रुक गए।

"क्या हो रहा है?" एक पुरसोज़ पर बुलंद आवाज़।

हैं! वह काला पुलिस वाला यहां कैसे? नहीं, यह दूसरा काला था। सब काले एक जैसे लगते हैं, नहीं?

"कुछ नहीं," दोनों ललमुंहे झट काम पर लौट गये।

"बोलो, बेटे?" काले ने टैक्सी ड्राइवर से पूछा पर बेटे ऐसे कहा जैसे चाकू मार रहा हो।

"सुनिए। सुनिए। प्लीज़ सुनिए!" मैं दरवाज़ा खोल कर चिल्लायी।

"मैं? श्ज्योर।" सीटी जैसी बजी और वह पास खड़ा था।

ओ मां, जैसे दानव। वह हंसा। पहले आंखे हंसी, फिर होंठ। बिजली चमकने के बाद ही घर्षण होता है न? वहां तो पूरा आर्केस्ट्रा बज उठा।

"बोलो, मिस?"

इससे डरूं कि न डरूं, तय करने से पहले दूसरे डर ने बुलवा दिया।

"प्लीज़, मदद कीजिए। चपाकुआ स्टेशन जाना है। यह पता नहीं मुझे कहां कहां घुमा रहा है। प्लीज़।"

यह क्या। एक काले से यूं मदद की गुहार।

उसकी हंसी गायब हो गयी।

कैसा भयावह हो उठा चेहरा।

सीता-राम! सीता-राम!

यमदूत ने दरवाज़ा खोला और मेरे बराबर मैं बैठ गया।

मैं कोने में सिमट गयी।

उसने सीटी बजायी।

नहीं, प्लीज़ नहीं। हे भगवान, अल्लाह, जीसस, स्वीट जीसस!

ड्राइवर दौड़ा आया।

"चपाकुआ स्टेशन। सीधे। आवारागर्दी नहीं," वह नीचे उतरा और हंस दिया।

मेरा खून जम गया।

ड्राइवर का चेहरा पसीने से लथपथ हो गया। उसने गाड़ी वापस मोड़ ली।

"बास्टर्ड! पिग," वह गरियाता रहा पर टैक्सी की रफ़्तार में ढील नहीं आयी। चपाकुआ स्टेशन आ पहुंचा। कितना बड़ा-बड़ा लिखा था। च-पा-कु-आ अहा! चाहो तो आधा मिनट पहले पढ़ लो। पर मीटर में किराया–सत्तर डॉलर! मर गये। कुल मुद्रा मिली है, पांच सौ डॉलर! पहले ही दिन सत्तर की चपत। आगे? गले में सोने की चेन है ज़रूर। बेचनी पड़ी तो बेचेंगे। ये लोग अब क्रेडिट कार्ड रखने लगे हैं। हम तो हमेशा से सोना पहनते आये हैं। देखा जायेगा। जान बची तो लाखों पाये, लौट कर बुद्धू अभी घर नहीं आये। टैक्सी रुक गई। मैं उतरी। घूम कर पीछे गई। बूट खुलने की प्रतीक्षा में ताक़त समेटने लगी।

बूट बंद रहा।

"बूट खोल दो," मैंने पुकारा।

ड्राइवर नीचे उतर आया। अरे, यह तो बीस बरस का छोकरा है, मेरे बेटे की उम्र का। मैं ख़ामख़्वाह डर रही थी। सुरक्षित जगह पहुंचते ही सब सामान्य लगने लगा था, मीटर पर भाड़े के अलावा।

"बूट खोल दो।"

"पहले पैसे दो।"

"सामान निकाल कर दूंगी न।"

"नहीं, पहले दो।"

"क्यों?"

"लोग बिना पैसे चुकाये भाग जाते हैं।"

"वे सामान उठाकर पैदल भाग जाते हैं और तुम गाड़ी में उनका पीछा नहीं कर पाते?" हंसी आ गयी। आधा पागल है छोकरा।

"मेरे साथ यही सब होता है।"

"पर पैदल आदमी गाड़ी से तेज कैसे भाग सकता है?"

"पता नहीं।"

"ईमानदारी से?"

"हां!"

मैं भी किससे ठिठोली करने चली थी। लोगों की आवाजाही से ढाड़स पाकर मैंने सुर तेज़ किया, "सामान लिये बिना पैसे नहीं दूंगी।"

कोई ठिठका तक नहीं।

जान पर खेलकर, मैं टैक्सी के आगे, मडगार्ड से सटकर खड़ी हो गयी।

"बूट खोलकर सामान निकालो, तब पैसे लेना," दस-दस डॉलर के सात नोट मैंने हवा में लहराये, "मेरे पास यही नक़दी है, बस।" मेरी चिल्लाहट सुन कोई हिचकिचाया तक नहीं। बड़े सेब जैसे तगड़े ललमुंहे पास से गुज़रे और बेझिझक आगे बढ़ते गये।

"मुझे सब धोखा देते हैं," कह वह रहा था, महसूस मैं कर रही थी।

स्वर कोमल बनाकर बोली, "क्यों ऐसा सोचते हो, बेटा। तुम्हारे मां-बाप तुम्हें प्यार नहीं करते क्या?"

"तुम्हें क्या?"

"मैं तुम्हें धोखा नहीं दे रही। काले कॉप ने ग़लत कहा था। इतनी दूर के कुल तीस डॉलर कैसे होंगे?"

सातों नोट हवा में फिर लहराये। छी छी, एक अनजान पर ग़लत तोहमत। पर क्या करूं? माल बचाऊं कि ज़मीर।

धड़ाक से बूट खुला। मैं पीछे दौड़ी। बड़ा सूटकेस आधा बाहर हुआ था कि हाथ से नोट झपट, उसने गाड़ी चला दी। सूटकेस समेत मैं पीछे गिरी। तो क्या? धूल झाड़ उठ खड़ी हो गयी। जान-माल दोनों सलामत। और क्या चाहिए।

फ़ोन हुआ, भतीजा आया और घर ले गया। मेरी कहानी सुनी तो बोला, "ये काले साले सब धोखेबाज होते हैं।"

"तुम ग़लत समझे। ड्राइवर गोरा था। पुलिस वाला और फ़ोरमैन काले थे।"

"होंगे। अपवाद नियम को साबित करता है।"

उफ़ ये जेबकाटे मुहावरे। आग लगा देते हैं बदन में। पर बोले कौन? मुश्किल से मुफ़्त की छत नसीब हुई थी, पंचायती छांट कर गंवा कैसे देती। भूख भी ज़बरदस्त लगी थी, टोस्ट ठूंस, मुंह बंद कर लिया।

लंबी तानकर सोयी।

अगले दिन आसपास घूमी। शानदार इलाक़ा। बड़े घर। चौड़े मैदान। लंबी गाड़ियां, दैत्याकार। बड़े काग़ज़ी गिलासों में कॉफ़ी। सब ऊंचा, बड़ा, खुला, चौड़ा।

"और गोरा," भतीजे ने कहा, "यह बढ़िया पॉश इलाक़ा है। सबसे अच्छी बात यह है कि यहां काले नहीं रहते। चोर-चकारी नहीं होती।"

एक बार सुना, दो बार सुना, बार-बार सुना। कॉफ़ी पीते सुना, ताल पर घूमते सुना, बाज़ार में सामान ख़रीदते सुना, घर में घुसते सुना, बाहर निकलते सुना। आख़िर खीज बर्दाश्त की छत फलांग गयी। कहा, "आपका मतलब, आप यहां अकेले काले हैं।"

"मैं एशियन हूं," वे तमतमाये।

"हां, मेरी तरह काले। हिंदुस्तान में आपका रंग इक्कीस मान भी लिया जाता, पर यहां सारे हिंदुस्तानी एक से काले लगते हैं।"

उनका चेहरा लाल, यानी बैंगनी हुआ, फिर पीला, यानी सांवला पड़ गया। मुंह से आवाज़ नहीं निकली। थूक भीतर घोंट, वे एक पूरा बड़ा चॉकलेट एकबारगी खा गए।

चॉकलेट इज़ ब्लैक (चॉकलेट काला है), ब्लैक इज़ ब्यूटीफुल (काला सुंदर है) मेरे मन में बजा। एंड यू आर मैड (और तुम पागल हो)। "इतना क्या क़द बढ़ाना कि अच्छा ख़ासा मेज़बान खो दो। अब? बिग एपल, और क्या।"

रात जैसे-तैसे कटी। अगली सुबह, मय सूटकेस अपने को चपाकुआ स्टेशन के प्लेटफ़ॉर्म पर खड़े पाया। न्यूयॉर्क की गाड़ी पकड़ने के लिए। दिन-दिन का काम था। रात काटने के लिए कमरा जुटाना होगा। शिकागो की उड़ान अगली

सुबह थी। वहां अपना देवर है। काला भुस हिंदुस्तानी। काला कहने पर भी घर से निकाल नहीं पायेगा। रिश्तेदार ठहरी।

रेलगाड़ी आयी। डिब्बे का दरवाज़ा चौड़ा था। सूटकेस घुसता चला गया। मैं ही बेहाल थी, उठाने की मशक्कत में। सामने दो सीटें ख़ाली दिखीं। हांफती हुई उधर बढ़ी। सूटकेस हाथ से छोड़ सीट पर गिरी। पर बैठ नहीं पायी। ऊपर उठी मेज खुलकर पेट से टकरायी। हवा निकले गुब्बारे सी, अधखड़ी रह गयी।

"हम यहां ताश खेल रहे हैं," मोटा ललमुंहा खौखियाया। उसी ने मेज़ गिरायी थी। देखा मेज़ चार सीटों के बीच थी। दो पर बड़े सेबनुमा गोरे बैठे थे दो ख़ाली थीं। डिब्बे में बैठे लोग मज़ा लेकर हंस रहे थे। सब सूट-बूट ओवरकोट में लैस, ब्रीफ़केस थामे भद्रजन। रोज़ इसी गाड़ी से एक साथ बिग एपल जाते होंगे और दफ्तर निपटाकर शाम को साथ लौटते होंगे। रोज़ ताश जमता होगा। पर यह बात शालीनता से भी कही जा सकती थी। मैंने ग़ौर किया। सभी भद्रजन गोरे थे। मेरे सिवा काला कोई नहीं। कहा था न भतीजे ने, चपाकुआ में काले नहीं रहते। काश, डिब्बे में एकाध काला और होता।

मैंने सूटकेस उठाया। दूसरी सीट पर जाने से पहले सिर्फ़ इतना कहा, "सभी अमेरिकन इतने असभ्य होते हैं या आप ख़ास हैं?"

कायर! डरपोक काली! सीट पर बैठ, मैंने ख़ुद को धिक्कारा। गांधी जी होते तो सीट पर डटे रहते। खींचतान, मारपीट के बावजूद तब तक जमे रहते जब तक लोग उन्हें उठाकर बाहर न फेंक देते। सूटफेस की तनिक परवाह न करते और मैं? उन्हीं की देशवासिनी। धिक्कार है मुझ पर! तोले भर की ज़बान हिलाई सो ठीक पर मन भर का बदन क्यों हिलाया? जमी रहती तो क्या कर लेते वे लोग? जान से मार देते? तो क्या? एक बार ही मरता है न आदमी। पर साहब, यही तो मुसीबत है। एक बार मरना ही तो मौत है।

मुझे रोना आ रहा था पर मैं रोई नहीं। अपमान, आत्मधिक्कार, क्षोभ, क्रोध सब पर विजय पा ली। तर्क इकट्ठा करने में हमारा सानी है भला। यह क्या अवमानना थी, कुछ नहीं। उन दलितों की सोचो, जिन्हें उस डिब्बे में घुसने तक नहीं दिया जाता। पैसे ही नहीं होते टिकट ख़रीदने को। होते भी तो वे कोने में सिकुड़ कर बैठते। भद्रजनों के समीप आते संकोच करते। उनके जीवन का हर पल अपमान के बोझ तले दबा रहता है। मेज़ नहीं पेट पर लात घूंसे खा कर बदहवास होते हैं। उनके मुक़ाबले मेरा अपमान क्या था, कुछ नहीं। ईमानदारी से, कुछ भी तो नहीं और बेईमानी से?

न्यूयॉर्क में जिससे मिलना था, वे मेनहैटन टैंथ स्ट्रीट पर रहती थीं। शाम साढ़े पांच बजे का वक़्त दिया था। सोचा, पास कहीं ठहरूं, टैक्सी का भाड़ा बचेगा, पैदल पहुंच जाऊंगी।

"सबवे में मत चढ़ना। काले ख़ून-ख़राबा करते हैं," चेतावनी याद थी।

बत्तीसवीं गली के बेस्ट वैस्टर्न होटल में निम्नतम दर का कमरा ले लिया। अजीब होटल था। फ़ोन के नाम पैसा पहले जमा करवा लिया। ख़ासी लंबी लाइन थी।

"मुझे कहीं फ़ोन करना ही नहीं," बतलाया, तो कहा, "जाते वक़्त पैसे वापस ले लेना।"

"लाइन में लगकर।"

"ज़ाहिर है।!"

क्या कहती, विकसित देशों की यही रीत होगी।

टी.वी पर सुना, "अस्सी प्रतिशत अनुमान है, शाम को तेज़ आंधी-बारिश आयेगी।"

अनुमान! हम क्या जानते नहीं? अपने मौसम विभाग वाले जो अनुमान लगाते हैं, ठीक उससे उलटा होता है। मूसलाधार बारिश तो तेज़ धूप। साफ़ आसमान तो टपाटप बारिश।

सूटकेस कमरे में पटक, घूमने निकल गयी। दिसंबर की मारक ठंड। मटमैले चकत्तों में उगती ढलती धूप। फिर भी थी तो धूप। न बर्फ़ न बारिश। भला लगा इधर-उधर भटकना। सड़क के किनारे कैफ़े में बैठकर पिट्ज़ा का टुकड़ा खाया (उस दिन की ख़ास सस्ती पेशकश), फ़िटमारी सी बेस्वाद कॉफ़ी पी खिड़कियों से झांककर, दुकानों में सजा चमाचम सामान निरखा, एंपाइर स्टेट बिल्डिंग की चोटी से नीचे का धुंधला नज़ारा देखा। जैसे समुद्र के किनारे चांदनी चौक बसा हो।

तीन बजे बूंदा-बांदी हुई। तेज़ चाल से होटल की तरफ़ पलटीं। बूंदा-बांदी बंद हो गई। ठंडी हवा चलने लगी। ठीक है। साड़ी पर इकलौता कोट चढ़ाया और लाउंज में उतर आई। चार बज लें तो घूमते-घामते दसवीं गली पहुंचू।

तभी मूसलाधार बारिश शुरू हो गई। रुक जायेगी। वरना टैक्सी ले लूंगी। छाता साथ है। बारिश थमी नहीं। बल्कि बढ़ती चली गई। साथ में तेज़ हवा। होटल के दरवाज़े पर टैक्सी लेने वालों की भीड़ लग गई। सब हड़बड़ी में। हर तीसरा आदमी हवाई अड्डे पहुंचने को बेक़रार। मैं भीड़ में शामिल हो गई।

एक घंटे के बेताब इंतजार के बाद, मेरे हिस्से टैक्सी आ गई। भीतर की गर्माहट में इतमीनान की सांस ली और सीट में धंस गई। बाहर का दृश्य दिलचस्प था। तेज़ हवा की मार से, पानी की बौछारें उड़कर गोल-गोल चोट कर रही थीं। जैसे इडली की पिट्ठी पिस रही हो। टैक्सी इतने धीमे सरक रही थी कि लग रहा था एक ही बिंदु पर जड़ है। पर जैसे-तैसे रास्ता तय हो रहा था। बारिश की धुंध के सिवा बाहर का कुछ नहीं दिख रहा था। दीखता भी तो मैं पहचानती नहीं। एकदम अनचीन्हा था सब मेरे लिए। पर डर नहीं था। मेनेहैटन के भीतर भीतर एक गली से दूसरी गली तक ही तो जाना था। बिल्डिंग नंबर 42, दसवीं गली, ड्राइवर को बतला कर निःशंक बैठी थी।

टैक्सी गली में घुसी और रुक गई। "इतनी बारिश में उतरोगी, बीमार पड़ जाओगी," काले ड्राइवर का कहना भला लगा। छाता संभाला, उतरने लगी तो सामने की इमारत का चमकता नंबर दिखा–42 नहीं, 38।

"यहां नहीं, आगे," वापस बैठकर कहा।

"मैं आगे नहीं जा रहा।"

" क्यों ?"

"बस, नहीं जा रहा।"

"पर क्यों ? मीटर से पैसा लोगे ? तुम्हें क्या नुकसान है ? दो बिल्डिंग बाद तो है।"

"उतरना है तो यहीं उतरो, वरना वापस चलो।"

"इस बारिश में ?"

"आई क्यों इस बारिश में ?"

"काम था। आना पड़ा। आगे चले चलो।"

"नहीं।"

"आख़िर क्यों ?"

"यहां से ज़्यादा आसानी से सवारी मिलेगी।"

"इतनी बारिश में उतरूंगी तो बीमार पड़ जाऊंगी। तुम्हीं ने कहा था।"

"ज़रूर पड़ोगी, वापस चलूं ?"

"नहीं।"

"तो उतरो।"

बहस के लिए मेरे पास वक़्त नहीं था। साढ़े पांच बजा चाहते थे। मैं सुनना नहीं चाहती थी, 'हिंदुस्तानी हमेशा देर से आते हैं'। उतर गई। भाग कर छज्जे के नीचे पहुंची। ऐसे ही, बीच-बीच में भीगती-भीगती, 38 नंबर से 42 नंबर तक पहुंची।

बारिश, अंधड़ की थाप पर उसी तरह तांडव करती रही। मेरी मेज़बान अचंभित थी। इतनी तूफ़ानी बारिश में कोई समय से कैसे पहुंच सकता था। वह भी शाम के साढ़े पांच बजे!

वाक़ई! "सबसे ज़्यादा भीड़भाड़ वाला वक़्त होता होगा?" पूछा उनसे।

"हां, कहावत है, ड्राइवर अपने चूतड़ों पर बैठा रहता है और कमायी होती रहती है।"

"शाम के साढ़े पांच बजे?"

"हां!"

तब उन्होंने मुझे वही वक़्त क्यों दिया? मैंने बतला दिया था, मैं पहली बार न्यूयॉर्क आ रही हूं, एकदम अज्ञानी हूं शहर के मामले में।

सवाल पूछने के बजाय मैं छींक दी। कमरे में तेज़ ताप का परस पाकर मेरी गीली रेशम की साड़ी चारों तरफ़ भाप के गोले उड़ा रही थी। नरक का सा समां था। उन्होंने मुझे घूरा, पूछा, "कॉफ़ी?"

जवाब में मैं फिर छींक दी। उन्होंने डिकैंटर उठा करप्याले में कॉफ़ी डाल दी। मैंने अपनी भीगी काया और दुहरी छींकों के लिए माफ़ी मांगी तो बाक़ी कहानी भी सुना दी। उन्होंने कमरे का तापमान और बढ़ा दिया। कहा, "बहुत समझिए, उसने आपको गली के मुहाने पर नहीं उतार दिया। यहां कुछ भी हो सकता है।"

"ख़ासकर शाम के साढ़े पांच बजे?"

"बिलकुल," उनका इत्मीनान क़ाबिलेतारीफ़ था।

मैंने सोचा पूछ डालूं, मेरे लिए उन्होंने वही वक़्त क्यों मुफ़ीद माना? पर नीम गरम कॉफ़ी को और ठंडा करना बेवक़ूफ़ी होती।

हम काम की बात पर आये।

मेरी कहानी नागरी कहानियों के संकलन में ली जानी थी। उसके अनुबन्ध पर हस्ताक्षर हो गये। बाक़ी कहानियों और लेखों पर विचारों का आदान-प्रदान हुआ। दो लेख उन्होंने प्रकाशनार्थ रख लिए। चिट्ठी-पत्री के लिए मैंने देवर का, शिकागो का पता दे दिया। फिर रुख़सत। उन्होंने गर्मजोशी से हाथ मिलाया, साड़ी

की तारीफ़ की और दरवाजे की तरफ़ देखा। मैंने पूछा, "क्या फ़ोन करके टैक्सी यहीं नहीं बुलायी जा सकती?" उन्होंने कहा, "नीचे हॉल से जैनिटर बुला देगा। कोई दिक़्क़त नहीं होगी। टेक केयर (अपना ख़्याल रखना)।"

मैं शुक्रगुज़ार हुई।

नीचे हॉल में पिद्दी सा काला छोकरा बैठा था। अच्छा लगा, कोई तो इस बड़े देश में छोटा था। पर टैक्सी बुला देने की बात सुनते ही वह फुत्कारने लगा, "मैं कहां से बुलाऊं? जैसे तुम बाहर जाकर आवाज़ लगाओगी वैसे मैं। लिमो बुलानी थी तो ऊपर से फ़ोन करतीं।"

"ऊपर जाऊं?"

"चौगुने पैसे देने हों तो जाओ।"

"बाहर टैक्सी मिल जायेगी।" पूछकर मैंने ज़बान काट ली। अब यह कहेगा, ईमानदारी से इसे पता नहीं। वह ठठा कर हंस पड़ा। क्या उसने मेरे मन की बात जान ली?

"नौ प्रॉबलम (कोई दिक़्क़त नहीं), टैक केयर।"

बाहर झांका। लगा धारोधार बारिश हल्की पड़ी है। छाता खोला और चौखट लांघ गयी। बर्फ़ीली हवा के पहले थपेड़े से ही छाता उलट गया। हड्डियां पिघलने लगीं। बदन में गरमी भरने को मैं भागते हुए आगे बढ़ी। टैक्सी दिखी तो आवाज लगा, इतनी ज़ोर से दौड़ी कि खेल का मैदान होता तो तेज़तम औरत का ख़िताब मिल जाता।

न ख़ुदा मिला, न विसाले सनम। टैक्सी वाले ने टका सा जवाब दिया, "ऑफ़ ड्यटी" और आगे बढ़ा। मैं और मेरे साथ बारिश भी बढ़ी। फिर हवा क्यों पीछे रहती?

टैक्सियां दीखती रहीं। मैं उन तक दौड़ती रही। 'ऑफ़ ड्यटी' का नारा बुलंद होता रहा। बारिश और हवा में होड़ लगी रही। मैं भागती, रुकती, चलती, हर हाल में भीगती, ठिठुरती, कांपती रही। दौड़ में कभी बारिश आगे निकल जाती, कभी हवा। मैं दोनों से पिछड़ गयी। लथपथ, गीली, ठंडी साड़ी तपते बदन से चिपक, चलना दुश्वार कर रही थी, भागने की क्या कहें। पुलिस वाला दिखा तो उससे भी मिन्नत कर डाली। एक टैक्सी का सवाल है, बाबा, सिर्फ़ एक टैक्सी का। पूरी नहीं तो आधी चलेगी। सारी जागीर एक टैक्सी पर न्योछावर। पुलिस वाला क्या कर सकता था? आज़ाद कमेरों का मुल्क था। ड्राइवर चाहे जाये, न चाहे न जाये।

आगे-पीछे, दाएं-बाएं सब तरफ़ घूमकर, जब आधी टैक्सी भी नसीब नहीं हुई, तो पलट कर दसवीं गली की 42 नंबर की इमारत में घुसी। हॉल से मेज़बान का बज़र दबाया। बुरा मानें चाहे भला, फ़ोन करके लिमो बुलाने को कहूंगी। किराया चौगुना लगे चाहे छह गुना। कहा न, सारी जागीर एक टैक्सी पर न्योछावर। "माई किंगडम फ़ॉर ए हार्स।"

कोई जवाब नहीं मिला। छोकरे ने बताया, वे मेरे जाने के तुरंत बाद बाहर चली गयी थीं।

"उन्हें बाहर जाना ही था तो मुझे टैक्सी तक छोड़ सकती थीं।"

उसने कंधे झटके। कहा, "आप यहां नहीं बैठ सकतीं। मैं ताला लगाकर घर जा रहा हूं।"

"आपके पास गाड़ी है ?"

वह हंसा कि ख़ूब हंसा।

"मैं यहीं पीछे रहता हूं।"

मैं फिर सड़क पर थी।

बारिश में कुत्ते-बिल्लियों की चिल्लपों थी। शायद मेरा भ्रम हो। अंग्रेज़ी मुहावरे का असर। पर धार बेरहम थी। हवा में चाबुक की सरसराहट थी। यक़ीनन थी। चाबुक फटकारता हाथ बारिश का था, चाबुक हवा का, या हाथ हवा का था, चाबुक बारिश का, कह नहीं सकती। जो था, ग़ज़ब का मारक था।

तपते बदन पर गीली साड़ी की बर्फ़ीली फिसलन बर्दाश्त बाहर हो चली थी। सिर में घुमेर उठ रही थी। डर था, और चली तो चक्कर खाकर बीच सड़क गिर न पड़ूं।

साक्षात् ईश्वर की तरह, यूनिवर्सिटी ऑफ़ न्यूयॉर्क की इमारत ने दर्शन दिये। मैंने समर्पण कर दिया।

अंदर घुसी। बड़ा हॉल। लोग-बाग। दीवार के साथ लगे सोफ़े। ख़ाली। एक सोफ़ा पूरा खाली। लस्टम-पस्टम मैं उस तक पहुंची और भीतर धंस गयी।

सब कुछ थम गया।

"बर्फ़ीली हवा का झंझावत क्या ठहरा, मशीनी गर्माहट ने मुझे नर्म फाहों में लपेट दिया। गीले ठंडे बदन को छू, तपिश, भांप बनकर उठी और मुझे घेर लिया। लगा, मैं सॉना बाथ में हूं।

ताप से ऊपर उठते भाष के परदे। परत दर परत गरम कोहरा। कोहरे में धुंधलाती आंखों की बिनाई। धुंध में छिपते सोफ़े। ओझल होते लोग। अकेली मैं, पर सुकून भाप के समंदर में गोते लगाती, डूबती-उतराती, बहती....

मैंने फ़ोन किया... टैक्सी आयी....मैं बैठी....कमरे में पहुंची....साड़ी उतारी...बिस्तर पर लेटी....सो गयी....

सोओ नहीं। उठो, फ़ोन करो।

...सीने दो....अभी लेटी हूं...सूखे कपड़े पहने हैं...अभी आयी हूं....सो गयी...उठो, उठो, फ़ोन करो।

"लेटी....लेटते ही सो गयी....

अभी नहीं, उठो, फ़ोन करो।

हां...फ़ोन....टैक्सी....करती हूं...फ़ोन किया....टैक्सी आयी....मैं चली.... पहुंची....लेटी....सो गयी.....

उठो, उठो।

सोने दो।

उठो!

सुबह होने दो।

उठो!!

मैंने आंखें खोलीं। एक भीमकाय काला दानव मेरे कंधे पकड़ कर हिला रहा था।

मैं ज़ोर से चीख़ी।

वह डरकर पीछे हट गया।

मैं उठ कर बैठ गयी।

वह पास आया।

"शुक्र है, तुम जिंदा हो"

"यह नरक है?"

"हां, पृथ्वी पर।"

"तुम शैतान हो?"

"हां, काला। नर और तुम?"

"मादा। काली।" मैं हंसी और हंसती चली गयी।

"चुप!" उसने ज़ोर से फटकारा।

मैं चुप हो गई। आंखों से टपाटप आंसू गिरने लगे।

"यहां कैसे बैठी हो?"

"टैक्सी नहीं मिली।"

"कहां जाना है?"

"बेस्ट वैस्टर्न, मेनहैटन, बत्तीसवीं गली।"

"उठो।"

मैं उठी। लड़खड़ाई तो उसकी छाती से जा लगी। टी शर्ट पकड़ कर संभाली तो नीचे फिसल गई। ज़मीन पर गिरने से पहले, उसने सम्भाल लिया।

"पिये हो?"

"नहीं, प्यासी।"

उसने मेरा माथा छुआ, फिर गला और हाथ।

"हिंदुस्तानी हो?" मैंने पूछा।

"नहीं, अफ़्रीक़ी। तुम्हें बुख़ार है।"

"पता नहीं।"

"एस्पीरिन है पास?"

"नहीं।"

"चलो।" सहारा देकर चलाया और पास कैफ़े में ले गया। पूछा, "पैसे हैं?"

"हां।"

"दो एस्पीरिन और दो कॉफ़ी। पैसे दो।" मैंने दे दिये। उसने एस्पीरिन पानी में घोली, कहा, "पी लो।".

"ख़ाली पेट एस्पीरिन?"

वह हंस पड़ा, "नहीं, नन्हीं बच्ची। मफ़िन के साथ।"

दो मफ़िन सामने थे। मैंने पैसे दे दिये। उसने एक मफ़िन मुझे पकड़ा दिया। मैंने एक गस्सा खाया और एस्पीरिन मिला पानी पी लिया।

"चलो।"

"क्यों? यहां मेज़ पर बैठकर पियेंगे न कॉफ़ी।"

"बेकार और पैसे लगेंगे। पीते-पीते चलो सबवे तक।"

देखा, प्लास्टिक के बड़े गिलासों पर ढक्कन लगे हैं। उसने एक हाथ में कॉफ़ी का एक गिलास थामा हुआ है। मुझे बांहों से घेरे दूसरे हाथ में मफ़िन और दूसरा गिलास। मुंह में पकड़ कर उसने गिलास का ढक्कन अलग किया। गटागट कॉफ़ी पीता आगे बढ़ा। मैं आप से आप आगे खिसक आयी।

"ढक्कन," मेरे मुंह से निकला और मुझ पर हंसी का दौरा पड़ गया।

"क्या है?"

"गिलास....ढक्कन," मैं हंसती गयी।

"मफ़िन खाओ जल्दी, खाली पेट," वह भी हंस दिया। उसने हाथ का मफ़िन दांतों से उठाया और मेरे सामने लहराया, "यह भी चाहिए?"

"नहीं।"

अपना मफ़िन कुतरा। इतना बड़ा। जैसे गोभी का फूल।

"बड़ा सेब!" मैं हंसी।

'कॉफ़ी पिओ," उसने गिलास मेरे मुंह से लगा दिया। जबरन घूंट भरनी पड़ी।

"पकड़ो।"

मैंने गिलास पकड़ लिया।

"चलती रहो।"

रुकती कैसे? वह ठेलता आगे बढ़ाता रहा।

देखा, बारिश रुक चुकी।

पूछा, "क्या बजा है?"

"चार।"

"चार! फिर इतना अंधेरा क्यों है?"

"रात के चार।"

"रात...तुम्हारा मतलब सुबह के?"

वह हंस पड़ा।

"सुबह....रात....जब अंधेरा, तब रात।"

मेरी हंसी गायब हो गयी। उसने मुझे रुकने नहीं दिया। बराबर आगे ठेलता रहा।

"सामने सबवे स्टेशन है। ट्रेन लो और तीसरे स्टेशन पर उतर जाओ। सामने बेस्ट वैस्टर्न होगा। समझ गई?"

"और तुम?"

"स्टेशन तक चलता हूं।"

"सबवे में अकेली नहीं जाऊंगी।"

"क्यों?"

"काले ख़ून-ख़राबा करते हैं।"

"तो भागो। मैं भी काला हूं," अब हंसते चले जाने की उसकी बारी थी। मुझे घेरता हाथ हटा नहीं कि मैंने वापस पकड़ लिया।

"मुझे डर लगता है।"

"मुझसे? तो भागो।"

"नहीं। उनसे। बड़े लाल सेबों से।"

"कहां के लाल सेब।
यहां कीड़े ही कीड़े हैं।
मैं काला, तुम काली।
मफ़िन काला, कॉफ़ी काली।
भौंरा काला, मक्खी काली।
कीड़े सब काले हैं।"

हंसते-हंसते वह गाने लगा। गाते गाते पैरों से ताल देने लगा। मैं भी। वह मुझे साथ उड़ाये ले जा रहा था सबवे की तरफ़।

स्टेशन आ गया। उसने मुझसे पैसे लेकर मशीन से टिकट निकाला। मुझे पकड़ाया, कहा, "जाओ। गाड़ी आने वाली है।"

"तुम साथ चलो।"

"पागल लड़की। मर्द को साथ होटल ले जाने का मतलब जानती हो ?"

"बाहर से लौट आना। दोतरफ़ा टिकट ले लो," मैंने पैसे उसकी तरफ़ बढ़ाये।

"बेवक़ूफ़ ! जाओ अब !" उसने डपट कर कहा।

उसकी आंखें अंगारे बरसा रही थीं। एकदम काला, शैतान, भुंजग लग रहा था वह। मैं सिर से पांव तक कांप गयी।

"जाओ !" चाबुक बरसा कर वह तेज़ी से पलटा और लंबे डग भरता बाहर निकल गया। मैं खड़ी रह गयी।

ट्रेन आयी। मैं भीतर घुसी। डिब्बा आधा ख़ाली था।

आधी सीटों पर थके-हारे इन्सानी आकार पसरे पड़े थे। कुछ काले, कुछ भूरे, इक्का-दुक्का गोरे। पर सब एक जैसे पस्त। पिद्दी। हिंदुस्तानी बेर जैसे।

होटल पहुंच, बिस्तर पर ढह जो सोयी तो दोपहर बाहर के अलार्म से जगी। कमरा छोड़ा, सूटकेस उठाया, चाबी दी, फ़ोन के पैसे वापस लिये, कॉफ़ी और मफ़िन के साथ दो एस्पीरिन ख़रीदीं। खड़े खड़े कॉफ़ी पी। एस्पीरिन खाई, मफ़िन खाते-खाते सबवे पकड़ी और हवाई अड्डे चल दी। बड़े सेब में से एक और कीड़ा बाहर निकल गया।

मेरे देश की मिट्टी, अहा

हवा ठंडी नहीं थी, न साफ़। धूल-मिट्ठी से भरी हुई थी। फिर भी खाट पर लेटी लल्ली को वह भली लग रही थी। इसलिए कि उसमें धुआं नहीं था। उसने लंबा कश भर कर हवा भीतर खींची। बे-धुआं हवा में सांस लेना, कितना बड़ा सुख है, उसने गांव खेड़ी में आकर जाना। धुआं छोड़ती अंगीठी से अलग होकर, खुले आकाश के नीचे बैठने की औक़ात, यहां आने पर जो हुई।

गांव उसके लिए नया न्यारा नहीं है। गांव मैं पैदा हुई और शुरू के छह-सात बरस वहीं रही। फ़रीदपुर नाम था उसके गांव का। दादी लकड़ी पर चूल्हा करती थी। गीली होती तो धुआं ख़ूब उठता। कुछ देर सांस लेनी मुश्किल हो जाती, पर साथ में जो बास आती, बड़ी मनभावन होती। एक साथ दूर फेंकती और पास खींचती। बहुत लुभाऊ होती है ऐसी बास। दादी के हुक़्क़े में से भी बड़ी मोहिनी गंध आती थी और घुआं बस ज़रा-ज़रा, चिलम सुलगाते वक़्त, बस बीड़ी की तरह नहीं कि पिये कोई और कसैलापन भुगते कोई।

जैसे शहर में। हुक्क़ा वहां कोई नहीं पीता था। बीड़ी ख़ूब। पर लाख बीड़ियां मिलकर भी उतना धुआं नहीं पैदा करतीं, जितना वहां के ट्रक, बस, स्कूटर, पल भर में छोड़ देते थे। छोड़ते चले जाते थे। धुआं भी ऐसा कसांध भरा कि दीखे चाहे नहीं, छाती में हरदम अंटा फंसा रहे। मानो बीसियों बीड़ियां पी चुके हों औरत मर्द। यूं सच में कोई औरत बीड़ी पीती दिख जाये तो फौरन उसे छिनाल बतला दें।

उसने अंगड़ाई लेकर हाथ-पैर खोलकर पसारे और एक कश और खींचा। बदबू का इतना ज़बरदस्त भभका नाक में घुसा कि उबकाई आ गयी। वह उठ कर बैठ गयी। क्या हुआ, नींद से पहले सपना आ गया? बीते बचपने का? उसने च्यूंटी काटी। न, वह तो जगी थी। पर बदबू थी कि आये जा रही थी। जलते

चमड़े की चमरौंध। जैसी बचपन में गांव के चमार टोले से आती थी। वहीं तो रहती थी वह। चमार टोले में नहीं, उससे सटी झोंपड़ी में। जात से वह बनिया थी।

वह और उसकी दादी, परिवार में यही दो जन थे। मां-बाप तो ख़ैर रहे ही होंगे, नहीं तो वह जनमती कैसे, पर कब थे, कब नहीं रहे, उसे होश नहीं था। दादी उनका क़िस्सा कम कहती थी, खेत-द्वार लुटने का ज़्यादा। 'अपने गांव के अपनों ने ही लूटा हमें लल्ली, अकेली जानकर क्या-क्या प्रपंच ना किये। क्या महाजन, क्या ठाकुर-पंडित सब एक जैसे सियार निकले। जो था रहन रखवाया, झूठ-सच मिलाकर लूटा। बचे हम दो, तू और मैं। बस्ती के आख़ीर में यह कल्हड़ बचा था, जिस पर न बोया जाये न चरा, सो यहां झोंपड़ी डाल ली। एक तो ऊसर ऊपर से बग़ल में चमार टोला, इस कारण समझ कि बनियों-बामनों की लार इस पर न टपकी और हम बचे रहे। नहीं तो लल्ली, पांव तले की धरती हड़पने को, बदन का चाम भी खींच ले जाते हमारा?' लल्ली के बदन के रोंगटे खड़े हो जाते। चाम खींचना क्या होता है, वह अच्छी तरह जानती थी। पर जब तक दूसरे जिनावरों का खिंचे उनकी खुशहाली में फ़र्क़ नहीं आता था। असल में चमार खुशहाल तो दादी खुश। उसके हुनर के वे ही तो गाहक थे। दूसरों के खेतों में बुवाई-कटाई के अलावा, दादी के पास पैसा कमाने को, दो हुनर थे। पुरानी रुई को धुन-धुना कर ऐसी टिकाऊ बंडियां सीती कि एक छोड़ दो शीत गुज़ार लो। और चिकनी मिट्टी के वह मनभावन खिलौने बनाती, वह लुभावना रंग उन पर फेरती कि शहर के हाट में, पहली खेप में बेच लो। चमार टोले के लड़के शहर ले जाकर बेच आते तो उनकी और दादी, दोनों की कमाई हो जाती। गांव का ऊंचा तबका घना नाराज़ रहता था। बनिया होकर चमार टोले की कांख में रहने गयी। ऊपर से उनकी टहल करके कमाई की। मरे पीछे नरक में जगह मिल गयी तो बहुत समझना। वरना अधर में लटकी रहेगी बुढ़िया। लड़की बड़ी हो ले तो देख लेंगे। धर्म के नाम पर बुढ़िया के चुंगल से बाहर निकालनी होगी ही होगी।

पर बुढ़िया खासी चंट निकली। लड़की के बड़े होने से पहले भगवान को प्यारी हो गयी। यही नहीं, मरने से पहले कल्हड़ भी बेच गयी। गुड़गांव शहर के वासी, अपने दूर के रिश्तेदार को। एकदम पुख़्ता लिखा-पढ़ी के साथ। बुढ़िया मरी पीछे, वह पहले गांव आ पहुंचा, दो-दो कारिंदों को साथ लिये। जरूर किसी चमार ने ख़बर पहुंचायी होगी।

गांव में कुलबुल भतेरी रही पर शहरी बाबू काग़ज़-पत्तर से चौकस निकले। चौथा होते ही लल्ली को ले, शहर रवाना हो गये। कारिंदे पीछे छोड़ गये, जिन्होंने साल पूरा होने से पहले, वहां जानवरों की हड्डियों से खाद बनाने का कारखाना खुलवा दिया। चमार टोले की मौज हो गयी। जानवरों की खाल उतारो अलग और कारख़ानों में काम पाओ अलग। कारख़ाना बदबू के भभकारे छोड़े तो छोड़े, चमार एतराज़ करने से रहे। दूर-दराज रहने वाले ठाकुर-बनिये गए जरूर, एम. एल.ए. के पास, पर उन्होंने खटमल-सा अलग झटक दिया। उन दिनों गांव की प्रगति का नारा जोरों पर था। प्रगति माने वोट, गुड़गांव में रिश्ते के ताऊ-ताई हंस कर कहा करते। चमारों में वोट डालने का नया-नया चलन हुआ है, सो प्रगति अब उनके खीसे में है।

लल्ली एक बार गुड़गांव क्या पहुंची, फिर कभी गांव देखने को न मिला। जो जाना, ताऊ-ताई के मुंह से सुनकर। वैसे उनके घर रहना उतना बुरा भी न था। अब दादी की नांई प्यार-मनुहार तो ताई करने से रही थी। न सजा-संवार कर उसे शहरी मेम बनाने वाली थी। पर इतना ज़रूर किया कि सात साल की धींगड़ी को स्कूल में दाखिला दिलवा दिया और डांट-डपट, मार-पीट कर, बारहवीं पास करवा दी। घर का कामकाज तो खैर किस ग़रीब रिश्तेदारिन को नहीं करना पड़ता। पर भूखा प्यासा कभी न रहना पड़ा उसे, न कभी बेभाव की मार खानी पड़ी। वह सब हुआ होता तो मुसलमान के साथ भागने पर लोग, उससे हमदर्दी कर सकते थे। अब तो कुलटा ही कहना था सबने, सो वही कहा।

हुआ यूं कि इधर बारहवीं पास लल्ली की उम्र बीस पर पहुंची, उधर घर की ब्याहता बेटी स्वर्ग सिधार गयी। लल्ली से कोई सोलहेक बरस बड़ी रही होगी। बाहर और चौदह बरस के दो मासूम बेटों को पीछे छोड़ गयी और पति बेचारे की उम्र, कुल पैंतालीस। दूसरी शादी तो तुरत फुरत होनी ही थी, पर ताऊ-ताई को फ़िक्र यही लगी कि सौतेली मां, जो आयेगी, बेटों का ख़्याल रखेगी भी कि नहीं? सो पुरानी परंपरा का सहारा लेकर, उन्होंने तेरहवीं होते ही, लल्ली से जमाता का रोकना कर दिया। तय हुआ कि तीन महीने के भीतर जी कड़ा करके, बच्चों की ख़ातिर, बुझे मन, बेरौनक़ शादी की रस्म पूरी कर दी जायेगी। लल्ली को बुरा नहीं लगा। जीजा ख़ासा हट्टा-कट्टा और खाता-पीता था। रोबीला, पुलसिया हवलदार। अधेड़ था या जवान, उस बारे में उसने सोचा ही नहीं। वह क्या जानती थी, जवानी क्या होती है। गांव में थी तो सात साल की लड़की को गांव वाले भले धौंगड़ी कहते रहे हों, वह दादी की गोद की बच्ची ही बनी रही थी। उसकी

बनायी बंड़ियों में से सबसे बढ़िया पहनती, उसके गढ़े खिलौनों से खेलती, उससे चिपट कर सोती, नन्हीं लल्ली।

शहर आयी तो स्कूल और घर के काम के बीच इतना वक़्त ही नहीं मिला कि जवानी के बारे में सोचे। घर में रहने वाले ताऊ-ताई, दादी से कुछ ही कम बूढ़े थे। स्कूल में पढ़ने वाली लड़कियां जवान ज़रूर हो रही थीं, पर उनसे ज़्यादा बोलने बतियाने की फ़ुरसत उसे नहीं थी। उस पर जवानी आयी तो इतनी बेदस्तक कि कपड़ों पर ख़ून आने के अलावा, कोई निशान नहीं छोड़ा। जवानी के नाम पर जो देखा, इन्हीं जीजा-जीजी का बच्चों समेत, घर में आना-जाना था। वह भी दूर-दूर से देखा। उनके आने पर रसोई का काम इतना बढ़ जाता था कि मुश्किल से उनकी सूरत नजर आ पाती। वह भी कभी कभार। फिर भी घर में उत्सव-सा छाया रहता, जिसका उत्साह उसे भी छू जाता। अब, बिना जीजी का जीजा, उसी उत्सवी माहौल को अपने में समेटे, उसके दिलोंदिमाग़ में उतरा। शादी की बाबत उसकी राय किसी ने नहीं पूछी, पर रस्में होनी शुरू हुई तो पता चल गया कि उसकी मंगनी हो रही है। बिना बतलाये यह भी जान लिया कि वह जवान हो गयी।

सब कुछ आराम तसल्ली से निबट लेता अगर तभी संयोग से जीजावर का तबादला, गुड़गांव का न हो जाता। ज़ाहिर था कि अपना क्वार्टर मिलने तक, उसका पड़ाव भूतपूर्व और भावी ससुराल में हुआ। होने वाली बीवी के नाते खाना पका खिला लेने पर लल्ली को बैठक में बुलाया जाने लगा। जिस पुलसिया को अब तक देखा भर था, अब देर तक सुनना भी पड़ा। बोलता वह ख़ूब था, अकेला और देर तक। बातों का मज़मून हमेशा वही रहता, कैसे मार-मार कर, पेशेवर मुजरिमों से उसने सच उगलवया। 'औरत हो या मर्द, मैं किसी को नहीं बख़्शता,' वह छाती फुला कर कहता और ब्यौरेवार पिटाई की बारीकियों का बखान करता। उन्हें दुहराने की जरूरत नहीं है। आज कौन है जो टी.वी. नहीं देखता और उन बारीकियों से वाक़िफ़ नहीं है। पर लल्ली नहीं थी। टी.वी. देखने की उसे कभी फुर्सत नहीं मिली थी। अब जीजावर के रसिक बखान में उसका सबसे प्यारा जुमला बार-बार सुनकर उसका बदन थरथर कापने लगता, मतली उठ आती और वह गश खाकर गिर पड़ती। 'मार मार कर खाल उधेड़ दी,' चबर-चबर खाते हुए वह कहता और अट्टहास करके, फिर चस-चस चबाने लगता। लल्ली को बचपन में देखा नज़ारा याद आ जाता। जिनावर से हट कर मानुष तक पहुंचने का उसका डर साकार होता और वह गश खा जाती।

कुंआरी लड़कियों के बेहोश होकर गिरने गिराने पर कोई ध्यान नहीं देता, लल्ली के रिश्तेदारों ने भी नहीं दिया। होश आने पर वह वापस काम पर लग जाती। हां, जीजावर ने ज़रूर ख़ुशमिज़ाज़ी से हंस कर, रोमानियत का परिचय देते हुए कहा था, 'अहा, लल्ली जवान हो गयी। इसके हिस्टीरिया का एक ही इलाज है, तत्काल शादी।' बाक़ी लोग भी हंस दिये थे। कहा था, अब तो महीना ही बचा है। लल्ली बेहद डर गयी थी। बेभाव की मार उसने कभी खायी नहीं थी, पर जिंदगी ने, किसी ने कभी किसी क़िस्म की रियायत भी उसके साथ नहीं की थी। लिहाज़ा, खाल उधेड़ने में इतना रस लेने वाला आदमी उसे साबुत छोड़ देगा, इसका भरोसा नहीं था। डर ने ऐसा आलम बनाया कि जैसे होता है, हर चीज से हट कर ध्यान पूरी तरह अपने पर अटक गया। तभी यह अहसास हुआ कि सामने वाली बरसाती में रहने वाला, डेढ़ पसली का किरायेदार उसे घूरता रहता है। अब जो नज़र उठाकर उसकी तरफ़ देखा तो पाया कि वह मुस्करा ही नहीं रहा, गुनगुना भी उठा है और अगले पल सीटी भी बजा बैठा है। फिर एक दिन जीजावर की फ़रमाईश पर, मौसम के नए आए करेले ख़रीदने बाज़ार जा रही थी कि वह उससे आ टकराया। फिर जो जो होता है हुआ और लल्ली उसके साथ भाग गयी।

डेढ़ पसली का नौजवान मुसलमान था, यह उसे तब पता चला तब दिल्ली शहर पहुंच कर निकाह पढ़वाने, वह उसे मौलवी के पास ले गया और उन्होंने कलमा पढ़वा कर उसे लैला बनने को कहा। तब ज़िंदगी में पहली बार उसकी राय पूछी गयी। मौलवी साहेब ने जब पूछा, निकहा से तुम्हें इक़रार है कि नहीं तो नयी-नयी लैला बनी लल्ली, डबल ख़ुशी के मारे लहोलुहाट हो गयी। पहली ख़ुशी यह कि डेढ़ पसली, मिर्च मसाला कूटने की दुकान में क्लर्क था। गुड़गांव से दिल्ली आना उसका पहले से तय था, तभी लल्ली को भगाने की हिम्मत की थी। किसी की खाल उधेड़ने लायक़ न उसकी सेहत थी, न औक़ात। दूसरी यह कि लैला बनते ही उसकी रज़ामंदी की दरकार पड़ने लगी थी।

लैला बनी लल्ली, दिल्ली शहर के खारी बावली इलाक़े की एक तंग गली में जा लगी। जिस मियानी में शौहर के साथ घर बसाया, उसके ठीक नीचे गली में मिर्च मसाले सूखते, कुटते, पिसते, छनते थे। धुआं उड़ाते फटफटियों में लद कर साबुत माल आता था और पिसा माल जाता था। मिर्च मसाले की धांस, पत्थर के कोयले की अंगीठियों का कसैला धुआं और कचरे के ढेरों से उठती सड़ांध, मिलकर वह समां बांधती कि चमार टोले की चमरौंध पानी भरे। शादी

का मतलब बंद कमरे में धुआं, धांस और सड़न सहना मानकर लैला संतोष से जी रही थी कि सैंया को गांव में रहने वाले मां-बाप याद आ गये। सालाना छुट्टी के सात दिनों में उसे वहां लिवा ले गये। वहां यानी यहां, खेड़ी गांव।

गांव पहुंच कर पता चला कि शौहर की पहली बीवी मौजूद थी, जिसे तपेदिक की बीमारी थी और बरस भर का छोरा भी था। एक से ज़्यादा बीवी का होना ख़ुदापाक की मंजूरी से था और बच्चे का होना, कुदरत की दुआ से। सो अपनी हिरास को पेट में दबा कर लैला जैसे रहती आयी थी, रहती गयी। तभी एक राज़ और खुला। यह कि पसली मर्द की डेढ़ हो चाहे ढाई, वह पुलसिया हो चाहे चाकर, बीवी की खाल उधेड़ने का जश्न, हर कोई मना सकता है। दो-चार दिन के त्यौहार के बाद समझ में आया कि हो न हो, उससे शादी इसीलिए की होगी, क्योंकि पसली चली पहली बीवी की खाल पर जश्न मनाने में क़ातिल होने का डर था।

अजीब बात यह हुई कि जब हफ़्ते बाद लैला दिल्ली लौटी तो रह रह कर उसे खेड़ी गांव याद आता रहा। जब-जब सांस धसके में बदल कर छाती में अटकती , उसे गांव खेड़ी में खुलकर सांस लेनी याद आ जाती। मन में चाह उठती कि काश ! वहां रह पाती।

दूसरी बात जो कई बार मन में उठती, वह यह थी कि कौन जाने इस सैंया से पुलसिया जीजावर ही बेहतर रहता। औरों को कूट पीटकर इतना अघा जाता कि लैला को पीटने का मन न बनाता। इस बेचारे डेढ़ पसली के लिए तो मुल्ला की दौड़ लैला तक थी। वैसे वह बुरा आदमी नहीं था। जैसे सब होते हैं, वैसा ही था। एकाध बार छुट्टी के रोज़ उसे लाल क़िला वग़ैरह घुमाने भी ले गया था। तभी उसने फटफटियों के अलावा, बीड़ी पिलाती ट्रकें, बसें, गाड़ियां देखी थीं। धकापेल धुआं उगलतीं। गुड़गांव में उतनी रेल पेल नहीं थी या उसने देखी नहीं थी। चौड़ी सड़कों पर उसका जाना ही कितना हुआ था !

जिन्दगी उसी ढर्रे पर चलती रहती अगर दो-एक संयोग और न जुट जाते। हां-हां मालूम है, इस कहानी में संयोग कुछ ज़्यादा जुट रहे हैं। क्या करें, आजकल कहानी लिखने में यही मुश्किल पेश आती है। जाने क्यों लोग चाहने लगे हैं कि कहानी में हादसे संयोग वग़ैरह न हो। भला बतलाइए, जब हादसों संयोगों के अंबार का नाम ही ज़िंदगी हो तो ऐसी बेतुकी फ़रमाईश क्यों ? गुज़रा ज़माना ठीक था।

अपने यहां ही नहीं, बाहर के देशों में भी क़िस्मत को सबसे ऊपर माना जाता था। लेखकगण काव्य-नाटक में होनी का होना दिखला कर यश बटोरते थे। जब से विज्ञान के अतिरिक्त मोह ने होनी की बैसाखी, लेखक से छीन ली, बेचारा दो कौड़ी का होकर रह गया। कहानी में हर हुए का तर्कसंगत कारण दिखलाये तो ज़िंदगी का रस चौपट करे और ज़िंदगी की तर्कहीनता से मेल खाती कहानी लिखे तो गुणी जनों के जूते खाये। जहां तक लल्ली-लैला की रामकहानी का सवाल है, ईमानदारी का तकाज़ा है कि जो जो हुआ वही कहती चलूं। अब आप चाहें तो माफ़ी दें, चाहे तो जूते मारें।

तो पहली घटना जो घटी, उसे लल्ली की नज़र से देखेंगे तो दुर्घटना नहीं कह सकेंगे। सैंया की पहली बीवी का इंतक़ाल हो गया। दो साल का बच्चा दादी के सिर आन पड़ा। लैला को साथ लेकर जैसे ही शौहर गांव रवाना हुआ, उसने ठान ली कि वापस शहर नहीं पलटेगी।

गांव पहुंचने पर उसने वह छत फाड़ स्यापा किया, सास-ससुर की वह फ़िल्मी सेवा की और बे-मां के बच्चे को वह जसोदई लाड़ लड़ाया कि गांव का गांव उसका मुरीद हो गया। सैंया के शहर पलटते वक़्त, जब लैला ने कहा, वह गांव में रहकर सास-ससुर-बेटे की टहल करना चाहती है तो पूरा गांव उसके सिर पर हाथ रखे खड़ा था। सैंया क्या करते, अकेले लौट गये। सोचा कुछ दिन बाद देखा जायेगा। वह सोच दूसरे संयोग के चलते फिस्स हो गया। (कहानी में शायद चौथा या पांचवा हो) हुआ यह कि फ़रीदपुर गांव के चमार टोले का एक बंदा, जो लल्ली की दादी की सिली बंडी पहन कर बड़ा हुआ था और उसके बनाए खिलौने शहर में बेचकर पढ़ा-लिखा था, आरक्षित कोटे से जिला नूह से एम.एल.ए. चुन लिया गया।

उसका पड़ाव गांव खेड़ी में हुआ और लैला का लल्ली रूप उसके सामने आ गया। सवाल पूछते चले जाने का अपने यहां रिवाज है ही। आधे घंटे में चार पुश्तों का नक़ाब उलट जाता है। बनिये की बेटी के मुसलमान होने और खास मुसलमानों के गांव में आ बसने के भीतर, उसे ख़ासा राजनीतिक मुनाफ़ा नज़र आया। झटपट लैला गांव में साथिन मुक़र्रर कर दी गयी। अब भला शौहर उसे काहे शहर बुलाता? पक्की आमदनी तो गांव रहने पर होनी थी। साथ में

परिवार की टहल। एक और बीवी लाने की मनाही थी नहीं, सो उसने शहर में अपना बंदोबस्त कर लिया।

साथिन बनाये जाने का तत्काल फ़ायदा लैला को यह हुआ कि पत्थर रोड़ी की खदानों में काम करने नहीं जाना पड़ा। गांव की तमाम कामगर जनता वहीं काम करती थी और तपेदिक की बीमारी पालती थी। वहां पहुंचती तो खारी बावली की धुआं-धुआं हवा को तरसती नज़र आती। कल्हड़ की मार से बंजर हुई ज़मीन पर उगे चाहे कुछ ना, उसके ऊपर से गुज़र कर जाती हवा में, खुलकर सांस फिर भी ली जा सकती थी।

साथिन बनने से पहले लैला ने यह जानने की कोशिश नहीं की थी कि गांव की ज़मीन में इतना कल्हड़ क्यों है? वहां की पचास फ़ीसदी आबादी को तपोदिक क्यों है? साथिन क्या बनी, हर तरह की आलतू-फ़ालतू जानकारी उसके पल्ले पड़ने लगी। बारहवीं पास होने का अलग जंजाल। काग़ज़ का जो पुर्ज़ा सामने आ जाये, पढ़ डाले। पहली बात यह पता चली कि पहले गांव की ज़मीन बंजर खार नहीं थी। सरकार की मेहरबानी से जो नहर बनायी गयी, उससे खार किनारों की तरफ़ भागा और खेतों में जा बसा। पानी की आमद का इंतजाम तो हुआ पर निकासी का नहीं। सो दिनों दिन कल्हड़ धरती में मिलता-धंसता-जुटता रहा और खारा पानी चार फ़ुट नीचे खड़ा रह गया। ज़मीन के ऊसर होते चले जाने पर, किसानों को पत्थर रोड़ी की खदानों में काम करने जाना पड़ा, यह किसी के बिना बतलाये, वह समझ गयी। तपेदिक की बीमारी की बाबत भी बिन खोजे जानकारी हाथ लग गयी। वहीं ज़िला नूह में नामी गिरामी डॉक्टर जुटे और हफ़्ता भर बहस करते रहे कि असल बीमारी, भगवान की दया से हुई तपेदिक थी या पत्थर रोड़ी खदानों की दुआ से मिली सिंक कुछ या ब्रांक-कुछ। ठोस नतीजा कुछ न निकला। निकलता भी तो गांव की सेहत और मैयत में फ़र्क़ नहीं पड़ने वाला था।

इन आलतू फ़ालतू जानकारियों को छोड़ें तो साथिन के नाम, तीन काम थे। पहला, गांव के बच्चों को टीका अभियान में जुटाना; दूसरा, आंगनबाड़ी में चना बांटना और तीसरा परिवार नियोजन करवाना, यानी औरतों को नसबंदी के लिए लाना। इनमें पहला काम मुस्तैदी और पाबंदी से होता था। पर अभियान साल में दो बार चलाया जाता था, जिससे बच्चों के नामों की फ़ेहरिस्त बनाने और रजिस्टर में टीका लगवायी की सूची चढ़ाने वग़ैरह को लेकर भी, एक-दो महीनों का काम ही जुटता था। बाक़ी नौ दस महीने, हफ़्ते में एक बार आंगनबाड़ी

में चना बांटना होता था। एक और दिन समझो, किताबी ख़ानापूरी में लग जाता था। क़ायदे से गांव के तीन से छह साल के तमाम बच्चों को रोज़ाना आंगनबाड़ी में मौजूद होना होता था। वहां चार घंटे गुज़ारने होते थे, जिनमें साफ़ सफ़ाई के बाद, उन्हें एक दफ़ा सेहतमंद ख़ूराक मिलनी होती थी और बाकी वक़्त के लिए खेल खिलौने। पर वह सब महज किताब में दर्ज करना होता था। सेहतमंद ख़ूराक के नाम पर जो सामान आता था, उसे सड़ने से बचाने के लिए सरकारी अमला पहले ही साफ़ कर जाता था। एकाध फ़ीसदी मिकदार, साथिन के हिस्से भी आ जाती थी। उसके सहारे लैला का बेटा औरों के निस्बत बेहतर पल-बढ़ रहा था। रहा तीसरा काम, परिवार नियोजन का, तो सरकारी नीति में उसका दर्जा अव्वल नंबर बेशक था, पर गाँव खेड़ी में उसके अमल के बारे में सोचना मुहाल था। हां, किताबी ख़ानापूरी उसकी भी करनी पड़ती थी। सहेली नाम की गर्भ निरोधक गोलियां, बदस्तूर आती थीं और बंटे चाहे नहीं, बदस्तूर बंटती हुई दिखलायी जाती थीं। लैला का बारहवीं पास होना, किताबी कार्रवाई के लिए मानी रखता था। तभी न सरकार, साथिनों को साक्षर बनाने पर आमादा है।

धीरे-धीरे लैला की हिम्मत बढ़ती जा रही थी। यह संयोग नहीं था। रुतबे, किताबी कार्रवाइयों और बंधी आमदनी के साथ, खुली हवा में सांस लेने का नतीजा था। मर्ज़ी आपकी, न मानें तो न सही। वजह जो मानें, नतीजा वही रहेगा, लैला हिम्मती होती जा रही थी। उसकी एक निशानी यह थी कि बेटे को स्कूल भेजने का सपना देखने के साथ, भविष्य जैसी चीज़ में यक़ीन करने लगी थी। उसे साधने की कोशिश में महीने की आमदनी, तुरत-फुरत ख़र्च करने लगी थी। आप कहेंगे, यह कैसी भविष्य योजना हुई?

समझा कीजिए जानम। लैला के शौहर ने शहर में एक अदद बीवी भले रख ली थी, गांव आना छोड़ा न था। आख़िर लैला की बंधी पगार को पार लगाना होता था। तो पहले वह छमासे आया, फिर तिमासे, फिर हर महीने आने लगा। पर पूरा घर छान लेने और लैला की जी भर कर कुट्टमस कर लेने पर भी हाथ कुछ न लगा। लैला सब कुछ पहले ही निबटा रखती; निबटा क्या रखती, भलीमानस रुपया हाथ में पकड़ती ही न थी। एम.एल.ए. से कह कर इंतजाम करवा लिया था कि नक़दी के बजाए, उसके हाथ पर ख़ूराक, लत्ता और छप्पड़ चलाने का साज़ोसामान रखा जाये। खाविंद आये तो भरपेट खाये पर धेला-पैसा कुछ न पाये।

हिम्मत ऐसी शै है कि एक बार पड़ जाये तो सुरसा बन बढ़ती ही चली जाती है। तो सैंया को धता बतलाते और किताबा में ख़ानापूरी करते लैला उस मुक़ाम पर जा पहुंची, जहां एकदम 'बोल्ड' बन गयी। गर्भ निरोधक सहेली की सप्लाई में से एक जनी की ख़ूराक खुद निगलने लगी। एकदम नियम से, रोज़ाना, बिना नागा। लैला रही होती तो शायद न कर पाती। पर भीतर बैठी लल्ली ने हिमाक़त करवा डाली। उसी के साथ उसे मार से बचने की तरक़ीब भी सूझ गयी। अगली बार जब सैंया घर आया, उसने उसे सहेली की तमाम बेबंटी गोलियां थमा दीं कि गुपचुप ले जाकर शहर में बेच ले और मौज करे। सैंया जी खुश हुए और मौज मज़े में लगे। बेचारे को सपने में भी ख्याल न आया कि उसकी बीवी ख़ुद उन गोलियों का सेवन कर सकती है। वह ख़ुदापाक और मौलवी से डरने वाला बंदा था और उम्मीद नहीं, यक़ीन रखता था कि, औरतें मदो से ज्यादा ख़ौफज़दा होती हैं। उसे पता चलता कि लैला की हिम्मत, ख़ुदा के ख़ौफ़ को धता बतला चुकी है तो वह उसे औरत मानने से इन्कार कर देता। आप चाहें आप भी कर दें। औरत मानें, मर्द मानें, छिनाल मानें, फ़र्ज़ी मुसलमान मानें, जो चाहें मानें, कहानी उसी की कही जायेगी।

इन्हीं तमाम संयोगों हादसों हिमाक़तों के चलते, लैला उर्फ़ लल्ली, हाथ पांव खुले छोड़ कर खाट पर पसर पायी और धूल-मिट्टी भरी, पर धुएं और पत्थर की कनियों से ख़ारिज, हवा में सांस ले पायी।

परिवार नियोजन के फ़र्जी आंकड़े तैयार करके, गांव वालों के बच्चे पैदा करने के पाक इरादों में दख़ल न देने के लिए, गांव उसका शुक्रगुज़ार था। इसलिए उसकी कई बेजा हरकतों को अनदेखा कर देता था।

अब जो चमरौंध का बदबूदार भभका नथुनों में घुसा तो लल्ली तमक कर उठ बैठी, और जिंदगी में पहली बार, पूरी तरह लैला बन गयी। फ़रजान मियां का कहा याद आया और कानों में सीसा घोलने लगा। कल ही तो कह रहे थे फ़रजान मियां, 'लगा दिया न ससुरों ने जानवरों की खाल खींच, हड्डियों से खाद बनाने का कारख़ाना यहां। सोचा होगा, मुसलमानों का गांव है, इन नदीदों को क्या बू आनी!" फ़रजान मियां कुछ न कुछ कहते रहते थे, इसलिए कल ध्यान नहीं दिया था। अब अपनी हवा पर जुल्म हुआ तो माथा गरमाया। मुसलमान जान हवा में बिसायंध भर दोगे! इतनी बेइंसाफ़ी। ख़ुदापाक के बंदों पर ऐसा जुल्म। हवा में पाथर की कनियां भरकर, सिंक-कुछ या ब्रांक-कुछ या तपेदिक की बीमारियां, सरकार खुद बख़्शती थी, इसलिए वे पूरी तरह धर्मनिरपेक्ष थीं।

हिन्दू-मुसलमानों को यकसां पकड़ती थी। पर यह क्या कि मुसलमान जान, उनकी हवा में सड़ांध और बीमारी भर दोगे और वे चुपचाप बर्दाश्त कर लेंगे। कभी नहीं। गांव भर की मीटिंग बुलानी होगी और कारख़ाना बंद करवाने की राह तलाश करने होगी। सीधी डगर न हो तो टेढ़ी ढूंढ़नी होगी। इतनी नीति की बात तो औरत मर्द, सब जानते रहे हैं। श्रीकृष्ण से लेकर इन्दिरा गांधी तक। तो लैला क्यों न जानेगी? इसी देश की मिट्टी में पली बढ़ी थी। क्या गांव, क्या क़स्बा, क्या शहर, हर जगह की धूल, उसके फेंफड़ों में अटी पड़ी थी। वह जानती थी, मीटिंग बुलाने का काम औरतज़ात नहीं कर सकती। तब क्या, अपना एम.एल.ए. तो मर्द था।

एम.एल.ए. कुछ ज्यादा ही मर्दानी ऐंठ में आ गया। बोला, 'साथिन का काम है परिवार की देखरेख और नियोजन। हवा, बीमारी, सड़ांध जैसे ऊंचे सरकारी महकमों में उसका दख़ल वाजिब नहीं। वैसे भी औरतज़ात को औरतज़ात की तरह रहना चाहिए।' मर, मेरी बला से। गांव में मर्दों का टोटा ना है और एम.एल.ए. हरदम खेड़ी गांव में तो बैठा नहीं रहता। लैला ने सत्य-वचन महाराज और जो आप कहो वह ख़ुदापाक का हुक्म वग़ैरह कहकर उसे खातिर जमा करवा दी और उसके शहर जाने का इंतजार करने लगी।

वह गया और लैला, दुपट्टे से मुंह, सिर पूरी तरह ढांप कर, फ़रजान मियां के पायताने जा बैठी। फुसफसा कर बोली, "एक राज़ की बात कहनी थी। वह यह कि टीका लगाने को आये कंपाउंडर-नर्स आपस में बतिया रहे थे कि यह जो बिसायंध गांव में छोड़ी जा रही है, उससे तपेदिक या सिंक-कुछ या ब्रांक-कुछ की बीमारी और फैलेगी। यह भी कि पहले यह खाल-खींच, हड्डी-चूरा बनाने वाला कारख़ाना, हिन्दुओं के गांव में लगने वाला था। पर बामन-बनियों ने जोड़-तोड़ करके यहां लगवा दिया। मैंने जो सुनी कह दी, अब आप जानें और गांव के बाकी मर्द।"

फ़रजान मियां का ख़ून पहले से खौला पड़ा था। हवा का रुख़ सीधा उनके खेत की तरफ़ था और पोता, तपेदिक का शिकार। वह यह भी पता लगा चुके थे कि खेड़ी गांव के लड़के, कारखाने में मुलाज़मत पाने नहीं जा रहे। पटवारी का कहना था, कारख़ाना खेड़ी गांव की सरहद से ज़रा-सा बाहर था, सो उनका हक़ नहीं बनता था। यूं भी जाने क्यों, कारख़ाने का मालिक, मरे जानवरों के साथ ज़िंदा मुलाज़िम भी बाहर से ला रहा था।

नौकरी मिल रही होती तो कोई ताकत गांव वालों को कारख़ानों के ख़िलाफ़ न जाने देती। पर अभी जो हालात थे, उनमें कारखाना बंद करवाने की हवा बनायी जा सकती थी। इससे पहले कि बाहर से कोई झोले वाला आकर गांव वालों को उकसाये कि वे कारख़ाने में नौकरी पाने के लिए मोर्चा लगायें, मीटिंग बुलाकर मामला फ़िट कर लेना चाहिए।

एक पंचायतनुमा शै हर गांव में होती है, खेड़ी में भी थी। सो कह-सुन कर फ़रजान मियां ने मर्दों की मीटिंग बुलवा ली। साथिन होने के नाते लैला को सिर मुंह ढांप कर एक कोने में बैठने की इजाजत मिल गयी।

मीटिंग शुरू हुई तो देखा गया कि एक हंसमुख अजनबी जवान आकर, दूसरे कोने में बैठ गया है। तुम कौन पूछे जाने पर बोला, "कारख़ाने का दुश्मन, नापसंद हो तो चला जाऊं?" पंचों ने न ना कहा, न हां, नौजवान उकडू-सा बैठा रहा। लंबे अभ्यास से सधी अदा के साथ लैला ने दुपट्टे में नामालूम सी फांक करके, ढके मुंह की झलक नौजवान को दिखला दी और आंख मटकैया भी कर ली। नौजवान हंसा और पसर कर बैठ गया। घंटों मीटिंग चलने के बाद, गांव के मर्द इस नतीजे पर पहुंचे कि एम.एल.ए. की मार्फ़त, सरकार को अर्जी दी जाये कि वह मुसलमानों पर जुल्म न करे और कारखाना खेड़ी गांव से दूर ले जाये।

यह प्रस्ताव सुनकर अजनबी इतनी ज़ोर से हंसा कि लोगों को महाभारत का बब्रूवाहन याद आ गया। हंसी लैला की भी निकल गयी। पर दुपट्टे की आड़ में किसी ने देखी नहीं।

"यह क्या गुस्ताख़ी है," फ़रजान मियां ने फटकारा तो नौजवान इतना संजीदा हो गया कि बेतरह ख़ूबसूरत दिखने लगा। जैसे श्रीकृष्ण का अवतार हो या नेहरू गांधी का। फ़र्श तक झुककर, सलाम करके उसने हंसी के लिए माफ़ी मांगी और आगे बोला, "हम-आप ख़ुशकिस्मत हैं जो संयोग से आजकल हर जगह परदूशन और परयावरन के नारे लग रहे हैं। ऊपर से इलेक्शन भी होने वाले हैं। मैं जानता हूं, अभी होकर चुके हैं, पर यह भी ख़ुदापाक का रहमोकरम है कि आजकल हर साल-दो साल में हो जाते हैं। ख़ुदापाक के रहमोकरम से बड़ी नैमत क्या है। सिवा इसके कि इन्सान को खुदा ने अक़्ल भी बख़्शी है।

"हम-आप सब जानते हैं कि आज के जमाने में हर बीमारी से निबटने का एक ही नुसख़ा है, पैसा। कारख़ाना हटवाना है तो पैसा लगाना होगा। दो हज़ार जमा करो और परदूशन के नाम पर मजिस्ट्रेट की अदालत में केस ठोक

दो। रुपए उसकी नज़र करो और फ़ैसला अपने हक़ में करवा लो। क़िस्सा ख़तम।"

अब गांव वालों के हंसने की बारी थी। दो हज़ार। बावला है या शहरी। गांव भर की फेरी लगाकर दो सौ ना जमा होंगे, यह ढपोरशंख दो हज़ार की कह रहा है।

बावला नहीं, भेदिया है, किसी ने कहा और मारो-मारो की आवाज़ उठने वाली थीं कि नौजवान बोला और ख़ूब ठसके के साथ बोला।

"दुश्मन हूं कारखाने का, भेदिया नहीं। बावला भले कह लो। परदूशन रोकने की दीवानगी चढ़ी है सिर पर। पैसों की किल्लत को जानता हूं। मैं भी आपकी तरह गरीब हूं। पर जां-बख़्शी का कौल भरें तो पैसा उगाहने की तरक़ीब बयान करूं?" नौजवान इतने बांकपन से हंसा कि गांव के लड़के-बाले साथ हंस दिये और नौटंकी के अंदाज़ में बड़े बूढ़ों से कहने लगे, "हां जी, दे दो न जां-बख़्शी।"

अब नौजवान अपने पूरे क़द-बुत में उठ खड़ा हुआ। क्या जवां मर्द था। पुलसिया जीजावर जैसा रोबीला और सेहतमंद, ऊपर से जवान और ख़ूबसूरत। लैला की सांस ऊपर की ऊपर अटक गयी। पेट में चाहत की वह मरोड़ उठी कि लगा, गश खा जायेगी। नौजवान बेहद संजीदा आवाज में कह रहा था, "सबसे पहले बतला दूं कि मैं मुसलमान हूं और मेरे अब्बाजानी मौलवी हैं। सरकार ने यहां कारख़ाना खोल कर मुसलमानों से जो नाइंसाफी की है उसकी मुखालफ़त करने में भी हम इंसाफ़परस्ती से काम लेंगे क्योंकि हम मुसलमान हैं और हमारे लिए इंसाफ़, ईमान जितने मानी रखता है। इंसाफ़ कहता है जब रिश्वत सरकार को देनी है तो पैसा भी सरकार से वसूल करना चाहिए। सौ कैसे? रास्ता साफ़ है। अब दिल थाम कर और गुस्सा ताक पर रख कर इतमीनान से बात सुनिए। बिना ट्रेनिंग के लोगों को सरकार सिर्फ़ एक काम का तुरंत पैसा देती है, नसबंदी करवाने का। अगर हमारे दस बुज़ुर्ग अपनी औरतों को नसबंदी के लिए ले जायें तो फ़ी औरत, दो सौ रुपए के हिसाब से दो हज़ार जमा हो जायेंगे।"

इतना सुनना था कि गांव का गांव उठ खड़ा हुआ। तमाम जवान अजनबी से छह-आठ इंच नीचे रहे, पर गिनती में एक पर चालीस थे। सब तरफ़ से आवाज़ें आ रही थीं, शैतान, नापाक, बेईमान, काफ़िर! "जानता नहीं बदबख़्त," बूढ़े फ़रजान मियां ने मारपीट टालने की ग़रज से जल्दी से कहा, "हमारे मज़हब में इसकी मनाही है। तू खुद को मौलवी का बेटा कहता है तो शर्म कर। माफ़ी मांग ले और दफ़ा हो जा यहां से।"

नौजवान सीधा तना खड़ा रहा और कड़क कर बोला, "मैं, अल्लाहताला के नुमाइंदे मौलवी साहेब का फ़रजंद, सच्चा मुसलमान हूं। मज़हब की हुक्म उदूली करने को नहीं कह रहा। आपने मतलब का लफ़्ज सुना ही नहीं। बुज़ुर्ग! मैंने कहा था, दस बुज़ुर्ग। बुज़ुर्गों की औरतें भी बुज़ुर्ग होंगी न। तो उनकी नसबंदी भला कोई क्यों करेगा? सरकारी अमला लालची कमीना भले हो, ग़ैरजरूरी काम नहीं किया करता। किताबी कार्रवाई भर होगी, बस। साधिन अपने साथ है। रुपया मिल जायेगा।"

गांव खड़ा का खड़ा रह गया। फिर बुज़ुर्ग ढह गये और जवानों ने ताली पीट दी। लैला ने दुपट्टा और नीचे खींच लिया। पहले से ज्यादा सिकुड़ कर बैठ गयी और सिर झुकाकर अपने हिस्से का हिसाब लगाने लगी।

तभी एक बुज़ुर्ग ने तख़मीना झाड़ा, "औरतों को ले जाने की ज़हमत भी हम उठायें और कारख़ाना बंद करवाने को पैसा भी हम दें, यह तो इंसाफ न हुआ।"

"तो यह करो," नौजवान बोला, "गांव की तमाम उम्रदराज़ औरतों को ले जाओ, नसबंदी करवाने। ताकि सरकारी अमला भी जान जाए कि सब पैसा ऐंठने की चाल है। टका-सा मुंह लेकर लौटोगे, तब हो जाएगा न इंसाफ़। मैं चला। आप पे कुछ ना होने का। आपस में एका न हो तो परदूशन से नहीं लड़ा जा सकता।"

चलने के बजाय, वह वापस धरती पर बैठ गया और लैला के दुपट्टे में फांक ढूँढ़ने लगा।

लैला ने दुपट्टा और कस कर चेहरे पर लपेटा। गरदन और झुकायी और धीमी आवाज़ में बोली, "मैं कुछ कहूं।"

सनाका छा गया। मर्दों की मीटिंग में औरत की आवाज़। फ़रज़ान मियां सबसे पहले उबरे। याद किया कि भेद वाली बात औरतज़ात ने ही बतलायी थी और उसकी मदद के बिना पैसा भी मिलने वाला नहीं था। सो कहा, "बोल।"

"दस जनियों को एक साथ ले जाने पर साथिन को कमीसन मिलता है," लैला ने कहा, "बीस को ले जाने पर इनाम भी। आजकल परिवार नियोजन महीना चल रहा है। जिस दिन हम सौ करोड़ हुए, उसी दिन अमेरीका का हुक़्म आ गया था, फ़ौरन् आबादी की बढ़त रोको। ऐसा कंपाउंडर, नर्स सभी बतला रहे थे। सो मैं आसानी से बीस जनियों का पुर्ज़ा बना लूंगी। एक हज़ार उस पर मुझे मिलेगा। अपने हिस्से का चौथाई बाक़ी सब दें तो एक हज़ार और हो जायेगा।

गांव के बड़े लोग सोच समझ लें। जो हुक्म देंगे, मैं बजा लाऊंगी, “कहकर लैला ने बांके जवान की टटोलती निगाहों से आंखें मिलायीं और झपका दीं।

नौजवान दिलफेंक अंदाज में कह उठा, “एक बात मेरी तरफ़ से। मैं कारख़ाने में चौकीदार लगा हूं, सो कचहरी से सटे आरडर मिलने पर, जब वह बंद होगा तब भी मेरी नौकरी बनी रहेगी और काफ़ी सामान-उमान भी यहीं पड़ा रहेगा। मैं उससे गांव की मदद करता रहूंगा। परयावरन की हिफ़ाजत के लिए मैं कुछ भी करने को तैयार हूं।”

अहा, कैसा बांका, निडर जवान है, गांव भर ने दाद दी। मीटिंग बर्ख़ास्त हो गयी। योजना कामयाब हुई और कचहरी से मिले सटे आर्डर के तहत कारख़ाने में ताला लग गया।

अगला 15 अगस्त आया तो खेड़ी गांव की साथिन को मुसलमानों से परिवार नियोजन करवाने वाली, पहली मुसलमान औरत होने के नाते, राष्ट्रपति से समाजसेवी नंबर एक का ख़िताब मिला। लैला, ख़ुश, गांव वाले ख़ुश, बूढ़े बुढ़िया ख़ुश, घर परिवार ख़ुश। इतनी ख़ुशी कैसे झेली जा सकती है? दुख नहीं होगा तो सुख की प्रतीति कैसे होगी।

तो दस दिन भी न बीते होंगे कि कानोंकान ख़बर उड़ गयी कि लगे हाथों लैला ने अपनी भी नसबंदी करवा ली है। वरना शौहर के नियम से गांव आने के बावजूद, पेट से न हुई होती। अगली मर्तबा सैंया गांव आया तो हर भलेमानस ने कान में बात डाल दी। फिर तो डेढ़ पसली में वह ज़ोर समाया, लैला की वह धुनाई हुई कि रुई होती तो अच्छी निक्की रज़ाई बन लेती। धुनते-धुनते सैंया की पसली जवाब देने लगी। वह हंफनी चढ़ी कि हाथ-पाँव से लाचार हो गया। दसियों और लात-घूंसे जमाने का अरमान दिल से दिल में क्या रहा, आव ताव देखना छोड़, फुत्कार उठा, “तलाक़ तलाक़ तलाक।”

लल्ली ने अपने मौला का लाख-लाख शुक्र अदा किया कि एक ही ज़िंदगी में उसे लल्ली से लैला बनने का मौक़ा दिया। बदन की चोटों का क्या था, वक़्त के साथ ठीक हो जानी थीं। पर यूं फ़ौरी तलाक़, लल्ली बनी रही होती तो किस बिध मिलता? लैला ने अल्लाहताला का हर तरह शुक्राना अदा किया। पीर की दरगाह पर चादर चढ़ायी, पाबंदी से पांच बार नमाज़ पढ़ी, गरीब-गुरबा में ख़ैरात बांटी और बांके जवान को मौलवी साहेब के पास भेज दिया।

मौलवी साहेब इंसाफ़परस्त ख़ुदा के बंदे थे। नौजवान का बाप, उनका हम जुल्फ़ न भी होता तो वे वही कहते जो तब कहा। लैला को सबूत देना होगा

कि उसने नसबंदी नहीं करवायी। इंसानी तख़मीनों से परे, खुदाई सबूत तभी मिल सकता था जब लैला के बच्चा पैदा हो। बच्चा तभी हो सकता था जब कोई मर्द उससे निकाह करने को राज़ी हो। बांका जवान फौरन् राज़ी हो गया। साल पूरा होने से पहले लैला ने मां बनकर दिखला दिया। पहले शौहर की पहली बीवी के बेटे को भी पहले की तरह, अपनी औलाद की तरह साथ रखा। पता नहीं गांव शर्मिंदा हुआ कि नहीं, पर उससे डरकर ज़रूर रहने लगा। सहेली की बेबंटी गोलियां अब दूसरा शौहर शहर में बेचने लगा।

इन दरम्यानी क़िस्म की बातों से अलग काम की बात यह हुई कि दूसरे खाविंद ने अपनी सनक नहीं छोड़ी। उसकी खांटी तरकीबें रंग लाती रहीं, आसपास प्रदूषण कम होने लगा और पर्यावरण सुधरता नज़र आने लगा। इतना कि अगले बरस जब विश्व बैंक के अमरीकी नुमाइंदे या कहें कि अमरीका के विश्व बैंकीय नुमाइंदे हिंदुस्तान आए तो उन्हें गांव खेड़ी ले जाया गया। गांव से ज़्यादा वे बांके नौजवान से मुतास्सिर हुए। उनके होंठों पर उसका नाम आना था कि देश प्रदेश की राजधानियों में उसके चर्चे चल निकले। अब ख़बर यह है कि अगले इलेक्शन में उसका एम.एल.ए. बनना तय है।

कानतोड़ उर्फ कर्णवीर

एक चोर था। नाम था शातिर। नाम का क्या है, कुछ भी हो सकता है। शातिर पक्का चोर था, पक्के साहेबों की तरह। जो उसूल उसने बना रखे थे, उनके ख़िलाफ़ कभी नहीं जाता था। उसूल चाहे जो हों। यही तो पक्के साहेबों की सिफ़त है। यह नहीं पूछते कि उसूल क्यों हैं, कैसे हैं? बस हैं तो हैं। बिना हील हुज्जत मानने के लिए।

तो एक रात शातिर चोर धन्ना सेठ के घर चोरी करने गया। बाक़ायदा सेंध लगाकर। उसूल था उसका, चोरी करने सेंध लगाकर जाता था, करके वापस, सदर दरवाज़े से आता था। छाती ठोंक कर। ख़ूब बढ़िया सेंध लगाता था शातिर, क्या पक्के साहेबों ने हिंदुस्तान में लगायी होगी। फिर शातिर था भी तो शातिर। कुत्ते नेवले की तरह, बदन सिकोड़ कर, छोटी से छोटी जगह के आर-पार निकल सकता था। घर में घुसा तो देखा, बिस्तर पर एक सुंदरी, अकेली लेटी, मेज पर रखे लैंप की रोशनी में किताब पढ़ रही थी। कितनी सुंदर? अब मैं क्या जानूं। औरत को अपने यहां सुंदरी ही कहा जाता है। सुना नहीं, डाकू तक औरत हो तो दस्यु सुंदरी कहलाता/कहलाती है। बिल्ली की तरह बेआवाज़ चलना शातिर के पेशे में शुमार था। उसके भीतर घुसने पर औरत भला क्या चौंकती। आंखें झुकाये किताब पढ़ती रही। कैसी भी पढ़ाकू हो, थी तो जगी हुई। अलमारियों के खोले जाने पर चौंक सकती थी और शोर भी मचा सकती थी। शातिर ज़रा झिझका। क्या किसी दूसरी रात आये? पर...एक बात ग़ौरतलब थी। अगर रात के तीसरे पहर तक औरत (सुंदरी) बिस्तर पर अकेली थी तो घर पर भी अकेली होगी। तब क्या एक औरत से डर कर भाग जाये? पक्के चोर इतने ग़ैर मर्द नहीं होते (उसूल नंबर 2)।

तो उसने कम से कम आवाज़ करके, अलमारियां खोलीं। चाबियों के बजाय नुकीले मुड़े तार का इस्तेमाल भी उसके पेशे में शामिल था। रुपया, जेवर, चांदी के बर्तन, बढ़िया कपड़े निकाले और क़रीने से अलग-अलग पोटलियों में बांधे। फिर तमाम पोटलियों को एक बड़े गट्ठर में बांधकर, पीठ पर लादा, दोनों हाथ ख़ाली रखकर, बाहर की तरफ़ चला। औरत के पास से गुज़रा तो ठिठके बगैर न रह सका। कमबख़्त बदस्तूर किताब पढ़ती जा रही थी। इतना बेआवाज़, बेसूरत भी नहीं था शातिर। बहरी हो भले, अंधी तो नहीं, आमतौर की किताब पढ़ रही थी। बेख्याली में वह खंखर ही तो उठा कि सुंदरी ने आंख उठा कर उसे ताका। पल भर उसने इंतजार किया कि सुंदरी डरे, सहमे, चीख़े न भी सही, पर सांस तो अटका कर निकाले। पर जब देखा कि वह निगाह वापस किताब पर ले गयी है तो तन बदन में आग लग गयी। जैसे वह हट्टा कट्टा जवान (सुंदर) न होकर, मैले कपड़ों का गट्ठर हो। गट्ठर पीठ पर लदा था ज़रूर पर था तो चोरी का माल। और वह...औरत...सुंदरी...! इतना तिरस्कार!

"मैं शातिर हूं" उसने ज़ोर से कहा, "आपका सामान चुराकर ले जा रहा हूं। उठकर सदर दरवाजे की सिटकनी लगा लीजिए।"

"उड़काते जाइएगा," औरत ने कहा।

"कैसी औरत हो तुम," शातिर आप से तुम पर आ गया, "ग़ैर मर्द को बिस्तर के पास देख कर चौंकती तक नहीं?"

"मर्द!" सुन्दरी व्यंग्य से हंसी। ॥

"हंसने का सबब?"शातिर ने नाटकीय अंदाज़ में पूछा। उसके पेशे में दिन बड़े ख़ाली-ख़ाली जाया करते थे, सो फ़िल्में देखना मजबूरी बन चुका था।

"अकेली औरत के घर चोरी करते हो और ख़ुद को मर्द बतलाते हो," औरत ने कहा।

"अकेली? मुझे तो बतलाया गया था, धन्ना सेठ की हवेली है। तलाक़ शलाक़ हो गया क्या?" साला यह नया चलन, उसूलों की ऐसी तैसी कर देता है।

"दौरे पर गये हैं सेठ, परसों लौटेंगे," सुंदरी ने कहा और वापस, अपने रंगे पन्ने पर।

मारे गुस्से के शातिर ने गट्ठर नीचे पटक दिया।

"यह धरा तुम्हारा सामान। अब मैं परसों आऊंगा। उनके सामने से ले कर जाऊंगा। रोक सकें तो रोक लें," उसने डायलॉग मारा।

"ठीक है।"

"अब उठिए, दरवाज़ा बंद कर लीजिए," शातिर वापस आप पर आ गया।

"कहा न, उड़का दो," औरत जम्हाई लेकर बोली।

"और जो कोई घुस आया," शातिर के मुंह से निकला।

औरत खिलखिला कर हंस दी। बोली, "लगता है, तुम चोरों से बहुत डरते हो।"

"गुंडा, बदमाश भी घुस सकता है। जवान औरत हो कि नहीं? मेरी बीवी होती तो...." मर गया। अपनी बीवी से क्या कहेगा। ख़ाली हाथ क्यों लौटा? बड़ी शर्मिंदगी उठानी पड़गी। यह बेशर्म...क्या तो कह रही है...."सेंध में से लौट जाओ न? सामान तो है नहीं।"

"कौन सी सेंध?" वह अकबकाया।

"जो तुमने लगायी है।"

"तुम कैसे जानती हो?"

"वह दरअसल, मेरे कान बहुत तेज़ हैं," उसने नज़र नीची करके कहा।

शातिर ग़ैर ख़ानदानी हो उठा। राह चलतों की तेज़ आवाज़ में गरिया कर बोला, "हम पक्के चोर हैं, समझी। सेंध से होकर नहीं लौटा करते। अब उठ कर दरवाज़ा बंद करती हो कि..."

कि क्या? गनीमत हुई कि सुंदरी ने नहीं पूछा, वरना दस्यु सुंदर क्या बतलाता?

वह मुस्करायी (हंसी नहीं), पास पड़ा खुशबूदार रूमाल उठाया, किताब के पन्ने पर रखा, किताब बंद की, अंगड़ाई लेकर सुस्ती झाड़ी, फिर उठी और चली। ख़ुशबू बिखेरती गजगामिनी। शातिर पलट कर भाग लिया, सदर दरवाज़े से एकदम बाहर, सड़क पार करता हुआ, अपने ख़ानदानी पुश्तैनी घर की तरफ़।

अगले दो दिन शातिर ने कैसे गुज़ारे, आप समझ सकते हैं। सुंदरी पर आया गुस्सा बीवी को डपट कर निकाला तो वह मुंह सुजा कर किनारे हुई। बच्चे पास आकर सामान देखने की जिद करने लगे तो दो हाथ खा गये। उन्होंने रो-रो कर घर सिर पर उठा लिया। पर बीवी ने चुप कराने की ज़रा कोशिश नहीं की। रात गुज़ार कर सुबह होने तक, शातिर ख़ुद को एक नंबर का गधा महसूस कर रहा था। बड़ा आया सात पुश्तों का ख़ानदानी चोर। अरे चोरी करने गया था कि फ़िल्म की शूटिग करने। भाड़ में झोंकता, किताबी ख़ातून को और काम से काम रखता तो बीवी के संग मौज कर रहा होता। अब रूठी औरत को मनाने का स्वांग और भरना होगा, हीरो को। तो भरो। या अगली रात फिर उस मग़रूर

औरत की हिक़ारत झेलो और सामान उठा लाओ। एक रात तो बेरंग होने से बचेगी। पर....नहीं हो सका शातिर से।

तीसरी रात तक सब्र किया। करना पड़ा। सब्र करो, न करो, वक़्त कट ही जाता है। सो, कटा। तीसरी रात, शातिर फिर धन्ना सेठ की हवेली के सामने था। अमूमन, अपने काम के लिए, वह रात का तीसरा पहर ज़्यादा महफ़ूज मानता था, पर उस रात, सब्र पहले पहर के आगे खिसक कर न दिया। बड़े बूढ़े कह गये हैं कि जैसे-जैसे मंज़िल पास आती है, बेसब्री बढ़ती जाती है। बतकही है, उसूल की बात नहीं। पर कभी-कभी बतकही की गांठ, उसूल जैसी पक्की हुआ करती है।

तो रात का पहला पहर बीतते न बीतते, शातिर चोर, धन्ना सेठ की हवेली पर पहुंचा। देखता क्या है कि परसों लगयी सेंध, जस की तस मुंह बाये खुली पड़ी है। हद हो गयी। इन अहदियों से इतनी मशक़्क़त न हुई कि दो चार ईंटें चिनवा कर, दीवार मुकम्मल करवा लें। शहर भर को न्योतती ज्योनार हो जैसे। जो चाहे मुंह उठाकर चला आये भीतर। अरे, इन लोगों को घर द्वार की खोज फ़िक्र है कि नहीं। घर की मालकिन जब टांग पसार कर किताब पढ़ती रहेगी तो नौकर चाकर काहे चौकसी पर रहेंगे। मालिक दौरे पर, मालकिन बिस्तर पर और नौकर चाकर दारू के अड्डे पर। आलसी कामचोर, मरें सब। शातिर क्यों माथा गरम कर रहा है अपना। अपने काम से काम रखे। घर में घुसने आया है, घुस जाये। पर कैसे?

सामने सेंध मुंह बाये पड़ी है, न्यौता देती। पर पुरानी खुदी सेंध सें भीतर घुसना कुछ वैसा नहीं है जैसे मरे जानवर का मांस खाना। शेर नहीं खाता न, ख़ुद बिना मारे। अरे, पर यह तो उसी का किया शिकार है, ख़ुद लगायी थी न सेंध, मरो से चिनवायी तक न गयी। इतनी बेइज्ज़ती। मारो गोली। घुसे कि न घुसे? दूसरी लगाये? इस मामले में ख़ानदानी उसूल क्या होगा, उसने क़यास लगाया। पहले कभी ऐसा मौक़ा आया हो तब न होगा। छोड़ परे! शातिर ने एक लात अपनी लगायी उत्तम सेंध पर जमायी और घुस गया उसी में से अंदर। अंदर जाकर देखता क्या है कि सेठ बैठा खा रहा है और सेठानी परोस रही है। वाह, बाहर सेंध मुंह खोले पड़ी है और ये अहदी...।

"सेंध भी नहीं चिनवायी गयी तुमसे," उसने ऐसे डपटा जैसे वही घर का मालिक हो।

"कैसी सें....सें.....ध," सेठ का हाथ सीधा कमर पर गया। तो वहां खोंस रखी है नक़दी।

"जो हमने लगायी थी," शातिर बोला।

"ये शातिर हैं," सुंदरी ने तारुफ़ करवाया।

"हम चोर हैं, किसी के यार नहीं," शातिर ने सीना फुलाया।

"चोर...र!" सेठ का खुला फटा मुंह और पीला पड़ता चेहरा, बड़ा भला लगा शातिर को। तभी झन्न से आकर चाबियों का गुच्छा उसके क़दमों में गिरा। सेठ के मुंह से अल्फ़ाज़ तो न निकले पर आंखे खूब घिघियायीं। इल्तिजा करती आंखों की बोली समझने में माहिर था शातिर।

"रखो अपनी चाबियां," वह हंसा, "माल मैं परसों निकाल चुका। घर पर मर्द नहीं था, इसी से....औरत को लूटना अपना उसूल नहीं।"

"नौकर क्या हुए?" सेठ सेठानी से फुसफुसाया तो शातिर ने डपट दिया, "फुसफुस नहीं। साफ़ बोलो"

"हि...हि.....," करके सेठ कुछ कह रहा था शायद, पर सुंदरी की बारीक आवाज़ उसके ऊपर चढ़ आयी।

"खीर लेंगे?" वह पूछ रही थी।

"मैं ड्यूटी पर हूं," शातिर के मुंह से निकला।

वह हंस दी। कानों को हाथ लगाकर बोली, "भूल हो गयी। आपसे तो पूछा ही नहीं। दोनों के लिए ले आऊं?"

सेठ को जैसे तिनके का सहारा मिला। सिर निकालकर बोला, "लाओ न प्रिय। तुम्हारी बनायी खीर तो अमृत होती है," फिर शातिर से कहा, "ऐसी खीर आपने पहले खायी न होगी।"

औरत भीतर खीर लेने गयी तो सेठ उसके क़दमों में आ गिरा, "सामान लेके भाग लो जल्दी। वह आ गयी तो मेरा भुरता बनवा के छोड़ेगी।

"हम भागा नहीं करते," शातिर के मुंह से आदतन निकला।

"फिर बाहर कैसे जाओगे?"

"सदर दरवाज़े से, सीना तान कर।"

"तानो, तानो पर जल्दी। सामान उठाओ और जाओ।"

"तुम रोकेगे नहीं?"

"पागल हूं क्या। पर जल्दी करो। एहसान होगा मुझ पर।"

"मैं चोर हूं, साधू नहीं जो एहसान करता फिरूं।"

"जो मांगोगे दूंगा। चाहो तो हफ़्ता बांध लो।"

"पुलिस वाला समझ रखा है?"

"तो महीने के महीने वसूली कर लेना। पक्की आमदनी होगी, सोचो ज़रा," सेठ की आवाज़ में घाघपना उभर आया, "बीवी से कह देना चोरी का माल है।"

"मैं तुम्हारी तरह बीवी से नहीं डरता," शातिर फिर डायलॉगबाज़ी पर उतर आया।

कुछ कहने से पहले सेठ को झुकी कमर सीधी करनी पड़ी, क्योंकि सुंदरी महकदार खीर के दो कटोरे लिये वापस कमरे में नमूदार हो गयी थी।

"लीजिए," पहला कटोरा उसने शातिर को दिया, "नोश फ़रमाइए। नमक नहीं है।"

"और जो जहर हो?" शातिर बोला पर कटोरा ले लिया।

सेठ के चेहरे पर चमक आयी, फिर मिट गयी। ऐसी उसूल वाली चंडी क्या ख़ाक किसी को ज़हर देगी।

शातिर ने भी वही सोचा और खीर खाने लगा। बीवी के फूले मुंह के चलते दो दिन से ढंग का खाना नसीब नहीं हुआ था। खीर बढ़िया थी, चट कर गया।

सेठ से नहीं खायी गयी। शातिर को खाते देखता रहा और मरी आवाज़ में सुंदरी से भी खाने की मनुहार करता रहा।

"ठीक है। जब सामान लौटा लाओगे तो साथ बैठ कर खायेंगे," उसने कहा, फिर चोर से बोली, "आपका हो गया?"

"यह मत समझाना खीर से ख़रीद लिया," उसने कहा और बिजली की तेजी से भीतर जाकर सामान का गट्ठर उठा लाया। बोला, "ये चला मैं। मर्द हो तो रोक लो।"

"हीरा, रामू, लखनवा," सेठ नौकरों को पुकार उठा।

"सब छुट्टी पर हैं," सुंदरी ने टोका, "मुक़ाबला तुम्हारे और चोर के बीच है। अब जल्दी करो। वह दूर निकल लेगा।"

बाहर निकल कर शातिर ठिठक गया था। चाहता तो रफ़्तार बरक़रार रख, अब तक घर पहुंच चुका होता। पर एक तो खीर से अटे पेट को लेकर तेज भागना दूभर हो रहा था, दूसरे, उनकी बातें सुनने का लालच नहीं छूट रहा था। जब सुंदरी के जल्दी करने पर दरवाज़े के बाहर आते पैरों की आहट सुनी तो दोबारा दौड़ पड़ा। कुछ दूर पहुंचा तो पीछे, काफ़ी पीछे, हांफते हुंकारते सेठ को आते देखा। बेचारा, क्या खाकर उसके मुक़ाबिल आयेगा। शातिर ने दो चार डकारें

लीं, फिर ठस पेट की लाज रखते हुए चाल मंथर कर ली। खरामा-खरामा चला जा रहा था और मन ही मन, घर पहुंच कर बीवी से वैसी ही जाफ़रान, बादामदार गाढ़ी खीर बनवाने के कुलाबे बांध रहा था कि अचानक, ऐड़ लगे घोड़े की तरह सेठ दौड़ा और उसकी कमर से आ लगा।

ऐं? अचानक क्या हुआ कछुवे को?

तभी तीखी ललकार कानों में पड़ी। "छीन लो सामान।" देखा, सुंदरी अपनी छत पर चढ़ी, चाबुक-सा फटकार रही थी। उसने सेठ को झटक कर अलग करना चाहा तो वह किकिया उठा, "मारना मत! मारना मत!"

शातिर का हाथ ठीक सेठ की कमर पर बंधी नक़दी पर पड़ा था। सेठ समझ गया। फ़ौरन् गिड़गिड़ाया, "सारी नक़दी ले लो। इस दौरे पर अच्छी कमाई हुई है। पर सामान वापस कर दो। यहां नहीं, थोड़ा आगे। वह देख न पाये," सेठ कहता गया और गट्ठर छीनने का नाटक भी करता रहा।

यूं चलते-चलते वे गली के मुहाने पर पहुंचे।

तब तक सेठ का इत्र मिला पसीना यूं धारोधार बह चुका था कि शातिर का अपना बदन इत्रदान बन गया था। उसका सिर घूमने लगा जैसे नशे में डूबा जा रहा हो।

"नामर्द," उसने कहा, "औरत से डरते हो?"

"कौन मर्द नहीं डरता? सच कहो।"

शातिर झूठ न बोल पाया, बात बदल दी।

बोला, "नक़दी छीन लूं और माल भी न लौटाऊं तो क्या कर लोगे?"

सेठ की आवाज़ और नज़र में फिर घाघपन उतर आया, बोला, "तुम चोर हो कि डाकू? अपने उसूलों की तो सोचो।"

शातिर सोच में पड़ गया। वाकई! सरेआम डकैती करना, था कि नहीं उसके ख़ानदानी उसूलों में? था कि नहीं था?

एक पल को झिझका, वही भारी पड़ गया।

देखता क्या है कि पकड़ो मारो चिल्लाती, वह औरत सड़क पर भागी चली आ रही है।

सरासर अधर्म है। पुराने ज़माने में औरतें मर्दों को आपस में लड़वाती थीं तो ख़ुद घर बैठती थीं। फिर जो जीतकर लौटे, उसी के गले में जयमाला। यह क्या कि परचम उठाये, ख़ुद मैदान में घुसी चली आ रही हैं।

शातिर ने नक़दी पर हाथ मारा। वह तो क़ब्जे में आ गयी, पर गट्ठर पीठ से लुढ़क गया। सेठ के बस का तो क्या था करना, पर सुंदरी की चीख़ोपुकार ने ख़ासी भीड़ सड़क पर जुटा दी थी। सो, दसियों ने मिलकर गट्ठर लपक लिया था। खींचातानी में वह खुल गया और सामान सड़क पर उलट गया। फिर तो वह गदर मचा कि क्या डाकू बलवाई मचाते। जिसके हाथ जो लगा, सो तो लूटा ही, दूसरों के हाथ लगा सामान झपटने में भी जान की बाज़ी लगा दी।

माल छोड़, बटुआ अंटी में खोंस, शातिर जान बचाकर भागा। पीछे-पीछे मर्द का हाथ खींचती दौड़ी आयी सुंदरी। अंधड़-फंधड़ यूं आ रहे थे दोनों जैसे एक शरीर दो जान हों। अर्धनारीश्वर। धत् तेरे की!

शातिर ने अपनी रफ़्तार तेज़ की...और और...और तेज़ की...इतनी की मुनासिब दूरी से दौड़ कर सामने मकान की छत पर चढ़ गया। फिर एक छत से दूसरी छत फलांगता आगे बढ़ चला।

अब पीछा करके दिखलाए सेठ का बच्चा।

पर यह क्या? सुंदरी तो भागी आ रही थी, छत दर छत उसके पीछे, सेठ को कंधे पर उठाये। मां, ओ मां, ऐसा भी कहीं होता है। कहीं देवी तो नहीं आ गयी सेठानी पर। जय माता दी, जय माता दी जपता और तरह-तरह की भेटे देने की क़समें खाता, शातिर भागता, फलांगता आख़िरी छत पर जा पहुंचा।

वह नीचे कूदने को तैयार था कि सेठ ने उसे कानों से पकड़ लिया। उसने चाहा, न कूदे। बदन का वजन पीछे फेंक कर रुकने की कोशिश की पर किसी ने जोरदार लात उसकी टांगों पर मारी। अपनी मर्ज़ी के ख़िलाफ़, दूसरे के इशारे पर वह, लहूलुहान, नीचे सड़क पर जा गिरा।

कान उसके सेठ के हाथों में रह गये।

बाद का क़िस्सा मुख़्तसर यूं है।

शातिर की अंटी में काफ़ी नक़दी थी, इसलिए जख्मों का इलाज हो गया। कान तो ख़ैर कैसे जोड़े जाते जो सेठ की तिजोरी में रहे। पर जख्म भर गये। बदनामी से बचने का एक ही रास्ता था। वह शहर छोड़, दूसरे शहर में जा बसे। वही उसने किया। कनकटी क़ैफ़ियत को छिपाने के लिए, सिर पर हमेशा पगड़ी बांधे रखने की वजह से, नये शहर में उसका नाम पगड़ीदार हुआ। पगड़ी का प्रभाव कुछ ऐसा पड़ा कि जो देखता, उस पर भरोसा कर बैठता। फिर था भी वह उसूलों का पक्का। सो, दुकान खोल बैठ गया और भरोसेमन्द व्यापारी की तरह, कामचलाऊ कमाई करने लगा।

असली कमाई हुई सेठ की। शोहरत की कमाई। जवां मर्द की मिसाल बना, कानतोड़ से शुरू होकर कर्णवीर कहलाया। उससे भी ज़्यादा शोहरत मिली सुंदरी को। शातिर का पीछा करने, पति को कंधे पर बिठला कर भागने और धक्का देकर चोर को नीचे गिराने के लिए नहीं। वह सब किसने देखा था? चश्मदीद तो सब माल लूटने में मशगूल थे। उसे शोहरत मिली अपने बयान की वजह से, जो उसने हर अख़बार, रिसाले में छपवाया। यह कि औरत कितनी भी तरक़्क़ी पसंद, आज़ाद ख़्याल, रोबदाब वाली क्यों न हो, इज़्ज़त उस मर्द की करती है, जिसमें जिस्मानी ताक़त, फ़ुर्ती और मर्दानगी का जज़्बा हो, जैसा कानतोड़ उर्फ़ कर्णवीर सेठ में था।

सात कोठरी

सैलानियों का यथार्थ कुछ दूसरी तरह का होता है। कहानी क़िस्से के यथार्थ जैसा। यथार्थ भी और सपना भी। अच्छे सैलानी एक दर्शनीय स्थल से दूसरे दर्शनीय स्थान पर जाते, पहले को भुला भले दें; पर जब जहां होते हैं, निशंक आस्था के साथ, उसकी कहानी को सच मानकर, ग्रहण करते हैं। कुछ ठीक उलटे होते हैं। बतलाया जाये कि ताजमहल में पानी की बूंद, आंसू की तरह छत से टपक कर मुमताज़महल की क़ब्र पर गिरती है तो झट कहेंगे, वह तो संगमरमर की छतें टपका ही करती हैं, वैज्ञानिक तथ्य है। धत्, सब लोग ऐसे ग़ैर सैलानी हो जायें तो गाइड बेचारों का क्या हो? गाइड बेकार तो पहले से ज़्यादा लोग, बेरोज़गार। चलो, बेरोज़गारी को छोड़ भी दो तो बहुत सा रोमांच, रोमांस नष्ट न हो जाये, गाइड के अभाव में।

गाइड फ़िल्म देखी होगी, देवानंद की। जवानी में देखी थी तो लगा था, वाह क्या ऐसे गाइड भी होते हैं, मुझे तो कभी नहीं मिले। अभी दोबारा देखी (भला हो टी.वी. का) तो लगा, सब क़िस्मत का खेल है। क़िस्मत हो तो मिल भी सकता है। बुढ़ापे में आदमी ज़्यादा रोमानी हो जाता है, भाग्यवादी भी। पर मज़ा देखिए, एक दिन एक अद्भुत गाइड मुझे मिल ही गया। मांडु में।

मांडु में ज़्यादा सैलानी नहीं थे। भीड़ नहीं थी तो दूरियां उभर आयी थीं। पहाड़ों से घिरा निर्जन, दो सौ साल पुराने खुरासानी इमली और पीपल और बड़ के पेड़ों के बावजूद, ख़ाली, सुनसान ही नज़र आता था। मज़े की बात यह थी कि यहां जो इमारतें, ज़रूरत से ज़्यादा आलीशान और दिखावटी रही थीं, ढह चुकी थीं। जो बची थीं, प्रकृति से एकात्म थीं। प्रकृति ख़ासी निष्करुण, निर्मम चीज़ होती है। पूर्ण समर्पण मांगती है, अपनी शर्तों पर, हां, बेसब्र वह नहीं होती।

आराम तसल्ली से ठीक मौक़े-वक़्त का इंतज़ार करती है। मांडु में, प्रकृति के निरंकुश शासन के बीच, अहम् छुटकारा पाकर, कुछ देर के लिए भला लगा।

पर कितनी देर? जहाज़ महल पहुंची तो देखा सैलानी भले कम हों, गाइड बहुत थे। एक-एक को दस दस घेर रहे थे। ज़्यादातर बच्चे। बाल श्रमिक। उफ़्, क्या मुसीबत है। कहीं छुटकारा नहीं। व्यवस्था पर आक्रोश, मन ख़राब करता ही रहेगा। सोचा, हो गया भतेरा देखना दिखलाना, अब वापसी। तभी तेरह चौदह साल का एक लड़का पास आकर बोला, "सात कोठरी देखिएगा?"

आदतन, मैंने हाथ के इशारे से नहीं कहा और उसके इसरार के इंतज़ार में ठिठकी रही। उसने चिरौरी नहीं की। ख़ासे दंभ के साथ मुझे घूरा और कंधे झटक कर मुड़ लिया। उसकी दर्प भरी मुद्रा ने पुकार कर कहा, रोको उसे।

"वहां क्या है?" मैंने पूछा।

"देखिएगा नहीं तो जानिएगा कैसे?" उसने कहा।

अच्छा, तो गाइड भी ग़ैर सैलानी हो सकते हैं।

"क्यों, उसकी कहानी नहीं मालूम? कितनी दूर है?"

"दूर है। इंदौर मार्ग पर। गाड़ी से चलना होगा। है?"

"ले लेंगे।"

"सोच लीजिए," कह कर वह फिर चलने को हुआ।

"तुम गाइड हो?"

"और क्या।"

"स्कूल नहीं जाते?"

"जाता क्यों नहीं? अब दो बच चुके कि नहीं? दो बजे स्कूल बंद हो जायेगा कि नहीं? फिर?"

अरे वाह! देवानंद का छोटा संस्करण! पता नहीं क्यों, अपनी क़िस्मत में छोटे संस्करण ही लिखे हैं।

जाना था, गये। सात कोठरी पहुंचे। प्राकृतिक नज़ारे के हिसाब से ठीक-ठीक जगह थी। पहाड़ियों और घाटियों का परस्पर खेल दूर तक, दूरियां बनाये था। गाड़ी से उतर कर कुछ दूर पैदल चले और एक सपाट चट्टान पर आकर रुके। ठीक सामने चट्टान से नीचे उतरने के लिए ऊबड़ खाबड़ सीढ़ियां बनी हुई थीं। यही कोई तीसेक। उतरने लगे तो पता चला कि असमतल सीढ़ियों पर जगह जगह पानी पड़ा हुआ है। कैसे। बरसा तो नहीं ज़रा भी। इस बरस यहां सूखा पड़ा है वरना अब तक पहाड़ों के बीच झरने बह रहे होते। किसी ने कहा था

कहीं। रपटीली सीढियां, बिना फिसले गिरे पार कीं तो सामने एक मझोले आकार का पानी का हौज़ था। छोटे कमरे जितना। घुटनों तक पानी भरा था। ख़ासा ठंडा। यूं समझ लीजिए, पत्थर की चौखट से घिरा एक बड़ा चकोर नहाने का टब था। न, ऐसा नहीं कहते। भीतर घुसते ही दायीं तरफ़ पत्थर की आलानुमा कुठरिया नहीं देखी थी, जहां पुजारी आसीन था। मय लोटा, कमंडल, पुष्प, अगरबत्ती, धूप, चरणामृत, आरती की थाली और रेज़गारी। मंदिर है, भई। पर सजावट या अलंकरण नाम की चीज़ वहां कोई नहीं थी। जो रखा था, महज रखा भर था। फिर भी, मंदिर को नहाने के टब की उपमा दो तो श्राप दे सकता है। कौन? वह दरिद्र, निरीह पुजारी? तनिक हंस कर सोचा था कि पैरों तले की ज़मीन धसक गयी। पानी पेट तक आ गया। गाइड ने सहारा दे दिया, वरना लुढ़क ही गयी थी। शिव शिव। नहाने का टब किसने कहा? दिमाग़ का क्या है, कुछ भी ऊलजलूल सोच बैठे।

संभल-संभल कर क़दम बढ़ाते, उस हौज़ की चहारदीवारी पार हुई। पत्थर की चौख़ट घुटने से टकरायी तो पता चला। पैर उठाकर चौखट पार की और दूसरे हौज़ में घुसे। सहसा, गरम पानी छाती तक आ लिपटा। ठंड से ठिठुरते गीले बदन को गरमाहट मिली तो सिर से पांव तक ख़ुमारी छाती चली गयी। टी.वी पर देखे हैल्थ क्लब याद आ गये। हटाओ दिमाग़ खुराफ़ात से, छाती ऊपर पानी है, नीचे फिसलन भरे गीले पत्थर, ज़रा डगमगायी तो सीधे जाकर महादेव पर गिरोगी। मूर्ति नहीं, मात्र लिंग स्थापित था। पानी से ज़रा ऊपर निकले तख़्तनुमा पत्थर पर। वहां तक पहुंचने में पाया, एक चौखट और लांघी गयी। साथ ही पैरों तले की ज़मीन कुछ ऊंचाई पा गयी, क्योंकि पानी वापस पेट तक आ गया। पर बेहद गरम। जैसे सॉना बाथ हो। बुरा हो इस टी.वी. का। जो कभी देखा नहीं, सुना नहीं, अपनी त्वचा पर महसूस नहीं किया, वह भी छोटे पर्दे की मारफ़त, उपमा बनकर, घुसा चला आ रहा है दिमाग़ में। अपनी जैसे कोई औक़ात ही न हो।

ठंडे गर्म के प्रकोप से छींक बाहर आने पर आमादा थी। किसी तरह उसे भीतर घोंट, हाथ जोड़े और माथा उन पर रख, शिवलिंग के आगे पत्थर पर टिका दिया। छींक भीतर घोंटने में काफ़ी वक़्त लगा, बल्कि सच कहूं तो थोड़ी बहुत शिव जी के सामने निकल भी गयी और किसी ने नहीं सुनी, यही गनीमत रही। जब तक सिर उठाया, आंखें नीम अंधेरे की अभ्यस्त हो चुकी थीं। पता नहीं, रोशनी पहले से ज़्यादा थी या दीख ज़्यादा रहा था। जो हो, शिवजी के तख़्त

के दोनों तरफ़ दो कोठरियां और दिख गयीं। दोनों में पत्थर रखे थे, एक नंदी और दूसरा गणपति के आकार का। उन्हें दूर से हाथ जोड़ दिये। वापस मुड़ी तो लगा एक कम है। गिनीं। एक, दो, तीन सीध में, दो, दोनों तरफ़, हुईं पांच। एक समझ लो वह कुठरिया, जहां पुजारी बैठा है। तो हुई छह। सातवीं कहां है? और हां, पार्वती की आकृति कहीं दिखी नहीं। न अलग, न शिव के साथ।

वापस पुजारी तक आ पहुंचे। आरती की थाली आगे आयी, बटुआ हल्का हुआ, प्रसाद मिला और दरवाज़ा सामने था। मैंने पुजारी के पीछे, दाएं बाएं, सब तरफ़ झांका, पर और कोठरीं दिखायी नहीं दी। होगी बाहर। निकल कर ऊपर चढ़ने को पहली सीढ़ी पर पांव रखा तो सलवार कुर्ते का गीलापन सिहरा गया। वहीं बैठ कर उन्हें भरसक निचोड़ने लगी। देखा, अंगोछे के कोने में रेज़गारी बांधता, पुजारी भी बाहर निकल आया है। फिर अचरज के साथ देखा कि दरवाज़ा भेड़ कर, वह उस पर ताला मार रहा है।

बड़ा अजीब लगा। अनायास मुंह से निकल गया, "पानी पर ताला क्यों मार रहे हैं?"

पुजारी ने चौंक कर मुझे ताका, फिर दूसरी तरफ़ देखकर बोला, "कोई दूषित कर गया तो?"

और दूषित क्या होगा? सभी तो गंदे पांव लिये उसमें टहल चुके हैं। पर कुछ कह पाती उससे पहले, पुजारी फटाफट सीढ़ियां छलांग कर यह जा वह जा।

"अब चलिए। सूरज डूबने से पहले एक जगह और देखनी है," गाइड कह रहा था।

"ठीक है, ज़रूरी नहीं है सब कुछ देखना," मैंने कहा ज़रूर पर गीले कपड़ों को फटकारती, उसके पीछे चल दी।

वापस चट्टान पर पहुंचे तो अजब नज़ारा पेश आया। सामने पहाड़ के ऊंचे कगार से ज़रा नीचे, आगे निकले एक छोटे पठार पर बैठी एक औरत, हाथ ऊपर नीचे पटक रही थी। एक हाथ की दूरी पर सैकड़ों फुट गहरी खाई थी।

आत्महत्या? मेरे मन में बजा। चीख़ा जा नहीं सकता था, हालांकि वह मुझसे इतनी दूर थी कि मेरी आवाज़ उस तक न भी पहुंचती। फुसफुसा कर मैंने साथी से कहा, "देखो तो। क्या कर रही है वह?"

"कपड़े फींच रही है कि नहीं?" उसने कंधे झटक कर कहा। हां, उसके इशारे पर मैंने देखा, कगार से कुछ नीचे बनी खोह से पानी की पतली धार गिर रही है। आलेनुमा पत्थर पर आसीन औरत, उसी पानी में कपड़े धो रही है। हाथ

पांव की जुंबिश में ज़रा फ़र्क़ आये तो सीधा खड्ड में गिरकर, चकनाचूर। पहाड़ों के बीच और कहीं कोई झरना नहीं था। बतलाया गया था न, इस बरस फिर यहां सूखा पड़ा है।

पर वहां, सात कोठरी में कितना पानी भरा था। पेट तक। ठंडा और गर्म दोनों। हौज़ में बंद। ज़रा एरियल या सर्फ़ साबुन फेंट दो तो गांव भर के कपड़े धुल-धुला कर निकल आयें। साफ़ शफ़्फ़ाफ़, झक सफ़ेद या चमाचम रंगीन। क्या कोई धुलाई-मशीन, कपड़े चमकायेगी।

पर वहां तो पानी बंद पड़ा था, तालाबंद। जिससे कोई पानी दूषित न कर दे, समझी!

गाइड, खटाखट, बकरी की तरह, चढ़ता-उतरता भागा चला जा रहा था। पीछे छूटी मैं, मुड़-मुड़कर औरत को देखती चल रही थी। पर उतराई-चढ़ाई जब धारावाहिक आती चली गयी तो ध्यान पैरों पर एकाग्र करना पड़ा। औरत कब आंख से ओझल हुई, पता नहीं चला।

हम एक लंबे चौड़े पठार पर आकर रुक गए। सामने दोनों दिशाओं में पठार से आगे निकलता खुला आसमान था। पहाड़ियों की चोटियां और सदियों पुराने पेड़ों की फुनगियां वहां तक नहीं पहुंच रही थी। आसमान के नीचे घने पेड़ों से आच्छादित गहरी घाटी थी। यानी, सूर्यास्त के पारंपरिक चित्रांकन का तमाम साज़ो-सामान मौजूद था। ऐतिहासिक स्मृति का तकाज़ा ठहरा, ठिठक कर, क्षितिज पर अवसान का खेल खेलते सूरज को ताके बग़ैर कैसे रहा जा सकता था? सो देखा और सोचा, आगे? आख़िर हम जा कहां रहे थे?

"यहां और क्या है?" गाइड से पूछा।

"यहां सिर्फ़ बैठते हैं," उसने कहा और मुझसे अलग, कुछ दूर एक चट्टान पर अकेला, पालथी मारकर बैठ गया। ढलते सूरज की तरफ़ मुंह करके। मैं जहां थी वहीं बैठ गयी। सामने सूरज मंथर गति से डूबने लगा। रोज तो डूबता है। रोज़ उगता है। उसमें देखने को क्या है? अवसाद हीन अवसान है, जब जाता है तभी पता रहता है लौट कर आयेगा। निश्चित रूप से। फिर भी हर बार मृत्यु की अनुभूति करवा देता है। ऐसी क्षणिक मृत्यु, अन्यत्र या तो समाधि में होती है या संभोग में। पूरा परिदृश्य एकदम चुप, शांत हो गया था। मेरा मन भी। पर मैंने समर्पण न करने की ठानी थी। तय किया, गाइड से कहूं कि चलो, यहां नहीं बैठना। पर उसकी तरफ़ देखा तो अभिभूत चुप रह गयी। अस्त होते सूरज की लालिमा कुछ इस तरह उसकी निश्चल, समाधिस्थ आकृति को आलोकित

कर रही थी कि लग रहा था, वह प्रकाश का पुंज है। मस्तक से सुनहरी किरणें फूट रही थीं। 'धुव' मेरे मुंह से निकला, "ध्रुव तारा।" तभी जैसे हमेशा होता है, अचानक सूरज ने आखिरी डुबकी लगा दी और अंधेरा छा गया।

गाइड उठ कर मेरे पास आ गया। बोला, "चलें।"

मैंने हड़बड़ा कर कहा, "एकदम अंधेरा हो गया। वह औरत पहले ही नीचे उतर आयी होगी न?"

"क्या पता," उसने कहा।

"अंधेरे में पांव नहीं फिसल जायेगा?"

"फिसल भी सकता है।"

"तब?"

"ख़ड्ड में गिरेगी, और क्या। चलें?"

यह कैसा बच्चा है। इतने निर्लिप्त भाव से मृत्यु की बात कर रहा है।

"वह यहां आती रहती होगी। उसे संभल कर चढ़ने उतरने की आदत होगी। है न?" मैं चिरौरी कर उठी।

"सूर्यास्त कैसा लगा?" उसने कहा।

"मारो गोली सूर्यास्त को। मैं क्या पूछ रही हूं?"

"आप ठीक सैलानी नहीं हैं," वह बोला।

"क्या मतलब?"

"सैलानी आते हैं पिकनिक मनाने। ये जो पहाड़, जंगल, पानी है न, जिसे मास्साब प्रकृति कहते हैं, ये सब उनके लिए पिकनिक मनाने को है। आप तो जाने क्या-क्या पूछती हैं।"

"प्रकृति पिकनिक नहीं होती। बहुत सख़्त मास्टर होती है। दो और दो चार होते ही होते हैं, कोई रियायत नहीं मिलती। सूरज डूबेगा, अंधेरा होगा, फिर..."

"हां, कैसे फट से अंधेरा हुआ कि नहीं?" उसने कहा, "जैसे घंटी बजी और खेल खत्म।"

अब कुछ नहीं दीख रहा था। न कगार, न सात कोठरी वाली चट्टान। औरत होती भी तो कैसे दीखती।

"लोग विरोध क्यों नहीं करते। वहां इतना पानी है। ताला तोड़ लें," मैं कह उठी।

"कैसे तोड़ लें? पानी दूषित हो जायेगा कि नहीं?"

"कौन दूषित करेगा?"

"वहीं जो कगार पर कपड़ा फींचती है, और कौन।"

यह बच्चा है कि खूसट बूढ़े का छोटा संस्करण।

मांडु पहुंचने से पहले घना जंगल आया। वहीं गाइड ने कहा, "गाड़ी रोकिए, मेरा घर नहीं है।"

गाड़ी रुकते ही वह उतरा और चल दिया। मुझे आवाज़ देकर रोकना पड़ा।

"अपनी फ़ीस तो ले लो," पैसे आगे बढ़ाये तो वह बोला, "कैसे लूं? काम तो कुछ किया नहीं।"

"क्यों, सात कोठरी दिखलायी कि नहीं?"

"कैसे, वहां तो छह ही कोठरियां हैं।"

"हां रे। गिनीं तो मैंने भी थीं।"

"पूछती तो मैं कहानी सुनाता कि नहीं? काम पूरा होता तब पैसे लेता कि नहीं?"

"सच, मैं ठीक सैलानी नहीं हूं।"

उसने कंधे झटक दिए।

"ऐसा करो, अब सुना दो कहानी! प्लीज़, "मैंने कहा।

वह बाहर खड़ा-खड़ा कहने लगा। मैं अंदर बैठे बाहर विचरने लगी।

"सौ साल पहले की बात है। गांव में सात कुंआरी बहनें रहती थीं। सबकी सब कहें, हम सती की परछाइयां हैं, महादेव की ब्याहता। पूजा अर्चना करें। दिप दिप सिंगार करें। यूं दमकें जैसे फेरों पर जाती, दुल्हनें हों। बस न करें तो आदमज़ात से ब्याह न करें। कुछ दिन तो गांव वाले हंस कर टालते रहे, वाह रे वाह, शिव जी को इनके सिवा, कोई न मिला ब्याहने को। रिश्ते भी आते रहे लड़कियों के लिए। पर सात-सात कन्याएं, दान दहेज़ कहां से देता उनका बाप। सो रिश्ते आते रहे और जाते रहे।

"फिर हुआ यूं कि उस साल भी पिछले दो सालों की तरह गांव में भयानक सूखा पड़ा। जो झरने, ताल तालाब पहले बच गये थे, वे भी अब सूख गये। गांव में हाय-हाय मच गयी। बड़े बूढ़े बोले सात-सात जवान कुंआरियां छाती पर मूंग दलेंगी तो और क्या होगा। औरत का धर्म है, ब्याह करे, घर बसाये। कहां की कुमारिकाएं और कहां की सतियां, खूंटे से खुली कुटनियां हैं। अरे तुम पे दान दहेज़ न जुटा तो, ब्याहो दुआजू बूढ़ों से, हम क्या करें। बस फिर क्या था, गांव का एक एक बूढ़ा किसी न किसी कन्या का हाथ थामने आगे आया। जवानों ने टोहका मारा कि अब तो लाइन लगी समझो, ब्याहताओं की।

"लाइन तो ख़ैर क्या लगनी थी, एक भी ब्याहता न दिखी वहां। हां, कुछ दिनों बाद गांव में ढिंढोरा पिटता ज़रूर सुनायी दिया कि आने वाली अमावस की सांझ, सातों कुंआरियां, पूजा-अर्चना-आरती करके, एक-एक कर नीचे खाई में कूदेंगी और उनके कूदने के साथ, धरती से पानी का सोता फूटेगा। सात सतियां, सात सोते। गांव वाले आयें और अपनी आंखों से चमत्कार देखें।

"अमावस का झुटपुटा घिरते ही, पूरा का पूरा गांव खाई के एक किनारे जमा हो गया। दूसरे किनारे पर खड़ी दीखीं, सातों कुंआरियां। हाथों में मेंहदी, पैंरों में महावर, मांग में सिंदूर, माथे पर टिकुली। ज़ेवर न थे तो क्या, आरते का थाल ही काफ़ी था सिंगार को। सात-सात सुंदरियों को एक साथ देख, गांव वालों की आंखें चुंधिया गयीं। जवानों के दिलों में हूक सी उठी, हाय बिना दहेज ही क्यों न ब्याह लाये हमें।

"तभी सबसे बड़ी बहन ने आरते का थाल माथे से लगाया, जोर से हुंकारा भरा, हर हर महादेव, और छलांग लगा दी। गांव वाले पथराये से खड़े रहे। पानी का सोता न फूटा। दूसरी बहन भी चीख़ी, हर हर महादेव और उसने भी छलांग लगा दी। फिर तीसरी, चौथी, पांचवीं और छठी। हर हर महादेव की गुहार, पहाड़ और घाटी, सब तरफ़, गूंज-गूंज कर लौटने लगी। पर पानी का सोता क्या, एक बूंद तक कहीं से न फूटी। गांव वालों के बदन, जैसे लकवा खाये काठ हो गये। न किसी से हिला गया, न डुला। तब सातवीं बहन भी थाल माथे से लगाये आगे बढ़ी। आगे बढ़ी, खाई में झांका और पीछे हट गयी। फिर आगे बढ़ी, नीचे झांका, पीछे हटी। ऐसा तीन बार हुआ। गांव वालों में कोई कहे कूद, कोई कहे ना, मत कूद। पर कहें सब मन-मन में। डर के मारे मुंह से बोल किसी का न फूटा। तब तक झुटपुटा अंधेरे में बदलने लगा था। अमावस की रात ठहरी, चांद अतिथि बन नहीं आता। बस ध्रुवतारा बेचारा अकेला टिमटिमाता रहा। लड़की दिखनी बंद सी हो गयी तो कुछ गांव वाले घूमकर, खाई के उस किनारे आने लगे। तभी लड़की की ज़ोरदार पुकार सुनायी दी, महादेव, महादेव, महादेव। लोगों का ख़ून जम गया। पांव जहां के तहां अड़ गये। सबने अपनी आंखों से देखा, एक दिव्य आकृति दौड़ती हुई आयी और लड़की का हाथ पकड़, चट्टान छलांगती, भागी चली गयी। जहां-जहां उनके पैर पड़े, चट्टान से पानी फूट आया। जहां सती के पड़े वहां ठंडा, जहां सत के पड़े वहां गरम।

"अगले दिन, सुबह सकारे, गांव वालों ने पत्थर की चौखटें बना, पानी को घेरना शुरू कर दिया। यूं ये सात ताल बने, कुछ ठंडे, कुछ गरम। आख़िरी ताल में शिवलिंग प्रतिष्ठित हुए। नाम पड़ा, सात सतियों की कोठरी।

"पर पूर्णिमा आने से पहले गांव के नौजवानों में खुसर फुसर शुरू हो गयी। पहले यह कि भीमदेव चरवाहे का छोटा बेटा, महादेव, ग़ायब था। फिर यह कि पिछली बार शहर से गांव लौटा तो उसी अमावस की रात ग़ायब हुआ, जब सतियों ने खाई में छलांग लगायी थी। फिर यह कि वह कोई दिव्य पुरुष नहीं, यही आवारा महादेव था, जो सातवीं कन्या को भगा ले गया था। अंधेरे में, पूरे गांव को भरमा कर कुलटा अपने यार के साथ भाग गयी थी। ढुंढ़ाई तो काफ़ी की गांव के सरगनों ने, पर न कुलटा मिली, न उसका प्रेमी।

"अब गांव के ऊंची नाक वालों को फ़िक्र लगी, कहीं कुलटा लौटकर सतियों का पानी दूषित न कर जाये। उसका चरित्र सुन गांव की जवान बेटियां बिगड़ न जायें। छह-छह सतियों का सत अकारथ जाये और सातवीं के करम गांव को ले डूबें। तो पंचायत बैठी और फ़ैसला हुआ कि सातवें हौज़ को पत्थर डाल कर पाट दो। बाक़ी छह को चिन पाट कर आपस में मिलाओ और दरवाज़ा लगा के ताला ठोंक दो। पांच जन पंच चुनो, अपनी निगरानी में ताला खोलें, पूजा अर्चना करवायें और अपनी चौकसी में दोबारा ताला लगवा दें। यही हुआ। नाम बदल कर रखा गया, छह सतियों की कोठरी। पर पता नहीं क्यों किसी की ज़ुबान पर नाम चढ़ा नहीं। जो कहे, कहे सात कोठरी। सौ साल बीत गये। तब के सब मर खप गये पर नाम रहा, सात कोठरी।"

गाइड चुप हो गया। कहानी पूरी हो गयी थी। चारों तरफ़ अंधेरा ही अंधेरा था।

"पर पानी तो सातवीं के चरणों से निकला था न, जब उसने महादेव का हाथ थामा?"

"उनका कहना है, पानी तब तक बाहर नहीं आया, जब तक कुलटा सातवीं गांव से पलायन न कर गयी। उसके गांव छोड़ते-छोड़ते सतियों का सत परवान चढ़ा और पानी फूटा। ठंडा, क्योंकि सतियां निष्काम थीं और गरम, क्योंकि बहन ने उन्हें आंसुओं से रुलाया था।"

"सच? नहीं, यह सच नहीं हो सकता।"

"वे कहते हैं।"

"और तुम क्या कहते हो?"

"इससे कहना क्या। सातों ने महादेव को पुकारा था कि नहीं? आया वह सातवीं के लिए था कि नहीं?"

वह चुप हो गया। मैं भी। अंधेरा गहराता गया। बेआवाज़ अंधेरा उस मुकाम पर जा पहुंचा, जब दोनों में से एक का टूटना ज़रूरी था।

"चांद नहीं निकला," मैंने कहा।

"आज अमावस है," उसने कहा। ज़रा ठहर कर खुले शीशे से सिर भीतर डाल मेरे कान में फुसफुसाया।

"हर अमावस की रात को सातवीं बहन कोठरी के कगार पर महादेव का कपड़ा फींचती है।"

"क्या सच," सिहर कर मैंने उसके हाथ अपने हाथों में जकड़ लिये।

वह हंस दिया। बोला, "देखा, डरा दिया कि नहीं।"

शर्मिंदा होकर मैंने उसके हाथ छोड़ दिए। पैसे पकड़ाये और उसे अंधेरे में गुम हो जाने दिया।

गाड़ी मांडु की तरफ चल दी।

ज़ीरो अक़्स

कुछ दिन पहले राजधानी में एक क़त्ल के काफ़ी चर्चे रहे। पूरे दो हफ़्ते लोग घरों में बैठे बतियाते, उससे रोमांचित होते रहे। इससे ज़्यादा, राजधानी किसी मामले में रस नहीं लेती, गोरों के मामलात हों तो बात और है। हादसा ऐसा नहीं था कि उसकी चर्चा सड़कों पर होती। मारने मरने वाले दोनों लेखक थे। और आप जानते हैं, सड़क को लेखकों में दिलचस्पी नहीं होती। होती तो घरों के भीतर भी नहीं, पर चूंकि मारने वाला मर्द और मारी जाने वाली, औरत थी, इसलिए वाकये में कुछ रंगीनी आ गयी थी। फिर भी, जब क़िस्सा पहले पहल बयान हुआ तो बड़ा फ़ीका-फ़ीका लगा। नाजायज़ छोड़, किरदारों के बीच कोई जायज़ रिश्ता भी नहीं था। पर क़यामत की नज़र रखने वालों ने बिना धुएं काफी आग देख ली और उसे हवा देकर, ख़ासी धुंध पैदा कर दी। मुश्किल यह थी कि क़त्ल की एक चश्मदीद गवाह भी थी। उसका बयान इतना बेपेंच था कि क्या हुआ, हर कोई जान गया था, पर क्यों हुआ, कोई नहीं जानता था। गवाह का नाम था रागिनी। वह मौक़ाए वारदात पर, खुले दरवाज़े के सामने, दूसरे कमरे में बैठी, चिट्ठियां टाइप कर रही थी। समझे आप। दरवाज़ा पूरा खुला था। यानी पोशीदा रखने लायक़ रिश्ता नहीं था, दोनों के बीच। बातचीत भी किसी राज़दार मसले पर नहीं हो रही थी। यानी गुनाह की आम वजूहात, ज़र-ज़ोरू-ज़मीन गिनती में नहीं थीं। रागिनी के बयान के मुताबिक़, उसने साफ़ देखा था, साजन भाई ने मेघा दी का गला टीप दिया। पहले नज़र पड़ी तो उसने सोचा, झप्पी शप्पी ले रहे होंगे। आज़ाद ख्याल लोग थे। पूरा पन्ना टाइप होने पर जब आंखें दोबारा ऊपर उठाईं तो गला टिप चुका था। मेधा दी, दुबली-पतली, उमरदराज़ शै थीं, सो वक़्त इतना कितना लगता।

तो, आज की तारीख़ में सब जानते थे कि मेधा दी का गला साजन भाई ने दबाया था, पर क्यों दबाया था, कोई नहीं। मैं जानती हूं, शुरू में बतला देने से कि क़ातिल कौन है, कहानी का अदभुत रस फीका पड़ जाता है। पर क़यास लगाने का मज़ा, सिर्फ़ यह जानने में नहीं है कि जुर्म किसने किया, इसमें भी है कि क्यों किया। तो चलिए उसी की टोह में चलते हैं। पहले, दोनों किरदारों से मिल लें। उनके नाम मैं बतला चुकी हूं, साजन भाई और मेधा दी। तो आइए, पहले नामों की कलई खोलें।

पहला नंबर साजन भाई का। अपने समाज का उसूल है, पहले मर्द। हो सकता है, साजन भाई का साजन नाम, मां बाप का दिया हुआ हो। हो सकता है, लेखक बनने का इरादा करने पर ख़ुद रख लिया हो। नाम के साथ भाई का जुड़ना, हिंदी में लेखक होने की डिग्री पाने जैसा है और साजन इत्तफ़ाक़ से लेखक नहीं बना था, एकदम मंसूबा बांधकर, ख़ाका खींचकर बना था।

बात यही थी कि साजन ख़ासा बदशक्ल था। क़द उसका नाटा था। बदन थुलथुल और चेहरे के नक़्श बेडौल। नाक चपटी और चौड़ी थी, होंठ मोटे और फैले हुए, ठोड़ी लाचार सी पीछे को धसी हुई। उस पर माथा इतना तंग कि लगता बाल ठीक आंखों के ऊपर उग रहे हैं। आंखें थीं तो छोटी, पर ग़ज़ब की चमकदार। आंखें बंद होने पर देखने वाला यही समझता कि वह थुलथुल बदन और कमजोर सीरत वाला, बेचारा-सा आदमी है। पर आंखें खुलते ही, दूसरी तस्वीर सामने होती। शुरू-शुरू में अपनी सूरत आइने में देखता तो साजन को खुद अपना चेहरा नागवार मालूम पड़ता था। पर उसने उसके आगे हथियार नहीं डाले। आंखों में एक खूंखार चमक पैदा कर ली। पैदा की या ख़ुद हो गयी या हमेशा से थी, कहा नहीं जा सकता। हर हाल में, चमक इतनी हिंसक थी कि देखने वाला सिहर उठता था। जब वह कॉलेज में पढ़ रहा था, तभी साजन जान गया था कि उस जैसे बदसूरत आदमी की तरफ़ लड़कियां (औरतें) तभी खिंच सकती हैं, जब उसकी शख़्सियत में कोई ख़ास बात हो। पढ़-लिख कर वह यह भी जान गया था कि लेखकों कलाकारों में ऐसा कुछ होता है जो मर्द औरत को यकसां बांध लेता है। ललित कलाओं में उसकी रुचि नहीं थी। पर शब्द उसकी पकड़ में आ जाते थे। संयोग से (या प्रभु कृपा से) वह जब जवान हुआ, तब हिंदी प्रदेश में यथार्थवादी लेखन का बोलबाला था। वह धारा उसे ख़ूब रास आयी। भीतर जितना तेज़ाब बनता पन्नों पर उगल देता। उसका कहना था, नफ़रत, प्यार से ज़्यादा टिकाऊ होती है। उसने अंग्रेज़ी की एक किताब में पढ़ा था, नफरत में प्यार से ज़्यादा ताक़त

होती है, क्योंकि नफ़रत उसूलों में से आती है, प्यार दिल से। बकवास। ये सर्द देशों वाले क्या जानें, प्यार और नफ़रत के ताप को। उसकी नफ़रत का ताल्लुक किसी उसूल से नहीं, दिल और दिमाग़ से था। दोनों से बराबर। जब आप हर सुंदर चीज़, हर आला ख़्याल, हर कामयाब इंसान और हर खरे उसूल से नफ़रत करेंगे तो ज़ाहिर है, आपकी नफ़रत का वजूद खुदा-सा बुलंद हो जायेगा। एक लाइंतिहा ख़ज़ाना हाथ लग जायेगा। जब चाहो, जितना चाहो, निकालकर इस्तेमाल कर लो, उसकी इंतिहा, पैमाइश के परे बनी रहेगी।

तो इस तरह घृणा की निधि भुनाते हुए, चर्चित लेखक बनकर वह साजन से साजन भाई हुआ। जब औरतें उसे साजन भाई कहकर पुकारतीं तो उसका तन-मन गुदगुदा उठता। साऽला, क्या देसी विरोधाभास था शब्दों में। साजन भी और भाई भी। यहां औरत मर्द को साजन बनाने से पहले भाई ही बनाती हैं। धर्म भाई। क्या धर्म है यार, एकदम...मनमाफ़िक। हिंदू धर्म के अलावा यूं राखी बांध कर, बाक़ायदा भाई बनाने का बंदोबस्त कहां है? अपने देश की देखा-देखी, सभी धर्मों के इसे स्वधर्म बना लिया है। बक़ौल साजन भाई, धर्म और क्या है, यही स्वधर्म, नहीं? साजन भाई से न सही, किसी और 'भाई' से पूछ लो।

ओहो, अच्छा याद दिलाया। साजन के क़िस्से में मेधा तो एकदम छूटी जा रही थी। तो उसके नाम का वाक़या मुख़्तसर यह है कि शादी से पहले वह कमला, बिमला या ऐसी ही कुछ थी। शादी के बाद नाम बदल कर मेधा कर लिया गया। रिवाज है साहेब। लेखन करना शुरू किया तो मेधा के आगे 'दी' ख़ुद व ख़ुद लग गया, बस। हां, आप कह सकते हैं, यह तरफ़दारी है। साजन भाई पर इतना कुछ और मेधा दी पर इतना-सा। क्या करें, सामाजिक नियम, क़ायदा मानकर चलना पड़ता है। मर्द पर ज़्यादा लिखा जाता है, औरत पर कम। रीत है, बराबरी का दर्जा दे भी दें तो जितना पता होगा, उतना ही बतलायेंगे ना। साजन भाई अपने बारे में सब कुछ बतलाने में यक़ीन करते हैं और मेधा दी, कम से कम। साजन लेखक बना तो जितना पढ़ा गया, उससे ज्यादा चर्चित हुआ। मेधा दी कितनी पढ़ी गयीं वे जाने या उनका प्रकाशक, चर्चा नहीं हुई तो हम आप कैसे जानेंगे। ख़ैर छोडिए, वापस चलें साजन भाई पर।

चर्चित लेखक होते के नाते साजन भाई के यहां आये दिन अख़बार वाले और दूसरे अंट शंट शोधार्थी बोधार्थी इंटरव्यू लेने आते रहते थे।

पहला सवाल उनका हमेशा होता था, आप लिखते क्यों हैं या आप लेखक क्यों बने? आप जानते हैं, लेखकों से कैसे-कैसे बेहूदा, बचकाने सवाल किये जाते

हैं। पर साजन भाई का जिगर देखिए कि जवाब में दन से कह देता था, "औरतों को पटाने के लिए।"

इंटरव्यू लेने वाला मर्द होता तो जुमला बोल लेने पर, वह एक ज़ोरदार ठहाका लगाता। हंसते हुए उसकी छोटी आंखें पूरी तरह मुंद जाती थीं। उनका बेरहम, ख़ूंख़ार भाव पढ़ने में नहीं आता था। उसकी कमी, सामने वाला पूरी कर देता था। इतने नामी लेखक का हमराज़ बनने का लुत्फ़ लेते हुए, वह वहशी-सा खुल जाता। लपलपाती आंखों और लार टपकाते होंठों के साथ जुगलबंदी करता कि यार औरत के मामले में हम भी कम नहीं।

इंटरव्यू लेने वाली औरत होती तो उसके तेवर और रहते। अख़बार वाले ज्यादातर उसके पास औरतों को ही भेजा करते थे। अंट शंट में भी काफ़ी औरतें रहती थीं। कुछ उसकी कहानी की दाद देने, कुछ अपनी पढ़वाने और कुछ यूं ही दरम्यानी ज़िंदगी की ऊब मिटाने चली आती थीं। औरत के सामने जुमला बोल, वह झिझक कर चुप हो जाता था। कनखियों से उसे एक बार देख, नज़र नीची कर लेता था। औरत झेंप जाती, फिर संभल कर हंसती और एक ममतालू मुस्कराहट, बरबस चेहरे पर खिल आती। नज़रे बच्चे सा उसे थपथपातीं....धत्, शरीर, बदमाश, दुष्ट कहीं का। मुंह से कहतीं, बड़े लतीफ़ेबाज हैं, आप। तभी वह आंखें ऊपर उठाता और उस पर टिका देता। हिक़ारत से सनी हिंसा की लपट उनमें कौंध उठती और औरत के ममतालू चेहरे पर खिंचाव आ जाता। पर अख़बारनवीस या शोधार्थी, बोधार्थी होने के चक्कर में, आज़ाद औरत होने का नाटक करना पड़ता। सो नज़रें साजन से मिली रहतीं। फिर....जो-जो वह चाहता, वह-वह होता। उसमें एक मुकाम पर आकर उसका औरत से ऊबना, मुंह फेरना और औरत का रोना-कलपना भी शामिल रहता। वरना, खेल का मज़ा क्या रहता? खेल न हुआ, पक्की नौकरी हो गयी। कॉलेज के दिनों से ही, साजन ने अपनी आंखों के हिंस्र भाव को पालतू कुत्ते-सा साध लिया था। मौक़ा-माहौल देखकर, जंज़ीर खोलता था और दौड़ा देता था, एक झपट्टे में हलाक करने।

उसका कहना था, हिक़ारत झेल कर औरत तिलमिलायेगी तो जो असला उसके पास होगा, उसी का इस्तेमाल करेगी। एक ही हथियार होता है उसके पास, उसका बदन। वही दांव पर लगाकर हिंसा को पैशन और क्रूरता को वासना में बदल सकती है। बेचारी! सहवास को प्रेम का नाम देकर मैदान में उतरती है और हर बार मात खाती है।

मैं नहीं कह रही, साजन भाई का कहना है। मुझे यह मानने में ज़रा उज्र नहीं है कि औरत के पास दिमाग, बुद्धि, तर्क, ज्ञान, विवेक, चेतना सब होता है और वह उनका इस्तेमाल करके, शिकस्त से बच सकती है। पर मेरे आपके मानने से क्या होगा, किस्सा साजन भाई का बयान हो रहा है। मैंने कब कहा, वे हिंदी साहित्य जगत के प्रतिनिधि हैं, आप मान बैठें तो आपका ज़िम्मा। मैं तो एक शख़्स की कहानी कह रही हूं। भूल हुई, दो शख्स हैं कहानी में। मेधा दी को फ़ौरन् हाज़िर करती हूं, लीजिए, आ गईं।

जिस दिन मेधा दी का गला दबाया गया, साजन भाई से उनकी पहली मुलाक़ात का दिन नहीं था। उससे कोई पंद्रह बरस पहले, जब साजन महज लेखक था, वह उसका इंटरव्यू लेने आ चुकी थी।

ओहो, यह बतलाना भूल ही गयी कि आजकल साजन लेखक ही नहीं, प्रकाशक भी है। या जैसा वह खुद कहता है, वह प्रकाशक है नहीं, बनाया गया है। लेखक वह अपनी मर्ज़ी से बना था। पर इस प्रकाशन संस्थान का मालिक, संपादक, आलोचक, संयोजक, सम्पर्क अधिकारी, वग़ैरह वग़ैरह, उसे मजबूरन बनना पड़ा है। प्रकाशन की दुनिया में जो सन्नाटा छाया हुआ था, जो बाज़ारूपन आ गया था, समाजोन्मुख होने के बजाय, किताबों की दुनिया समाज विमुख होती जा रही थी, उससे लोहा लेने के लिए, उसे मैदान में उतार दिया गया। फ़र्ज़ अदायगी में बदन का ख़ून पसीना बना ही, अपना लिखना भी छूट गया। वह लंबी सांस खींच कर ख़ुद पर रीझता है तो लोग हाथ उठाकर कहते हैं, आप धन्य है। महान हैं प्रभो आप। आज की अदबी दुनिया के पैगंबर हैं। महाप्रभो, हमारी नयी रचना की पांडुलिपि ग्रहण कीजिए। पीठ पीछे लोग क्या कहते हैं, उसे छोड़िए, लोगों का काम है कहना।

ख़ैर, यह आज की बात है।

पन्द्रह साल पहले, जब मेधा उसका इंटरव्यू लेने आयी थी तो वह सिर्फ़ लेखक था। चर्चित, सफल, प्रतिष्ठित लेखक। और मेधा लेखिका थी फ़क़त। नहीं, ग़लत। उसके पास वह बहैसियत लेखिका, नहीं संवाददाता आई। काग़ज़ पर क़लम साधकर उसने जो पहला सवाल पूछा, वही घिसा पिटा था, "आप लेखक क्यों बने?"

साजन भाई ने वही बेधक जवाब दिया था, "औरतों को पटाने के लिए।" फिर झिझक कर चुप होने, कनखियों से देखने, नज़र नीची करके ऊपर तक का पूरा दृश्य अदा करने के बाद, भरपूर उसकी तरफ़ ताका था।

मेधा का चेहरा भावहीन था। न असमंजस, न कौतूहल, न ममता, कुछ नहीं। वह मन लगाकर उसका जवाब दर्ज कर रही थी। साजन भाई की आंखों में औसत से दोगुना ख़ून उतर आया। साऽली! नाटक करती है।

मेधा ने आंखें ऊपर उठायी थीं। उसकी आंखों से मिलायीं थीं और दूसरा सवाल किया था, "आप पात्र कहां से उठाते हैं? अपने आसपास से या किन्हीं ख़ास हालात का इंतज़ार करते हैं या.... ?"

उसका चेहरा अब भी किसी जज़्बे का इज़हार नहीं कर रहो था। न खिंचाव था, न ख़ौफ़ और न कोई औचक चाहत।

साजन भाई और बेमुरव्वत हो उठा था। "क्या बेहूदा सवाल कर रही हो," उसने कहा था।

"जो संपादक लिखकर देते हैं, वही पूछना होता है।"

"अजीब अहमक संपादक हैं।"

" जी।"

"तुम अपने संपादक को अहमक समझती हो?"

"संपादक हैं।"

"तुम्हारे हिसाब से सब संपादक अहमक होते हैं?" उसने चूहा-बिल्ली खेल खेला और अचरज के साथ देखा, वह सिर झुकाए क़लम घसीट रही है।

"क्या कर रही हो?" उसके मुंह से निकला था।

"लिख रही हूं।"

"क्या लिख रही हो?"

"जो आपने कहा।"

"छोड़ो उसे," वह गर्माया था।

"तो मेरे सवाल का जवाब दे दीजिए। आप अपने पात्र कहां से उठाते हैं?"

साजन ने ध्यान से उसकी तरफ़ देखा था। चेहरे पर कोई चुहल? चोर नज़र, नखरीली मुस्कराहट? तलब जगाती कोई शोख़ी? बदन में इतराहट या औरतनुमा बांकपन? कुछ नहीं था। अब आंखों के साथ उसका पूरा बदन सुलग उठा।

"कहीं से नहीं उठाता," उसकी ज़बान से चिंगारियां उड़ने लगीं, "मेरे पात्र मेरे होते हैं, मेरे अपने गढ़े हुए। मैं उन्हें अपने इशारों पर उठाता, बैठाता, घुमाता हूं। मन होता है तो जिलाये रखता हूं, वरना मार देता हूं। ख़ुदा होता हूं मैं उनका, समझी। बड़ी लेखिका बनी फिरती हो। सवाल पूछ रही हो, प्राइमरी स्कूल के

बच्चों जैसा। पात्र कहां से उठाते हैं। साला, कचरे के ढेर से पन्नियां उठाने का काम है?"

वह गुस्से में बक रहा था और मेधा, ठहरे पानी-सा बेलहर चेहरा लिए, लिख रही थी।

"कर क्या रही हो, तुम!" वह गुर्राया था।

"लिख रही हूं। तेज़ लिखती हूं। शार्ट हैंड की ज़रूरत नहीं पड़ती," मेधा ने कहा था।

"बेहया औरत," बेक़ाबू होकर, साजन ने काग़ज़ उसके हाथों से छीन, टुकड़े-टुकड़े कर दिये थे, "गेट आउट।"

वह चली गयी थी।

बाद में अख़बार के संपादक का फ़ोन आया था। मेधा की तरफ़ से माफ़ी मांगी थी और किसी दूसरे को भेजने का सुझाव रखा था। पर साजन अड़ गया था। उसी को वापस भेजो। उस लड़की...औरत...जो है, उसी को। इस बार सवालों की सूची नहीं पकड़ाओगे। वह अपनी मर्जी से पूछेगी। मंजूर हो तो भेजो वरना रखो अपनी टेंट में।

दोबारा, मेधा काग़ज़ क़लम के बजाय टेप रिकार्डर देकर भेजी गयी थी। उसके आने का इंतज़ार करता, साजन, कई बार परमानंद की स्थिति में पहुंच लिया था। कैसी मुहर्रमी सूरत लिए आयेगी बेचारी। कुछ तो मजबूरी होगी तो इतनी बेइज़्ज़ती सहकर दोबारा इंटरव्यू लेने आ रही है। बड़ी लेखिका बनी फिरती है। एक अहमक संपादक से न कहने की हिम्मत तक है नहीं। है क्या बेचारी, एक अदना संवाददाता। अरे, काहे का दाता, प्राप्ता कहो, प्राप्ता। संवाद प्राप्ता। वह अपनी व्यंजना पर ख़ुश, बिना ठहाके हंसा। शब्दों की भीख मांगने आ रही है पतुरिया....। दस गालियां दे लो, पैसे की ख़ातिर पड़ी रहेगी ज़बान से कान सटाये। उसका निचला होंठ लार से सनकर नीचे को लटक आया। थूक को उसने उगला नहीं, ज़बान पर लेकर, मुंह के भीतर फिरा लिया। औरत की फ़जीहत भी क्या 'काम' की चीज है। यूं ही औरत को कामिनी नहीं कहते न? अब आयेगी मान मर्दित कामिनी तो बहुत प्यार से बात करेगा उससे। बात के अलावा कुछ करने की ज़रूरत महसूस नहीं हो रही थी। काफ़ी रंजन हो चुका था।

वह आयी तो चेहरा पहले की तरह निर्विकार था। हाथ जोड़ने की औपचारिकता पूरी करके, टेप रिकार्डर उसके सामने मेज़ पर रख दिया था। फिर एक पन्ना उसकी तरफ़ बढ़ा कर कहा था, "सवाल देख लीजिए। कोई ज़रूरी सवाल छूट

गया हो तो जोड़ दूंगी।" साजन ने नज़र डाली थी। ठीक ठीक समाजोन्मुखी सवाल थे और वैसे ही जवाबों की मांग करते थे, मसलन, आप लेखन की सार्थकता किसमें देखते हैं? समाज के प्रति साहित्य का क्या दायित्व है? किस पाठक का चित्र आपके मन में होता है, वग़ैरह। साजन ने जबाव देने शुरू किये थे तो उसका सुर ऊंचा होता चला गया था। जबाव टेप होते रहे थे। मेधा ने आंखें बंद कर ली थीं। जिस तिस के खिलाफ़ फ़तवे देते, साजन भाई इस क़दर मगन हुए कि मेधा की तरफ़ ध्यान, काफ़ी देर बाद गया। लगा, वह झपकी ले रही है। तकरीर पूरी होने तक, उसने ग़म खाया। हां, मेधा को घूरता ज़रूर रहा। बात पूरी की तो तबीयत हुई, उसे ठोकर मारकर जगा दे। पर वह काफ़ी दूरी पर बैठी थी। कुर्सी से उठकर उस तक जाने के लिए वह जैसे ही हिला, उसने आंखें खोल दीं। नाटक कर रही थी साऽली।

मेधा टेप रिकार्डर बंद करने लगी थी।

"रुको," साजन ने टोका था, "अब समष्टि से व्यक्ति पर आओ। उसके बिना इंटरव्यू पूरा नहीं होता।"

कुछ देर चुप्पी रही थी। साजन को अखरी थी और भायी भी थी। "सवाल पूछो?" उसने शह दी थी।

"कौन सा?" मेधा ने पूछा था।

साजन को उसकी झिझक रिझा गयी थी। चाव भरी निगाह से उसका बदन टटोल कर बोला था, "जिसमें तुम्हें दिलचस्पी हो वही पूछो। संपादक ने कहा नहीं, अपनी मर्ज़ी के सवाल पूछने को?"

"मेरे लिए यह काम है। इसमें मेरी मर्ज़ी या दिलचस्पी नहीं है," मेधा ने सपाट कहा था।

"दिलचस्पी नहीं है तो काम करने निकली क्यों हो? घर बैठकर पति को रिझाओ, खाना बनाओ, स्वेटर बुनो। उठाओ यह तामझाम, छोड़ो नौकरी का नाटक," साजन एकदम नाटक के बाहर निकल आया था।

"देखिए," मेधा ने नरमाई से कहा था, "लोगों की दिलचस्पी आपके जवाबों में है, मेरे सवालों में नहीं। फिर भी पूछे लेती हूं। आप लेखक क्यों बने?"

"बतला चुका हूं।"

"आप पात्र अपने जीवन से उठाते हैं या...."

"शट अप," साजन ने डपटा तो मेधा चुप हो गयी थी।

चुप रही थी।

चुप रहती गयी थी। लगा था, आंखें खोले-खोले सो गयी।

"तुम्हारे बस का कुछ नहीं है," साजन भड़क उठा था, "जाओ, घर जाकर अचार को धूप लगाओ।"

मेधा चुपचाप हाथ जोड़ टेप रिकार्डर उठाकर बाहर निकल गयी थी। बाद में संपादक ने बतलाया था, मेधा के लिए नौकरी शौक़ नहीं, ज़रूरत थी। पति से उसका तलाक़ हो चुका था। चार साल का बच्चा साथ था।

"तलाक़! हुंह! पश्चिमी लफ़्फ़ज़ी! सीधा कहो छोड़ी हुई औरत है। परित्यक्ता!" लफ़्ज़ को थूकते-थूकते उसने मर्दों की बैठक वाला ठहाका बुलंद किया था, जिससे वह टूटकर, परि-तक-ता की ताल पर ऐसे बजा था, जैसे मां-बहन की गाली हो।

"साजन भाई आजकल...." संपादक ने हलका प्रतिवादी सुर उठाया पर वह सम पर आने से पहले टूट गया, क्योंकि उधर साजन लरज़ रहा था, "अपनी उस परि-तक-ता को इंटरव्यू की टंकित प्रति लेकर भेजो मेरे पास। सही क़रूंगा तब छपेगी।"

इस तरह मेधा तीसरी बार साजन के पास पहुंची थी।

"आइए-आइए मेधा जी," साजन भाई ने गर्मजोशी से स्वागत किया था, "क्या लिख रही हैं नया आजकल? बड़े चर्चे हैं भई आपके।"

मेधा संकुचित नहीं हुई थी। नज़र से नज़र मिलाकर कहा था, "उपन्यास पूरा किया है।"

"लिख मारा! क्या आत्मकथा?"

"सब लोग वही तो लिखते हैं।"

"सब नहीं सिर्फ़ औरतें। आत्मकथा को उपन्यास क्यों कहती हैं? इतना डर क्यों?"

"घटित के अलावा और बहुत कुछ लिखा जाये तो उसे आत्मकथा कैसे कहें?"

"अरे आओ! किसे हांक रही हो। हम घाट-घाट का पानी पिए हुए हैं।"

साजन की लप लप करती आंखों में कौंधी कामना ने मेधा के बदन का जायज़ा लिया। निचला मांसल होंठ आप से आप निकलकर नीचे लटक आया। अब वह साड़ी का पल्लू ठीक करेगी। वक्ष को ढकने के चक्कर में और उभार देगी। दूर जाने की कोशिश में बदन खींचेगी तो और उद्दीपक नज़र आयेगी। सोचकर, साजन ने गीले होंठों पर ज़बान फेरी और मुंह में थूक घुमाया। मेधा ने थैले में से काग़ज़ निकाल कर उसके सामने रख दिया, कहा, "देख लीजिए।"

साजन ने सरसरी निगाह उन पर डालकर कहा, "दो चार दिनों में ले जाना। अभी चलो हम तुम्हारा इंटरव्यू लें। कहो, तुम लेखिका क्यों बनीं? किसलिए लिखती हो तुम?"

"पता नहीं," उसने कहा, "अब तक जान नहीं पायी हूं। जब पता चल जायेगा...." वह चुप हो गयी। चुप्पी खिंचती गयी।

"और पात्र कहां से उठाती हो? बैडरूम से?" साजन ने पूछा।

काफ़ी देर तक मेधा उसकी आंखों में गहरे ताकती रही। पर उसकी दृष्टि का मतलब साजन की पकड़ में नहीं आया। वह असमंजस में पड़ गया। यह औरत है या मौन की शिला? मौन नहीं, बर्फ़ की शिला कहा जाता है, उसके मन में बजा। साऽली, पश्चिमी लफ़्फ़ाजी। छूटे नहीं छुटती, काफ़िर, मुंह को लगी हुई। तभी मेधा बोल पड़ी, "मुझे लगता है, मेरे सब पात्र मेरे ही अलग-अलग रूप हैं।"

"अच्छा?" साजन ने हिकारत से कहा, "भगवान हैं आप?"

"नहीं, पर...." मेधा सोचकर बोली, "हम लिखते या रचते क्यों हैं? भगवान से होड़ लेने के लिए ही न....नहीं।"

"नहीं। मैं खुदाई लफ़्फ़ाजी का क़ायल नहीं हूं। समाज की बात करो। उसके दुःख-दर्द के बारे में सोचा है कभी?"

"दुःख, दर्द," उसने दोहराया। अलग होते ही दोनों शब्द अर्थ पा गये।

"सोचा तो अजनबियों के बारे में जाता है," उसने जोड़ा, "वे तो मेरे अपने हैं। उन्हें महसूस करती हूं।"

"वाह!" साजन ने ठहाका लगाया, "बोल तो अच्छा लेती हो। पहले तो ऐसे जता रही थीं जैसे मुंह में ज़बान न हो।"

"सॉरी," उसने कहा पर लगा नहीं, वाक़ई खेद था।" सच यह है, "वह कहती गयी, "अभी मेरे पास किसी सवाल का जवाब नहीं है। जब हो जायेगा...देखो..." वह देर तक उसकी आंखों में आंखें डाले, सोच में डूबी उनके परे देखती रही।

साजन की आंखों में हिंसा की लौ ऊपर नीचे होती हुई, बुझने लगी। भरसक, उसे उकसा कर, उसने कहा, "पहले दिन तुम्हें देखा, तभी लगा था, तुम्हारे साथ एक जोरदार अफ़ेयर होकर रहेगा।"

अब तो चौंक कर खिंचेगी परि-तक-ता इस तरफ़ या उस तरफ़।

मेधा की नज़र दूर से पास आकर उसके बदन पर उसी तरह घूमी, जैसे उसकी मेधा के बदन पर घूमी थी। धीरे-धीरे रेंग कर, जायज़ा लेती हुई। साजन

बुरी तरह सकुचा उठा था। अपनी बदशक्ली का इतना हैरतनाक अहसास उसे पहले कभी नहीं हुआ था।

मुद्दत बाद उसने गरदन ऊपर की थी और कहा था, "चलूं। काग़ज़ लेने कब आऊं?"

"अभी ले जाओ," साजन ने जल्दी से वक्तव्य के आख़िरी पन्ने पर दस्तख़त किये थे और उसे पकड़ा दिये थे।

वह चली गयी थी।

उसके कुछ दिन बाद मेधा नौकरी और शहर छोड़कर चली गयी थी। नौकरी उसने मर्ज़ी से छोड़ी या मजबूरी में, समझदार जन ख़ुद समझ लेंगे।

एक छोड़ी तो नये शहर में दूसरी पकड़ी। दाना, पानी, घरौंदा और बच्चे के लिए स्कूल का जुगाड़ करने के लिए नौकरी ज़रूरी थी। कई छोटे शहरों और कस्बों में रहकर उसने मामूली क्लर्कनुमा नौकरियां कीं और लिखती रही। वह जान गयी कि लिखना भी एक क़िस्म की मजबूरी थी। प्रभु इच्छा या संयोग से उसका जन्म हुआ तो सेहत और शक्ल सूरत औसत मिली, पर संवेदन शक्ति और सौंदर्य बोध औसत से कुछ ज़्यादा। वह सिर्फ़ जीने पर नहीं, औरों के जिये को अपनी शिराओं में महसूस करने पर भी मजबूर थी। लेखन उसके जीवन का केंद्र नहीं था, यानी जीवन जीने के लिए वह उसका इस्तेमाल नहीं करती थी। पर जो केंद्र था, जिसके लिए हर दुःख झेल लेती थी और हर सुख छोड़ने को तैयार थी। उसके रहने पर लिखा तो इसलिए कि सुख को थोड़ा बहुत बढ़ा सके। फिर केंद्र के न रहने पर भी लिखती रही तो शायद अकथनीय दुःख को कथनीय बनाने के लिए। कोई ठीक उत्तर मिले बग़ैर पंद्रह बरस बीत गये। उसने पाया, लिखना मजबूरी से बदल कर आदत बन चुका था। इस बीच, वह भी मेधा से बदल कर मेधा दी बन गयी थी। पर नामवर साहित्यकारों की सूची में उसका नाम हाशिये से हटकर अधबीच नहीं आ पाया था।

प्रभु इच्छा मानिए या संयोग या चाहे कुछ और, उसकी हर किताब की पहली समीक्षा साजन करता। बहुत महीन नक़्क़ाशी के साथ, शब्दों की आड़ में अर्थों से खिलवाड़ किया जाता। संदर्भ से तोड़कर, चार-छह वाक्य, यहां-वहां से इकट्ठा किये जाते और उन्हें पुस्तक का सत्व घोषित कर दिया जाता।

मेधा को बड़बोला, फ़ेमिनिस्ट, व्यक्तिवादी, मध्यवर्गीय, आध्यात्मिक आदि में से कुछ नाम देकर उसकी खिल्ली उड़ायी जाती। साहित्यिक तत्व गौण होते

होते अनहुए हो जाते। किसी थोपे हुए जीवन दर्शन के तहत, उसे समाज से विमुख साबित कर दिया जाता।

फिर साजन इंतज़ार करता कि चोट खायी मेधा अपने ज़ख्मों की नुमाइश करती दिखेगी और उसका मनोरंजन करेगी। वैसे असली मज़ा उसे लोगों को ऊपर उठाकर नीचे गिराने में आता था। पर मेधा ने ऊपर उठने के लिए उसके घुटनों का सहारा लेने से इन्कार कर दिया था। इन्कार भी ऐसा घुन्ना कि घुटने आगे करने से पहले सिकोड़ लेने पड़े थे। मजबूरन दोयम रोमांच वाले खेल से संतोष करना पड़ रहा था। ऊपर चढ़ाकर पटाक से नीचे फेंक नहीं सकता था तो पहली सीढ़ी पर पांव रखते ही, लात मारकर नीचे धकेलते तो रह सकता था। वही सही।

हां, यह बतलाना भूल गयी कि इस बीच, ठीक वक़्त पर साजन लेखन का रास्ता काट कर प्रकाशक और आलोचक बन गया था। ज्यों ही उसके भीतर का तेज़ाब, लेखकीय अभिव्यक्ति में दोहराया जाने लगा, उसने शीशे में आये बाल को ताड़कर सामाजिक हित में, प्रकाशन का भार संभाल लिया था। आलोचना लिखना हर वानप्रस्थी लेखक का स्वधर्म होता ही है तो वही उससे क्यों कतराता। दोनों पेशों में ख़ूब सफलता मिली। सफलता की शर्त है, ठीक वक़्त पर ठीक क़दम उठाना। साजन मंजा हुआ खिलाड़ी था। जिंदगी का खाका उसने ख़ूब सोच विचार कर बनाया था। अपना लिखे या दूसरों पर लिखे, रहना उसे सुर्खियों में था और दूसरों को होशियों पर। वही हो रहा था। नोट किया आपने? इस बार मेधा पर ज़्यादा कहा गया साजन पर कम। हिसाब बराबर।

अब सवाल यह उठता है कि पंद्रह साल बाद मेधा दी, साजन भाई का इंटरव्यू लेने, अपने फटीचर क़स्बे की लीचड़ नौकरी छोड़कर राजधानी कैसे आई? साजन भाई के इंटरव्यू तो ख़ैर होते रहते थे। पर लेने के लिए मेधा क्यों? और कैसे?

हुआ यह कि प्रभु इच्छा कहें या संयोग (देखती हूं वह कहानी भारतीय संस्कृति से ज्यादा ही आक्रांत हुई जा रही है। आप चाहें तो तीसरा विकल्प ढूंढ़ लें।) अस्सी के आसपास हिंदी साहित्य लेखन में महिलाएं एकजुट होने लगीं। देखते-देखते फ़ेमिनिस्ट शब्द, गाली से इतर भी मायने रखने लगा। जोश में आ कर कुछ महिला साहित्यकारों, पत्रकारों और आंदोलनकारियों ने एक पत्रिका निकाल डाली। चंडी या दुर्गा जैसा कुछ नाम था। मेधा की भी ज़रूरत पड़ी उस सिलसिले में। अपनी मेधा दी को आज और कल के चर्चित लेखकों के इंटरव्यू लेने का

काम सौंपा गया। उनकी नारी संबंधी दृष्टि वग़ैरह को लेकर। साजन भाई ठहरे चर्चितों में चर्चित। सो, उनका इंटरव्यू होना ही था।

मेधा दी साजन भाई का इंटरव्यू लेने उसके दफ़्तर पहुंची तो वह उसे पहचान नहीं पाया। पहले से इत्तिला न रही होती तो वह मानता नहीं कि वह औरत मेधा थी।

खिचड़ी बाल, पिचका रूखा चेहरा, पतले काग़ज़ सी खरखरी त्वचा, पत्थर आंखें और हड्डी निकले बदन पर लिपटी कभी सफ़ेद रही, भूरी साड़ी।

वह उसके सामने बैठ गयी। आंखें उस पर टिका दीं। टिकाये रही। उसे याद आया, ये वही आंखें थीं जो भर्त्सना और अवमानना के साथ उसके बदन का जायज़ा लेती, सिर से पैर तक घूमी थीं। याद क्या आना था, वह भूला कब था। अब वे आंखें एकदम स्थिर थीं। लोहे की कंटिया की मानिंद उन्होंने उसकी चमकीली आंखों को जकड़ रखा था।

साजन भाई ने गला खंखारा। चुप्पी टूटी तो लोहे की कंटिया आंखों से हट कर उसकी गरदन में लिपट गई। उसका दम घुटने लगा।

ढीले कुर्ते को गरदन से थपथपा कर उसने और ढीला किया। लंबी सांस खींचकर धीरे-धीरे बाहर छोड़ी और कहा, "टेप रिकार्डर?" अपनी आवाज़ सुनकर वह आश्वस्त हुआ। हमेशा की तरह दमदार थी। मेधा ने हरकत नहीं की।

साजन ने फिर गला खंखारा। उसे दिखला कर कलाई घड़ी देखी और कहा, "लगाइए। ज़रा जल्दी। मेरे पास वक़्त कम है।"

"ज़रूरत नहीं है," मेधा फुसफुसायी।

"यह आप तय करेंगी या मैं?" साजन तुनका।

"मैं!" मेधा ने इतनी दृढ़ आवाज़ में कहा कि साजन सकपका गया। पल भर चुप रह कर बोला, "आप जाइए, मुझे इंटरव्यू नहीं देना।"

"देख लीजिए। नामी लेखकों की फ़ेहरिस्त से आप अकेले छूटे रह जाएगे।"

मेधा की आंखें उसकी गरइन पर कस गईं। साजन को महसूस हुआ उसका गला दबाया जा रहा है।

उसने फिर गरदन के ऊपर से कुर्ता ढीला किया।

मेधा चुप, बेहरकत बैठी रही। जैसे उसके पास क़यामत तक इंतज़ार करने को वक़्त था।

बर्फ़ की सिल्ली। साऽली। अंग्रेज़ी का मुहावरा भूलकर नहीं देता, वरना कहां की बर्फ़? यहां की गर्मी में कब की पिघल ली होती। यह तो पत्थर की

शिला है। अहल्या। राम के चरण स्पर्श की प्रतीक्षा में युगों तक यहीं धरी रहेगी। जायेगी तो मुझे साथ लेकर।

रसहीन, भावहीन चुप्पी कब तक झेल सकता है आदमी? साजन भाई जैसा आदमी? "चलो सवाल करो," अनचाहे, उसके मुंह से निकल गया।

मेधा ने एक टंकित पर्चा उसके आगे सरका दिया। साजन ने सरसरी निगाह उस पर दर्ज सवालों पर डाली। ठीक-ठीक सवाल थे। जो हमेशा पूछे जाते थे वही। नारी की स्थिति, स्त्री विमर्श, स्त्री और दलित साहित्य की उपेक्षा, नारी मुक्ति का देशज संदर्भ, वही सब।

"ठीक है," उसने ठसके से कहा," आप एक-एक करके सवाल पूछिए। जवाबों में स्वभाविकता बनी रहती है। लिखकर मुझे दिखला दीजिएगा। मेरे दस्तख़त होने पर ही छपने जा पायेंगे।"

"ज़रूरत नहीं है," मेधा ने कहा।

"क्या मतलब..." साजन हकला गया।

"जवाब भी हैं साथ," उसने एक फ़र्मा उसके आगे कर दिया।

"क्या है यह?"

"जवाबों की ज़ीरोक्स कॉपी करवा रखी है। आपको बस उस पर दस्तख़त करने हैं।"

"क्या बक रही हो?" साजन गुर्राया।

"मैं जानती हूं, आप सबके जवाब एक ही होंगे। इसलिए तैयार करवा लिये हैं। यह देखिए, काफ़ी प्रतियां हैं।" उसने एक फ़ाइल उसे दिखलायी, "आप सही कर दें, बस।"

"समझ क्या रखा है तुमने मुझे?" साजन चीखा।

"एक ज़ीरोक्स कॉपी।"

"क्या?"

"जी। ज़ीरोक्स कॉपी," अब मेधा हंस दी। ठहाका मारकर नहीं, धीमे से। अपनी आंखों की लोहे जैसी कंटिया उसकी आंखों में फंसाए रख कर। हंसी से बिंध कर शब्द चिथड़ गया। ज़ीरो-अक़्स। हंसी ने, पत्थर बनी आंखों से बरसों से जमा हिक़ारत का लावा बाहर निकाल दिया। वह हंसती रही। रुक-रुक कर। निमिष भर को रुकती, साजन की सांस में सांस आती कि वह फिर हंसने लगती। आंखें गरम लावा छिटकातीं, उसके बदन पर घूमती रहीं। रुक रुक कर हंसी का साथ देती हुईं।

साजन ने देखा, वह कुर्सी से उठकर धीमे धीमे चलती हुई उसके पास आ गई। उसके मरियल, सूखे हाथ लोहे की सलाख़ों की तरह उसकी छाती पर जकड़ गये। वहां से हटकर, कंधों पर। फिर गरदन पर। बड़ा खौफ़नाक मंज़र था। थरथराती हंसी थी कि थमने का नाम नहीं ले रही थी। रुक-रुक कर ठनक उठती थी और हर ठनक कहती थी, ज़ीरो-अक़्स। ज़ीरो-अक़्स।

साजन ने अपनी बलिष्ठ बांहों से धकेल कर उसे हटाना चाहा पर मेधा की बर्फ़ीली बांहों में पत्थर की तासीर थी। उनकी जकड़ बनी रही।

ठीक किस क्षण साजन भाई ने मेधा दी का गला दबाया, कहा नहीं जा सकता। जैसा पहले कहा गया था जब तक रागिनी ने पन्ना टाइपराइटर से निकालकर मुंह ऊपर उठाया, गरदन टीपी जा चुकी थी। मेधा दी अपनी कुर्सी पर निढाल पड़ी थीं।

जी हां, वह साजन के आसपास फ़र्श पर पड़ी नहीं पायी गयी थीं। सामने वाली कुर्सी पर थीं और साजन पास खड़ा था। रागिनी ने ही नहीं और बहुतों ने देखा था।

लोगों की आवाजाही के बीच साजन अब भी अपनी गरदन पर उसके सर्द सख़्त-सूखे हाथ महसूस कर रहा था। सोच रहा था मैंने तो इसे बहुत पहले मार दिया था। इसकी भटकी आत्मा यहां कैसे चली आई? इस चुड़ैल के चंगुल में फंस कर मैं खुदकुशी पर कैसे उतारू हो गया?

फिर भी वह घबराया नहीं। उसे यक़ीन था जिंदगी भर की उसकी जोड़ तोड़ बेकार नहीं जायेगी। साबित कुछ हो, न हो, अपने समाज की हर कचहरी, अदालत से वह बाइज़्ज़त बरी हो जायेगी।

होगा या नहीं, यह तय करना, मैं आप पर छोड़ती हूं।

साठ साल की औरत

सुरभि घोष ने अपनी एक कहानी मे लिखा था, साठ की होने पर औरत निरापद हो जाती है। कुछ भी करे, लोकापवाद नहीं होता। कितनी बेवकूफ़ी की बात थी। जैसे लोकापवाद का न होना औरत को निरापद करने को काफ़ी हो। और जो लोक से इतर, अपना मनोजगत है उसका क्या? पर उसका आग्रह तो साठ की होने पर पता चलेगा न? चालीस की उम्र में साठ इतनी दूर लगता है कि जो चाहो कह लो।

आज इक्कीस साल बाद, सुरभि घोष उसी शहर में है, जहां पहले पहल डॉ. चंद्रशेखर रामलिंगस्वामी से मिली थीं। इतिहास के उन प्रोफ़ेसर का नाम, इतिहास की तरह लंबा था। पर कहते उन्हें सब डॉ. चंद्र थे।

इतिहासकार डॉ. चंद्र से सुरभि घोष की मुलाकात एक गोष्ठी में हुई थी। जब उन्होंने उसे गिरजाघर ले चलने का प्रस्ताव रखा तो वे दोस्त क्या, परिचित भी नहीं थे। नहीं, वे उसे पूजा या प्रवचन में नहीं ले जा रहे थे, सिर्फ़ इमारत दिखलाने। इतिहासकार डॉ. चंद्र को अपने शहर की तारीख़ी इमारतों से ख़ास लगाव था। वे उन पर लिख बोलकर भी काम चला सकते थे, चलाते भी थे। पर कभी-कभी आंख में उंगली डालकर समझाने का दौरा पड़ जाता था। अलबत्ता, कभी-कभार। उस बार जब पड़ा तो सुरभि घोष सामने थी।

"इस शहर में आई हैं तो वह गिरजाधर देखे बग़ैर मत लौटिएगा," उन्होंने कहा था।

"वही क्यों?" उसने पूछा था।

"अपनी तरह का वह अकेला गिरजा है।"

"अपनी तरह के तो सभी अकेले होते हैं," उसने तपाक से कहा था।

डॉ. चंद्र ने इन्कार नहीं किया था, पर हंसे भी नहीं थे। शायद वे कम हंसते होंगे।

गिरजाघर पहुंचने तक सुरभि के मन में सवाल, दलील, क़यास का सिलसिला, आदतन ख़ूब चला था। पर वहां पहुंचते ही सब कुछ बेख़्याल, ख़ामोश हो गया था।

गिरजाघर पांच मंज़िला है। दाएं बाएं दो घुमावदार ज़ीने हैं। वे हर मंजिल के बारजे पर जाकर मिलते हैं, फिर उलटी दिशा में ऊपर बढ़ते हैं। मंज़िल दर मंज़िल बारजा संकरा होता जाता है। अच्छा हुआ, इतनी जानकारी डॉ. चंद्र ने नीचे ही दे दी थी। चढ़ना शुरू करने के बाद सुरभि दिवा स्वप्न में थी जहां आदमी को सुनायी तो देता है, पर वह सुनता नहीं।

सरे राह मिले मुलाक़ाती डॉ. चंद्र और सुरभि घोष ने अलग-अलग सीढ़ी से ऊपर चढ़ना शुरू किया। डॉ. चंद्र दाएं, सुरभि बाएं। नीचे जब डॉ. चंद्र ने कहा कि इस गिरजे पर अलग अलग सीढ़ी से चढ़ने की परंपरा है तो सुरभि ने उनकी बात को 'बात' जितनी ही तवज्जह दी थी और उनकी वाली सीढ़ी पर क़दम रख दिया था। पर उन्होंने ख़ासी सख़्ती से उसे बाएं हो जाने की हिदायत दी थी।

परंपरा पुजारी, ज़िद्दी बच्चा। बाएं जीने से ऊपर जाते सुरभि हंसती रही थी। जल्दी ही बारजे पर डॉ. चंद्र से भेंट हो गयी थी। नीचे जैसे मुलाकात ही न हुई हो, कुछ ऐसी नज़र से दोनों ने एक दूसरे को देखा था और मुस्करा दिए थे। सुरभि को गिरजाघर का शिखर दिखलायी दिया तो उसने गरदन बढ़ाकर आसमान भी देख लिया था। सूरज शायद इमारत के पीछे था, क्योंकि आसमान पर, परछावां रोशनी का उजास था, धूप नहीं। एक दूसरे के सामने से होकर, अब सुरभि दाएं और चंद्र बाएं जीने से ऊपर चढ़ते हुए दूसरी मंज़िल के बारजे पर जा मिले।

धरती अब कुछ और नीचे छूट चुकी थी। पर दीख भरपूर रही थी। चौक पर घूम रहे इंसानों के चेहरे पहचान पाना मुमकिन नहीं था, पर उनका वजूद आंखों के दायरे में मौजूद था। फिर भी वे अलग, नीचे और दूर थे। सम पर एक दूसरे के नज़दीक़ सिर्फ चंद्र और सुरभि थे। पहले अग़ल बग़ल फिर आमने सामने।

इस बार, सुरभि खुलकर मुस्करा नहीं पायी। डॉ. चंद्र की निगाह चेहरे पर महसूस हुई तो आंखें बरबस झुक गयीं। वह उनके आगे से निकली और दोबारा बाईं सीढ़ी पकड़ ली।

सीढ़ी चढ़ते हुए दिल की धड़कन तेज हो ही जाती है, सो हुई। चढ़ भी तो इतने फ़र्राटे से रही थी जैसे ऊपर पहुंचने पर कोई ख़जाना हाथ लगने वाला हो। पेट में बुलबुला उठा तो जमकर ही बैठ गया। बहुत धीमे-धीमे वह छाती की तरफ़ सरका। अब फूटे कि अब फूटे। एक अनर्गल रोमांच उसमें क़ैद था, जैसे बढ़िया जासूसी नाटक या फ़िल्म देखते हुए होता है। यहां तक कि छज्जे पर पांव बढ़ाने से पहले, वह आख़िरी पैड़ी पर ठिठकी खड़ी रह गयी। लंबी सांस खींचकर अपने को सहेजा तो छाती में अटका बुलबुला धौंक से फूट गया। वह छज्जे पर ठिली चली आई। आंख के कोने से देखा, डॉ. चंद्र दाएं बाज़ू थे। छाती की धौंकनी जैसे चाल में भर गयी। डॉ. चंद्र को देखकर अनदेखा करती,वह भाग कर दाएं जीने पर जा चढ़ी।

धीरे-धीरे चाल मंद होती हुई सुस्त पड़ गयी। क्यों भागी वह बारजे से? छजली बनायी जाती है, ठहर कर नज़ारा देखने को। ऊपर और नीचे का, नहीं? और यह दौतरफ़ा गोल ज़ीना? यह क्यों बनाया गया था? सवाल क्या उड़ आया, मधुमक्खी सा गुंजार करता, मन में देर तक फड़फड़ाता चला गया।

जवाब शायद मिल भी जाता पर तभी दूसरा सवाल डंक मार बैठा। मान लो, वह चौथे तल पर पहुंचे और डॉ. चंद्र वहां न हों? वह नज़ारा करती खड़ी रहे पर वह न आयें? कभी न आयें? सुस्ती भूल वह बारजे पर खिंच आई।

डॉ. चंद्र और सुरभि वहां एक साथ पहुंचे। एक दूसरे के पहलू में आकर थमे। रुके....एक ख़म खाया और आमने सामने हो गये। इतने क़रीब कि बदन चुराकर निकलना मुश्किल था। पर उन्होंने पूरी एहतियात बरती और अनछुए रास्ता काट कर फिर बिछड़ गये।

सुरभि के बदन पर हौले हौले पसीने की परत बनने लगी। बूंद-बूंद करके उभरी, चाव भरी सिहरन के साथ। ज़ीना ढका था तो क्या, हवा न सही, ठंडक फिर भी काफ़ी थी। पल्लू से मुंह-माथा पोंछने को मन नहीं हुआ।

खुले छज्जे पर पहुंची तो ठंडी हवा ने पसीजे बदन पर फुफुरी ला दी। डॉ. चंद्र से एकदम सामना हो गया। वह उसकी वाली सीढ़ी की तरफ़ तलबगार निगाहें लिए खड़े थे। कुछ देर वे एक-दूसरे की नज़दीक़ी महसूसते खड़े रहे। वक़्त के गुज़रने का वहां कोई मानी नहीं था। न अलेहदगी का। उस फ़क़त दम तन्हाई ने अलहदगी को शिरकत में तब्दील कर दिया था। पता नहीं राज़ क्या था, पर जो था नुमायां हो चुका था।

सुरभि ने पाया, उसका चेहरा पसीने से नहीं, आंसुओं से तरबतर था। यह बार-बार बिछड़ कर मिल पाना कितनी बड़ी नियामत है। हर्ष और विषाद की मिली जुली तरंगें उसे झकझोर कर, दिल के भीतर से एक शब्द ऊपर खींच रही थीं। वही उसके चारों तरफ़ बज रहा था, मिलन! वह भूल चुकी थी, कितने बरस, कितने जीवन, कितने जन्म वह जी चुकी थी। बस इतना जानती थी कि यह आख़िरी पड़ाव था, अलौकिक मिलन का। उसने आंखें बंद कीं और नीचे छलांग लगा दी।

लगाई पर लगी नहीं। देखा डॉ. चंद्र की मज़बूत हथेलियों ने उसे दोनों तरफ़ से जकड़ रखा था।

सुरभि के भीतर एक अदम्य लालसा जग उठी। डॉ. चंद्र उसे वहीं, तभी, फ़ौरन प्यार करें। छाती पर भींच कर, मुंह ऊपर उठायें, चूमें, बार-बार चूमें। पागल कर देने वाली हसरत के साथ वह इंतज़ार करती रही कि वे उसकी चाहत पर अमल करें। प्यार करें, पर वे करें। सुरभि पहल नहीं कर सकती थी। नीचे कूद कर जान दे देना एक बात है, भविष्यहीनता से निरापद, पुरुष को बांहों में लेकर प्यार का आमंत्रण देना, एकदम दूसरी। डॉ. चंद्र का मुंह उसके कान से सटा था। उन्होंने कहा, वापस चलें? वह हिली नहीं तो ठेलकर ज़ीने पर एक पैड़ी नीचे उतार दिया। ख़ुद दूसरी सीढ़ी की तरफ़ हो लिये।

शिथिल चाल, पसीने से लथपथ, लस्त-पस्त, वह ज़ीना दर जीना उतरती गयी। लौटते हुए भी हर बार बारजा आया। कभी डॉ. चंद्र दीखे, कभी नहीं। धीमी गति के यान की तरह, वह दाएं बाएं सीढ़ियां पकड़ती नीचे उतर आयी। डॉ. चंद्र क्षण भर बाद पहुंचे। उसे देख मुस्कराए और बोले, "तो सुश्री घोष, कैसा लगा गिरजा?"

सुरभि ने आंखें फाड़कर उन्हें देखा, फिर आसमान तक उठे गिरजाघर के शिखर को। पूरी दूरी को फलांग कर दृष्टि वापस धरती पर फिसली और वह गश खाकर वहीं गिर पड़ी।

पलक झपकने भर को होश गुम रहे होंगे, फिर लौट आये। शर्मसार, वह उठकर बैठने को थी कि डॉ. चंद्र की आवाज़ सुनकर रुक गयी। आंखें मूंदे पड़ी रही। जैसे अब भी बेहोश हो।

"सुरभि! सुरभि!" वे इतनी वाचाल आत्मीयता के साथ उचार रहे थे कि प्रिय, प्रियतमा जैसे उपसर्ग-प्रत्यय, अनायास जुड़े जा रहे थे। बहुत देर नहीं चल सकता था। चोरी किसी की हो, पकड़ी जाये तो शर्म आती है। वह उठी, खड़ी

हुई, कहा, "सॉरी। कभी-कभी हो जाता है। वाइन पीने से " अब कुछ तो कहना था।

"वाइन ? सुबह-सुबह आपने वाइन पी ?"

"नहीं," उसने कहा, "कल पी होगी। मुझे नहीं मालूम। पहले ऐसा कभी नहीं हुआ। आप इतनी जिरह क्यों कर रहे हैं ?"

"जिरह !" वे निरीह हो आये थे, "सुश्री घोष आप बहुत थक गयीं क्या ?"

"मर गयी," उसने कहा और हंस पड़ी। काफ़ी हंसी। जितना अकेले मुमकिन था। डॉ. चंद्र नहीं हंसे। ज़रूर वह आदमी कम हंसता होगा।

आने वाले दिनों में उनका परिचय बढ़ा और जहाज़ी पंछियों वाली हमराह दोस्ती में बदल गया। ऐसी ईमानदार आत्मीयता में जो उन्हीं लोगों के बीच पनप पाती है, जो जानते हैं कि उनका साथ कुछ निश्चित दिनों के लिए है। बीती बातें याद दिलवा कर शर्मिंदा करने का मौक़ा नहीं आयेगा, इसलिए जो चाहें खुल कर कह सकते हैं। उदार होकर एक दूसरे के उस शौक में भी हिस्सेदारी कर सकते हैं, जिसमें अपनी दिलचस्पी न हो। बाद में वह यह कहने नहीं आयेगा कि पहले तो पसंद था, अब क्या हुआ ? गोष्ठी चली कुल जमा एक हफ़्ते। कम नहीं होता एक हफ़्ता। नियमितता से अलग, आज़ाद सात दिन। जैसे हर दिन में चौबीस नहीं, चालीस घंटे हों। कम से कम बारह के बीस तो बनाये ही जा सकते हैं। सो वे बनाते रहे। कुछ गोष्ठी के आयोजकों की कृपा से कुछ अपनी तरफ़ से। यानी गोष्ठी में पर्चे पढ़े सुने बहसाये, साथ-साथ फिर शाम को खाना, पीना, घूमना, बतियाना भी साथ किया।

यूं आख़िरी शाम आ पहुंची। स्थानीय विश्वविद्यालय ने गोष्ठी के सभी भागीदारों को शाम की दावत का न्यौता भेजा। दावत एक पुरानी इमारत में थी। पुराने राजमहलों, मठों में ढाबों खुलना आम बात हो चुकी थी। गोल मेज़ों के चारों तरफ़ छह-छह कुर्सियां लगी थीं। सुरभि और चंद्र के साथ बैठे थे, अमेरिकी जानेथन, फ़्रांसीसी निकोल, जर्मन राइमन और चेक राक्ज़ान। ठीक समझे आप। अंतर्राष्ट्रीय गोष्ठी थी और औरत-मर्द इकट्ठा बैठे थे। मेज़ पर शराब के नाम पर वाइन की बोतलें रखी थीं। साथ में नमकीन बिस्कुट। गप्पों की गर्मागर्मी में सुरभि के साथी वाइन पर वाइन पिये जा रहे थे। मेज़ पर रखी बोतलें ख़त्म हुईं तो और मंगा ली गयीं।

काफ़ी देर तक सुरभि वाइन से हाथ खींचे रही। वह जानती थी, गिरजाघर से नीचे उतरने पर आंखों के आगे जो अंधेरा छाया था, वह वाइन की वजह से नहीं था। एक घूंट भी हलक के नीचे नहीं उतरी थी। पर पहले एक बार वाइन का महज़ एक जाम पीकर, वह धराशायी हो चुकी थी। हुआ सिर्फ़ एक बार, क्योंकि पिया सिर्फ एक बार। पर तभी से वाइन से दुश्मनी ठान ली थी। पर अब जब साथी जाम पर जाम ख़ाली किये जा रहे थे, भरा का भरा गिलास सामने रखे रहना, नागवार मालूम पड़ रहा था। जब-जब झुकी बोतल, उसके जाम से रूसवा हो मुंह फेरती, वह बौखला कर बिस्कुट कुतरने लगती। बाकी लोग वाइन की नयी बोतल मंगाते,तो वह पानी की गुहार लगा देती। मेज़ के तमाम बिस्कुट ख़त्म हो गए। न पानी आया, न और बिस्कुट। तब हाथ डुलाते बैठे रहना, नागवार से नामुमकिन होने लगा। आख़िर उसने सामने रखा जाम उठा लिया और ख़ाली कर दिया। भरे जाने पर शायद दूसरी बार भी पी लिया। इस तरह चार घंटे गुज़रे और रात के ग्यारह बज गये।

"चलें?" कह साथी उठ खड़े हुए।

"पर खाना?"

सुरभि के मुंह से निकला।

"खाना?" पांचों ने एक साथ कहा, "आप खाकर नहीं आयीं?"

"नहीं, यहां दावत थी न, शाम की?"

शाम की दावत! खाना! इन अल्फ़ाज़ में कौन सा मजाक छिपा था, सुरभि समझ नहीं पायी। पर उसके साथी हंसी से दोहरे होते रहे। बीच-बीच में बेचारी हिंदुस्तानी, पूर्वी मेहमाननवाज़ी मालूम, जैसे जुमले उभरे और दब गये।

"यहां शाम की दावत में खाकर आने का रिवाज है। अब उठो," चंद्र उसके कान में फुसफुसाये तो उसने समझा, वे हंस नहीं रहे थे।

शुक्र था कि वे हंसते कम थे वरना उस वक़्त वह शायद रो पड़ती। भूखे पेट इंसान बड़ा बेबस हो जाता है। ख़ासकर जब, दुश्मन वाइन पेट में कटार चला रही हो। उसने उठने की कोशिश की तो सिर घूम गया। पर डॉ. चंद्र उसकी बांह कस कर पकड़े रहे और वह बिना लड़खड़ाये बाहर आ गयी। बाहर काफ़ी ठंड थी। हवा तेज़, साफ़ और सर्द थी। जैसी रात के दूसरे पहर में होनी चाहिए। सिर संभला तो उसने देखा, बाक़ी साथी आगे या पीछे, कहीं छूट चुके। वहां, वह और चंद्र, दो ही थे।

तभी चंद्र हंस पड़े। सुरभि चौंक उठी। पर बांह छुड़ाने लायक़ सिर नहीं था। फिर भी बदन अकड़ा होगा, क्योंकि उन्होंने अपने पर क़ाबू पाने की कोशिश की। कामयाब नहीं हुए। बोले, "तुम सारे बिस्कुट खा गयीं?" और दबाने पर दुगने ज़ोर से फूट पड़ने वाली हंसी हंस दिये। सुरभि को भी हंसी आ गयी। सहसा चंद्र बोले, "टिप।" और वापस मुड़ लिये। सुरभि की बांह अब भी उनकी पकड़ में थी, सो साथ खिंचना पड़ा। वे वापस ढाबे पर पहुंचे। दरवाज़ा बंद था, पर ढकेलने पर खुल गया। भीतर मैनेजर के सिवा कोई नहीं था। वह मेज़ पर बैठा बाक़ायदा खाना खा रहा था। नमकीन बिस्कुट नहीं।

"क्या चाहिए, रेस्तरां बंद हो चुका," उसने कहा।

"आपका शुक्रिया," चंद्र ने कहा। फिर अपनी वाली मेज़ पर दस का नोट रखा और बाहर चले आये।

"खाना!" सुरभि के मुंह से निकलने को हुआ, वापस घोंटा तो निकला, "नोट किसलिए?"

"उम्दा शाम के लिए," चंद्र ने कहा, "यादगार शाम होगी न, यह?"

तुम्हारी वजह से, सुरभि ने शब्दों के अर्थ को पकड़ा। "हां" की भंगिमा में उनकी तरफ़ देखा। उन्होंने कहा, "तुम्हें भूख लगी है न। ग़लती मेरी थी। गोष्ठी के बाद तैयार होने होटल गयी थीं तो मुझे बतलाना चाहिए था, खाकर आना।"

"कोई बात नहीं। इतने बिस्कुट तो खा गयी," वह हंस दी। पर पेट में ख़ालीपन बना रहा। है

"मेरे डेरे पर डबलरोटी वग़ैरह है। चल कर खा लो," उन्होंने कहा। सवाल नहीं किया गया था। जवाब की जरूरत नहीं थी। सुरभि ने चाहा, कुछ न बोले, चुपचाप उनके साथ चलती जाये। कुछ दूर चली भी। पर....नशा था कि उतरता चला गया। चित्त चौकन्ना हुआ नहीं और नज़र साफ़ कि हौसले पस्त हो गये। उसने वही कहा जो कहा जाता रहा है। "अलस्सुबह उड़ान है। अब सोना चाहिए।"

वे कुछ देर या शायद काफ़ी देर चुप रहे। फिर बोले, "ठीक है। अपने होटल में ही खा लेना। क़ैफे खुला होगा।"

वह बात नहीं है, उसने कहना चाहा, कम से कम सोचा, कहना चाहिए। पर नहीं कहा। विदा दे लेकर होटल पहुंच गयी। अगली सुबह, निर्धारित उड़ान पकड़ कर अपने शहर लौट गयी।

इक्कीस वर्ष बीत गये। अब वह फिर उस शहर में है, जहां पहले पहल डॉ. चंद्र से मिली थी। फिर विश्वविद्यालयी गोष्ठी हैं। फिर वह मेहमान वनकर आयी हैं। इस बार भी वह समाजशास्त्र विषयक पर्चा पढ़ने वाली है। अब भी इतिहास में उसकी रुचि है। इस बार भी डॉ. चंद्र से मिलना होगा या नहीं, उसे नहीं मालूम। गोष्ठी में हिस्सा लेने वालों की फ़ेहरिस्त में उनका नाम नहीं है। क्या वे इसी शहर में है, उसी विश्वविद्यालय में प्रोफ़ेसर? विश्वविद्यालय फ़ोन भर मिलाना होगा, पता चला जायेगा। तो करे? पहले दो दिन गोष्ठी की व्यस्तता और सोचा सोची में बीत गये। दूसरे दिन, उसका अपना पर्चा पढ़ा जा चुका तो फ़ुरसत के साथ राहत मिली। दोपहर बाद, वह अकेली पुराने गिरजाघर चल दी। पर ऊपर नहीं चढ़ी। एक नज़र शिखर तक देखा कि मन हुआ, पलट कर कमरे में चली जाये। सो, चली गयी।

तीसरे दिन स्थानीय विश्वविद्यालय में इतिहास के प्रोफ़ेसर डॉ. जेम्स गोल्डमेन का व्याख्यान था। दोपहर के खाने तक उस पर चर्चा चली। फिर मेज़बान की हैसियत से डॉ. गोल्डमेन एक एक मेहमान की ख़ैर ख़बर लेने लगे। आपसी बातचीत शुरू हुई तो उनके विभाग के डॉ. गोल्डमेन से डॉ. चंद्रशेखर रामलिंगस्वामी के बारे में पूछे बग़ैर कैसे रहा जा सकता था? सो पूछा। नाम सुनकर डॉ. गोल्डमेन जोश में आ गये। "आप जानती हैं उन्हें? विलक्षण इतिहासकार हैं पर एकांतप्रिय, निस्संग, नहीं? बैठे बिठाये एक दिन नौकरी और शहर छोड़ कर चले गये। आजकल स्वतंत्र शोध कर रहे हैं। गोष्ठियों में नहीं जाते। निमंत्रण भेजा था, पर...अच्छा सुनिए, आप बात कीजिए न उनसे...." कहते-कहते उन्होंने फ़ोन उठा लिया।

नहीं...हां....अभी रहने दीजिए....बाद में करूंगी.....नम्बर....ऐसे कई, टूटे-बिखरे शब्द समूह दिमाग़ में उभरे, पर मुंह से कुछ कह पाने से पहले, फ़ोन का चोंगा उसके हाथ में था और डॉ. गोल्डमेन दूसरे मेहमान के पास।

हैलो-हैलो सुन कर कहना पड़ा, "डॉ. चंद्र?"

"जी।"

"मैं....सुरभि घोष....याद नहीं होगा.....इक्कीस साल पहले....गोष्ठी में..." उसकी आवाज़ डूबने लगी कि उधर से ज़ोरदार इक़रार आया।

"सुश्री घोष। आप आ गयीं!"

"सोचा...हाल पूछूं...." वह हकला गयी।

"क्यों, मिलते हैं न। यहां से दो सवा दो घंटे का रास्ता है। कहां मिलें?"

"गिरजाघर पर," वह कह उठी।

"दो ज़ीनों वाले? ठीक है। साढ़े चार बजे गिरजाघर के सामने।" फ़ोन कट गया।

वह चोंगा हाथ में लिये बैठी रही। ग़लती हो गयी। होटल में मिलने को कहना था। डॉ. गोल्डमेन से नंबर लेकर फोन कर सकती है। पर फ़ौरन् करना होगा वरना वह निकल पड़ेंगे। डॉ. गोल्डमेन आसपास दिखलायी नहीं दिये। उठ कर उसने तुरंत ढूंढ़ा नहीं। सोच सोचकर जब उठी, देर हो चुकी थी। फ़ोन करने का कोई मतलब नहीं था। वह कॉफ़ी पर कॉफ़ी पीती रही, फिर वक़्त से पहले गिरजे के लिए निकल पड़ी। सोचा, उनके आने तक आसपास घूम लेगी। पुरानी यादें अकेले जी लेगी, उनका चाव उतार फेंकना आसान होगा।

वह गिरजाघर पहुंची तो देखा वे सामने से चले आ रहे हैं। दो घंटे लगे नहीं रास्ते में।

"आपके तो सब बाल सफ़ेद हो गये?" देखते ही उसने कहा।

"आप चाहती हैं, इन्हें काले करूं?" उन्होंने कहा।

बेवक़ूफ़! इक्कीस साल बाद मिलने पर यह कहा जाता है।

नहीं-नहीं, उसने कहा कि नहीं, पता नहीं।

"आपने तो लिखा था, साठ साल के बाद लोकापवाद नहीं होता। फिर लोगों के चाहने से बाल काले क्यों करें?" उन्होंने कहा तो अपनी बेवक़ूफ़ी, बदतमीज़ी सब जेहन से निकल गयी। पूछा, "आपको कैसे पता?"

"क्यों, लिखकर छपवायेंगीं तो सभी को पता चल जायेगा। अंग्रेज़ी में होगा तो मुझे भी।" कह कर वे हंस पड़े। "देखा, कैसी विडंबना है, एक इतिहासकार के लिए। हम दोनों हिंदुस्तानी पर अंग्रेज़ी में अनुवाद न हो तो मैं आपको पढ़ न पाऊं।" वे फिर हंसे।

"मेरी किताब यहां?"

"यहां नहीं। हिंदुस्तान गया था तब ख़रीदी थी।"

हिंदुस्तान गये थे। उसका मुंह उतर गया। उससे संपर्क नहीं किया? वह भी तो निस्संग थी, इनकी तरह। प्रिय की तरह एकांत को साथ लिये।

"पत्नी साथ थीं," उन्होंने कहा, "और तब मैं साठ का नहीं हुआ था।" अब वे और खुल कर हंसे।

सुरभि इधर-उधर ताकने लगी, जिससे एक दूसरे को देखने से बचा जा सके।

"उधर एक कैफ़े है, वहां बैठें?" भटकती नजर को सबब देने के लिए उसने कहा।

"ऊपर नहीं चलेंगी? फिर यहां...."

"चलिए," शर्मिंदगी में वह एकदम आगे बढ़कर ऊपर चढ़ने लगी। डॉ. चंद्र दूसरे ज़ीने की तरफ़ बढ़ गये।"

बदहवास सी वह पहली मंज़िल के बारजे पर पहुंची। तेज़ तेज़ चढ़ी होगी, क्योंकि वे वहां नहीं पहुंचे थे। उनका इंतजार किये बिना, उसने दूसरा ज़ीना पकड़ लिया। इस तरह तो क्या पता, वह चोटी पर पहुंच कर वापस भी उतर जाये और रास्ते भर वह निस्संग, विलक्षण इतिहासकार मिले ही नहीं? अच्छा रहे। रहे? उसकी चाल में सुस्ती आ गयी। जब वह दूसरे तल्ले के छज्जे पर पहुंची तो उन्हें वहां इतमीनान से खड़े पाया।

"पहली मंजिल पर मिलीं नहीं?"

"आप देर से पहुंचे।"

"मैंने कितना इंतज़ार किया। सोचा, दूसरी सीढ़ी परजा कर देखूं, ऊपर तो नहीं चली गयीं? फिर सोचा, क्यों परंपरा तोड़ी," वह हंस दिये।

अरे, यह आदमी इतना वाचाल और हंसोड़ कब हुआ? हंसा तो था, उस आख़िरी शाम भी।

"चलें?" उन्होंने ही कहा और ऊपर बढ़ गये।

इस बार, अलग अलग चढ़ते उनके क़दमों में तालमेल रहा होगा, क्योंकि तीसरे तल पर वे वैसे ही आमने सामने प्रकट हुए जैसे कुछ देर पहले नीचे हुए थे।

सूरज इमारत के पीछे कहीं होगा, क्योंकि सामने आकाश पर मोतिया आभा थी, जगर-मगर चौंध नहीं। उनके बालों की सफ़ेदी निष्कपट थी। हलकी रोशनी पड़ने पर और झक श्वेत लग रही थी। उसके अपने बाल भी काफ़ी पक चले, पर वह उन्हें काला करती है।

साठ की उम्र में लोकापाद नहीं होता। बेवक़ूफ़ी की बात करो तो सारी दुनिया पढ़ लेगी, अक़्ल की लिखो तो पाठकों का टोटा पड़ जायेगा। सोच रहे होंगे, साठ की हो गयी, बाल रंगने का मोह नहीं छूटा। उनके सामने से गुज़र कर आगे बढ़ते, वह ठिठक गयी। ठहरी रही। उन्हें जो कहना था, वह सुनने को। कहेंगे ज़रूर। वाचालता जो पा गये हैं उम्र के साथ। वे एक शब्द भी बोले तो वह ऊपर जाने के बजाय नीचे उतर जायेगी। वे नहीं बोले। दोनों चुप खड़े रहे। उसके भीतर इक्कीस बरस पहले का वक़्त सांस लेने लगा। हवा के बगूले

सा उठा और बिठलाये न बैठा। सांस और अहसास पर अल्फाज़ भारी पड़ते हैं। उसने सोचा, आगे बढ़ने से पहले शब्दों में भींच कर बगूले को बिठला दे। पूछे, यह गिरजा कब बना? किसने बनाया? क्यों बनाया? कौन थे वे जो बारजे पर जाकर खड़े हुए, क्या प्रेमी? अभिशप्त या आश्वस्त? भला ऐसे बगूला बैठा करता होगा? चक्राकार उठता आंधी की मुनादी करने लगा।

मिलो, अलग हो, फिर मिलो, फिर अलग हो और....

वे दोनों पांचवीं मंजिल के बारजे पर साथ-साथ खड़े थे। सुरभि के भीतर चाहत उठी कि वे उसे अपनी बांहों में घेर लें। कि वे दोनों एक घेरे में हों जिससे एक की सांस दूसरा सुन सके। ज़्यादा देर उसने इंतज़ार नहीं किया। अपनी बांहे फैलाई और चंद्र को उनके घेरे में ले लिया। वे बच्चे को तरह उसके सीने पर दुबक गये।

फिर वे दोनों एक ही ज़ीने से नीचे उतर आये।

ग्लेशियर से

मिसेज़ दत्ता अकेली ताजीवास ग्लेशियर की तरफ़ जा रही हैं। ताजीवास ग्लेशियर है। सब गाइड किताबों में लिखा है, है। इतने सारे लोग उसे देखने सोनमर्ग आये हैं। इसलिए ̈ ज़रूरी है ̈ कि है ̈ पर ̈ दिखलाई नहीं दे रहा ̈

दिखलाई जो दे रहा है, बिलकुल साफ़ दिख रहा है, वह है, आसमान को छू रहे हरे पहाड़ों की चोटियों पर पुता सफ़ेद रंग। बस में आते हुए रास्ते में ही दीख गया था।

"बर्फ़, वह देखो बर्फ़," मिस्टर दत्ता ने अपनी सीट से कहा था।

"बर्फ़" सीट नंबर चौदह ने खंखारकर कहा था। "बर्फ़।" सीट नंबर तेईस ने किलककर कहा था। "बर्फ़," सीट नंबर दो और तीन ने इकट्ठा कहा था। मिसेज़ दत्ता ने देखा था, पहाड़ों की चोटियों पर सफ़ेदी जमी है। हां, वह बर्फ़ है ̈ होनी तो चाहिए।

पहाड़ों पर बर्फ़ होती है।

बर्फ़ सफ़ेद होती है।

बर्फ़ ठंडी होती है, बेहद ठंडी ̈ बर्फ़ की तरह।

वे जानती हैं।

नहीं, जानती नहीं। उन्होंने पढ़ा है, ऐसा होता है; सुना है, ऐसा है। देखा नहीं तो जाना क्या?

दूर बर्फ़ है। बर्फ़ दूर है। पर मरीचिका की तरह नहीं। चंद क़दम चल लेने पर पास आ जायेगी ̈ पैरों के नीचे ̈ ताजीवास ग्लेशियर सिर्फ़ दो मील दूर है। मिसेज़ गुप्ता, मिसेज़ सोनी, मिसेज़ लाल उस पर चल सकती हैं तो मिसेज़ दत्ता क्यों

नहीं? मिसेज़ दत्ता हर वह काम कर सकती हैं, जो मिसेज़ बत्रा, मिसेज़ सोनी, मिसेज़ सिंह करती हैं। अपने-अपने दायरे के भीतर आदमी एक दूसरे के बराबर होता है!

पर मिसेज़ दत्ता तो अकेली ग्लेशियर जा रही हैं।

मिस्टर दत्ता ने कहा था, आज टूरिस्ट बंगले में आराम करेंगे, कल सुबह ग्लेशियर देखने चलेंगे जल्दी क्या है?

तीन बजे वे टूरिस्ट बंगले पर पहुंच गये थे।

चार बज रहे थे...

ग्लेशियर दो मील दूर है ग्लेशियर सोलह घंटे दूर है... मिसेज़ दत्ता को मिस्टर दत्ता के साथ ग्लेशियर देखने जाना चाहिए... मिसेज़ दत्ता को अकेले घूमने की आदत नहीं है...

पांच बज गये...

मिस्टर दत्ता चाय का तीसरा प्याला पी रहे हैं... मिसेज़ दत्ता दूसरा प्याला पीकर तृप्त हैं आंखें मूंदे आराम कर रही हैं... कल ग्लेशियर चलेंगे... ग्लेशियर पंद्रह घंटे दूर है ठीक है... बात-बात पर बेताब होने की मिसेज़ दत्ता की आदत बरसों पहले छूट चुकी...

साढ़े पांच बजने लगे...

ऐसा भी होता है कि तोहफ़े पर चढ़े झीने काग़ज को उघाड़ने में डर लगता है और तोहफ़ा मिसेज़ दत्ता को ख़ुद से डर लगता है... काग़ज़ झीना है पर एक के ऊपर एक, बेहिसाब, न जाने कितनी परतें हैं, कब तक कोई उतारे? मिसेज़ दत्ता को मिसेज़ दत्ता बने रहने की आदत है...

एकाएक हवा को न जाने क्या हो गया!

हू-हू कर रोती हुई बदहवास उठी और चीड़ के घने दरख़्तों से टकरा-टकरा कर सिर धुनने लगी।

मिसेज़ दत्ता की आंख खुल गयी। क्या हुआ? यह हवा को क्या हो गया!

वे उठकर खड़ी हुईं कि हवा आकर उनकी छाती से लिपट गयी। गले में

पड़े दुपट्टे ने अड़चन पैदा की तो खींचकर उसे दूर फेंक दिया। चीड़ के दरख़्त की तरह चौड़ा उनका सीना नहीं है ··· बिलखती हवा को संभालें कि दुपट्टा···

आदतन मिसेज़ दत्ता दुपट्टे के पीछे चल दीं और दौड़ने पर मजबूर हो गईं। हवा पागल हो चुकी थी, मिसेज़ दत्ता को दौड़ने की आदत न थी, फिर भी कुछ बदहवासी के बाद दुपट्टा हाथ आ गया। पर हवा का बिलखना न रुका। वे खड़ी रहीं पर चीड़ के दरख़्त झुक गये। शाख़ें झुकतीं और धक्का खाकर सीधी हो जातीं, हवा को उनकी हमदर्दी क़बूल न थी।

दुपट्टा हाथ में पकड़े, मिसेज़ दत्ता हवा के थपेड़े सहती कुछ देर खड़ी रहीं फिर जाने कया हुआ कि ख़ुद अपने हाथ से उन्होंने दुपट्टा दूर फेंक दिया और हवा के बहाव के साथ चल दीं ··· दुपट्टे को पेड़ों ने उलझा लिया पर मिसेज़ दत्ता चलती गईं···

दस साल पहले वे मिसेज़ दत्ता नहीं थीं···

श्यामला पुरी ने कहा था, चल, हम दोनों बारामुला के पहाड़ों पर रहकर मधुमक्खियां पालें। मुंह पर जाली बांधकर छत्ते में हाथ डालेंगे। शहद चुरायेंगे और बेचेंगे शहर शहर, पहाड़ पहाड़, ऊंचे और ऊंचे, बर्फ़ के साथ ··· तू और मैं···

नहीं नहीं, ऐसा भी कहीं होता है। कभी सुना नहीं, देखा नहीं···

तो चल हम लोग भेड़ पालें ··· जम्मू में पठान ख़ानाबदोशों के खेमों में रहेंगे, सर्दी ख़त्म होने पर चल देंगे ··· कंगन ··· सोनमर्ग ··· लद्दाख ··· हर महीने नया पहाड़, नया खेमा, पहले से लंबी ऊन ··· साल में एक बार ऊन काटेंगे और बेच देंगे, अरे, मन हुआ तो भेड़ ही बेच डालेंगे। फिर नयी जगह, नया खेमा, नया धंधा, ··· तू और मैं ··· बस, हम दो और पहाड़ ··· हर सुबह नया पड़ाव···

नहीं-नहीं, कैसे होगा? न-न, मुमकिन नहीं है यह होना ··· कोई भी तो ऐसे नहीं जीता ··· हमारे जानने वालों में ··· कोई भी तो नहीं···

श्यामला को लोग पागल कहते थे। थी ज़ो पागल ··· थी? बी.ए. बीच में छोड़कर एक दिन एकाएक ग़ायब हो गयी, जाने कहां। पर जाने से पहले·····

तब वे मिसेज़ दत्ता नहीं थीं, पर···

क्या थीं वे?

मिसेज़ दत्ता बनने की तैयारी में मशग़ूल एक अदना लड़की।

हर लड़की श्यामला नहीं हो सकती···

दस साल से उन्होंने व्यतीत को याद नहीं किया। आज अचानक हवा को क्या हुआ ¨ पहाड़ों पर घूमती श्यामला याद आ गयी।

श्यामला बहुत लंबी थी, देवदार की तरह। ढीला कुर्ता और पाजामा पहना करती थी। दुपट्टा ओढ़ती तो चलते-फिरते रास्ते में कहीं गिर जाता ¨ चलती तो थी नहीं श्यामला, दौड़ती थी, इस पगलाई हवा की तरह ¨ पागल नहीं तो क्या कहते उसे ¨

श्यामला ¨ श्यामला ¨ श्यामला ¨

श्यामला उसे, मिसेज़ दत्ता को, जो तब मिसेज़ दत्ता नहीं, उषा भटनागर थी, बहुत प्यार करती थी ¨

हर लड़की के लिए ज़रूरी नहीं है कि वह क़ीमती पर्दों के नीम अंधेरे में सोफ़ों और कालीन के रंग मिलाती हुई जिये, पत्थर और लकड़ी के चंद टुकड़ों पर बिछे रंगीन कपड़ों को घर कहकर पुकारे और हर बरस घर के सामान में लोगों को दिखलाने लायक़ इजाफ़ा करती हुई, एक दिन ख़ुद भी बेशक़ीमती सामान का दर्जा हासिल कर ले, श्यामला कहा करती थी ¨

हर औरत के लिए मुनासिब नहीं है कि वह अपने से एक-चौथाई दिमाग़ वाले आदमी से शादी करके, उम्रभर उसके कहे जुमले दोहराती हुई जिये, जो उसने बासी किताबों से चुराए हों, श्यामला कहती थी ¨

पर ¨ उसे, उषा भटनागर को ख़ुद अपने से उतना प्यार नहीं था, जितना श्यामला को उससे था, लिहाज़ा ¨ एक दिन उषा भटनागर मिसेज़ दत्ता बन गई ¨

पर मिसेज़ दत्ता तो अकेली ¨

यह वक़्त ग्लेशियर जाने का नहीं है, सूरज डूबने को है, अंधेरे में पांव फिसल गया तो ¨ फिर जल्दी क्या है, सुबह आराम से नाश्ता करके, गाइड साथ लेकर चलेंगे, मिसेज़ दत्ता ने ख़ुद से कहा, ख़ुद ब ख़ुद कहा, क्योंकि कुछ देर पहले मिस्टर दत्ता ये शब्द कह चुके थे पर ¨ वह वापस नहीं लौटीं, ग्लेशियर की तरफ़ बढ़ती गयीं ¨

रास्ता ऊबड़-खाबड़ है। पहाड़ के बीच चढ़ती-उतरती, पत्थर लुढ़काती, घास से महरूम धूलभरी पगडंडी है। पर ग़लतफ़हमी की गुंजाइश नहीं है। इतने पैर उसे रौंद गए कि यह पहाड़ी पगडंडी बड़े शहर की गली की तरह पालतू हो चुकी है। मिसेज़ दत्ता सही गली की मुसाफ़िर हैं।

फिर भी ¨

पगडंडी पर वे नीचे उतर रही हैं, झुंड के झुंड सैलानी ऊपर चढ़ रहे हैं। ऊबड़-ख़ाबड़ पथरीली राह वे ऊपर चढ़ रही हैं, पर्यटकों की भीड़ नीचे उतर रही है, वे ग्लेशियर की तरफ़ जा रही हैं, लोग ग्लेशियर से लौट रहे हैं।

"घोड़ा ले लो मेमसाब, सिर्फ़ पंद्रह रुपये," आवाज़ आयी है।

मेमसाब ने देखा है, ठीक-ठीक गाइड है। सिर पर गोल प्यालानुमा कश्मीरी टोपी, मैला पैबंद लगा कुर्ता-पाजामा, जाकेट, नाटे क़द का जवान आदमी, बोलने का ठीक गाइडनुमा अंदाज़।

"नहीं," उन्होंने कहा, "नहीं।"

"ले लो मेमसाब, हम भी कुछ कमायेगा। दस रुपया लेगा।"

"नहीं," उन्होंने फिर कहा, "नहीं।"

मैदान में दिन ढल चुका था। पर यहां न जाने कितना वक्त गुज़रा होगा सूरज सिर पर है। गरम तीखी रोशनी सोच को पिघला रही है। मैं कौन हूं मिसेज़ दत्ता...बार-बार याद करना पड़ रहा है¨

"किधर जायेगा मेमसाब, ग्लेशियर?"

कोई दूसरा गाइड है या शायद वही पहले वाला। एक कंपनी की बनी मोटर गाड़ियों की तरह हैं सब।

"ग्लेशियर जाना, मेमसाब?"

"हां¨नहीं¨" उसने कहा, "पता नहीं अभी¨"

"यह रास्ता तो ग्लेशियर जाता है," गाइड जानकारी दे रहा है। आवाज़ें और भी हैं¨

मिसेज़ दत्ता, क्यों ख़ामख़्वाह अपने को बहका रही हो। तुम ग्लेशियर जा रही हो और सही सीधे जाने-पहचाने रास्ते से। तुम चाहो तो भी ग़लत रास्ते पर नहीं चल सकतीं¨

तुम किससे बात कर रही हो? मिसेज़ दत्ता¨कौन है वह? कहां है?

मुझसे? मैं मिसेज़ दत्ता हूं?

नहीं¨हां¨हो¨नहीं हो?

तुम हो, तुम।

मैं¨मैं¨कौन¨मिसेज दत्ता¨

तुम ग्लेशियर जा रही हो।

कौन हो तुम? कौन कौन

मैं मेरा नाम

उषा! मिसेज़ दत्ता! ग्लेशियर! बर्फ़! श्यामला! बर्फ़ की श्यामला! सूरज का ग्लेशियर! नहीं, बर्फ़ का ग्लेशियर! सूरज की श्यामला! उ ऽषा उ षा ऽषा उ ऽषा

"चुप," उसने कहा, "प्लीज़, इतनी सारी आवाज़ों में मत बंटो। मैं सोचना चाहती हूं।"

पर सूरज की किरणें कम मानती हैं? हज़ार-हज़ार बूंदों में बंटकर बरसती रहीं। सात-सात रंगों में झिलमिलाकर तरसाती रहीं। सोच पिघलकर मोम बन गया।

सामने क्या वही बह रहा है—मोम का सोता? लावे की तरह उबलता काले पत्थरों पर रंगीन लौ जलाता

"घोड़ा ले लो मेमसाब," गाइड फिर पुकार रहा है, "नदी पार नहीं कर सकेगा।"

तो यह नदी है। क्या बहाव है! सूरज और बर्फ़ के सम्मोहन से पैदा हुई नदी। ग्लेशियर को भी आख़िर पिघलना पड़ा सूरज की किरणें पत्थर को भी न पागल बना दें तो

"घोड़े पर पार करायेगा मेमसाब! हम भी कमायेगा, ग़रीब आदमी है। सिर्फ़ पांच रुपये।" गाइड क़रीब आ गया।

उसने जवाब नहीं दिया।

वह एकटक नदी के बहाव को देख रही है।

इतनी तेज़ तो कभी श्यामला भी नहीं दौड़ी।

लगा दूं छलांग? कूद जाऊं पानी में?

समुद्री उफ़ान में वह उन्माद कहां जो इस पहाड़ी नदी में है। उठाकर पत्थर पर पटक देगी और बहा ले जायेगी, चूरा हुई देह के हर टुकड़े को साथ। समुद्र और पहाड़ी नदी में यही तो फ़र्क़ है। समुद्र की लहरें जाकर लौट आती हैं, पर पहाड़ी नदी जिस दिशा में दौड़ पड़ी तो दौड़ पड़ी, वापस नहीं आती। एक बार बदन क़ब्ज़े में आ जाये, उत्कंठित पानी उसे छोड़ेगा नहीं। रेशा-रेशा अलग हो जाये, सात रंगों से सात आवाज़ें फूट निकलें कितना भी ठोस पत्थर हो, अख़्तियार

उसका रहेगा नहीं। हर रेशे, हर रंग, हर आवाज़ को मथता पानी बहा ले जायेगा उसे वह कौन है ?

"छाती तक पानी है मेमसाब, दो रुपये में पार उतारेगा," गाइड ने आख़िरी कोशिश की।।

छाती तक पानी में खड़े होकर आंखें मूंद लो। पहाड़ी नदी का जुनून ख़ुद पांव उखाड़ देगा, फिर पत्थर भी

उतर जाऊं पानी में? बह जाने दूं शरीर को ?

उसकी आंखें मुंद गई।

नदी का पानी, सूरज की बंटी किरणें, पत्थर और पगडंडी एक साथ ऊपर उठे और गड्डमड्ड होकर गोल-गोल चक्कर काटने लगे।

वह सिर पकड़कर वहीं नदी किनारे बैठ गयी।

नदी का पानी खिलखिलाकर हंस पड़ा।

डरपोक! डरपोक! ठोस धरती से इतना लगाव! पार नहीं जाना? नहीं जाना पार?

उस पार! उस पार!

वह बैठी रही।

पानी हंसता रहा।

सारे सैलानी लौट गये।

गाइड ने हार मान ली।

उसने धीरे-धीरे आंखें खोलीं।

सामने नदी का अट्टहास करता पानी है, पर दूर पानी से परे

वह घास पर बैठी है। चार क़दम पर बर्फ़ है। उसने छूकर देखी है। हां, बर्फ़ है। चीड़ की टूटी-बिछी फुनगियों सी उगती टहनियों से अटी बर्फ़ की ज़मीन। पर बर्फ़ को खिजाता नदी का पानी है।

चार छलांग लंबी नदी की चौड़ाई है। आदमी को सिर्फ़ एक छलांग की इजाज़त है। पर बर्फ़?

उसने ध्यान से देखा उससे कुछ क़दम आगे पानी से रास तोड़े नहीं टूट रही। इस तरफ़ की बर्फ़ ने उस तरफ़ की बर्फ़ से मिलकर जीन कस दी है। बर्फ़ के उस छोटे से पुल के नीचे पानी बेपनाह छटपटा रहा है।

वह उठकर खड़ी हो गयी।

हंसने दो पानी को। बर्फ़ पर सवार होकर वह नदी पार कर लेगी।

चिढ़ाते पानी को चिढ़ाकर वह हंस दी।

"एई लड़की! किधर जाता है?" कानों में एक कड़कदार आवाज पड़ी।

क्या हुआ? पानी बोल पड़ा या पुल नाराज़ हो गया?

उसने चौंककर इधर-उधर देखा" कहीं कोई नहीं है। बस, सूरज सिर पर है और गर्म रोशनी सोच को पिघला रही है।

उसने पैर आगे बढ़ाया।

"किदर जाता है लड़की?" आवाज़ फिर गूंजी।

सिर को हाथों में थामकर उसने देखा"

दाएं हाथ पर, चीड़ की बिखरी टहनियों और नाटे पौधों पर हावी बर्फ़ की चढ़ाई है। आवाज उधर से आयी है।

उसने देखा और आंखें मलकर फिर देखा, बर्फ़ की उस चढ़ाई पर एक ऊंचा दरख़्त उगा है" एक अकेला" चीड़ से ऊंचा" पहाड़ी पीपल" सोनमर्ग में पहाड़ी पीपल" रास्ते में तो नहीं देखा"

वह उसकी तरफ़ चल दी।

बिना झुके उठे, पेड़ अपनी जगह खड़ा है। हां, उसने महसूस किया, हवा का उन्माद शांत हो चुका है, पेड़ अब नहीं हिल रहे होंगे" शायद" यहां बर्फ़ पर तो एक अकेला वही पेड़ है।

वह आगे बढ़ी।

कहां, वह दरख़्त नहीं है। बर्फ़ का आला बुत है" किसने बनाया? अपने डूबने की चाहत से रंगे सूरज ने इसे भी अपने रंग में समेट लिया है। तभी न इसकी आंखों से इस क़दर शोख़ नीली रोशनी फूट रही है।

वह आगे बढ़ रही है"

बुत अपनी जगह खड़ा है" बुत है न, कैसे हिले-डुलेगा?

"किदर जाता था?"

उसके दिल की धड़कन बंद होने को हो गई। बर्फ़ का बुत नहीं, यह तो" उसकी आंखें अपनी पूरी चौड़ाई में खुल गयीं और खुली रहीं"

"किदर जाता था?" पठान ने फिर पूछा।

"उधर बर्फ़ के पुल से पार।" किसी तरह जवाब उसने दे दिया।

"बर्फ़ के पुल से?" वह ठठाकर हंस पड़ा। नीली आंखें इस तरह भभक उठीं कि उसकी अपनी आंखें चुंधिया गयी।

"हां," बमुश्किल उसने कहा।

"चल," उसने कहा और उसका हाथ पकड़कर एकदम चल पड़ा।

पुल के पास आकर वह रुका।

"चलेगा पार?" उसने उसी खिलखिलाती, दिपदिपाती आवाज़ में कहा।

उस चुंबकीय उन्माद का स्पर्श पा लेने पर, हां कहना दिक़्क़त पैदा करता है और हां कहने के सिवा दूसरा चारा रहता नहीं

"चल," उसी ने कहा और उसे खींचता हुआ पुल पर दौड़ गया।

चार क़दम लंबी दौड़ और पैरों तले की ज़मीन खिसक गयी।

बर्फ़ का पुल भड़भड़ाकर टूट गया।

छोटा-सा एक क्षण वह था जब वह हवा में लटकी थी, फिर एक खनखनाती हंसी उसे ऊपर उठाए थी।

नहीं-नहीं, क्या बेवक़ूफ़ी की बात है।

पर छाती तक पानी है पानी पर तिरती खिलखिलाहट है क्या हुआ कि वह पानी में नहीं गिरी?

साफ़ उसने सुना था उत्कंठा की धमक से टूटा बर्फ़ का टुकड़ा बोल पड़ा था–दुप! उसके गले से घुटी चीख़ निकली थी–दुप! चीख़ कम वह हंसी ज़्यादा थी। विस्मय और उत्तेजना से पैदा हुई उमंग भरी किलकारी टूटकर गिरी कि अलमस्त हंसी ने उसे बांहों में उठा लिया।

पठान छाती तक पानी में है। वह उसकी बांहों में है और ठहरी हुई हवा को, जिंदगी की चाहत से जन्मी हंसी, बहाये लिए जा रही है।

"देखा!" उसने कहा, "पुल का हाल!"

उसने देखा, नीली आंखों की मशाल भभक रही है–दुप! दुप!

उसकी हंसी में अपनी खिलखिलाती हंसी जोड़ दी। नयी हिस्सेदारी की तरावट से टपकती हंसी।

नदी पार हो गयी।

उसने उसे बर्फ़ सनी घास पर उतार दिया। सामने फिर पहाड़ हैं। "ग्लेशियर?" उसने कहा, "ग्लेशियर?"

"स्लेज गाड़ी खेलेगा?" पठान ने कहा।

"ग्लेशियर?" उसने व्यग्र होकर कहा, "ग्लेशियर!"

"यह तो रहा," हवा में हाथ फहराकर उसने कहा।

"दिखलायी क्यों नहीं देता?" गहरी उत्कंठा से उसने पूछा।

"मैं दिखलाऊंगा तेरे को, मैं?" उसने कहा और लंबे डग भरता वापस बर्फ़ की उसी चढ़ाई पर चल दिया जहां से कुछ देर पहले नीचे उतरा था।

वह उसके पीछे चल दी चली दौड़ी भागमभाग भागी कि कहीं नज़रों से ओझल न हो जाये। पैर फिसले, फिर जम गये। बर्फ़ पर वह लुढ़की, लिसड़ी, उठकर खड़ी हो गयी।

गिरती तो वह ठठाकर हंस देता।

"आ! आ न, यह रहा ग्लेशियर!" उसके हाथ हवा को बटोर लेते।

"दिखलायी क्यों नहीं देता?" बेक़रार वह कहती, "दिखलायी क्यों नहीं देता?" और दौड़ पड़ती, लथर-पथर, भागमभाग कि बर्फ़ के खड़े कंधे के पीछे वह ग़ायब न हो जाये। वह दीखना बंद हो गया तो ग्लेशियर भी नहीं दिखेगा। वह चोटी के नीचे होती और वह चोटी के दूसरी तरफ़ उतर जाता तो पल भर को सांस रुक जाती दुबारा न दिखा तो? पूरी ताक़त लगाकर वह दौड़ पड़ती

एक खड़ी चढ़ाई एक तीखा मोड़ फेफड़े फाड़ती एक लंबी दौड़ और वह जड़ लिये खड़ा था बर्फ़ के किनारे पहाड़ी पीपल का ऊंचा दरख़्त।

सामने बर्फ़ का झरना है पर मूक, निस्पंद!

चंचल पानी वेग से गिरा और बीच हवा में ठगा रह गया निर्वाक् स्तब्ध!

"ग्लेशियर!" वह फुसफुसायी।

"स्लेज गाड़ी खेलेगा?" पठान ने कहा।

"ज़िंदगी में पहली बार बर्फ़ देखी है," तृप्त लालसा को शब्द उसने दिये।

उतावला हो हंस वह दिया।

क्या हुआ? ग्लेशियर फिर जल प्रपात बन गया!

"तब चल, खींचकर ले जाऊंगा ऊपर!" उसने कहा।

वह लकड़ी के सपाट तख़्ते पर बैठी है और वह रस्सी से खींचकर उसे ग्लेशियर की खड़ी बर्फ़ीली चढ़ाई पर ऊपर लिये जा रहा है।

तेज़ी से उठती-गिरती बदहवास सांसों की गूंज हवा को कंपा रही है।

"नहीं," उसने कहा, "तुम थक जाओगे। मैं चलूंगी। ऊपर तक ख़ुद चलूंगी।"

उसने पीछे मुड़कर देखा।

"ले जायेगा खींचकर!" भरी बोतल से उड़लती शराब की तरह फक्कड़ आवाज़ में उसने कहा।

सूरज उनके साथ ऊपर चढ़ आया है। खुली बर्फ़ की सफ़ेदी सात रंग सोखकर और सफ़ेद हो उठी है, उसकी आंखें सतरंगी। नीली हरी भूरी जामुनी या सात रंग अपने में समेटे, काली। दमकते गुलाबी चेहरे पर तीखी नाक, काली दाढ़ी और वशीकरण मंत्र-सी मोहपाश में बांधती, रंग-रंग का धोखा देती आंखें। उफ़, इतना ख़ूबसूरत भी कोई हो सकता है इंसान?

कूदकर वह स्लेज से नीचे बर्फ़ पर आ गयी।

'मैं साथ चलूंगी," उसने कहा।

"तब हाथ पकड़े रख। पहली बार बर्फ़ देखी है न," वह खिलखिलाया।

यह आदमी है या जुनून की जलती मशाल?

हाथ पकड़कर वह ऊपर चढ़ गयी। थकान से बदन चूरा हो गया। चोटी पर पहुंचकर उसने स्लेज का मुंह मोड़ा है और कहा है, "बैठो पीछे।"

वह पीछे बैठ गयी है। टांगें उसकी कमर को घेरकर आगे जमायी हैं, हाथ उसके कंधों पर रखे हैं और ज़ूऽम नीचे!

रफ़्तार। चाहत को दम देती रफ़्तार!

गति। दिल को धड़कने से आगे धकेलती गति!

तेजी का आलम यह कि हवा पिछड़ जाये!

"फिर चलेगा ऊपर?"

अनकहा हां।

फिर ऊपर। हाथ में उसका हाथ। बर्फ़ में जलती मशाल।

जूऽम नीचे!

ऊपर सूरज। नीचे ठंडी बूरे-सी उड़ती बर्फ़...

फिर ऊपर

सूरज ढल रहा है सोच पिघल चुका अब मशाल की गरमी पाकर शरीर

पिघल रहा है, मोम की तरह कोई अहसास बाक़ी नहीं है बस, रफ़्तार है और रफ़्तार नीचे, फिर ऊपर

जूऽम नीचे, फिर ऊपर और बर्फ़ पर केसर का बाग़ उग आया!

कितने मौसम बदल चुके।

कितने महीने?

जाफ़रान का फूल बैंगनी से नारंगी हो गया। चांद की रोशनी में चमक रहा है।

सूरज डूब चला।

उसकी आंखें मुंदी जा रही हैं।

जाफ़रान का फूल रंग बदल-बदलकर चमक रहा है बैंगनी नारंगी बैंगनी नारंगी

पल-भर को आंखें खुलती हैं बर्फ़ गुलाबी है या नीली फिर मुंद जाती हैं। शरीर की पिघलती बूंदें बर्फ़ की नज़र हो चुकीं। मौत का फ़रिश्ता साथ है।

हां, अब पहचाना। वह मौत का फ़रिश्ता है। कोई इंसान इतना ख़ूबसूरत नहीं हो सकता, न इतने गहरे छल सकता है।

तूफ़ान आने से पहले सन्नाटा छा जाता है, मौत के सन्नाटे से पहले तूफ़ान मचल उठता है, वह जुनून, वह शोख़ी, हवा का वह दिलफेंक मिज़ाज!

अगली बार जब स्लेज नीचे लुढ़केगा तो वह बाहर कूद जायेगी।

मौत के फ़रिश्ते, तेरा लाख-लाख शुक्रिया, ज़िंदगी का वह लाजवाब समां बांधा कि

अब बस हाथ सुन्न हो गये तेरे कंधे छूटे जा रहे हैं पैर मेरे नहीं, नींद की अमानत हैं मशाल बर्फ़ीले बुत में बदल गयी मैं बर्फ़ हूं

लुढ़कता हुआ उसका शरीर बर्फ़ की तलहटी पर आ लगा।

उसने तो अगली बार के लिए तय किया था। यह इसी बार बेहोशी की बर्फ़ उस पर बिखर गयी

उसके बदन में गर्मी दौड़ गयी। तपती बूंदें गले से उतरीं और पूरे बदन में फैलने लगीं। उसने आंखें खोल दीं।

उसके होंठों से कहवा का प्याला लगा है उसके सुन्न हाथ-पैरों को मला जा रहा है सामने मिस्टर दत्ता खड़े हैं।

"इस तरह बिना बतलाये चली आयीं," वे कह रहे हैं, "सूरज डूब गया तो घोड़े पर ढूंढने निकला। वह तो ग़नीमत हो गयी"

सुनने लायक़ कुछ नहीं है। उसकी आंखें कुछ और दूंढ़ रही हैं वह हां वही तो है उसके पैरों के पास फिर यह धोखा कैसे हो गया!

उसने चाहा, आंखें मूंदकर बेहोशी की बर्फ़ीली चादर ऊपर खींच ले पर कहवा के घूंट गले से उतरते चले गये बदन में गर्मी फैलती रही

पठान ने सहारा देकर मिसेज़ दत्ता को घोड़े पर सवार करवा दिया। रास हाथ में लेकर वे सीधे तनकर बैठ गईं। नज़र घुमाकर ग्लेशियर को नहीं देखा। जो पीछे छूट गया सो

मिसेज़ दत्ता ने घोड़े को एड़ दी। पहाड़ी घोड़ा दौड़ निकला। हवा पीछा करने लगी और उससे होड़ लेती एक आवाज दौड़ी कल शाम आना। तेरे को मैं स्लेज गाड़ी खिलाऊंगा–मैं।

उसने मुड़कर देखा पठान के पीछे बर्फ़ का पहाड़ है, घोड़े के आगे पहाड़ी नदी है, बीच में दूर तक फैला सपाट मैदान है

दूर से देखने पर लगा बर्फ़ पर पहाड़ी पीपल उग आया है सूरज की किरणों ने बर्फ़ के आला बुत को रंग दिया है वह और कोई नहीं मौत का फ़रिश्ता है

अगली सुबह वे सोनमर्ग से नीचे उतार आये

बरस पर बरस बीतने लगे

आजकल मिसेज़ दत्ता के घर, कालीन और परदों पर धूल जमा करती है

उर्फ़ सैम

अच्छा लगता है सोचकर, अपने देश जा रहे हैं। हिंदुस्तान के लिए टिकट कटवाकर उसने महसूस किया। हमेशा के लिए नहीं। जो यहां का आबोदाना छोड़कर हमेशा के लिए वापस अपनी मिट्टी पर बसने गये, उनके अनुभव काफ़ी कड़वे रहे। एक भी आदमी ऐसा नहीं मिला जो अपनी क़िस्मत को कोस न रहा हो और उसकी ख़ुशक़िस्मती से रश्क न करता हो।

हां, छुट्टी बिताने के लिए छह हफ़्ते वहां जाकर रहता है तो किसी तरह का कष्ट नहीं होता। अपने मां-बाप, भाई-बहन हों या पत्नी के, सब सिर-आंखों पर बिठलाते हैं, जैसे सूरमा दुश्मनों से मोर्चे पर विजय प्राप्त करके लौटा हो। दोस्त भी पीछे नहीं रहते। स्कूल-कॉलेज के दिनों में साल दर साल जिन दोस्तों से इम्तिहानों में बाज़ी हारकर, शर्म से सिर झुकाना पड़ता था, अब उन्हीं की आंखों में रश्क की कौंध देखता है तो दिल बाग़-बाग़ हो जाता है। उसे दावत देने की होड़-सी लग जाती है। वह भी अपने साथ अमेरिका की सौग़ात ज़रूर ले जाता है। बल्कि बीच के तीन-चार साल, इसी इरादे से हर क़िस्म का सस्ता अमेरिकी माल इकट्ठा करता रहता है। बिजली के छोटे-मोटे उपकरण, श्रृंगार का सामान, नायलॉन-टेरेलीन की क़मीज़ें, साड़ियां आदि। जिन चीज़ों को ख़ुद इस्तेमाल करने से कतराता है, उन्हीं पर अपने नाते-रिश्तेदारों को लार टपकाते देखता है तो कभी-कभी मन होता है, चिल्लाकर कहे–कमबख़्तो, कमअक़्लो, इससे कहीं बेहतर सामान हिंदुस्तान में मिलता है, लौटकर जाते वक़्त अपने और अपने अमेरिकी दोस्तों के लिए ख़रीदकर ले भी जाऊंगा। पर ज़ब्त कर जाता है।

उसका उसूल है कि अपने नये देश के ख़िलाफ़ कभी कुछ नहीं कहता। कहीं किसी सिरफिरे की आंखों का रश्क, तरस में बदल गया तो? फिर उस देश की बदौलत ही उसे यह रुतबा हासिल हुआ है कि अपने देश में, बड़े से बड़े आदमी से नज़रें मिलाकर बात कर सकता है। उसका भी कुछ फ़र्ज़ बनता है।

उस हिसाब से उसे पैन. एम में सफ़र करना चाहिए, पर उसने बुकिंग एअर इंडिया से करवाई है। दरअसल उसे एअर इंडिया से कोई रूहानी लगाव नहीं है, जैसा जापानियों को जाल से या अंग्रेजों को ब्रिटिश एअरवेज़ से होता है। एक तरह की मजबूरी है

वह जानता है कि उसके अमेरिकी परिचितों को जैसे ही यह पता चलेगा कि भारतीय होते हुए भी, वह भारतीय विमान सेवा से यात्रा नहीं करना चाहता, वह उनकी नज़रों में बौना हो जायेगा। उनकी नज़रें! सर्र से ख़ून उसके सिर चढ़ गया। कान-गाल गर्म सुर्ख़ हो गये। कभी-कभी दिल चाहता है, सारे के सारे अमेरिकी अंधे हो जाएं। फिर कोई बौना बनाती नज़रों से उसे न देख सके।

पर वजूद सिर्फ़ नज़रों का नहीं। और बहुत कुछ है, सिर की जुंबिश, हाथ की हरकत, बदन का अनायास अकड़ जाना तब तो उसे भी अंधा होना पड़ेगा और उन्हें शायद बहरा। बेपनाह कोशिश के बावजूद अंग्रेज़ी बोलने का उसका लहजा अमेरिकियों जैसा नहीं हो पाया है। अंधा भी सुने तो समझ जाये, ज़रूर हिंदुस्तानी है, हद से हद पाकिस्तानी। जर्मन, फ्रेंच, रूसी नहीं। उफ़! ये लोग! उसका नाम है सावन प्रताप सिंह और ये लोग उसे पुकारते हैं सैम। बौना और विकृत! कितना शक्तिशाली हथियार है किसी का अस्तित्व मिटा डालने का। किसी यूरोपीय का नाम बिगाड़कर देखें। फ़्रांसीसी या जर्मन आदमी अंग्रेज़ी बोलता है तो उनकी आंखों में प्रशंसा ही नहीं, कृतज्ञता कौंध जाती है। इसलिए कि ग़लत अंग्रेज़ी बोलते हुए भी, उसके लहजे में फ़ख़्र रहता है, शर्मिंदगी नहीं; जो सही अंग्रेज़ी बोलते हुए भी, सावन को, भारतीय होने की मजबूरी बन, ले डूबती है।

धीरे-धीरे बहुत-सी बातें उसकी समझ में आने लगी हैं। पंद्रह बरस हो चले इस देश में रहते। अमेरिका जाकर पढ़ाई पूरी करने की धुन में मां-बाप से झगड़ा करके, कुंवारा ही चला आया था। पहली बार हिंदुस्तान लौटा था शादी करने के लिए और सिर्फ़ उसी बार पैन. एम से बुकिंग करवायी थी। एक बार उससे सफ़र करके इतना समझदार हो गया था कि बीवी को साथ लेकर लौटने पर, जब अमेरिकियों ने व्यंग्य करते हुए उससे पूछा कि हर हिंदुस्तानी, शादी करने वापस देश क्यों भागता है, उसने निहायत शायराना अंदाज़ में जवाब दिया, "मेरी जड़ें वहां हैं। उनकी जड़ें वहां हैं। जड़ों से जड़ें न मिलें तो मिलन कैसा?"

उन्हें जवाब पसंद आया था। जड़ों की बहुत क़द्र करते हैं वे लोग। जब से वहां बेस्टसेलर उपन्यास निकला है, रूट्स, एक काले का लिखा, तब से हर नीग्रो अपने को काला कहलाना पसंद करने लगा है और हर गोरा अमेरिकी, अपनी

जड़ें तलाशने लगा है। सुना, यहां से निर्यात होकर यह फ़ितूर हिंदुस्तान भी जा पहुंचा है। उस दिन वह हंसते-हंसते बावला हो गया था, जब हिंदुस्तान के किसी मंत्री को अपने भाषण में कहते सुना, तुलसीदास हमारी जड़ थे। कमाल करते हैं हिंदुस्तानी। हिंदी बोलेंगे तो अपनी भाषा की तरह नहीं, अंग्रेज़ी से अनुवाद करके। गधे! स्कूल-कॉलेज में सावन प्रताप सिंह हमेशा हिंदी में अव्वल रहा। कितने व्याख्यानों में पुरस्कार प्राप्त किये। अब भी मौक़ा मिल जाये तो पर मिलता कहां है? हिंदुस्तान में शुद्ध हिंदी बोलो तो गंवार कहलाओ या पोंगा पंडित और अमेरिका में बोलो तो समझे कौन? बस, कभी-कभार भारत लौटने पर, किसी सांस्कृतिक कार्यक्रम में जा पहुंचता है तो कुछ देर अमेरिकी अंग्रेज़ी बोलकर, अपने विदेश रह आने की धाक जमा चुकने के बाद, विशुद्ध हिंदी बोल लेता है। उस तरह वाहवाही ख़ूब मिलती है। वाह, पंद्रह बरस विदेश रहते हो गये, फिर भी अपनी भाषा पर ऐसा अधिकार! धन्य हैं आप, धन्य-धन्य! हां, एक बात है। मिलती बाहवाही ख़ालिस अंग्रेज़ी में है।

हंसते-हंसते उसे रोना आ गया था। लाल सुर्ख़ गुस्से से उफनता रोना। कमबख़्तों, क्यों हंसी उड़वाते हो अपनी और हमारी? क्यों बौना बनवाते हो हमें इस देश में? तुलसीदास तुम्हारी रगों में बसे हैं तो कहो, बसे हैं, जड़-जड़ क्या रटते हो? वैसे ग़नीमत जानो, मंत्री महोदय यह नहीं कह गये कि तुलसीदास जड़ थे। रोते-रोते वह फिर हंस दिया था।

इस जड़ धातु का सहारा उसे भी लेना पड़ा था, वह अलग बात थी। सच यह है कि हिंदुस्तानी औरत से शादी करने की वजह उसे, अलग-अलग लोगों को अलग-अलग बतलानी पड़ी थी। मां से कहा, "मैं तो हिंदुस्तानी खाने को तरस गया। उनका खाना भी कोई खाना है। न मिर्च-मसाला, न घी-तड़का। न, बुराई नहीं कर रहा। सेहत के लिए मुफ़ीद है, पर हम ठहरे हिंदुस्तानी, ज़ुबान के ग़ुलाम। मुझे बीवी ऐसी चाहिए जो लज़ीज़ से लज़ीज़ खाना बनाकर खिला सके, फ़क़त हिंदुस्तानी।"

मां निहाल हो गई थीं। अख़बार में इश्तिहार दिया तो उसमें भी लिख मारा। तभी तो बीवी से उसे कहना पड़ा कि देश जाकर शादी, इसलिए की, क्योंकि अमेरिकी औरतों की बनिस्बत, उसे हिंदुस्तानी औरतें ज़्यादा ख़ूबसूरत लगती हैं। ख़ासकर वे, जो हिंदुस्तानी तरीक़े से बना-श्रृंगार करती हों, चौड़ी लाल बिंदी,

भरा-भरा जूड़ा, लकदक साड़ी, झनझन करती चूड़ियां, ज़ेवर वग़ैरह। बाद में पछताना पड़ा था, जब देखा कि बीवी रसोईघर में बहुत कम समय बिताती है। तरह-तरह के टिन खोलकर मिनटों में बदज़ायका खाना तैयार करके, बाक़ी वक़्त सजने-संवरने में लगा देती है। हारकर उसे बतलाना पड़ा था कि हिंदुस्तानी खाना नसीब करने की यही तरकीब उसे सूझी थी कि हिंदुस्तानी लड़की को बीवी बनाकर लाए। पर तब तक वह हिंदुस्तानी लड़की एक बच्चे की मां बन चुकी थी और शुद्ध भारतीय शैली में, पति की बातें ग़ौर से सुनने की फ़ुर्सत उसे नहीं थी। फिर भी शिकायत का मौक़ा उसने नहीं दिया था। हफ़्ते में एक दिन हिंदुस्तानी खाना बनाना शुरू कर दिया था। पर साथ ही पेजबॉय स्टाइल में बाल कटवा लिये थे, जींस-पैंट का पहनावा अख़्तियार कर लिया था। सावन प्रताप सिंह से सैम बनने के साथ-साथ, वह भी आशा रानी से ऐश बन गयी थी। असल अफ़सोस इस बात का है कि इस नये पहनावे में वह ज़रा आकर्षक नहीं लगती, ख़ासकर दूसरे बच्चे आर्ची के जन्म के बाद से (वैसे नाम उसका अर्जुन है)। इतमीनान सिर्फ़ इस बात का है कि पार्टियों में वह अब भी भारी साड़ी और जेवरों से लदकर जाती है। उसके परिचित अमेरिकी ज़्यादातर उसे वहीं देखते हैं और साड़ी की ज़री और हार के कुंदन के काम पर हाय-हूय कर देते हैं। उसे लगता है, उसकी बीवी एक ढाल की तरह है, जिसकी आड़ में वह उनकी बौना बनाती नज़रों को झेल सकता है।

पता नहीं क्यों, यह ताक़त पुरुषों से ज़्यादा स्त्रियों की नज़रों में है। ऐसा नहीं है कि सभी ने उसे नफ़रत से देखा हो। कितनी स्त्रियों के साथ वह डेट्स पर जा चुका है। दिल नहीं तो जेब खोलकर, उनके खाने-पीने और मनोरंजन पर ख़र्च किया है, घर के दरवाज़े पर खड़े होकर, हिंदी फ़िल्मों में वर्जित चुंबन लिए हैं और दो-चार बार, घर के अंदर प्रवेश भी पा चुका है। तब उसका बौनेपन का अहसास घटा नहीं, बढ़ा है। भारतीय साहित्य में हमेशा उसे समर्पण के नाम से पुकारा जाता रहा है। जानते हैं ये लेखक, कितना अनैतिक है कच्ची उम्र के पाठकों को इस तरह धोखे में रखना! समर्पण नहीं, चुनौती होती है वह। पौरुष का स्वधर्म पूरा करने के बाद भी नपुंसकता का अहसास पैदा करा सकने वाली चुनौती। उस बौनेपन को और छोटा कर देने वाली चुनौती, जो वैसे भी, इस देश के सामाजिक कार्यकलापों के बीच महसूस होती है, हर भारतीय को।

मौजूं जवाबों से अलग, अगर सच पूछा जाये तो हिंदुस्तानी औरत से शादी करने की असल वजह यही थी, बौनेपन के अहसास को मिटा सकने की लालसा। भला हो भारतीय संस्कृति और मान्यताओं का, आशा रानी आशा से लाख ऐश

बन जाये, पति को अपने से श्रेष्ठ योनि का प्राणी मानने से इन्कार नहीं करती। यह ठीक है कि रोज़मर्रा के जीवन में वह सावन उर्फ़ सैम की मान्यताओं, अपेक्षाओं और सुझावों को नज़रअंदाज़ कर देती है, उसकी पसंद-नापसंद को सनक का दर्जा देती है, अर्जुन और कविता को (लोग उसे केटी पुकारते हैं और ऐश को यह पसंद है), उसकी मर्जी के ख़िलाफ़, अमेरिकियों से भी ज़्यादा अमेरिकी शैली से पालती है। पर यह भी सही है कि जहां तक स्थायी जीवन दर्शन का ताल्लुक़ है, उसे पुरुष-पति के रूप में अपने से नहीं, संपूर्ण स्त्री जाति से बड़ा मानती है। यानी वह उसे बेवक़ूफ़ भले माने, बौना नहीं मानती। शायद इसे ही अपनी जड़ें पाना कहते हैं। आशा मेरी जड़ है, मंत्री महोदय के अंदाज़ में उसने दोहराया और ठठाकर हंस पड़ा। मेरी आशा वाक़ई जड़ है।

अमेरिका में ऐसे रच-बस गई है कि छह हफ़्ते हिंदुस्तान रहकर तंग आ जाती है। कहती है, कौन सुने रिश्तेदारों की चिखचिख! यहां अपन बिलकुल स्वतंत्र है। हां, एक-दूसरे को बोर करने के लिए, तीसरे आदमी के दख़ल से बरी, एकदम स्वतंत्र। कभी-कभी सावन प्रताप तीसरे आदमी के दख़ल के लिए तरस जाता है। कहीं इसीलिए तो यहां के लोग पति-पत्नी के बीच एक वह हमेशा तैयार नहीं रखते? पर आशा रानी वाक़ई जड़ हैं। बोर वे नहीं होतीं। अपने चार बेडरूम के स्वतंत्र दोमंज़िले मकान के हर कमरे में लगे रंगीन टी.वी. की चकमक दुनिया को लेकर प्रसन्न, व्यस्त रहती हैं। सिर्फ़ अपना मकान नहीं है और सब कुछ है उनके पास। स्टडी में कंप्यूटर, किचेन में हर संभव विद्युत् उपकरण और तीन हज़ार डॉलर महीने की कमाई। यानी तीस हज़ार रुपया। हिंदुस्तान में ऊंची से ऊंची नौकरी में भी यह बरकत नहीं। बिज़नेस अलबत्ता कर सकता है। हिंदुस्तान में डॉलर राजसी सिक्का है। कुछ इस तरह जैसे जिसकी जेब में हो, उसी का चेहरा उस पर छपा हो। पर जो लोग बिज़नेस करने वहां लौटकर गये, हमेशा यही रोना रोते पाये गये कि लाइसेंस लेने से माल बेचने तक, इतनी काग़ज़ी कार्यवाइयां हैं कि दिमाग़ ख़राब हो जाता है। ऐश कहती है, बिज़नेस ही करना है तो अमेरिका में करो। रियल एस्टेट। ग़लत नहीं कहती आशा। वह जानता है, हमेशा के लिए भारत लौट जाने में कोई तुक नहीं है। पर...

एक दुःस्वप्न है जो कभी उसका पीछा नहीं छोड़ता। रात का घुप अंधेरा हो या दिन का झकाझक उजाला। वह देख सकता है साफ़-साफ़, वह बूढ़ा हो चुका

है और बिल्कुल अकेला है। निस्संग, निरुपाय। आशा के बारे में वह तय नहीं कर पाता। हो सकता है, वह उससे पहले गुज़र चुकी हो या ओल्ड पीपल्स होम में उसके साथ हो। पर उससे कोई फ़र्क़ नहीं पड़ता। हर हाल में वह अपने को नितांत अकेला महसूस करता है। आर्ची और केटी भूल चुके हैं कि उनका नाम अर्जुन और कविता हुआ करता था। किन्हीं सूज़न, जॉर्ज से उनकी शादियां हो चुकी हैं, बॉब, जॉन आदि उनके बच्चे हैं। अपने अमेरिकी नाना-दादा के नाम पर। वे अपने अधगोरे हिंदुस्तानी रिश्तेदारों को याद करना पसंद नहीं करते। आर्ची-केटी कहते हैं, हर महीने उनसे फ़ोन पर बात होती है, क्रिसमस-ईस्टर पर उनके भेजे उपहार और केक-टर्की मिल जाते हैं, अपनी उम्र के पचासों मर्द-औरतें उसके साथ हैं, वह अकेला किस तर्क से है?

बेवक़ूफ़! जाहिल! इतना नहीं समझते कि दूसरे बूढ़ों का साथ बूढ़े आदमी के लिए कितना त्रासदायक होता है। सुकून? मौत का सन्नाटा। हर हफ़्ते-दस दिन पर एक मौत। पता है ओल्ड होम का सबसे बड़ा त्योहार क्या है? शवयात्रा! छककर खाते-पीते हैं, उस दिन लोग, इस अहसास को दूर भगाने के लिए कि अगली यात्रा उनकी हो सकती है।

अमेरिका में आजकल इस मुद्दे पर वैज्ञानिक शोध हो रहा है। लंबी-चौड़ी केस स्टडीज़ के आधार पर निष्कर्ष निकाला जा रहा है कि वास्तव में, बूढ़ों के लिए बूढ़ों का नहीं, बच्चों-जवानों का साथ अधिक लाभप्रद है। कितना विकसित देश है। अपनी निजी अक़्ल से काम तो लोग पिछड़े देशों में लेते हैं। हैं न अपने आदिवासी इस काम में अव्वल! यहां तो जब तक शोधकार्य पूरा नहीं हो जाता, लोग अपने पर क़ाबू रखते हैं, न जज़्बात का इस्तेमाल करते हैं, न दिमाग़ का। हां, जैसे ही मनोवैज्ञानिक तर्क अनुमति देता है, फटाफट क़तार में आ लगते हैं। हाल ही में वैज्ञानिकों ने सिद्ध कर दिया है कि नवजात बच्चों के लिए डिब्बे के दूध से मां का दूध ज़्यादा मुफ़ीद है, तो लाखों मांएं डिब्बों की मोहताजी से मुक्त हो गईं।

काश, यह कुछ पहले हुआ होता! अर्जुन-कविता भी मां का दूध पी लेते। ऐश बेचारी को दूध सुखाने के लिए क्या कम तकलीफ़ झेलनी पड़ी। इससे भी क्रांतिकारी तथ्य; उन्होंने साबित किया है, ममता भरे स्पर्श की महत्ता को। क्या कहें साहब, उन्होंने तो यह तक साबित कर दिया कि मां के स्पर्श से बच्चे को राहत मिलती है और वह बीमारी के इलाज तक में सहायक हो सकती है। हमारे यहां की हिंदुस्तानी मांएं तो यों ही, बिना कुछ जाने-समझे, बच्चों को गोद में

टांगे-टांगे फिरा करती हैं। यहां आकर कविता को तो फिर भी आशा रानी कभी-कभी सीने से लगा लेती थीं, पर आर्ची कुछ ऐसे ग़लत वक़्त पैदा हुआ कि अमेरिकी शोध पूरा हुआ नहीं था और आशा रानी ऐश बन चुकी थीं। उन लोगों को पता भी नहीं चलता था कि आर्ची अलग कमरे में रात में कितनी देर रोया और कितनी देर सोया। दूध की बोतल तकिये पर ऊंची करके मुंह से लगा दी जाती थी। पेशाब इकट्ठा करने को प्लास्टिक की नैपी थी, ज़्यादा भर जाने पर वह बदल देता था और उससे पैदा हुई फुंसियों को दूर करने के लिए एक से एक बढ़िया पाउडर उपलब्ध था अमेरिका में।

यह कमबख़्त बूढ़ों पर खोज देर से शुरू हुई है। लगता नहीं, उसके बूढ़े होने तक पूरी हो पायेगी। वैसे भी विशुद्ध अमेरिकियों के मुक़ाबले, भारतीय अमेरिकियों तक वैज्ञानिक ज्ञान कुछ देर से पहुंचता है। हर हाल में उसका बूढ़े घर में रहना निश्चित है। नहीं, वह बर्दाश्त नहीं कर सकता। बूढ़े होने से पहले उसे हिंदुस्तान लौटना होगा। दो भाई हैं, एक बहन। उनके तीन-तीन, चार-चार बच्चे। भरा-पूरा परिवार है। अकेला कौन रहने देगा उसे? वैसे भी वह एक अमीर बूढ़ा होगा। रोज़ नई वसीयत बनाने की धमकी देकर बच्चों को अपना बनाये रखेगा। वह हंसा। अपने ताऊजी थे न, श्री हरदयाल सिंह, आखिरी दिन तक सेर भर पक्का औटा हुआ दूध और असली घी के बने हलवे पर हाथ साफ़ किया करते थे। वसीयत बनाना उनकी हॉबी थी। शनिवार का दिन उसके लिए रिज़र्व था। हर शनिवार को उनके दोस्त वकील साहब घर तशरीफ़ लाते थे और दोनों एक कमरे में बंद हो जाते थे। बाहर फैले रिश्तेदार वह-वह माल अंदर भेजते थे कि सुना है, हर इतवार को वकील साहब को दस्त लगा करते थे। ताऊजी मरे तो ढेरों ढेर वसीयतें बरामद हुईं। तारीख़वार लगाकर उन्हें पढ़ा गया। हर वसीयत में चंद सतरें लिखी पायी गयी, जो अपने मज़मून में एकदम यकसां थीं–जो कुछ मेरे पास था या है, साथ लिये जा रहा हूं। वाक़ई उन्होंने अपनी जमा-पूंजी और जायदाद का रेहन इस अक़्लमंदी से इस्तेमाल किया था कि दो-तीन हज़ार रुपयों के अलावा कुछ बाक़ी नहीं बचा था, सो उनके दाह-संस्कार में ख़र्च हो गये।

उसका मन उड़कर हिंदुस्तान पहुंचने को कर आया। इस बार जायेगा तो अपना कुछ पक्का इंतज़ाम करके आयेगा।

छह महीने पहले बड़े भाई पवन कुमार का पत्र आया था। लिखा था, बीस बरस पहले जो ज़मीन पिताजी को मिली थी, उस पर उन्होंने मकान बनवाना शुरू कर दिया है। उसने याद करने की कोशिश की थी। हां, एक बार, एकदम

बीहड़ जगह, ऊबड़-खाबड़ पथरीली जमीन का एक टुकड़ा, पिताजी ने उसे दिखलाया था। सरकारी नौकरों को कम दाम पर वह ज़मीन दी गयी थी। पुष्प विहार जैसा कुछ नाम था। देख-सुनकर वह हंसते-हंसते दोहरा हो गया था! "पुष्प विहार!" उसने कहा था, "इसका नाम तो प्रस्तर विहार होना चाहिए!" वहां कभी मकान बनेगा, उसने क्या, किसी ने कल्पना नहीं की थी।

छह महीने पहले उसके बारे में पढ़कर उस पर कोई विशेष प्रतिक्रिया नहीं हुई थी। बनने दो, उसने सोचा था, मुझे क्या। पर महीना भर पहले, एक पड़ोसी दोस्त, हिंदुस्तान छुट्टी बिताकर लौटा तो दिल्ली में विकसित हो रही, नई पॉश कॉलोनियों की बात करते ख़ासा भावुक हो उठा, "बीस बरस पहले जहां जंगल-पठार थे, आज ख़ूबसूरत दोमंज़िला बंगले खड़े हैं। मैन, क्या हरे-भरे बगीचे, चौड़ी सड़कें, फ़व्वारे! लगता है, दिल्ली ने कनॉट प्लेस का दिल तोड़, साउथ को दिलदार बना लिया है। और उनमें भी सबसे खूबसूरत, आला जगह है पुष्प विहार। गॉड, जानते हो, ज़मीन की क्या क़ीमत है वहां? चार सौ डालर प्रति मीटर! क्या समझे।"

ख़ूब समझा था सावन प्रताप सिंह ने। फ़ौरन बड़े भाई पवन कुमार को पत्र लिखकर पूछा था, पुष्प विहार में उनकी कितनी ज़मीन है और निर्माण कहां तक मुकम्मल हो चुका। उसी वक़्त छुट्टी के लिए दरख़्वास्त भी दे दी थी। आज एअर इंडिया से बुकिंग भी हो गई। भाई का जवाब आ चुका। ज़मीन आठ सौ मीटर है। मकान की पहली मंज़िल बन चुकी। पुताई-रंगाई का काम चल रहा है। दूसरी मंज़िल बनाने का कार्यक्रम अभी स्थगित है, क्योंकि पिताजी के पास उतना पैसा नहीं है।

सावन प्रताप को एक बार फिर आगत बुढ़ापा डंक मार गया था। अपनी छत वैसे उसके सिर पर अभी से है, पर बुढ़ापा आने पर हाथ-पांव से लाचार हो जाने पर कमाया काफ़ी है उसने, पर यहां का रहन-सहन ऐसा है कि पैसा बचता नहीं। वह तो हिंदुस्तानी जात का आदमी है जो फिर भी कुछ बचा लेता है वरना अमेरिकी तो क़र्ज़ और क़िस्तों के बोझ तले दबे रहते हैं। बुढ़ापा आने पर, काम करने की ताक़त खो देने पर, कितने दिन साथ देगा पैसा। कितने दिन महफ़ूज़ रह सकेगा यह एपार्टमेंट? हिंदुस्तान के रहन-सहन और यहां के रहन-सहन में ज़मीन-आसमान का फ़र्क़ है। जल्दी मर जाये तो बात दूसरी है पर एक तो अमेरिका में जल्दी कोई मरता नहीं, ऊपर से उसकी विरासत भी दुःखदायी है।

बाबा अठासी के होकर मरे, ताऊ नब्बे तक जिये और पिताजी पचहत्तर छू रहे हैं। ताऊ की तरह सेहतमंद रहा तो भी चलेगा, पर बाबा की तरह छह साल लकवे में रहना पड़ा तो?

ज़रूरी नहीं है कि ऐसा हो, उसने अपने को फटकारा। निगेटिव नहीं सोचना चाहिए। अमेरिकी मनोवैज्ञानिक कहते हैं, पॉज़िटिव सोचो तो भला होता है, निगेटिव सोचो तो बुरा। वैज्ञानिक बात है, अपने योगियों-सोगियों की धार्मिक प्रवंचना नहीं। फिर भी''भावी सुरक्षा का इंतजाम जो न कर रखे, वह बेवकूफ़। बुजुर्गों को हमेशा कहते सुना, अक़्लमंद वह, जो बुरे से बुरे वक़्त के लिए खुद को तैयार रखे। जो हो, सावन प्रताप सिंह उर्फ़ सैम अपने आखिरी दिन, ओल्ड होम में नहीं गुजारेगा; भले ये लोग उसे सीनियर सिटिज़ंस रिजॉर्ट के नाम से क्यों न पुकारें। हिंदुस्तान लौट जायेगा तो सैम पुकारे जाने पर गर्व अनुभव करेगा, शर्म नहीं। जो पैसा बचाया है, उससे वहां बिज़नेस करेगा, छोटे भाई के बच्चों में से किसी को साथ लगा लेगा। कृतज्ञ रिश्तेदार, बुढ़ापे में कुछेक होने चाहिए और ठाठ से अपने मकान में रहेगा। अपना मकान! उसके क़दमों में तेज़ी आ गयी।

दिल्ली के ऊपर चक्कर काटते हवाई जहाज़ की खिड़की से झांककर उसने पता चलाने की कोशिश की कि पुष्प विहार ठीक कहां है? मुमकिन नहीं था। दिल्ली के भूगोल से उसका परिचय पुरानी दिल्ली तक सीमित था, जहां दरियागंज की एक तंग गली में, ऊपर की मंज़िल पर बने दो कमरों के क्वार्टर में, उसके हेडक्लर्क पिता ने ज़िंदगी जी थी। वहीं के नुक्कड़ वाले सरकारी स्कूल में उसने तालीम हासिल की थी और फिर दाख़िला मिला था, एक छोटे शहर के टुटपुंजिया इंजीनियरिंग कॉलेज में। जी-तोड़ मेहनत करके, वह दरम्याने नंबरों से पास हो गया था और कह-सुनकर एक नौकरी का जुगाड़ भी कर लिया था। बस, एक साल काम किया, जो कमाया, पेट काटकर बचाया और अमेरिका भाग आया। वहां कौन जानता था उसे? बैरे से लेकर लिफ़्टमेन तक का काम किया, फ़ीस जुटायी और एम.एस. कर डाला। काम की उस देश में कमी नहीं थी। नौकरी, दलाली, छोटा-मोटा व्यापार। काफ़ी पैसा कमाया, फिर भी रहा अमेरिका के मध्यवर्ग की दरम्यानी सीढ़ी पर। उफ़, यह दरम्यानी ज़िंदगी''!

जहाज़ की खिड़की से वह पुष्प विहार को पहचान तो नहीं पाया, पर जो इलाक़ा बिजली की बत्तियों की वजह से, सबसे ज़्यादा चमचमा रहा था, उसे उसने पुष्प विहार मान लिया। जैसे-जैसे जहाज नीचे उतरा, उसका बदन इस तरह झूम उठ जैसे पैरों के नीचे जड़ें उग आयी हों; गहरे, बहुत गहरे धरती में समा गयी

हों और इस तरह उसे संभाल रही हों कि हवा में वह झूम-झूम उठे, पर तेज़ से तेज़ तूफ़ान उसे उखाड़कर फेंक न सके।

उपहारों से लैस मां-बाप के पास पहुंचा तो वे निहाल हो गये। नया रंगीन टी.वी. और वी.सी.आर. पाकर पिता धन्य हुए और उनसे ज़्यादा मां, अपनी नयी मिक्सी देखकर।

"तुम क्या कभी हिंदुस्तान नहीं लौटोगे, बेटा?" गद्गद कंठ से पिता कह उठे।

"करूंगा क्या लौटकर?" ठंडी सांस भरकर उसने कहा।

क्यों बेटा, अपना देश है," मां ने कहा, "इतना ढेर रुपया कमा लिया, यहां आकर बिज़नेस करो। अरे, रत्ना बीबी का दामाद आया था न, परके बरस, लाखों में खेल रहा है।"

सावन प्रताप होंठ टेढ़े करके मुस्करा दिया। "रहता कहां है?" उसने पूछा, "अपना मकान है?"

"नहीं, किराये पर लिया है। तीन हज़ार पर। वह बेटा तुम जानो ज़मीन इतनी महंगी हो गई। अब इसी ज़मीन को लो। साठ हजार में ख़रीदी थी और अब खड़े-खड़े तीस लाख में बेच लो। उतना पैसा"

"उसके पास नहीं है। मेरे पास भी नहीं है। अपना मकान न हो तो क्यों लौटकर आयेगा कोई? पिताजी, अमेरिका में मुझे कमी किस बात की है। ऊंची नौकरी है, पैसा है, घर-बार है, पर" उसने एक दीर्घ निःश्वास भरी, "मन मेरा यहीं अटका रहता है। कितना अकेला हूं मैं! कहां हैं मेरी जड़ें? कोई है ऐसा घर, जिसे मैं अपना कह सकूं?" क्षण-भर वह अपने पर क़ाबू पाने की कोशिश में चुप रहा।

"यह मकान तो आप भैया के नाम कर रहे होंगे?" सहसा उसने पूछा।

मां-पिताजी सकपका गए।

"ऐसा है बेटा," पिताजी पहले संभले, "पवन ने इसके बनवाने में पैसा लगाया है और श्रवण ने बहुत मेहनत की है। फिर पवन का कहना है, तुम्हारा अपना मकान अमेरिका में है ही। तो मैंने हमने सोचा, यह मकान पवन के नाम कर दें और ज़मीन दोनों के। बनवा सका तो श्रवण अपने लिए ऊपर बनवा लेगा, वरना"

"भैया बनवाकर किराये पर चढ़ा देंगे। सुना है, पांच हज़ार किराया मिल जाता है इतने बड़े मकान का, इस कॉलोनी में।"

"पर श्रवण तो हमारे साथ ही रह रहा है। बाद में भी..."

"भैया आपके साथ क्यों नहीं रहते?" उसने पूछा।

"अब बेटा, संयुक्त परिवार का चलन आजकल उतना रहा नहीं, तुम जानते ही हो!"

"यही तो ग़लती कर रहे हैं आप लोग। हिंदुस्तान में जो अच्छी बातें हैं, उन्हें मिटने दे रहे हैं। पता है आपको, अमेरिकी समाजशास्त्री कहते हैं, बच्चों की परवरिश के लिए संयुक्त परिवार उत्तम है। मार्गरेट मीड का नाम सुना है? जरमेन ग्रेयर का? नहीं, कहां सुना होगा? बदक़िस्मती है आप लोगों की। मैं लौटकर आऊं तो..."

"पवन ने पैसा लगाया है," पिता ने बाधा दी।

"पैसा!" सैम ने हिक़ारत से कहा, "पैसा क्या चीज है, हाथ का मैल। पैसा लौटाने में कितनी देर लगती है। आप चाहें तो कल लौटा दूं। कितना लगा दिया पैसा उन्होंने? लाख? दो लाख?"

"तीन लग गया होगा।"

"ठीक है। तीन लाख मैं वहां वापस जाते ही भेज दूंगा। उनके नाम। पर लिखा-पढ़ी आप अभी करवा रखिए। भैया को संयुक्त परिवार पसंद नहीं तो वे अलग रहें। मकान आप मेरे नाम कर दीजिए। श्रवण को परेशान होने की ज़रूरत नहीं है। ऊपर की मंज़िल मैं बनवाऊंगा उसके लिए। वह हमेशा मेरे साथ रहेगा।"

पिता कुछ कहते, उससे पहले उसने उनके दोनों कमज़ोर हाथ अपने सबल हाथों में जकड़ लिये और कातर कंठ से बोला, "मुझे अपनी जड़ों से मत काटिए। हिंदुस्तान लौट पाने के तमाम दरवाज़े बंद मत कीजिए। यह मकान होगा तो मुझे लगेगा, हां, मेरे देश में मेरा नाम सुरक्षित है। अपनी तरफ़ खींचेगा हर पल मुझे, वरना समझ लीजिए, एक तरह से मैं मर गया।"

मां फुग्गा मारकर रो दी। पिता ने खींचकर उसे छाती से लगा लिया।

वापस उड़ान भरते जहाज की खिड़की से झांककर, सावन प्रताप सिंह उर्फ़ सैम ने नीचे देखा। वह रहा पुष्प विहार। हवाई अड्डे से विशेष दूर नहीं है। साफ़ नज़र आ रहा है। धीरे-धीरे नज़रों से ओझल होगा, फिर भी आंखों में बना रहेगा। अच्छा लग रहा है सोचकर, वह कहीं भी क्यों न रहे, ईंट-सीमेंट की इतनी सुदृढ़ जड़ें उसका इंतज़ार करती रहेंगी, यहां उसके अपने देश में।

□□□